책으로 세상 읽기

책으로 세상 읽기

배진영 지음

북앤피플

책에서 역사, 자유, 조국의 의미를 찾다

어려서부터 책은 내게 가장 좋은 친구였다. 너무 친한 나머지 아버지께서는 늘 내가 책과 조금 멀어지기를 바라셨을 정도였다. 특히 계몽사에서 나온《세계위인전집》이나《한국사이야기》같은 책들은 어린 내게 역사와 인간에 대한 관심을 심어주었다. 지금도 10권짜리《한국사이야기》의 빨간색 표지가 눈에 선하다.

세상이 용광로처럼 들끓던 1980년대 중 · 후반에 대학을 다니면서도 내가 실족(失足)하지 않을 수 있었던 이유 가운데 하나는 아마 역사책을 많이 읽었기 때문이었을 것이다. 역사책을 통해 나는 역사란 인간의 의지와 욕망, 경험, 우연히 얽혀 이루어지는 것이며, 인간의 이성으로 디자인할 수 있는 게 아니라는 생각을 갖게 됐다. 그런 내게 인류가 나아갈 화려한 청사진을 제시하는 마르크스주의는 별로 믿음이 가지 않았다.

대학 시절 읽었던 책들 가운데 지금도 기억에 남는 책 중 하나가 로버트 콘퀘스트의 《대숙청》이다. 나름대로 이상적인 세상을 꿈꾸며 혁명운동에 자신의 전부를 걸었던 볼셰비키들이 만든 세상은 운동권 학생들이 노래하던 '사람 사는 세상'도 '해방세상'도 아니었다는 것을 보여주는 책이었다. 스탈린 체제의 폭압이 한때 열정에 불탔던 혁명가들을 망가뜨리고 삼켜버리는 과정을 책으로 읽으면서 나는 에드가 스노우의 《중국의 붉은 별》이나 님 웨일즈의 《아리랑》 등을 읽으며 더워졌던 피를 식힐 수 있었다.

대학을 졸업하고도 한동안 고시준비를 했지만, 그 시절에도 법서(法書)보다는 역사책이나 인물평전 등 '시험과는 무관한 책'들을 더 많이 읽었다. 덕분에 고시에는 번번이 낙방했지만, 그 과정에서 축적된 지식이 밑천이 되어 기자생활을 하게 됐으니 새옹지마(塞翁之馬)라고 해야 할까?

이 시기에 읽은 책 가운데 가장 인상에 남는 책은 임지현 한양대 교수가 쓴 《민족주의는 반역이다》와 슈테판 츠바이크의 《폭력에 대항한 양심》을 꼽을 수 있다. 앞의 책은 중학교 3학년 겨울방학 때 단재 신채호의 《조선상고사》를 읽은 이래 열렬한 민족주의자임을 자처해 왔던 내게 '민족이란 무엇인가'에 대해 새로운 눈을 뜨게 해 준 책이었다. 뒤의 책은 자기 자신과 타인의 양심을 지키기 위해 자신의 모든 것을 던졌던 위대한 인간의 이야기였다.

1년 전 페이스북을 기반으로 하는 고전동호회 '행복한 고전 읽기'에 가입하면서부터는 고전(古典)에 관심을 갖게 됐다. 투퀴디데스의 《펠로폰네소스전쟁사》나 아리스토텔레스의 《정치학》, 《논어》 등을 읽으면서 무릎을 친 것이 한 두 번이 아니었다. 2000여년도 더 전에 쓴 책임에도 그 속에서 오늘의 우리 현실을 볼 수 있었기 때문이다. 세월이 흐르고 세상이 바뀌어도 인간의 본성은 크게 달라지지 않기 때문일 것이다.

언제부터인가 책을 읽을 때면 밑줄을 그어가면서 정독(精讀)을 하고, 책 여백에 간단하게 생각을 메모하는 버릇이 생겼다. 그리고 이를 바탕으로 독서의 흔적을 남기기 시작했다. 그런 식으로 책을 읽으면서 정치 · 경제 · 사회 · 국제 · 남북한 문제 등 세상사에 대해 생각나는 대로 적어두었던 원고들이 제법 많이 쌓이게 됐다. 이 책은 그 원고들을 엮은 것이다.

이 책의 성격을 뭐라고 정의해야 할지는 잘 모르겠다. 굳이 말하자면 내로라하는 작가나 정치인, 사회명사(名士)들이 자기 이름을 앞에 걸고 내놓는 '독서편력기'와 비슷한 책이 되겠다. 그들에 비하면 무명(無名)이지만, '보통사람'도 자신의 독서편력을 책으로 낼 수 있다는 것을 보여주는 것도 나쁘지 않을 것 같다.

자기 이름을 달고 기사를 쓰는 게 직업이지만, 내 이름으로 된 첫 책을 내놓자니 가슴이 떨린다. 원고를 다시 손보는 내내 '이 작업을 중단해야 하는 것 아닐까' 하는 생각을 여러 번 했다. 보면 볼수록 생각은 설익은 반면에 목소리는 너무 높았다. 고전의 경우는 '과연 내가 이 책을 얼마나 이해했을까' 싶어 저어되기도 했고, 어떤 책들은 그 책에서 공감이 가는 대목들을 날것으로 소개하는 데 급급했다는 생각도 들었다.

그럼에도 불구하고 감히 이 책을 내놓는 것은 내가 읽은 책들의 내용과 그 책을 읽으면서 내가 느낀 바를 좀 더 많은 사람들과 공유했으면 하는 바람에서다. 내가 이 책을 통해 소개하는 책들은 대개 자유와 조국의 소중함을 생각하게 하는 책들이다. 우리나라의 출판시장에서 그런 책들은 그리 많지 않다. 오히려 그와는 반대되는 가치를 담은 책들이 출판시장을 점령하고 있다고 해도 과언이 아니다. 자유와 조국의 의미를 생각하게 하는 책들이 나오더라도 주목을 받지 못하고 잊혀지는 경우가 많다. 이 책은 그런 좋은 책을 내느라 고군분투해 온 출판인들에 대한 감사의 표시이기도 하다.

마침 주위에서 가까이 지내는 이들도 자유민주주의와 시장경제, 대한민국의 역사와 성취를 좀 더 긍정적으로 보는 책들, 그리고 그런 책들을 간략하게 소개해 주는 책이 있었으면 하는 바람을 표시하곤 했다. 그런 말들이 내게 큰 용기가 됐다.

막상 책을 내려고 보니, 책의 가치나 내 독서편력에서 차지하는 비중으로 볼 때 의미가 있음에도 미처 원고로 정리하지 못한 탓에 소개하지 못한 책들이 하나 둘이 아니었다. 그런 책들은 책 말미에 '함께 읽은 책'으로 소개했다.

책 서문의 마지막 대목은 책을 내는 과정에서 특히 신세진 사람들에게 바치는 것이 보통이다. 돌이켜 생각해보면 참 고마운 분들이 많다. 먼저 어린 시절부터 책을 가까이 할 수 있는 환경을 만들어 주셨고 내가 실망만 안겨드리던 시절에도 믿음과 사랑으로 지켜봐 주신 부모님, 나를 기자의 길로 이끌어 주신 조갑제 전 월간조선 사장님과 이동욱 전 월간조선 기자에게 이 기회에 진정으로 감사드린다. 이 책을 내도록 격려해 준 최진학 자유주의진보연합 대표, 이 책의 원고에 대한 얘기를 듣고는 "배 차장의 첫 책은 꼭 내가 내야한다"며 팔을 걷어붙이고 나선 김진술 북앤피플 대표에게도 감사드린다. 마지막으로 주말에도 책상 앞에 앉아 책을 읽거나 책을 쓰느라 놀아주지도 못하는 남편을 한결같은 사랑으로 이해해 준 아내 김성경에게 진심으로 감사의 뜻을 표한다.

2012년 여름

배진영

차례

1≫ 아! 대한민국

2≫ 자유를 위한 투쟁

3≫ 이념의 전선에서

4≫ 시장과 경제

5≫ 세계를 보는 눈

6≫ 자유통일을 위하여

1

아! 대한민국

《서애 류성룡 위대한 만남》_송복

나라와 민족을 보존한 류성룡의 자강(自彊)과 실용(實用)의 리더십

–"임금께서 우리 땅에서 한발자국이라도 떠나신다면,
그때부터 조선은 우리 소유가 아닙니다"

역사책을 읽다보면 아무리 걸출한 인물이 있어도 역사의 흐름을 바꾸지 못한 경우를 본다. 반면에 '바로 그때 그 자리'에 그 사람이 있었기 때문에 역사의 물굽이가 바뀌는 경우도 있다. 우리는 그와 같은 경우를 520년 전 임진왜란 당시 서애 류성룡(西厓 柳成龍)과 충무공 이순신(李舜臣)에게서 본다.

꼭 520년 전 이 땅에서 벌어졌던 임진왜란은 조선이라는 나라, 더 나아가 한민족(韓民族)이라는 종족이 지구상에서 사라질 뻔한 전쟁이었다.

과장이 지나치다고? 고니시 유카나가(小西行長)가 이끄는 왜군 1진이 부산에 상륙한 게 1592년 4월 14일이었다. 왜군이 침공했다는 소식을 접한 조정이 장군 신립(申砬)에게 딸려 보낸 오합지졸 병력이 300명이 채 안 됐다. 이런 군대로 전국(戰國)시대 내내 단련되고 조총으로 무장한 15만 침략대군을 상대한다는 게 어불성설이었다. 고니시의 군대가 한양에 입성한 것이 그해 5월 3일, 평양을 점령한 것은 6월 13일이었다.

명군(明軍)이 참전했지만 벽제관싸움에서 한번 패한 후에는 일본과 강화할 생각만 했다. 조건은 조선의 남쪽 절반을 떼어 일본에게 주는 것이었다.

이런 절체절명의 상황 속에서 조선이라는 나라를 보존하고, 이 겨레가 살아남을 수 있게 한 이가 바로 류성룡이었다. 송복(宋復) 연세대 명예교수가 지은 《서애 류성룡 위대한 만남》은 바로 그 류성룡의 리더십에 대한 이야기이다.

'10만 양병론'의 허구

이 책은 우리에게 익숙한 신화(神話)를 하나 깨는 것으로 시작한다. 바로 율곡의 '10만 양병론(養兵論)'이다. 사실 10만 양병론은 《조선왕조실록》이나 율곡 본인의 저술에서는 보이지 않는다. 임진왜란 이후 정권을 잡은 율곡의 제자들이 사사로이 편찬한 문집에만 나올 뿐이다.

송복 교수는 조선 선조 당시의 인구를 230만명, 병역적령인 인구는 30만명 정도로 보면서 그 중 10만명을 차출해 상비군으로 만드는 것은 불가능하다는 것을 논증한다.

더 한심한 것은 당시 조선의 경제력이다. 임진왜란을 치르면서 류성룡이 남긴 기록으로 볼 때, 10만명의 상비군을 유지하기 위해서는 최소한 연 76만석 이상의 군량이 있어야 했지만 당시 조선의 총 곡물생산량은 500만석을 넘기 어려웠고 정부 세입은 60만석에 불과했다는 것이다.

당시 위정자들에게 그런 한심한 나라 형편에 대한 고민은 전무(全無)했다. 그나마 고민을 한 사람이 율곡 정도였다. 그는 "200년 역사의 나라가 지금 2년 먹을 양식이 없습니다. 그러니 나라가 나라가 아닙니다(國非其國)"라고 절규한다.

하지만 그도 부국강병의 방책을 내놓지는 못한다. 임금에게 "뜻을 분발하고, 학문을 열심히 해서 성의(誠意)하고 정심(正心)해야 한다"느니 "절제와 검소를 소중히 하라"느니 하는 게 고작이었다. 그게 더도 덜도 아닌 '조선 사대부'들의 평균적인 수준이었다.

조선은 율곡의 표현대로라면 "오직 날로 더 썩어 붕괴할 날만 기다리는" 집과 다를 바 없는 나라였다. 그런데 가만히 놔둬도 저절로 망할 나라에 15만 왜군이 쳐들어 온 것이다. 그런 나라가 망하지 않으면 그게 기적이다. 그리고 그 기적이 일어났다. 그 기적의 중심에 류성룡이 있었다. 피난길에 임진강변에서 선조는 유성룡에게 말한다. "나라가 다시 일어나려면 마땅히 경(卿)에 의뢰할 수밖에 없다."

조선비아유아(朝鮮非我有我)

류성룡이 가장 먼저 한 일은 선조와 조정이 명나라로 내부(內附)하는 것을 막은 것이었다. 내부는 단순히 왜군을 피해 명나라로 피난하겠다는 것이 아니라 이 나라를 버리고 명나라로 들어가 명나라 사람이 되어 버리겠다는 얘기였다. 이는 뼛속까지 중국인이 되는 것이 필생의 소망이었던 당시 조선 사대부들의 몰(沒)주체성의 자연스러운 발로였다.

이때는 아직 근대적 의미에서의 민족의식이나 국가의식이 싹트기 전이었다. 임금이 나라를 버렸을 때, 의식이 깨어있는 백성들이 나라를 다시 일으켜 세우는 것은 상상하기 어려웠던 시절이었다는 얘기다. 류성룡은 "임금께서 우리 땅에서 한발자국이라도 떠나신다면, 그때부터 조선은 우리 소유가 아닙니다(朝鮮非我有我)"라며 이를 가로막았다. 류성룡의 이 외침은 조선이라는 나라와 이 민족이 보존되는 첫 걸음이었다.

이후 7년, 류성룡은 영의정 겸 도체찰사(都體察使)로써 전시재상(戰時宰相)의 임무를 수행한다. 우선 그의 가장 큰 임무는 원군으로 온 명나라 군대를 뒷바라지 하는 것이었다.

여기서도 당시 조선이 처한 한심한 상황이 드러난다. 조선은 존망의 위기에 처했으면서도 명나라 대군이 압록강을 건너오는 것을 오히려 두려워하는 입장이었다. 명군을 먹일 군량, 군마를 먹일 마초(馬草)를 댈 방안이 없었기 때문이다. 처음에는 "곡식 1만석이라도 있었으면…"이라고 탄식하던 류성룡은 나중에 가서는 곡식 수천석, 수백석에도 고마워하는 처지가 된다. 그 와중에도 류성룡은 공명첩(空名帖)을 고안하는 등 백성들의 부담을 조금이라도 덜어주기 위해 무진 애를 쓴다. 송복 교수는 이 책의 상당 부분을 '군량전쟁'을 치러야 했던 류성룡의 몸부림을 그리는데 할애하고 있다.

이때 가장 큰 군량공급기지가 된 곳이 바로 호남지역이었다. 곡창인 호남을 보존하고 서해를 통해 식량을 서북지역으로 공급할 수 있었던 것은 이순신의 수군(水軍)이 연전연승한 덕분이었다. 유명한 "호남 없이는 국가도 없다(無湖南無國家)"라는 말이 그래서 나왔다. 주지하는 바와 같이 '고지식한 야전군인'이었던 이순신을 전라좌수사로 추천하고, '백'이라고는 전혀 없었던 이순신의 뒤를 봐 준 사람이 바로 류성룡이었다. 송복 교수는 이 두 사람의 역사적 만남을 '위대한 만남'이라고 칭한다.

군대도 한심했다. 도원수니, 순찰사니, 병마사니, 방어사니 하면서 요즘으로 치면 군사령관 · 군단장 · 사단장급 지휘관들은 수없이 많았다. 하지만 전선에서 싸울 중대장 · 소대장 · 부사관 그리고 병사들이 없었다. 머릿수는 어찌어찌 채워 놓아도 그들에게는 무기가 없었고, 싸우는 방법을 몰랐다. 그게 조선의 군대였다. 류성룡은 훈련도감을 세우고, 속오군을 조직하는 등 조선군을 '싸울 줄 아는 군대'로 재편하기 위해 노심초사했다. 하지만 거기에는 한계가 있었다.

'징비(懲毖)'하지 않아 망한 조선

결국 조선이 의지할 것은 명군이었다. 하지만 그들에게는 남의 나라 전쟁에서 악착같이 싸우려는 의지가 없었다. 명나라는 왜와 강화를 추진했다. 더 나아가 명나라 일각에서는 선조를 퇴위시키거나 조선 땅을 아예 명나라의 직할령으로 삼아 버리자는 방안이 나오기도 했다. 이런 상황에서 류성룡은 형언할 수 없는 수모를 감수하면서 나라를 보존하기 위해 고군분투했다. 이런 류성룡을 지켜본 명나라 사신은 선조에게 "류성룡의 남다른 충성심과 독실한 인의는 중국의 문무백관과 장수들이 모두 칭송하지 않는 이가 없다"면서 "왕은 참으로 현명한 재상을 얻었습니다"라고 말했다.

하지만 그 '현명한 재상'은 종전(終戰)과 함께 팽(烹)당하는 신세가 되고 말았다. 전쟁이 교착상태에 빠져들면서 한숨 돌리게 된 조정 신료(臣僚)들 사이에서 오랜 고질병인 당쟁(黨爭)이 재발한 것이다. 조선은 '권좌를 차지하는 것 자체가 최고의 이데올로기'였던 나라였다. 정적(政敵)인 북인(北人)들의 탄핵이 계속되자 류성룡은 "대신으로서 자신이 죄를 저질렀다는 공론을 받고도 태연히 앉아 국사를 본다면 조정이 어떻게 될 수 있겠느냐"면서 표표히 자리에서 물러났다. 바로 그날 이순신은 노량 앞바다에서 전사했다.

공직에서 물러난 류성룡은 전쟁 중의 기록들을 정리하고, 후세에 교훈을 남기기 위해 책을 썼다. 그게 바로 《징비록(懲毖錄)》이다. 책의 제목은 《시경(詩經)》 소비편(小毖篇)의 "내가 징계해서 후환을 경계한다(予其懲而毖後患)"는 구절에서 따온 것이다.

하지만 조선의 위정자들은 '징비'하기를 게을리 했다. 송복 교수는 "그러고도 망하지 않았다면, 그야말로 역사의 기적이다. 하지만 역사엔 그런 기적은 없었다"며 가슴을 친다. 그 결과 한 세대 후에는 두 차례 호란(胡亂) 끝에 임금이 오랑캐왕에게 무릎을 꿇어야 했고, 300년 후에는 다시 일본의 침략을 받아 망국의 치욕을 맛보았다.

《징비록》에는 "필시 하늘이 우리를 도운 것" "하늘이 도와서 우리가 다시 일어날 수 있겠다"는 표현이 수없이 되풀이 된다. 정말이지 기적처럼 나라를 보존할 수 있었던 데 대한 감사의 표현이지만, 그 이면에는 지지리도 가난하고 못난 나라의 현실에 대한 통곡이 배어 있다.

아, 대한민국!

지금 이 나라의 현실은 임진왜란 이전 조선의 상황과 무섭도록 닮아 있다. 물론 지금 대한민국은 세계 10위권의 경제대국이다. 60만 국군도 있다. 하지만 임진왜란 전의 조선과 다른 점은 거기까지다. 위정자 · 정치인들의 모습을 보면, 이건 조선조 선비들의 판박이다.

무엇보다도 나라를 경영하는 데 있어 '구체적인 방략(方略)'이 없다. 소리 높여 복지를 외치지만, '어떻게' 재원을 조달할 것인지, 복지재원을 조달하기 위해 '어떻게' 국부(國富)를 키워갈 것인지에 대한 고민은 없다. 이 점을 지적하면 돌아오는 소리는 "복지는 돈의 문제가 아니라 의지의 문제"라느니 "보편적 복지는 시대정신"이라느니 하는 맹꽁이 같은 소리뿐이다.

정치도 마찬가지다. '정치를 바꿔야 한다'는 소리는 높지만, 여기에도 '어떻게'는 없다. '어떻게' 21세기 격랑을 헤쳐 나갈 리더십을 만들어내고, '건강한 시민'을 육성할 것인지에 대한 논의는 없다. 고작 한다는 소리가 "소통해야 한다"는 소리다. 입만 열면 임금을 향해 "성덕(聖德)을 닦으라"던 조선조 선비들과 별반 다를 바 없다.

류성룡의 실각을 언급하면서 송복 교수는 "이데올로기는 실제를 말하면 더 격분하고 실리를 설명하면 더 공격하는 속성이 있다"고 말한다. 이 또한 광우병사태나 천안함괴담, 한미FTA 및 제주 강정 해군기지 반대자들에게서 질리도록 보아 온 모습 아니던가?

가장 한심한 것은 '조금 가난해도 된다'는 속삭임이다. 대놓고 "국민소득 2만 달러, 3만 달러 되면 뭐하느냐?" 고 외친 대통령도 있었다. 그보다는 정의를 바로세우고 역사를 바로세우는 게 중요하다는 주장이었다.

바로 그 '조금 가난해도 된다'는 생각, '부국강병보다는 도덕적으로 올바른 삶을 사는 게 중요하다'는 생각 때문에 조선은 국부를 키우는 것을 게을리 했다. 그래서 조선은 가난했다. 가난했기 때문에 조선은 군대를 키우지 못했다. 군대를 키우지 못했기 때문에 조선은 임진왜란을 겪어야 했다. 임진왜란 때 이 땅의 백성들은 왜병에게 코와 귀를 베였고, 자식을 서로 바꿔서 잡아먹는 참상을 겪어야 했다. 그러고도 깨닫지 못했기에 조선은 망국의 치욕을 겪어야 했다. 그 결과 이 땅의 사내들은 일제의 징병과 징용으로, 처자(處子)들은 종군위안부로 끌려가야 했다. 해방된 조국이 분단과 동족상잔의 비극을 겪어야 했던 것도 따지고 보면 조선이 가난하고 약했기 때문이었다. 그래서 송복 교수가 이 책에서 가장 강조하는 것은 '자강(自彊)의 의지'다. 류성룡과 이순신은 조선에서 보기 드문 '자강파(自彊派)'였다.

식민과 분단의 아픔을 겪으면서 우리는 오래간만에 이승만과 박정희라는 '자강파' 지도자를 만날 수 있었다. 대한민국이 여기까지 올 수 있었던 것은 바로 그들 덕분이었다. 하지만 소위 민주화 이후, 입만 가지고 정치하는 정치인들이 화려하게 부활했다. 그 결과 지금 우리는 '임진좌란(壬辰左亂)'의 위기에 처해 있다.

주위에서 "나라가 잘못되면 이민 가겠다"는 사람을 곧잘 본다. 그렇게 말하는 답답한 마음은 이해한다. 하지만 그건 꿈에서라도 입에 담아서는 안 될 말이다. 지금 대한민국을 사랑한다고 말하는 사람들이 이 땅을 떠난다면, 그때부터 대한민국은 더 이상 '우리나라'가 아니게 된다. 이 밤, "임금께서 우리 땅에서 한발자국이라도 떠나신다면, 그때부터 조선은 우리 소유가 아닙니다"라는 류성룡의 목 메인 절규소리가 들리는 듯하다.

《서애 류성룡 위대한 만남》 | 송복 | 지식마당 | 2007

《매천야록》_황현

아무리 아프고 부끄러워도 역사를 직시하라!

—"나라가 망하는 날 몸을 바친 자가 한 명도 없다면 어찌 통석할 일이 아닌가!"

뮤지컬 〈명성황후〉를 본 것은 10여년도 더 전의 일이다. 한국 창작 뮤지컬의 역사를 새로 쓴 화제작에 나는 정신없이 빨려 들어갔다. 특히 마지막 대목에서 죽은 명성황후의 혼령이 일어나 "조선이여, 일어나라!"를 노래할 때에는 눈시울이 뜨거워졌었다.

그럼에도 불구하고 마음 한 구석이 편치 않았다. 명성황후는 뮤지컬 속 대사에서처럼 '조선의 엘리자베스 여왕'도, 평생을 나라를 위해 노심초사(勞心焦思)하다가 순국(殉國)한 성녀(聖女)도 아니었기 때문이다.

명성황후의 삶은 나중에 TV드라마로도 만들어져 인기를 끌었다. 뮤지컬이나 드라마는 그래도 '역사가 아니라 예술일 뿐'이라는 편리한 말로 빠져 나갈 구멍이 있다고 치자. 오늘날 일부 역사학자들은 고종을 '자주적 근대화를 추진했던 계몽전제군주'로, 그가 1897년 대한제국을 선포한 후 시행했던 일련의 정책들을 '광무개혁(光武改革)'으로 추켜올린다. 그로부터 불과 10여년 후, 유사 이래 처음으로 이민족(異民族)에게 나라가 통째로 넘어갔는데, '광무개혁'의 의미와 성과를 대서특필하는 것이 과연 타당한 일일까?

매천 황현(梅泉 黃玹)의 《매천야록(梅泉野錄)》은 고종이 즉위하던 1864년부터 국권을 일제(日帝)에 빼앗긴 1910년까지의 크고 작은 사건들을 기록한 책이다. 올곧은 시골 선비의 눈에 비친 고종과 민비, 대원군, 안동 김씨와 여흥 민씨의 세도가들, 그 밖의 조정 신료(臣僚)들의 못난 모습을 보면, 이건 나라가 나라가 아니었다.

망국(亡國)의 임금과 대신들

《매천야록》은 책을 펼쳐드는 순간부터 내가 느낀 것은 아득한 절망감이었다. 책이 시작된 지 얼마 되지 않아, 경연(經筵)에서 《맹자》를 공부하던 어린 고종이 "어떻게 하면 연운(燕雲)의 들에서 말을 몰아 우리 조종(祖宗)의 치욕을 씻는단 말인가?"라고 묻는 대목이 나온다. 인조가 청(淸)나라 태종에게 무릎을 꿇고 항복했던 치욕을 씻을 방안을 물은 것이니, 그 기개가 장하다. 경연에 참석한 신하들이 아무 말 못하고 있는데 오늘날의 국방비서관 격인 무승지(武承旨) 신정희가 "그것은 아주 쉬운 일입니다"라고 말한다. "어떤 계책이 있는가?"라고 묻는 임금에게 신정희는 "원하옵건대 전하께서는 덕을 닦으시옵소서"라고 답한다.

신정희는 무인(武人), 즉 군인이다. 어느 나라나 군인은 실질적이기 마련이다. 고종이 그렇게 물었을 때, 신정희가 진정한 군인이라면 국력과 무력을 키울 수 있는 대강의 방안이라도 제시했어야 한다. 하지만 그는 "덕을 닦으라"면서 조선의 유신(儒臣)이라면 입만 열면 누구나 하는 하나마나한 소리를 한 것이다. '군인마저 선비처럼 맹한 소리를 하는 나라가 조선이었다'는 생각에 아찔했다. 그 뒤는 더 가관이었다. 매천이 묘사한 고종의 모습을 보자.

"임금은 노론으로 자처하였으며, 신하들을 대할 때 세 가지 당색(黨色)으로 구별하여, 대우하고 배척함에 있어서 차등을 두었다. (중략) 매양 대과 합격자의 여창(臚唱)을 보고받을 경우 노론이면, '친구'라 하고, 소론이면 '저쪽'이라 하고, 남인이나 북인이면 '그놈'이라고 했다."

임금이 국가통합의 구심점이 되고, 당색을 넘어 널리 인재를 구해 써도 모자랄 판에 도리어 앞장서서 파당을 조장했으니, 그런 나라가 잘 되면 이상할 것이다. 매천도 "노론의 서인은 청환(淸宦) 달관(達官)으로 관을 쓴 사람이 하늘의 별처럼 많았으나, 소론 · 남인 · 북인의 삼색당파에는 한 사람도 없었으니, 도대체 조정에 서서 충성을 다할 수 있기를 기대할 수 있겠는가?"라고 탄식한다.

더 기가 막힌 것은 매관매직(賣官賣職)의 일상화이다. 매관매직에 관한 기술(記述)은 《매천야록》에서 수없이 되풀이 된다.

"이때 외직으로 감사 · 유수 · 병사 · 수사에서 수령과 진장(鎭將)에 이르기까지 으레 판매가 이루어져 돈이 많은 자라야 보임이 될 수 있었다. 어떤 자리에 1만 냥을 바치고 임명되었더라도 그 뒤에 몇 천 냥을 더 내놓는 자가 있으면 먼저 임명된 자는 도태시켜 차함(借啣)이나 내려주는 등 밀어내고 긁어내고 하여 더 얻어낼 것이 없는 다음에야 그만두었다."

"임금은 자주 팔면 돈이 많이 생긴다고 여겨 1년도 못 되어 금방 교체시켰다. (중략) 임금은 또한 교체해야 할 자들을 살펴 부(富)가 있으면 다른 군(郡)으로 옮겨주고 옮겨준 값을 징수했다. 한 사람이 1년 동안 5개 군이나 옮겨간 이가 있었으며, 한 군이 1년에 5명의 군수를 맞이한 경우도 있었다."

이렇게 돈을 주고 벼슬을 산 자들은 당연히 본전을 뽑아야 했다. 매천은 "교체되지 않는 몇 달 사이에 바삐바삐 긁어모으기를 소나기 퍼붓듯 하여 백금의 재산만 있더라도 약탈당하지 않을 수 없었다"면서 "이에 부자나 가난한 자나 모두 곤궁해져 백성들은 살 의욕을 잃고 말았다"고 기록하고 있다.

이렇게 긁어모은 돈은 어디에 쓰였을까? 궁궐을 드나드는 무당과 점바치, 광대들에게 돌아갔다. "무격(巫覡)이나 광대로 창을 하고 악기를 연주한 자들은 하룻밤을 지낸 다음 말미를 청하여 세모시와 부채 · 칼 등속을 으레 한 짐 짊어지고 나왔다"는 《매천야록》의 기록은 읽는 이의 맥을 풀리게 만든다. 그밖에도 《매천야록》에는 고종과 명성왕후가 세자의 복을 빈답시고 무당에게 만금을 주고 치성을 올리게 하는 얘기가 수없이 많이 나온다. 이런 왕과 왕비가 '계몽전제군주'고 '조선의 엘리자베스 여왕'이라고?

이 글 앞머리에서 언급했던 명성황후에 대해 매천은 "자기 집안 돌보기에 빠져, 성이 민씨라면 가깝고 멀고를 따지지 않았다"면서, "왕후는 기민하고 권모술수가 많았는데 정치에 간여한 20년 동안 점차 망국에 이르게 하더니 마침내는 천고에 없던 변을 당하게 됐다"고 평한다. 《매천야록》을 제대로 읽은 사람이라면 명성황후를 미화하는 뮤지컬이나 드라마를 만들겠다는 생각을 감히 하지 못할 것이다.

임금과 왕후에 대한 평이 이렇게 독하니 다른 대신들이야 더 말할 필요가 없다. "승상부에 전후로 20년이나 있었으나 사람이 둔하고 염치가 없어 오로지 내지(內旨)를 받들어 행하고 권문(權門)에 분주히 다녔다"는 전 영의정 심순택에 대한 평가를 보면, 등골이 서늘해진다. 아마 당시 고종이나 조정의 고관대작들은 구례 촌구석에 사는 이름 없는 선비가 자기들의 행실을 꼬박꼬박 기록하고 있다는 사실을 상상조차 하지 못했을 것이다.

"국가가 필시 스스로 자기를 해친 연후에 남이 치고 들어온다"

한 나라를 발전시키는 것은 '리더십'과 '제도'다. 당대 역사의 흐름과 국민의 여망을 제대로 읽고 그것을 하나로 묶어내 실천에 옮기는 것이 리더십이다. 하지만 그것만으로는 부족하다. 근대 이후의 역사는 지속적인 발전을 위해서는 국가가 국민의 자유와 재산을 지켜주는 시스템을 갖추어야 한다는 것을 보여주고 있다.

100년 전 조선은 위의 두 가지를 모두 결여하고 있었다. 앞에서 본 것처럼 임금이나 사실상 임금과 '공동통치자'였던 명성황후를 비롯한 통치엘리트들의 리더십은 형편없었다. 강화도조약 이후 30여 년 동안 개화(開化)를 한다면서 분주하게 기존 제도를 혁파하고 새로운 제도를 도입했지만, 그 어느 것도 진정한 제도화의 단계로 나가지는 못했다. "(고종이) 헌정(憲政)으로 속박당하게 된 것을 혐오하여" 아관파천(俄館播遷)을 결행했다는 매천의 평가는, 고종에게 '제도화'의 의지가 전혀 없었음을 잘 보여준다. 대한제국을 선포한 후에도 황제를 정점으로 한 매관매직과 가렴주구는 조금도 달라지지 않았다. 그런 나라에서 과연 자주적 근대화의 싹이 움틀 수 있었을까?

청일전쟁 발발 후 일본공사가 무력을 앞세워 내정개혁을 강요해 오자, 매천은 이렇게 탄식한다. "경전에 '국가가 필시 스스로 자기를 해친 연후에 남이 치고 들어온다(國必自伐而後人伐之)'고 하였으니, 아 슬프다!"

이런 임금과 신료들이 격동하는 세계정세에 잘 대응했을 리가 없다. 《매천야록》을 보면 1876년 강화도조약 이후 나라의 명운이 달린 고비고비마다 임금과 신료들이 허둥지둥하는 모습들이 잘 그려져 있다. 그들에게는 국가의 장래를 위한 장구한 방략은커녕, 눈앞의 위기를 헤쳐 나갈 잔재주조차 없었다. 그들은 그저 요행만 바라면서 세월을 낭비했을 뿐이다.

아놀드 토인비는 "역사는 전략적 실수를 하는 민족에게 두 번 다시 기회를 주지 않는다"고 했다. '전략적 실수'가 누적되면서 조선은 점차 망국의 수렁 속으로 빠져 들어간다.

러일전쟁에서 승리한 일제가 을사늑약을 강요해오자 고종과 조정대신들은 좌고우면, 우왕좌왕한다. 이를 보며 최익현은 "언어 문자로 문서를 작성한다, 조약을 맺는다 하여 전국을 들어서 공손히 적에게 바쳐서 싸움 한번 하지 않고 화살 하나 쏘지 않은 채 나라를 잃어버린 경우는 들어보지 못하였다"면서 "지금 폐하로서 두려워할 바가 과연 무엇입니까? 폐하는 오늘날 국가를 가지고 있습니까? 토지를 가지고 있습니까? 인민을 가지고 있습니까?"라고 힐난한다. 죽음을 앞두고 민영환, 조병세가 올렸던 상소나 유서도 읽는 이의 가슴을 뜨겁게 한다. 1908년~09년 《매천야록》을 가득 메운 '의보'(의병항쟁기록)들을 보면서는, '그래도 100년 전 이 나라가 화살 하나 쏘지 않은 채 망한 것은 아니구나'하는 작은 위로를 받게 된다.

"평소 읽은 책의 의미를 저버릴 수 없다"

하지만 그런 몸부림에도 불구하고 결국 1910년 8월 29일, 국치민욕(國恥民辱)의 날이 오고야 만다. 스스로 목숨을 끊기로 결심한 매천은 이렇게 말한다.

"나는 (벼슬을 살지 않았으므로) 죽어야 할 의리는 없다. 다만 국가가 선비를 기른 지 500년인데 나라가 망하는 날 몸을 바친 자가 한 명도 없다면 어찌 통석할 일이 아닌가! 나는 위로 하늘의 병이(秉彝)의 아름다움과 아래로 평소 읽은 책의 의미를 저버릴 수 없다. 눈을 감고 영영 잠들면 참으로 쾌할 것이다."

그러면서 매천은 절명시(絕命詩)를 남긴다. "등불 아래 책을 덮고 지난 역사 헤아리니 세상에 글 아는 사람 되기 어렵기도 하다."

시골 선비가 죽음을 앞두고 남긴 한 마디 한 마디는 날카로운 비수가 되어 내 가슴을 찌른다. 채용신이 남긴 초상화 속의 매천은 지금도 날카로운 눈빛으로 나를 쏘아보면서 이렇게 호통친다.

"아무리 속상하고 아픈 역사라도 외면하거나 꾸미려 들지 말고 직시해라. 그래야 역사로부터 배울 수 있다."

"평소 읽은 책의 의미를 저버리지 말아라! 배운 사람이면 배운 사람답게 굴어라!! 똑바로 살아라!!!"

《매천야록》(상,하) | 황현 | 임형택 외 옮김 | 문학과 지성사 | 2005년

《건국과 부국》_김일영

냉철하면서도 따뜻한 눈으로 보는 대한민국 현대사

거시적 · 비교사적 · 탈규범적 관점에서 수정주의 사관 비판

"과거를 지배하는 사람은 미래를 지배하고, 현재를 지배하는 사람이 과거를 지배한다."

조지 오웰의 말이다. 1970년대 이래 한국 현대사를 보면, 이 말은 섬뜩할 정도로 잘 들어맞는다. 이 땅의 좌파세력은 1970년대 후반 《해방전후사의 인식》(해전사)을 내놓으면서 '과거' 역사를 보는 시각을 바꾸어 놓았다. "한국현대사는 정의가 패배하고 기회주의가 득세한 역사"라고 공언했던 노무현 전 대통령은 '82학번'임을 자처했던 '해전사 키드' 중 하나였다. 《해전사》에 이어 브루스 커밍스류의 수정주의 사관(史觀)이 이 땅에 상륙했다. 그 결과 분단도, 6 · 25도, 미국과 보수우익, 대한민국의 책임이라는 인식이 풍미하게 됐다. 좌파는 역사를 보는 눈을 장악하면서 지식인 사회와 문화 헤게모니를 장악했고, 1990년대 후반에 이르러 결국 국가권력까지 장악했다.

이렇게 '현재'를 지배하게 된 그들은 '과거사 청산'을 내세워 역사를 다시 쓰면서 '과거'를 더욱 확실하게 지배하려 시도했다. 1980년대 운동권의 '전복적(顚覆的) 역사인식'은 각급 학교 역사교과서에 '주류적 역사인식'으로 자리 잡았다.

2007년 정권이 바뀌었지만 역사인식이나 문화면에서 좌파 헤게모니는 여전히 공고하다. 역사교과서에 나타난 좌파적 역사인식을 교정하고 대한민국 현대사가 이룩한 성취를 바로 보게 하려는 노력이 도리어 '역사왜곡'이라고 비난받는 현실이 이를 잘 보여준다. "과거 친일 · 친독재 행위에 대한 역사적 심판을 확고히 하고, 민족의 해방과 자유, 민주주의 발전을 위한 선대의 업적을 정당하게 평가하고 역사적 정체성의 근거로 삼는다"고 선언하고 있는 통합진보당 강령은 '역사전쟁'이 여전히 현재진행형임을 웅변하고 있다.

대한민국 현대사를 부정적으로 인식하는 이들은 대개 역사를 미시적(微視的) · 일국적(一國的) · 도덕적(규범적) 시각으로 본다. 그들은 저항적 · 폐쇄적 민족주의의 연장선상에서 인류의 역사는 우리를 중심으로 돌아가고, 그래야 마땅하다고 생각하는 듯하다. 그러면서 그들은 '있었던 사실로서의 역사'를 보는 게 아니라, 그가 '있어야 했다고 믿는(상상하는) 당위(當爲)로서의 역사'를 본다. 그들은 역사의 큰 흐름을 보기보다는 역사의 삽화들을 뚫어져라 들여다보면서 끊임없이 한탄한다. "왜 우리는 통일정부를 만들지 못했을까?" "왜 우리는 친일파를 청산하지 못했을까?" "왜 우리는 동족상잔의 전쟁을 치러야 했을까" "왜 우리는 민주주의를 못하고 이승만-박정희-전두환의 독재정치를 겪어야 했을까?" 이런 한탄은 결국 "대한민국 현대사는 정의가 패배하고 기회주의가 득세한 역사"라는 부정적 역사인식으로 귀결된다.

김일영 교수의 《건국과 부국》은 그러한 역사인식에 메스를 대는 책이다. "현재 한국은 과거사 평가문제를 놓고 '기억을 둘러싼 계급투쟁'을 벌이고 있다"고 지적하는 저자는 거시적(巨視的) · 비교사적 관점에서 역사를 보면서 사실에 기초해 브루스 커밍스류의 좌파적 수정주의 사관의 문제점들을 짚어낸다. 역사의 작은 사건들에 구속되지 않고 역사를 큰 흐름 속에서 보면, 그리고 다른 나라의 선례(先例)나 동(同)시대의 국제적 조건들을 함께 보면, 미시적 · 일국적 · 규범적(도덕적)으로 역사를 볼 때에는 보이지 않던 사실들이 더 잘 보이게 된다. 그리고 그 당시 역사의 주역들이 했던 선택들이 그다지 나쁜 선택은 아니었다는 것을 깨닫게 되면서 우리 현대사를 좀 더 따뜻한 시선으로 볼 수 있게 된다.

'체제선택의 정치'

《건국과 부국-한국현대정치사강의》라는 책의 제목에서 보듯, 이 책은 '건국(建國)대통령' 이승만(李承晩)의 시대와 경제발전에 성공한 '부국(富國)대통령' 박정희(朴正熙)의 시대를 주로 다룬 한국현대정치사 책이다.

저자는 해방공간의 정치와 건국기의 정치를 '체제선택의 정치'라는 관점에서 본다. '정치'라는 것 자체가 존재하지 않았던 일제(日帝) 36년의 식민통치가 물러간 혼돈의 공간에서 펼쳐지는 정치는 어떤 이념이나 사상에 기초한 체제를 만들 것인가 하는 '체제선택의 정치'였다. '체제선택의 정치'는 이미 국가체제가 틀을 잡은 나라에서 펼쳐지는 일상적인 '갈등조정의 정치'와는 차원을 달리할 수밖에 없다.

그리고 사실 '체제선택'이라는 문제는 이미 국제적으로 조건 지워져 있었다. 국토가 소련과 미국에 의해 분할점령되고, 이어 냉전(冷戰)이 도래한 상황에서 우리 민족의 선택지는 거의 없었다. 저자는 해방공간에서의 좌우합작노선이나 남북협상에 대해 "냉전이 본격화된 초기에 분할점령을 당한 나라에서, 냉전의 세계시간(world time)에 비추어 볼 때 너무 조숙한 시도였다"고 평가한다.

'체제선택의 정치'라는 관점에서 보면, 해방공간이나 건국기에 있었던 혼란과 시행착오, 과오, 그리고 선택들을 어느 정도는 '이해'할 수 있게 된다. 저자는 대한민국의 건국의 의의에 대해 이렇게 말한다.

"이승만 정부가 이 땅에 자유민주주의와 시장경제를 꽃피운 것은 분명 아니다. 당시 정치는 권위주의적이었고, 시장은 경제를 움직이는 부분적 메커니즘에 불과했다. 그러나 분명한 것은 권위주의가 전체주의보다는 나으며, 부분적으로 작동할지라도 시장이 전면적인 통제와 계획보다는 효율적이라는 점이다. 권위주의와 부분적 시장 속에서는 자유주의와 민주주의, 그리고 시장이 꽃필 여건이라도 만들어지지만 전체주의와 통제경제 속에서는 그마저도 불가능하다. 이 점에서 오늘날 전체주의적 북한의 곤궁은 김일성의 민주기지론에 뿌리를 두고 있고, 우리가 누리는 민주주의와 시장경제는 이승만의 단정 노선에서 출발하고 있다고 할 수 있다."

이승만 시대의 역사에서 저자가 가장 주목하는 것은 농지개혁과 6·25전쟁이다. 저자는 "한국전쟁은 발발 직전에 시행된 농지개혁과 어우러지면서 한국 사회의 계급 구조를 근본적으로 변화시켰으며, 이러한 계급구조 변화는 향후 한국의 정치발전과 경제발전에 심대한 영향을 미쳤다"면서 "한국전쟁은 농지개혁과 함께 사람들에게 '조선인'이 아니라 '한국' 국민으로서의 정체성을 심어주었다"고 말한다.

원래 저자는 한미관계를 비롯한 국제정치에 밝은 정치학자였다. 이러한 이력을 바탕으로 저자는 '국제적' 시각으로 국내 정치 사건들을 분석한다. 이 책을 읽노라면 '냉전과 미국의 냉전전략이 한국정치의 고비 고비마다 미친 영향은 생각 이상으로 깊고 크다'는 생각에 모골이 송연해진다.

그 대표적인 것이 1952년의 부산정치파동이다. 흔히 이승만의 장기집권 야욕에서 비롯된 친위쿠데타로 인식되고 있는 이 사건에 대해 저자는 "부산정치파동은 단순한 권력을 둘러싼 투쟁만은 아니었다. 거기에는 당시 시점에서 한국에 적합한 권력구조가 무엇인가를 둘러싼 대립도 담겨 있었으며, 전쟁정책을 둘러싼 한미 간의 갈등이라는 국제적 측면도 내포되어 있었다"고 말한다. 저자는 중국공산화 이후 일본을 극동정책의 중심에 놓고 한국을 그에 종속시키려 했던 미국의 정책을 설명하면서 "북진통일론을 일본을 중심으로 생각하는 미국의 동아시아정책과 재(再)분단을 겨냥한 미국의 한반도정책에 대한 약소국 지도자 이승만의 견제수단이자 협상수단으로 생각한다면, 직선제 개헌론은 단순히 집권연장책 이상의 의미를 지니게 된다"고 평가한다. 저자는 이승만 정권 시절 대한(對韓)원조와 경제정책을 둘러싼 한미간의 갈등, 4·19 당시 미국의 이승만 하야(下野)압력 등도 미국의 대외정책의 연장선상에서 풀이한다.

자유당 말기 이승만의 리더십 저하와 비정(秕政)을 비판하지만, 이승만 시대에 대한 저자의 눈길은 따뜻하다. 이승만 시대에 대해 저자는 작가 이문열이 말했던 것과 같은 '불임(不姙)의 세월'이 아니라 '1960년대 이후 꽃피는 역동성의 싹을 회임(懷妊)한 시기였다'고 평가한다.

"산업화 초기 단계에서 정치-경제 병행발전 사례 없다"

반면에 저자는 장면(張勉) 정권에 대해서는 안타까움이 섞인 냉정한 비판을 가한다. 그는 우리 사회 일각의 장면 정권 재평가 논리를 비판하면서, 주어진 기회를 제대로 활용하지 못했던 장면 정권의 분열과 무능, 무소신을 따끔하게 꼬집는다. 저자는 "시간을 선용(善用)하지 못하면 시간의 보복이 기다리고 있다"면서 "장면 정부에게 그 보복은 군(軍)의 정치개입이었다"고 말한다. "시간을 선용하지 못하면 시간의 보복이 기다리고 있다"는 경고는 비단 장면 정권에게만 해당하는 말은 아닐 것이다. 1987년 이후의 5년 단임 대통령들에게도, 그리고 하루하루 일상을 살아가는 모든 이들에게도 이 말은 유효한 경고일 것이다.

박정희 정권은 부국강병(富國强兵)이라는 국가목적을 위해 국가가 가지고 있는 모든 자원을 총동원했던 '발전국가'였다. 5 · 16, 수입대체형 공업화에서 수출지향형 공업화로의 전환, 민정이양, 베트남파병, 6 · 3사태, 3선 개헌, 10월 유신 등으로 이어지는 이 시기의 역사를 저자는 한미관계 등 국제정세의 흐름과의 연관 속에서 담백하게 서술한다.

1960년대 말 외자(外資)에 의존한 경공업 중심의 발전모델이 점차 한계에 도달하고, 야권과 사회세력의 도전이 시작되며, 닉슨 독트린 이후 국제환경이 변화하면서 '박정희 발전국가'는 위기에 처하게 된다. 박정희 대통령은 이러한 상황을 극복하기 위해 권위주의체제의 강화(유신체제)와 중화학공업화라는 선택을 하게 된다.

저자는 "집권세력은 발전국가를 사회 내의 여러 계급뿐만 아니라 의회 및 정당정치로부터도 자율성을 지닌 국가로 만들고자 했다. 이것은 정치가 실종되고 오로지 행정적 효율성에 의해 지배되는 국가가 탄생하는 것을 의미했다. 이러한 정치실종의 시작이 1969년

단행된 3선 개헌이며, 그것의 최종적 완성은 1972년 10월에 출범한 유신체제였다"고 말한다.

박정희 정권에 대한 가장 큰 비판도 여기서 나온다. "경제는 발전시켰지만, 민주주의를 짓밟았다"는 것이다. 저자 역시 박정희 정권, 특히 유신체제의 반민주성에 대해 눈을 감지는 않는다.

그러면서도 저자는 "영국의 예에서 보듯 산업화–민주화 병행발전이 가능하다"고 하는 주장을 반박하면서 "영국의 경우도 민주화에 앞서 산업화를 달성한 경우에 해당한다"고 지적한다. 저자는 "독일 · 이탈리아 · 일본 등의 후발산업화 국가들 뿐 아니라 사회주의적 방식의 산업화를 추진한 구소련이나 동구권 국가들, 그리고 최근의 동아시아 신흥공업국들에 이르기까지 산업화의 초기 단계에서 민주주의와 경제발전을 성공적으로 병행시킨 나라는 없었다"고 말한다. 저자는 "박정희 정권하에서 일어난 권위주의적 경제발전은 영국을 '선구적 예'로 하는 일반적 경험에서 보아 크게 일탈된 것이라고 보기 어렵다"면서 "산업화가 일정 수준 이상으로 진행된 현 시점에서나 적용가능한 병행론을 가지고 박정희 정권을 단죄하는 것은 비현실적"이라고 강조한다.

김일영 교수를 기리며…

《건국과 부국》은 '박정희 발전국가'의 전반부인 유신선포까지를 다루고 있다. 저자는 이 책의 뒷부분에서 유신에서 김영삼 정권까지의 역사는 '발전국가의 변화'라는 관점에서(특히 국가와 시장의 상호관계를 중심으로) 압축적으로 정리하면서, 이후의 역사는 〈한국현대정치사강의2〉에서 다루겠다고 약속한다.

아쉽게도 저자는 그 약속을 지키지 못하고 2009년 49세를 일기로 세상을 떠났다. 저자와 가까웠던 김도종 · 강규형 교수 등은 저자의 유고(遺稿)를 묶어 2011년 《한국현대정치사론》(논형 펴냄)을 발간했다. 이 책에 실린 논문 가운데 일부는 《건국과 부국》의 내용과 중복되지만, 그래도 노무현 시대까지를 다루고 있어 아쉬운 대로 저자가 생전에 약속했던 〈한국현대정치사강의2〉에 갈음할 만하다. 엮은이들은 《한국현대정치사론》을 엮으면서 학술논문의 냄새를 최대한 탈색하려 애썼다.

나는 생전에 김일영 교수를 몇 번 인터뷰한 적이 있다. 학술 세미나 등에서도 여러 번 접할 기회가 있었다. 참 맑고 성실한 분이었다. 이 밤 그 분의 밝고 따뜻한 미소가 그리워진다. 고인(故人)의 명복을 빈다.

《건국과 부국》 | 김일영 | 기파랑 | 2010

《풀어 쓴 독립정신》_이승만

"너는 국민 된 책임을 다 했는가?"

- "우리는 세계에 대해 개방해야 한다"

오랫동안 건국 대통령 이승만(李承晩) 박사에 대한 나의 인식은 동(同)시대인의 평균적인 생각에서 크게 벗어나지 못했다. '4 · 19의 거로 쫓겨난 노회하고 부패한 정치인'이라는….

그런 생각이 점차 바뀌기 시작한 것은 이승만 대통령이 강행한 농지개혁이 이후 대한민국 산업화의 토대가 되었음을 알게 되면서부터였다. 건국에 이르는 과정에서 이 박사가 겪었던 간난신고(艱難辛苦)와 '국가형성' 과정에서 다른 나라들이 겪은 시행착오들을 알게 되면서 '이승만'에 대한 이해는 더욱 깊어졌다. 그러면서 무능하고 부패한 것으로만 알았던 이승만 정권이 사실은 식민통치로부터의 해방과 분단, 전쟁이라는 극한상황 속에서 '신생국 정부가 해야 할 일들은 다 해 냈고, 그것이 1960년대 이후 폭발적 경제발전의 기초가 됐다'는 것도 알게 됐다.

그러면서 '이승만 박사의 사상을 좀 더 날 것으로 알고 싶다'고 생각하던 차에 접하게 된 책이 《풀어 쓴 독립정신》이었다.

"19세기말 20세기 초 한국인이 쓴 저술 가운데 백미(白眉)"

원래 《독립정신》은 청년 이승만이 1904년 러일전쟁 발발을 목격하고 쓴 국민계몽서다. 당시 그는 고종폐위음모에 가담했다는 혐의로 한성감옥에 7년째 수감 중이었다. 그는 이 책의 서문에서 "분노가 치밀어 눈물을 참지 못하여 그동안 해오던 한영사전 작업을 중단하고 2월19일부터 이 글을 쓰기 시작했다"고 말한다. 러일전쟁이 개전(開戰)한 게 그해 2월 8일이니까 정말이지 전쟁발발 소식을 듣자마자 이 책을 쓰기 시작한 셈이다. 조국이 열강의 각축장이 된 상황에서 영어(囹圄)의 몸으로 조국을 위해 아무 것도 할 수 없는 서른 살 열혈청년의 애타는 심정이 그대로 느껴진다.

그해 6월 29일 탈고한 이 책은 국내에서는 발간되지 못하고 동지 박용만에 의해 미국으로 반출된 후 1909년 미국에서 출간됐다. 이 책은 광복 후 몇 차례 다시 출판되기는 했으나, 4 · 19 이후에는 잊혀진 책이 되고 말았다. 그러던 차에 지난 2008년 김충남 박사(전 청와대 비서관)와 이승만 연구가 김효선(우남이승만연구회 사무국장) 씨가 현대어로 고쳐 쓴 것이 바로 이 책 《풀어 쓴 독립정신》이다.

이 책에서 청년 이승만은 열강의 각축장이 된 대한제국의 현실, 시민혁명 이후 구미(歐美) 각국의 역사와 정치제도, 자유와 평등, 러일전쟁 전 40여 년간의 조선의 역사 등을 설명하면서, 국민들에게 자주독립과 자유민권의 사상을 일깨우고 있다.

이승만 연구의 태두(泰斗) 유영익 박사는 이 책을 두고 "19세기 말 20세기 초 한국인이 쓴 저술 가운데 백미(白眉)"라고 극찬했다. 이승만 박사에 대해 비판적인 중도좌파 성향의 사학자 박명림 교수도 이 책을 두고 "근대 한국의 국내 · 국제정치에 관한 최고의 저서 가운데 하나"라고 평했다.

'통상은 이로운 것'

서문에서 말하듯이 이 책은 '우리나라의 무식하고 천하며 어리고 약한 형제자매들'을 대상으로 쓴 것이다. 그러다 보니 오늘날 우리의 시각으로 보면 그 유치함에 코웃음을 칠만한 대목도 없지 않다.

예컨대 이 책 제11장 '우주법칙의 개요'에서는 청년 이승만은 지동설(地動說)과 지구의 구조에 대해 열심히 설명한다. 그러면서 그는 "어서 세상 형편을 바로 알아 나라를 위해 일하여 다른 나라 사람들처럼 잘 살아 보세"라고 호소하고 있다.

그게 불과 100년 전의 일이다. 그 '무지몽매'한 백성의 후예들이 이제는 청년 이승만이 《독립정신》을 저술할 당시의 선진열강들과 어깨를 나란히 하는 IT강국, 경제강국이 됐다고 생각하니 가슴 속에서 뜨거운 것이 치밀어 올랐다.

청년 이승만은 '다른 나라 사람들처럼 잘 살 수 있는 방법'을 통상(通商)에서 찾는다. 제7장 '통상과 교류는 이로운 것이다'에서 그는 이렇게 말한다.

"외국 사람들이 우리나라에 해를 끼치거나 무엇을 빼앗으러 온 것이 아니라 통상하고 교류하여 서로 이롭게 하고자 하는 것이니, 그들을 막을 수도 없고 막을 이유도 없다. (중략) 그러면서 그들이 오지 않았다면 우리끼리 잘 살 수 있을 것으로 잘못 생각하고 온갖 수단을 동원하여 그들을 몰아내고 외부세계와 단절하고자 한다. 그것은 외국인들을 방해하는 일일 뿐만 아니라 우리나라까지 위태롭게 하는 것이다."

후록(後錄) '독립정신 실천 6대 강령'에서도 청년 이승만은 통상의 중요성을 역설한다. '6대 강령'의 첫 번째 항목부터가 '우리는 세계에 대해 개방해야 한다'는 것이다. 이 항목에서 그는 '우리는 세계와 반드시 교류해야 한다' '통상은 서로에게 이익이 된다는 것을 깨달아야 한다' '오늘날 통상은 나라를 부강하게 하는 근본이다'라고 되풀이 강조한다.

이와 함께 청년 이승만은 경쟁의 중요성도 강조한다.

"경쟁이라는 것은 다른 사람과 겨룬다는 뜻으로, 한 걸음이라도 남보다 앞서고자 하며 남보다 먼저 얻으려고 하는 것이다. 공부를 하거나 장사를 할 때도 경쟁에서 이기려는 마음이 없다면 성공할 수 없다. 오늘날과 같은 세상에서 어떤 일이든 그러한 마음이 없으면 살아남을 수 없다."

오늘날 대한민국이 누리고 있는 번영은 지난 반세기 동안 '통상과 교류는 이로운 것'이라는 생각을 실천하고, 다른 나라들과의 '경쟁'에서 뒤처지지 않으려 몸부림친 결과다. 하지만 근래 정치권의 행태를 보면, 이제 그 번영도 종언을 고하는 것이 아닌가 싶어 가슴이 서늘해지곤 한다. '그들이 오지 않았다면 우리끼리 잘 살 수 있을 것으로 잘못 생각하고 온갖 수단을 동원하여 그들을 몰아내고 외부세계와 단절'하려 들고, '경쟁'을 사갈(蛇蝎)시하는 세력이 득세하고 있기 때문이다.

국민의 책임

청년 이승만이 이 책을 쓸 때에는 '대한제국' 시절이었다. '대황제(大皇帝)께서 무한한 군권(君權)을 향유하옵시는' 전제정치의 나라였다(대한국 국제). 백성은 권리와 의무의 주체인 '국민'이 아니라, 통치의 객체인 '신민(臣民)'이었다. 하지만 청년 이승만은 그 백성들을 향해 '시민(市民)' '국민'이 되라고 요구한다.

망국(亡國)의 위기 앞에서 그는 백성들을 향해 "국민 모두가 자신의 책임을 깨달아야 한다"고 목 놓아 외친다. 나라 팔아먹은 고관대작들은 물론이고 말단관리, 상민, 심지어 천민까지도 "2000만 민족의 한 사람으로서 나라를 이 지경으로 만든데 대해 각자가 얼마간의 책임이 있다는 것을 깨달아야 한다"고 요구한다.

"힘없는 백성들이 나라가 잘 되고 못 되는데 무슨 책임이 있느냐고 할 것이다. 나라와 백성을 위해 밤낮을 가리지 않고 애쓴 사람들도 적지 않은데 어째서 모든 사람들이 다 책임이 있느냐고 할지도 모른다.

그러나 애국지사를 자처하는 사람들까지도 그들의 책임을 다했다고 할 수 없다. 나라의 독립의 기초를 확고히 세우거나 독립을 위하여 목숨을 바친 사람들만이 그들의 책임을 다했다고 할 수 있을 것이다. 그렇지 못한 자는 그동안 아무리 노력을 많이 했다 하더라도 나라의 운명을 바로잡기 전에는 그 책임을 면할 수 없을 것이다."

이 대목을 읽으면서 정신이 번쩍 들었다. 정말이지 찬물을 뒤집어 쓴 듯한 느낌이었다. '지금 나는 조국 대한민국을 위해 최선을 다하고 있나?'하는 생각이 들었기 때문이다. "목숨을 바친 사람들만이 그들의 책임을 다했다고 할 수 있을 것이다. 애국지사를 자처하는 사람들까지도 그들의 책임을 다했다고 할 수 없다"는 청년 이승만의 추상같은 호령 앞에서 나 자신 한없이 작아지는 것을 느꼈다.

대한민국은 민주공화국이다. 공화국의 주인은 바로 국민이다. 전제군주국의 신민들도 나라를 위해 '목숨을 바친 사람들만이 그들의 책임을 다했다'고 말할 수 있다면, 민주공화국의 국민된 책임은 더 말할 필요가 없을 것이다.

"남이 해 주기를 기다리지 말라"

청년 이승만은 이렇게 외친다.

"대장부는 넓고 영원한 하늘의 진리를 향하여 굳게 나아갈 뿐이며, 결과를 걱정할 필요가 없다. 우리나라에서 나라에 이익이 되는 큰 사업이나 의로운 목적을 위한 일이 성공하지 못한 것은 사람들이 노력은 하지 않고 일이 이루어지기만을 기다렸기 때문이다. 사람들 중에는 죽지 않을까, 손해를 보지 않을까 하는 등 자기들의 이해관계만 따진 결과, 의(義)를 위해 헌신하려는 용기가 약해지고 그래서 아무런 노력도 하지 않고 남들이 해주기만을 기다린다. 모두가 남들이 해주기만을 기다리기만 한다면 무슨 일이 이루어질 수 있겠는가?"

이 대목을 읽으면서 나는 고급 호텔에 모여 명사들의 조찬강연을 들으며 좌파를 욕하고 나라걱정을 하기는 하지만, 우파 싱크탱크를 만들기 위해 지갑을 열 생각은 안 하는 '호텔 레스토랑 패트리어트(hotel restaurant patriot)'들, 좌파시민단체들에게는 보험 차원에서 수억, 수십억 원을 가져다 바치면서 우파시민단체들에게는 인색한 재벌들을 떠올렸다.

그들이 바로 청년 이승만이 말한 '노력은 하지 않고 일이 이루어지기만을 기다리는 자들'이요, '죽지 않을까, 손해를 보지 않을까 하는 등 자기들의 이해관계만 따지는 자들'이며, '아무런 노력도 하지 않고 남들이 해주기만을 기다리는 자들'이다.

나라의 운명에 대한 국민의 무한책임을 강조하는 청년 이승만의 외침은 계속된다.

"나 같은 사람은 무엇을 해보았자 소용이 없다거나 다른 사람들이 안 하는데 내가 해서 무엇 하느냐고 하거나, 내가 아니더라도 할 수 있는 사람들이 많다고 하는 생각을 버려야 한다. 모두가 각자가 할 수 있는 범위 내에서 최선을 다하는 것이 자신에게 맡겨진 의무이다."

"국민 한 사람은 나라라는 큰 실타래의 실 한 올에 비유될 수 있다. 나라를 위한 자신의 직분을 제대로 할 수 없다면, 자신이 존재하지 않는 것이 자신에게나 사회에도 오히려 나을 것이다. (중략) 사람은 누구나 자신의 직분을 다한 후에 권리를 주장할 수 있는 것이다."

"나라를 위해 충성함에 있어서 용기를 가지고 행동하겠다는 결심을 해야 한다. 무엇을 해야 할 것인가를 생각만 하고 그에 따른 어려움이나 위험을 걱정하지 말아야 하며, 결과가 어떻게 될 것인가 생각하지 말고 주저하지 않고 앞으로 나가야 한다."

이 밤도 청년 이승만은 내게 묻는다.

"이 나라를 사랑한다고 늘 이야기 해 온 너는 정말 나라를 위해 목숨을 바칠 각오가 되어 있느냐? 아니 그 이전에 너는 나라를 바로세우기 위해 지금 이 순간 얼마나 최선을 다하고 있느냐?"

그 물음에 자신 있게 대답하기에는 아직 많이 부족하다. 하지만 이 밤 이렇게 글을 쓰고 있는 것은, 그 물음에 조금이라도 당당한 사내가 되기 위해서이다.

[덧붙임] 이 책을 펴낸 청미디어의 신동설 사장은 중소기업인이다. 자라나는 2세들에게 올바른 역사관을 심어주기 위해서는 건국 대통령 이승만 박사를 널리 알려야겠다는 생각에서 청미디어를 설립, 지금까지 《일본 그 가면의 실체(Japan Inside out)》, 《한국교회 핍박》, 《이승만 한시선》 등을 펴냈다. 이런 분에게서 대한민국의 희망을 발견한다.

《풀어쓴 독립정신》 | 이승만 | 김충남 · 김효선 옮김 | 청미디어 | 2008

《벼랑 끝 외교의 승리》_박실

대한민국을 세우고 지켜낸 '이승만의 1인 외교'

-"공산주의자들을 다루는 데 있어서 예측을 불허하도록 하는 것이 중요"

1948년 8월 15일 대한민국 정부가 수립됐다. 이에 앞서 그해 7월 말 외무부가 문을 열었다. 을사늑약(乙巳勒約)으로 1906년 1월 17일 대한제국 외부(外部)가 폐지된 지 43년 7개월만의 일이었다. 초대 외무부 장관은 미군정(美軍政) 시절 수도경찰청장을 지내면서 좌익 척결에 앞장섰던 장택상.

외무부는 직제를 제대로 갖추기도 전에 미군정으로부터 행정권을 이양받기 위한 교섭에 들어갔다. 그해 8월 11일 우리 대표단과 미국 사이에 '대한민국에 대한 정권 이양 및 미 점령군의 철수에 관한 한미간의 협정'이 체결됐다. 이 협정은 대한민국이 최초로 수행한 외교교섭이자, 을사조약으로 외교권이 일본에 넘어간 이래 42년 만에 다시 해보는 외교교섭이었다.

《벼랑 끝 외교의 승리 – 이승만 외교의 힘》은 이렇게 시작된 대한민국 건국기 외교의 막전막후 이야기를 다루고 있다.

무(無)에서 시작한 한국외교

대한민국 건국 이후 모든 것이 무(無)에서 시작하는 판이었지만, 특히 외교분야는 그 정도가 더 했다. 일반 행정이나 법조계의 경우 일제하에서 고등문관시험(오늘날의 행정고시)에 합격하거나 말단 관리, 경찰 등을 지낸 사람들이 있었다. 군(軍)의 경우도 일본군·만주군이나 중국군 등에서 복무한 이들이 적지 않았다.

외교 분야는 달랐다. 1910년의 경술국치(庚戌國恥), 아니 그 이전 1905년 을사늑약 체결 이래 이 나라에서는 '외교'라는 것이 사라졌다. 일제하 조선인 관료 중에서 외교분야에 종사했던 사람은 전무하다시피 했다.

사실 어떤 의미에서 이 나라는 5000년 역사 동안 제대로 된 외교라는 것을 해 본 적이 없는 나라였다. 중국에 대한 사대(事大)가 외교의 알파요 오메가였고, 부수적으로 이따금 국경도발을 해 오는 여진 등 북방오랑캐나 일본을 달래면 그만이었으니까 말이다.

이런 상황에서 영어 좀 한다는 이유로 하루아침에 외교관이 된 대한민국의 첫 외교관들은 한동안 매주 수요일 저녁이면 서울 명동에 있던 경제구락부에 나가 의무적으로 사교댄스를 배워야 했다. 주한미국대사관 관계자들로부터 의전의 ABC를 배우기도 했다.

신생 대한민국은 지지리도 가난한 나라였다. 당연히 제대로 된 외교를 펼칠만한 돈도 없었다. 100달러 이상 지출을 할 때에는 대통령의 결재를 받아야 했다. 이승만 대통령은 해외로 나가는 외교관들을 접견하는 자리에서 "달러를 아껴 쓰고 호텔도 가급적 싼 방에 들라"고 당부했다. 이 대통령은 1954년 미국에 군사원조를 요청하기 위해 이형근 연합참모본부 총장(합참의장)을 파견할 때에도 "여비를 절약하기 위해 미8군에서 군용기를 빌려 타고 가라"고 지시했다. 변영태 외무부 장관은 미국 출장 시 하룻밤에 3달러 하는 싸구려 여관에 투숙한 후, 남은 달러를 경무대에 반납해 이 대통령의 칭찬을 받았다.

당시 북한은 우리보다 형편이 나았다. 1954년 제네바 정치협상 당시 북한 대표단장 남일은 1만평짜리 호화 별장을 빌려 묵었다고 한다. 경제난으로 해외공관들은 잇달아 폐쇄되고, 그나마 해외에 남은 외교관들도 빈민가의 낡은 건물에서 유숙해야 하는 지금의 북한 외교관들에게는 꿈같은 이야기일 것이다.

외교의 전통도, 외교를 뒷받침할 인적 · 물적 자원도 없는 상황이었지만, 할 일은 많았다. 무엇보다도 중요한 일은 유엔으로부터 정부승인을 받는 일이었다. 1948년 9월 프랑스 파리에서 열린 유엔총회에 참석한 한국대표단은 가로 세로 50㎝ 가량의 흰 장지에 붓으로 쓴 '대한민국 여행권'이라고 적힌 외교관 여권을 들고 출국했다. 네덜란드 출입국관리사무소 직원은 "이런 여권은 생전 처음 본다"면서 자기에게 팔라고 농담을 던졌다고 한다.

갓 태어난 나라의 대표들이었지만, 대한민국을 세계무대에 당당하게 세워야겠다는 기개 하나만은 대단했다. 총회장에서 소련 대표인 비신스키가 조병옥 특사를 가리키며 "저기 싱만 리(이승만)의 개가 앉아 있다"고 외치자, 조 특사는 즉각 "저기 스탈린의 개가 짖고 있다"고 맞받아쳤다. 결국 이들은 유엔으로부터 '대한민국은 한반도에서의 유일합법정부'라는 승인을 받아냈다.

이승만의 '벼랑 끝 외교'

1950년 6 · 25가 터졌다. 전란의 와중에서 외교력을 동원해 나라를 구해내는 것이 이 나라 외교의 제1과제가 됐다. 6월 26일 하오에 트루먼 미국 대통령을 만난 장면 대사는 눈물을 글썽이며 지원을 호소했다. 주일대표부는 연합군최고사령부와 교섭해서 고국의 동포들을 격려하는 심리전방송을 하기도 했다.

이 시기 대한민국 최고의 외교관은 이승만 대통령이었다. 젊은 시절 고종 황제의 밀명을 받고 도미(渡美), 시어도어 루즈벨트 대통령을 만나 국권 보존을 호소했던 이래 일관되게 외교를 통한 독립 투쟁을 벌여온 그는 당시 국내에서 외교가 무엇인지를 아는 유일한 인물이었다.

외교전략을 짜는 것도, 그 전략을 뒷받침할 전술을 모색하는 것도, 외교를 수행할 외교관들을 발탁하고 움직이는 것도 모두 이승만 대통령 한 사람의 몫이었다. 이승만 대통령은 중요한 외교문서는 본인이 직접 타이핑하기까지 했다. 주미대사 등 외국 주재 대사는 물론 외무부 장관 조차 이승만의 외교 담당 비서에 불과했다. 1950년대 한국외교는 사실상 이승만의 1인극이었다고 해도 과언이 아니다.

이승만 대통령의 오랜 동지이자 외교고문이었던 R. T. 올리버 박사가 술회한 것처럼 '국제사회에 영향을 줄 수 있는 국력 자체가 없는 상황'에서 이승만 대통령이 동원할 수 있는 거의 유일한 외교자원은 '벼랑 끝 외교'였다.

이승만 대통령은 때로는 미국인들이 진저리를 칠 정도로 억지를 부리면서 미국을 벼랑 끝으로 밀어붙였다. 휴전협상 당시 그가 국군의 단독 북진 의사를 공공연히 피력하는 한편, 반공포로 석방으로 미국을 압박한 끝에 결국 한미상호방위조약을 이끌어 낸 것이 그 대표적인 예다.

그렇다고 이승만 대통령이 아무 생각 없이 억지쓰기를 한 것은 아니었다. 1954년 11월 닉슨 미국 부통령이 방한(訪韓)했을 때, 이승만 대통령은 다음과 같은 내용이 담긴 메모를 건넸다.

"공산주의자들이 미국이 이승만을 조종하고 있음을 확신하는 순간, 미국은 자신이 가진 가장 효과적인 협상카드의 하나를 잃게 된다. 본인(이승만)이 모종의 행동을 시작할지도 모른다는 공포가 공산주의자들에게 부단한 제동이 되고 있다는 것을 알아야 한다."

후일 닉슨은 "나는 공산주의자들을 다루는 데 있어서 예측을 불허하도록 하는 것이 중요하다는 이 대통령의 통찰을 곰곰이 생각했다"면서 "그 후 많은 것을 배우면 배울수록, 그 노(老)정치가의 현명함에 더욱 더 감탄하게 됐다"고 술회했다.

이승만 대통령을 높이 평가한 것은 닉슨뿐이 아니었다. 맥아더 원수는 물론이고, 이승만의 벼랑 끝 외교에 끊임없이 시달렸던 무초 대사, 브릭스 대사, 유엔군사령관 클라크 장군 등도 결국은 이 대통령을 이해하고 존경하게 됐다.

미국을 극한으로 몰아붙이는 이승만 대통령의 '벼랑 끝 외교'는 다른 한편으로는 그의 명(命)을 단축하는 결과를 가져오기도 했다. 미국 내 유럽 중시파인 애치슨 국무장관, 아이젠하워 대통령, 콜린스 육군참모총장 등은 이승만이라면 치를 떨었다. 미국은 6·25전쟁 와중에 권위주의적 통치를 강화하면서 휴전협상에 고집스럽게 반대하는 이승만 대통령을 연금하고 자신에게 고분고분한 정권을 세우려는 에버레디 작전을 입안하기까지 했다. 미국이 이승만 대통령이 열정적으로 추진했던 태평양방위동맹 구상에 시큰둥한 반응을 보였던 것도 그에 대한 반감이 한 원인이었다.

이승만 대통령은 휴전 이후에도 북진통일 주장을 계속했고, 1954년 미국을 방문했을 때에는 의회연설에서 "미국은 소련·중공과 일대 결전을 단행해야 한다"고 촉구해 아이젠하워 대통령을 불쾌하게 만들었다. 항일독립운동에 평생을 바쳤던 이 대통령은 미국이 동북아전략 차원에서 의욕적으로 추진했던 한일관계 개선에도 완강하게 반대했다(물론 구보다 망언, 재일교포 북송 등 일본측의 과오도 한일관계 개선의 걸림돌이었다).

이런 이승만 대통령에게 신물이 난 아이젠하워 행정부는 결국 1960년 4·19의거가 일어나자 이 대통령으로부터 등을 돌렸다. 4·19 직후 시위대에 동정적인 성명을 냈던 매카나기 주한미국대사는 이승만을 만나 4·19의 배경을 설명하면서 완곡하게 하야압력을 가했다.

대통령직에서 하야한 지 한 달여가 지난 1960년 5월 29일 이승만 대통령 부부는 트렁크 네 개를 들고 미국행 비행기에 올랐다. 광복을 맞아 빈손으로 귀국했던 이 대통령 부부는 그렇게 빈손으로 다시 이 나라를 떠났다. 5년 후 '건국의 아버지'는 망명지 하와이에서 쓸쓸히 눈을 감았다.

열강의 틈바구니 속에서 한국의 갈 길은?

이 책을 읽으면서 내내 가슴이 시렸다. 지지리도 가난한 나라, 외교의 ABC도 모르는 신생국의 대통령으로서 나라의 생존을 위해 발버둥 쳤던 이승만 대통령의 고뇌가 곳곳에서 느껴졌기 때문이다. 그와 함께 오늘날 세계 10위권의 경제강국으로 우뚝 선 오늘의 대한민국을 생각하며 가슴 뿌듯함을 느끼지 않을 수 없었다.

하지만 오늘날 우리 외교가 그러한 국력신장에 걸 맞는 능력을 갖추고 있는지는 회의적이다. 지난 2010년 천안함 외교의 실패, 리비아와의 외교 갈등 등이 그 예다.

이 나라에서 가장 높은 외교관이라고 할 수 있는 대통령이나 대권후보들에게 이승만 대통령 같은 식견과 역량과 애국심이 있는가? 미국에 나라의 안보와 살림을 전적으로 의존하던 시절임에도 국제해양법 회의에서 국익을 고려해 감연히 미국안(案)에 반대표를 던졌다가 해임됐던 김용우 주영대사와 같은 용기와 애국심이 오늘날 한국 외교관들에게 있는가?

천안함사태를 둘러싼 미국과 중국, 러시아의 각축전에서 보듯이, 대한민국은 여전히 열강의 틈바구니 속에서 살아가고 있다. 정부와 국민 모두 정신 바싹 차리지 않으면 대한민국은 더 큰 번영이나 통일은 고사하고, 살아남기조차 힘든 상황이 될 수도 있다. 건국기 외교의 뒤안길을 담은 이 책을 권하는 것도 바로 그 때문이다.

《벼랑 끝 외교의 승리》 | 박실 | 청미디어 | 2010

《국가와 혁명과 나》_박정희

'박정희는 왜 혁명을 했나'

–"진정한 민주주의는 먼저 건전한 경제적 토대 위에서 확립될 수 있다"

땀을 흘려라!

돌아가는 기계 소리를

노래로 듣고…

이등 객차에

불란서 시집을 읽는

소녀야.

나는, 고운

네

손이 밉더라.

1980년대를 풍미했던 노동자 시인 박노해의 시(詩)를 연상케 하는 시다. 이 시의 뒤에는 다음과 같은 선동이 뒤따른다.

〈우리는 일을 하여야 한다. 고운 손으로는 살 수 없다.

고운 손아, 너로 말미암아 우리는 그만큼 못살게 되었고, 빼앗기고 살아왔다.

소녀의 손이 고운 것은 미울 리 없겠지만, 전체 국민의 1% 내외의 저 특권 지배층의 손을 보았는가. 고운 손은 우리의 적이다. (중략)

피와 땀과 눈물을 흘리자. 기름으로 밝는 등(燈)은 오래 가지 못한다. '피'와 '땀'과 '눈물'로 밝히는 등만이 우리 민족의 시계(視界)를 올바르게 밝혀 줄 수 있을 것이다.〉

하지만 이것은 박노해의 글이 아니다. 그와는 대척점에 섰던 사람, 박정희(朴正熙) 전 대통령(이하 존칭 생략)이 쓴《국가와 혁명과 나》에 나오는 글이다.

이 책이 나온 것은 제3공화국의 출범 전야(前夜)인 1963년 9월 1일이었다. 당시 국가재건최고회의 의장 겸 대통령 권한대행이던 박정희는 대통령 선거를 앞두고 5 · 16군사정부의 정당성과 자신의 정치철학을 국민 앞에 피력하고 싶었던 것이다.

군인 출신인 박정희가 민정 이양을 앞두고 있던 공사다망한 와중에 직접 책을 쓴 것은 아니다. 박상길 청와대 대변인이 늦은 밤 장충동 의장 공관을 찾아가 박정희와 이야기를 나눈 것을 원고로 정리해 올리면, 박정희가 읽어보고 자신의 의견을 더하는 식으로 책을 썼다.

정치인들이 선거를 앞두고 내는 책들이 대개 그런 것처럼, 이 책은 심오한 정치철학을 담고 있거나, 당시 정치 막후의 흥미진진한 이면을 드러내는 책은 아니다. 그렇다고 문체가 유려한 것도 아니다.

박정희 스스로도 쑥스러운 듯, 서문에서 "정무의 여가 여가, 뇌리에 오가는 생각들의 원광(圓光)을 좇아 한 줄 두 줄 흩어진 소감을 정리하여 보았다"면서 "문필가 아닌 나의 졸문이라 읽기가 역겨울 것이지만, 이 보잘 것 없는 한 단편의 글이 애국하는 싹에 거름이 된다면 더 바랄 것이 없겠다"고 말하고 있다.

5 · 16은 총체적 국민혁명

하지만 46년 전에 나온 《국가와 혁명과 나》는 오늘날에도 여전히 의미가 있다. 박정희가 왜 혁명을 했고 18년 동안이나 권력을 잡고 놓지 않으려 했는지, 그가 이루려 했던 것이 무엇인지, 그리고 그가 무엇을 이루었는지를 느낄 수 있게 해 주는 책이기 때문이다.

"피곤한 오천년의 역사, 절름발이의 왜곡된 민주주의, 텅 빈 폐허의 바탕 위에 서서 이제 우리는 과연 무엇을 어떻게 하여야 할 것인가?"

책의 서장에 나오는 이 외침은 이 책 내내, 아니 박정희 정권 18년 내내 그를 구속했던 화두였다.

이 책에 나오는 나라의 사정은 한숨이 절로 나올 만큼 한심하다. 박정희는 "해마다 수많은 국민들은 굶주림과 싸우지 않으면 안 되었다. 사람이 먹고 산다는 것은 하등 사치도 아니고 지나친 욕심도 아니다. 지극히 좁은 개념 하에서 보장되어야 할 최극소(最極小)의 권리에 불과하다. 이것이 문제된다니 참으로 우리들의 생활은, 생존의 연장 이외 하등 생의 목적이 없다는 결론이 나온다"고 탄식한다.

민주주의, 인권, 삶의 질, 이런 것 이전에 대다수 국민이 '먹고 사는 것'을 걱정해야 했던 나라, 그게 우리의 조국 대한민국이었다.

이어 박정희는 '나라가 가난하였다고 하지만 기실 얼마나 가난하였던가'를 보여주기 위해 예산안의 52%가 미국의 원조자금으로 꾸려져 있는 민주당 정권의 추가경정예산안을 제시한다 (박정희는 항상 구체적인 수치를 통해 자신의 논거를 제시하는 사람이었다). 그는 "독립된 국가이면서도, 통계상으로 보는 한국의 실가치는 48%에 불과한 것"이라면서 "이러고도 우리는 과연 독립된 자유, 민주주의의 주권국가라고 자부할 수 있을 것인가. 참으로 딱하고 기막힐 일이 아닐 수 없다"고 개탄한다.

"경제적으로 자립능력이 없는 한 인간은 끝내 남을 의지하지 않으면 안 되듯 이의 자립 없이, 한 민족이나 국가의 온전을 기대하기란 문자 그대로 연목구어(緣木求魚)격이 아니겠는가"라는 박정희의 물음은 지독하게 가난한 나라의 운명을 떠맡은 국가지도자의 처절한 절규에 다름 아니다.

이어서 박정희는 이승만 정권과 장면 정권의 무능과 무위(無爲), 그리고 생산재 대신 소비재 원조에 주력해 온 미국의 원조정책을 맹비난한다. 하지만 박정희는 여기서 그치지 않는다.

"하루라도 빨리 자주경제를 확립하고 내 살림을 내가 맡아 해나가는 숙원을 이룩하여야 한다. 1961년 5월 이전, 본인으로 하여금 혁명을 거사케 한 직접적인 주요 목표가 바로 이것이었다. 자주! 그것은 오직 자주경제 이외에 잡을 그물이 없는 것이다."

자주경제에 기반을 둔 자유롭고 민주적인 독립국가의 건설-그것이 박정희의 꿈이었다. 이 꿈을 달성하기 위해 박정희는 5·16을 일으켰다.

왜 군인이 국토방위라는 사명에서 벗어나 정치에 개입해야 했나? 지금까지도 계속되는 이 물음에 대한 박정희의 반박은 단호하다.

"서상(敍上)한 바와 같이 민족경제가 파탄 농락되고, 구정객들의 망거와 죄악이 극에 달하여 사회가 혼란될 대로 혼란됨으로 하여, 불원(不遠)한 장래에 망국의 비운을 맛보아야 할 긴박한 사태를 보고도, 감내와 방관을 미덕으로, 허울 좋은 국토방위란 임무만을 고수하여야 한단 말인가.

항시, 정의로운 애국군대는 감내나 방관이란 허명을 내세워 부패한 정권과 '공모'할 수는 도저히 없었던 것이다. 말하사면 5·16 혁명은 이 '공모'를 거부하고, 박차고 내적(內敵)의 소탕을 위하여 출동한 군의 작전상 이동에 불과하다고 요약할 수 있을 것이다."

물론 '내적의 소탕을 위한 출동'이 5·16의 전부는 아니었다. 5·16은 반만년 동안 가난을 대물림해온 기구한 운명을 타파하기 위한 총체적 국민혁명이었다. 박정희는 5 · 16혁명에 대해 "정신적으로 주체의식의 확립혁명이며, 사회적으로는 근대화혁명이요, 경제적으로는 산업혁명인 동시에, 국가의 재건혁명이자, 인간개조, 즉 국민 개혁혁명"이라고 말한다.

그 중에서도 핵심은 당연히 '산업혁명'이었다. 박정희는 "5 · 16혁명의 핵심은 민족의 산업혁명화"라면서 "먹여놓고, 살려놓고서야 정치가 있고, 사회가 보일 것이며, 문화에 대한 여유가 있을 것"이라고 말한다. "항산(恒産)이라야 항심(恒心)"이라고 했던 맹자의 말이 연상되는 대목이다.

'산업혁명'을 위해 5 · 16군사정부는 무엇을 했나? 이 책의 제2장 '혁명 2년간의 보고'는 바로 군사정부의 성과를 소개하는 장이다. 여기서 박정희는 지금의 시각에서 보면 극히 미미하기 짝이 없는, 경제면에서의 성과라는 것들을 자랑스럽게 내세우고 있다. 그것들을 일별하면서 '우리는 이만큼 가난했구나. 오늘날 우리의 번영은 여기서 시작됐구나'하는 생각에 눈시울이 뜨거워졌다. 문득 "네 시작은 미미하지만, 그 끝은 창대하리라"라는 성경의 한 대목이 떠올랐다.

박정희가 5 · 16의 롤 모델로 삼았던 제3세계의 혁명들을 소개하고 있는 제4장 '세계사에 부각된 혁명의 각 태상'도 흥미롭다. 여기서 박정희는 중국 손문의 신해혁명, 일본의 메이지유신, 케말 파샤의 터키혁명 등과 함께 나세르의 이집트혁명을 크게 소개하고 있다. 그는 '수천년래의 봉건 아성을 무너뜨리고 생기충일하는 현대 이집트를 건설하려는 나세르의 자세와 투지'를 높이 평가하면서 '약자가 창조하여 가는 현실의 기적'이라고 찬사를 보낸다.

격세지감! 박정희가 선망의 눈으로 바라보았던 나라들 가운데 지금도 우리보다 앞선 나라는 일본밖에 없다. 이 책을 쓰면서 박정희는 자신은 물론 당대의 의식 있는 지식인이라면 누구나 '근대화혁명'의 모델로 부러워했던 이집트를 저 아래 내려다보는 날이 오리라고 생각이나 했을까?

그날을 만들기 위해 박정희는 국민들에게 아부하지 않는다. 오히려 국민들을 질타하고 채찍질한다. 그는 "'고생하자' '십년만 참자' 이러고 나면 우리는 '라인강의 기적'도 '신무(神武) 이래의 융성'도 부러울 것이 없다"면서 "'어려울 것이다' '우리 형편에…' 이러한 망념부터 버려야 한다"고 호소한다.

혁명은 아직 끝나지 않았다

우리 국민들은 박정희의 그 피 끓는 호소에 떨쳐 일어났다. 우리의 아버지, 어머니들은 '고운 손'을 적으로 삼아 싸웠고, 피와 땀과 눈물을 흘렸다. 그리고 오늘의 조국 대한민국을 일구었다.

《국가와 혁명과 나》에 나타난 초라한 조국의 모습과 오늘날 우리 조국 대한민국의 모습을 비교해 보면, 감동 때문에 가슴이 먹먹해진다. 그런 점에서 《국가와 혁명과 나》는 역설적으로 박정희 18년 동안 그와 우리 국민들이 이룩한 성취를 보여주는 성적표이기도 하다.

박정희 이후 대한민국은 경제적 · 정치적으로 5 · 16 당시 '근대화혁명'의 모델로 삼았던 나라의 대부분을 앞질렀다.

박정희가 말했던 5 · 16의 목표들도 달성됐다. 먼저 경제적 측면의 혁명, 즉 '산업혁명'이 달성됐다. 이에 대해서는 긴 말이 필요 없을 것이다. 이에 따라 '국가재건혁명'도 달성됐다. 경제성장에 따라 사회구조가 바뀌면서 사회전반의 근대화혁명도 이루어졌다. '하면 된다'는 국민적 자신감과 함께 주체의식이 고양됐다.

"진정한 민주주의는 무엇보다도 먼저 건전한 경제적 토대 위에서 확립될 수 있다"고 한 박정희의 예언도 실현됐다. 이 땅의 민주화는 박정희가 이룩한 경제적 성취 위에서 이루어진 것이다.

박정희는 김일성처럼 자신의 통치철학을 '주체사상'이나 '박정희주의'라는 식으로 포장하지 않았다. 누구처럼 자신의 정치철학이나 통일구상을 담은 수십 권의 책을 내지도 않았다. 대신 그는 자신의 피와 땀과 눈물로 역사를 만들었다. 오늘날 우리가 누리고 있는 번영과 민주주의가 그의 성공을 증거하고 있다.

박정희의 꿈이 모두 이루어진 것은 아니다. 그가 꿈꾸었던 '사람 중심'의 붕당(朋黨)이 아닌 '정쟁(政爭) 중심'의 공당(公黨)이 주도하는 진정한 정당정치, 자신의 이념이 확립된 지도자의 출현, 조국의 통일은 요원하기만 하다.

무엇보다도 박정희가 통절하게 비판했던 "허위와 과장과 부패, 무능, 독선으로 미비(彌備)되어 민주주의의 허점을 역이용해서 왜곡된 위장 민주주의"는 여전히 우리 곁에 독사처럼 똬리를 틀고 있다.

조국의 전진을 가로막는 '위장 민주주의'를 타파하고 자유롭고 민주적인 통일 조국을 건설하는 것, 그것은 박정희의 꿈이고, 오늘을 사는 우리들의 꿈이다. 우리의 혁명은 끝나지 않았다.

《국가와 혁명과 나》| 박정희 | 지구촌 | 1997

《박정희》(1~13)_조갑제

'CEO박정희'의 10가지 성공비결

-"귀와 입으로 일하면 아무 것도 되는 것이 없다. 다리와 눈으로 일하라"

지난 반세기 동안 이 땅에서 살아왔고, 지금 이 땅에서 살고 있는 한국인들에게 박정희(朴正熙) 대통령 없는 한국현대사는 상상조차 할 수 없다. 오늘날 우리가 먹고 사는 바탕이 되는 핵심 산업, 수출 지향적 경제체제는 모두 '박정희 시대'에 구축된 것이다. 교육이나 행정 시스템도 마찬가지다. 박정희 정권이나 그 이후 권위주의 정권에 맞서 온 야당의 정당시스템도 공화당의 것을 본받은 것이다. 심지어 주사파(主思派)조차도 어떤 의미에서는 '민족주의'와 '국적 있는 교육'을 강조했던 유신체제의 사생아(私生兒)라고 할 수 있다. 그만큼 62년을 살다 간 박정희의 그림자는 크고 깊고 넓다.

총 13권에 이르는 《박정희》는 바로 그 박정희 대통령의 거대한 생애를 그려낸 저자의 라이프 워크(life work)이다. 이 책의 서문에서 저자는 "박정희를 쓰면서 '소박'과 '자주'라는 두 단어를 생각했다"면서 "'소박'은 그의 인간됨이고 '자주'는 그의 정치사상"이라고 말한다. 저자는 박정희 대통령을 가리켜 "파란만장의 시대를 헤쳐 나가면서, 영욕과 청탁(清濁)을 함께 들이마셨던 사람, 더러운 강물 같은 한 시대를 삼켜 바다와 같은 다른 시대를 빚어낸 사람, 그러면서도 자신의 정신을 맑게 유지했던 초인(超人)"이라고 평한다.

박정희 대통령의 생애는 거대했다. 1961년 5 · 16군사혁명으로 역사의 무대에 등장한 후에 그가 주연(主演)이 되어 만들어간 역사뿐 아니라, 그가 조연(助演)으로, 혹은 엑스트라로 참여했던 역사까지 모두 친다면, 그의 생애 자체가 한국현대사라고 해도 과언이 아니다. 그런 점에서 《박정희》는 단순히 한 개인의 전기(傳記)를 넘어 다양한 분야의 역사책으로 읽을 수 있다.

해방공간의 혼돈, 건군(建軍)과 건국, 부산정치파동, 4 · 19, 5 · 16, 민정이양, 6 · 3사태, 3선 개헌, 10월 유신, 윤필용사건, 코리아게이트, 부마사태, 10 · 26 등 주요 정치사건을 중심으로 이 책을 읽을 경우, 이 책은 그대로 〈대한민국현대정치사〉가 된다.

다른 한편으로 이 책은 〈경제사〉로 읽을 수도 있다. 1961년 5 · 16 직후 '개발부'(후에 건설부를 거쳐 경제기획원으로 낙착) 창설을 논의하는 모습에서부터 시작해 '부정축재자'로 몰린 이병철과 박정희의 만남, 광부 · 간호사 파독(派獨), 수출 1억 달러 달성, 가발 · 섬유산업 등 1960년대 경공업 공장의 모습, 오원철과 중화학 공업 건설, 새마을 운동, 수출 100억 달러-1인당 국민소득 1000달러 달성

등의 자취를 따라가면서 이 책을 읽으면 영락없이 개발연대 한국의 〈경제사〉이다.

그런가 하면 1960년대 북한의 대남도발과 통혁당, 동백림 사건 등을 다룬 부분을 보면, 오늘날 우리 사회 좌경화의 뿌리를 엿볼 수도 있다. 한미–한일관계에 관심을 두고 이 책을 읽으면 〈외교사〉로 읽을 수도 있다. 여기서는 'CEO박정희'의 모습을 보여주는 '리더십 교과서'라는 차원에서 《박정희》를 소개해보기로 한다 (아래 내용은《박정희》에 나오는 얘기들을 중심으로, 필자가 취재한 내용들을 약간 덧붙인 것이다).

1. 세계 최고의 목표 설정

박정희 대통령은 세계로 눈을 돌린 지도자였다. 수출지향적 경제정책, 베트남 파병, 한일국교정상화, 중동(中東)진출 등은 그 예이다.

박정희 대통령은 한반도와 동북아를 뛰어넘어 세계를 무대로 삼았다. 종합제철 근무 경력자가 단 한명뿐인데도, 국제기구에서 만류하는 데도 처음부터 국제경쟁력을 가질 수 있는 100만t 규모의 제철소 건립을 지시하여 세계 최고의 포스코로 키운 것이 대표 사례이다.

수입대체전략에 입각한 보호주의적 경제정책을 실시했던 제3세계 군사정권들과는 달리, 박 대통령이 눈을 세계로 돌려 세계 최고의 목표를 지향할 수 있었던 것은, 일찍부터 외국의 문물을 체험했기 때문으로 보인다.

박 대통령은 젊은 시절 만주에서 군인생활을 하면서 대륙의 호방함을 맛보았고, 일본 육사 생도로서 당시 세계 최고 수준이던 일본의 중화학공업 시설 등을 견학하기도 했다. 1954년 미국 포트실에 있는 미(美)육군포병학교에서 6개월간 유학생활을 했던 것도 세계 제1의 선진국이던 미국과 미국인을 이해하고 낙후된 조국의 현실을 반추해 보는 좋은 계기가 됐다.

2. 판단은 주체적으로

박정희 대통령의 가장 중요한 성공비결은 주체적 사고(思考)방식이었다. 그는 항상 자신의 기준을 세워 판단했다. 포항종합제철을 만들 때에도 대한(對韓)제철차관단(KISA) 등 외국기관들의 의견에 좌우되는 경제관료들에게 "우리의 입장과 조건을 근거로 하여 계획을 세우라"고 주문했다.

박정희 대통령은 판단을 내리기 전에는 남의 의견을 충분히 경청했다. 회의 때 박 대통령이 먼저 의견을 제시하는 일은 없었다. 대통령이 먼저 의견을 제시하면, 다른 참석자들이 자신의 소신을 충분히 피력하지 못하기 때문이었다. 박정희 대통령이 초기의 수입대체전략을 포기하고, 수출지향형 경제로 과감히 정책방향을 바꾼 것도 장기영 경제부총리 등의 건의를 수용한 결과였다. 관료들의 의견이 엇갈릴 경우, 담당 국 · 과장들까지 불러들여 활발한 토론을 벌이도록 한 뒤, 결론을 내렸다.

3. 권한 위임과 중점주의

박정희 대통령은 국방과 외교, 새마을운동과 고속도로 건설 등 주요 관심 사항만을 챙기고, 그 밖의 일들은 관계 장관들에게 위임했다. 차관급 이하의 인사도 장관에게 위임했다. 대신 그렇게 해서 기용된 부하의 잘못에 대해서는 함께 책임을 물었다.

권한을 위임함으로써 챙기는 여유 시간을 박정희 대통령은 독서와 사색, 그리고 과거에 올라온 각종 보고서들을 재(再) 점검하는 데 활용했다. 이를 통해 박 대통령은 장기적인 국가발전전략을 모색하고, 비전을 창출할 수 있었다.

4. 현장과 실무자를 중시하라

《박정희》나 그 시대에 활동했던 공직자들의 자서전을 보면, 박정희 대통령이 현장을 둘러보면서 현장 실무자들의 의견을 경청하는 얘기가 수없이 많이 나온다. 박 대통령은 이렇게 현장을 누비면서 국가사업의 진행 상황을 점검하고, 관계자들의 사기를 진작시키기 위해 노력했다.

그가 국정전반을 챙긴 5대 회의는 월례(月例)경제동향회의, 수출진흥확대회의, 분기별 심사분석회의, 방위산업진흥회의, 연두(年頭)순시였다. 이런 회의에는 관련 장관은 물론 서기관급 공무원들까지 배석해 발언했다. 박 대통령은 현장의 실무 담당자들인 그들의 의견에 귀를 기울였다.

5. 능력 위주로 최고의 인물을 써라

박정희 대통령은 인사를 하는 데 있어 그 사람의 능력을 최우선시 했다. 개인적인 하자(瑕疵)는 크게 문제 삼지 않았다.

필요한 인물이라면 박정희 대통령은 자유당 시절의 각료(신현확)나 민주당 시절의 각료(태완선 · 김영선), 심지어 5 · 16에 맞섰던 인물(이한림)도 기용했다. 김형욱 전 중앙정보부장 같은 거친 인물이나 이후락 전 중앙정보부장 같은 모사형 인물도 필요하면 썼다.

그리고 일단 능력이 검증되면 오랫동안 일을 맡겼다. 이석제 전 감사원장은 총무처 장관과 감사원장으로 10년 넘게, 최형섭 전 과학기술처 장관은 7년 6개월, 오원철 전 경제제2수석비서관은 8년1개월, 김정렴 전 대통령비서실장은 9년 2개월 동안 자리를 지켰다.

6. 경쟁을 조장하되 필요한 곳엔 집중 지원

박정희 대통령은 새마을운동을 하면서 근면 · 자조 · 협동하여 우수한 성과를 올린 마을부터 우선적으로 지원한다는 확고한 원칙 아래, 전국 3만 5000개 마을을 주민참여도에 따라 기초마을 · 자조마을 · 자립마을의 세 가지로 구분했다.

정부는 새마을사업 참여도가 높은 자립마을과 자조마을을 우선적으로 지원했다. 기초마을은 지원하지 않았다. 이는 근래 정부에서 각종 지원을 할 때에는 낙후된 집단을 우선적으로 지원하는 것과는 정반대다. 박정희 대통령은 형평성의 논리에 굴복해 얼마 안 되는 예산이나 자원을 '나눠먹기'식으로 배분하는 것을 거부하고,

마을 간의 경쟁의식을 자극했던 것이다.

그렇다고 박정희 대통령이 늘 경쟁원리만 강조했던 것은 아니다. 공업의 경우에는 '선택과 집중'의 원리에 따라, 비난을 감수하더라도 특정업체가 세계수준에 오를 때까지 집중적으로 지원하고, 그 후에 다른 업체의 참여를 점차적으로 허용하는 경쟁방식을 취했다. 조선(造船)분야에서 현대조선을 우선적으로 지원한 것이 그 예이다.

7. 시간이 가장 소중한 자원이다

박정희 대통령은 근대화에서 뒤쳐진 우리나라가 단시일 내에 경제발전을 이룩하기 위해서는 빠른 시일 내에 결과물이 나오지 않으면 안 된다고 생각했다. 박 대통령이 현장을 자주 방문하면서 관계자들을 독려한 것도 이 때문이었다.

빠른 시일 내에 목표를 달성하기 위해 박 대통령은 '수출목표 100억 달러' 같은 수치로 된 목표를 제시했다. 경제관료들은 목표를 달성하기 위해 죽어라 하고 일했다.

1980년대 후반 이후 '빨리 빨리'는 경제성장 과정에서 나타난 문제점들, 즉 '한국병(韓國病)'의 원인으로 지탄받기도 했지만, 박 대통령이 그렇게 서두르지 않았다면 중화학공업입국은 불가능했을 것이다.

8. 확인하고 또 확인하라

박정희 대통령은 군(軍)시절부터 "귀와 입으로 일하면 아무 것도 되는 것이 없다. 다리와 눈으로 일하라"고 강조하면서 "명령은 5%이고 확인과 감독이 95%"라고 말하곤 했다고 한다 (박정희 준장이 3군단 포병단장 시절 부하장교였던 오정석 예비역 육군준장의 증언).

박 대통령은 어떤 지시를 내릴 때 단순히 지시에 그치지 않고 "언제까지 결과를 보고할 것"을 요구했다. 틈나는 대로 과거에 올라온 보고서들을 다시 읽어보면서, 국가사업의 진행상황을 점검했다.

경제개발5개년 계획의 진전 상태를 확인 · 점검하기 위해 분기별로 심사분석회의를, 매달 월례경제동향회의를 가졌다. 각종 현장을 수시로 방문했던 것도 확인행정의 일환이었음은 물론이다.

9. 쉽고 정확한 말로 상대방을 설득하라

박정희 대통령은 설득을 중시하는 지도자였다. 1961년 5월 16일 아침 KBS방송국을 점령한 그는 긴박한 상황 속에서도 박종세 아나운서에게 군사혁명의 당위성을 설명하며, 박 아나운서를 설득하기 위해 노력했다. 다만 설득해도 되지 않는 경우에는 자신의 소신에 따라 일을 강행했다.

박정희 대통령은 말을 아끼는 지도자였지만, 입을 열면 쉽고 정확하게 자신의 뜻을 표현했다. 그는 "우리도 한번 잘 살아보자"고 직설적으로 얘기했다. 못 배운 촌부(村夫)들도 이해할 수 있는 쉬운 용어를 사용했기 때문에 그의 말은 설득력을 가질 수 있었다.

10. 역사에서 배워라

이상에서 살펴본 것을 정리해 보면, 박정희 대통령은 고도의 균형감각의 소유자였음을 알 수 있다. 세계화를 추구하면서도 한국의 역사적 현실을 외면하지 않았고, 경쟁을 조장하면서도 필요한 분야에는 집중 지원을 아끼지 않았다. 남의 의견을 경청하면서도 자신의 주체성을 잃지 않았으며, 자신이 직접 챙겨야 할 일과 권한을 위임해야 할 일을 잘 구분했다. 관념과 위선을 경계했고, 실사구시(實事求是)의 정신 아래 국민들이 먹고 사는 문제를 우선했다.

이러한 균형감각은 어디서 나왔을까? 김정렴 전 대통령비서실장은 "박정희 대통령이 역사서를 많이 읽으면서 깊이 있게 생각하고, 판단하는 능력을 키우게 되었을 것"이라고 말한다. 박 대통령 자신도 1961년 6월 3일 5 · 16 혁명 이후 첫 인터뷰에서 취미가 무엇이냐는 기자의 질문에 대해 "사색하거나 사서(史書)읽는 걸 좋아한다"고 답한 바 있다. 박 대통령이 일찍부터 세계화를 지향할 수 있었던 것도, 나라의 문을 여는 것이 국가발전에 도움이 된다는 교훈을 역사로부터 얻었기 때문이었다.

《박정희》(1~13권) | 조갑제 | 조갑제닷컴 | 2007

《장제스 일기를 읽다》_레이 황

장제스와 '나라 만들기'

—근대국민국가 건설 위한 장제스의 고군분투 보며
이승만 · 박정희를 생각

군대 시절, 병사들이 군기(軍紀) 빠진 짓거리를 할 때면 장교나 부사관들이 꼭 하는 얘기가 있었다. 바로 "장개석 군대 같다"는 말이었다.

그만큼 '장개석 군대'는 군기 빠진 군대, 백전백패(百戰百敗)하는 무능한 군대, 장군이 적군에게 무기를 팔아먹었다는 전설을 간직한 썩어빠진 군대의 대명사였다.

때문에 그 오합지졸 군대의 대장인 장제스(蔣介石)—중국 보통화(표준어)로는 장제스, 그의 정치적 고향인 광동어로는 치앙카이섹이라고 발음함—에 대한 평가는 더 말할 나위도 없었다. 많은 한국인들에게 그는 '부정부패로 대륙을 마오쩌둥(毛澤東)에게 잃고 타이완으로 도망친 무능한 지도자'로 각인되어 있다.

'거시사적 관점' 강조하는 레이 황

레이 황의 《장제스 일기를 읽다》는 바로 그 장제스에게 덧씌워진 누명을 상당 부분 벗겨주는 책이다.

이 책의 저자인 레이 황(Ray Huang, 중국 이름은 황인우[黃仁宇])은 젊은 시절 '장개석 군대'(국부군)에서 초급장교로 복무한 적이 있는 중국계 미국 역사학자다. 레이 황은 역사 속의 특정 사건이나 사실만을 떼어내어 집중적으로 조명하는 미시사(微視史)를 비판하면서 '거시사적(巨視史的)' 관점에서 역사를 저술해야 한다고 강조한다.

《허드슨 강변에서 중국사를 이야기하다》 서문에서 레이 황은 자신이 보는 아편전쟁 이후의 중국근현대사에 대해 이렇게 말한다.

"한 쪽만 들여다보는 견해를 가지고서 이것에 걸 맞는 지엽적인 자료들을 가져다가 이 1세기 반에 걸친 역사를 읽어간다면, 반드시 '과거에 어리석은 짓을 했다'면서 이맛살을 찌푸릴 것이다.

그러나 이 100여년 동안 일어난 사건의 흔적을 앞뒤로 연결시켜 종합적으로 검토해 보면, 여기에서 얻어지는 인상은 전혀 다를 수 있다. 겉보기에는 이 시기에 중국이 실패만 거듭한 것 같지만, 실제로 중국과 중국사회는 실패를 거친 뒤 사다리를 타고 올라가는 것처럼 발전했다."

이 이야기를 읽는 순간 무릎을 쳤다. '있었던 사실로서의 역사'가 아니라 '당위(當爲)로서의 역사', 좀 더 정확히 말하면 '자기가 주관적으로 이랬어야 마땅하다고 생각하는 역사'를 준거(準據)틀로 삼아 우리의 근현대사를 '실패한 역사'라고 재단(裁斷)하면서 자신들의 뒤틀린 사관(史觀)을 다른 사람들에게까지 강요하는 일부 국내 역사가들에게 일침을 놓는 탁견이었기 때문이다.

《장제스 일기를 읽다》에서도 레이 황은 장제스가 평생에 걸쳐 쓴 일기 가운데 이런저런 형태로 공간(公刊)된 것들을 텍스트로 삼아 다사다난(多事多難)했던 중국현대사를 거시사적 관점에서 풀어 나간다.

장제스와 '국가 만들기'

300년 가까이 중국대륙을 지배했던 청나라가 신해혁명으로 무너지고 난 후, 그 거대한 땅덩어리는 각지에서 일어난 군벌(軍閥)들의 각축장이 됐다. 지방군의 지휘관이나 중 · 초급 장교, 혹은 비적(匪賊)두목에서 몸을 일으킨 그들은《삼국지》속의 영웅들처럼 대륙의 한 귀퉁이를 차지하고 서로 힘을 겨루었다. 이 과정에서 수만, 수십만 명의 병력이 맞부딪쳤고, 전란에 휘말린 민초들은 이리저리 휩쓸리다가 죽어갔다.

중국사는 이 시기에 '중화민국'이라는 나라가 있었다고 기록하고 있다. 하지만 엄밀히 말해 당시 중국에는 아예 '국가'라는 것이 없었다. 중화민국을 세운 중국의 국부(國父) 쑨원(孫文)은《삼국지》속의 천자(天子)처럼 이 군벌 저 군벌 사이를 옮겨 다니면서 '동가식서

가숙(東家食西家宿)'하는 형편이었다.

이러한 상황을 타개하고 혼돈에 빠진 중국대륙에 '국가'라는 상부구조를 만들어내는 것이 바로 장제스에게 맡겨진 역사적 소임이었다. 그가 만들어내야 하는 국가는 아직껏 중국에 존재한 적이 없는 '근대국가'였다.

중국의 경제구조나 인민들의 의식이 '전(前)근대'에서 벗어나지 못하고 있던 당시에 이것은 지극히 힘든 작업이었다. 솔직히 말하면 장제스 자신도 '전근대'에서 완전히 벗어나지 못하고 있었다. 장제스는 기독교도이자 양명학의 추종자였는데, 이는 '근대국가'를 지향하면서도 '전근대'의 그늘에서 완전히 벗어나지 못했던 그의 어정쩡한 처지를 잘 보여준다.

장제스가 자신이 길러낸 황푸군관학교 졸업생들을 이끌고 군벌타도를 위한 북벌(北伐)에 나선 것은 바로 그 '국가 만들기'의 첫걸음이었다. 장제스는 무력으로 군벌들을 무너뜨리거나 이해관계로 군벌들을 달래가면서 어렵게 '국가'의 토대를 만들어 나갔다. 하지만 그가 만든 '국가'의 토대는 너무나 취약했다.

게다가 안팎의 적이 그를 괴롭혔다. 마오쩌둥의 공산당과 중국의 영토를 침탈해 들어오는 일본제국주의가 그들이었다. 장제스는 "국내를 먼저 평정한 다음에 외적에게 저항"하려 했다. 일본이라는 거대한 적에게 대항할 수 있는 '국가' 자체가 중국에는 없었기 때문이다.

하지만 대중은 그러한 주장을 이해하지 못했다. "국내를 먼저 평정한 다음에 외적에게 저항하자"는 그의 외침은 국가와 민족의 안위보다는 자신의 권력에 집착하는 또 다른 군벌 독재자의 아집으로만 여겨졌다. 결국 장제스는 시안사변을 거치면서 원치 않던 국공합작(國共合作)을 강요당했다. 그리고 그 상태에서 장제스와 중국은 중일전쟁이라는 소용돌이 속으로 떠밀려 들어갔다.

레이 황은 이 책에서 "중국은 국제적인 전쟁을 치를 준비가 된 근대국가가 아니었다"고 여러 차례 강조한다. 그에 의하면 "장제스의 전투부대들도 결코 통합된 군대가 아니었다." 장제스의 직계부대와 잔존 군벌세력들의 어설픈 연합세력에 불과했을 뿐이었다. 글 첫머리에서 언급한 '장개석 군대'의 '전설적'인 무능과 부패는 레이 황에 의하면, "단순히 부패나 잘못된 운영"의 문제가 아니라 "중국이라는 중세국가가 총력전을 벌이고자 분투하는" 과정에서 생겨난 구조적인 문제였다.

장제스, 마오쩌둥, 덩샤오핑

하지만 태평양전쟁 발발 이후 중국을 지원하던 미국은 중국의 처지나, 그런 중국을 이끌어야 했던 장제스의 고충을 거의 이해하지 못했다. 미국인들은 '중세국가' 중국의 동원능력이나, 그 군대의 전쟁수행능력은 헤아리지 못하고 자신들의 잣대로 장제스와 그의 군대를 무능하고 부패하다고 낙인찍었다. 그 대신 그들은 옌안(延安)에 있는 마오쩌둥의 홍군(紅軍)은 낭만적인 눈으로 바라보았다. '군인정치인' 장제스의 국제감각 결여나 그의 측근들의 부패와 과오가 상황을 악화시켰다.

결국 8년간의 전쟁이 끝났을 때, 장제스의 수중에 남겨진 것은 그가 그토록 만들어내려 애썼지만 내전과 항일전쟁의 와중에 허울만 남은 근대국가와 군대뿐이었다. 그 국가와 군대를 가지고 내전과 전쟁 기간 중에 농촌을 중심으로 밑바닥에서부터 세력을 기른 마오쩌둥의 공산당과 싸우는 것은 쉽지 않은 일이었다. 게다가 "중국 국내의 어려움에 대해서는 조금도 고려하려 들지 않았고, 스위치만 돌리면 즉각적으로 자신들의 고상한 정치 목표가 실행되리라 기대"했던 서구화된 지식인들이 장제스를 흔들어댔다. 미국은 전쟁 중에 형성된 부정적 인식을 바탕으로 장제스를 외면했다.

공산당에게 대륙을 내 줄 무렵, 장제스는 "지금의 실패를 낳은 최대의 원인은 낡은 시스템의 폐지와 붕괴 이후 단단하고 성숙한 새로운 시스템을 만들지 못한 데에 있다"고 탄식했다. 대륙에서의 시행착오를 바탕으로 장제스는 타이완에서 작지만 건실한 '근대국가'를 만드는 데 성공했다. 하지만 이때는 이미 그가 역사의 뒤안길로 밀려난 다음이었다.

그럼 장제스는 역사의 패배자인가? 레이 황은 그렇지 않다고 단언한다. 그는 이렇게 말한다.

"우리는 거시적인 시각에서 장제스와 국민당이 중국의 상부구조를 만들었고, 마오쩌둥과 공산당이 하부구조를 다시 꾸렸으며, 덩샤오핑과 그의 추종자들이 개시한 경제개혁이 상부와 하부의 제도적인 연결을 다시 확립하는 것을 목표로 삼았다는 것을 인정해야 한다."

장제스도, 마오쩌둥도, 덩샤오핑도, 그들에게 주어진 역사적 소명을 다했다는 얘기다. 그렇다면 중국내전과 문화혁명, 그리고 다른 잔혹하고 난폭한 일들이 일어났던 까닭은 무엇인가?

레이 황은 "주된 이유는 시간이 부족했기 때문"이라고 말한다. 루스벨트는 "중국은 우리가 200~300년 걸려 이룩한 것을 매우 짧은 시간 안에 창조해야 한다"고 말했는데, 바로 그렇게 압축적으로 근대국가를 만들어내는 과정에서 수많은 비극이 발생했다는 것이다.

이승만과 박정희

이 책을 읽는 내내 내 머릿속을 떠나지 않은 두 분이 있었다. 바로 이승만 · 박정희 두 대통령이었다. 그들의 고민과 시행착오, 그리고 생전은 물론 사후에도 계속되는 그들에 대한 온갖 비난은 따지고 보면 '나라 만들기'의 어려움에서 비롯된 것이었다.

장제스처럼 이승만도 무(無)에서부터 시작해 군대와 관료제도를 창설하고, 중세적 토지제도 등 낡은 제도를 개혁하고, 국민을 교육시키고, '근대국민국가'를 만들어내야 했다. 장제스가 미처 완성되지 않은 빈약한 국민국가를 가지고 8년간의 항일전쟁을 치러야 했던 것처럼, 이승만도 만들어진 지 2년도 안 되는 '대한민국'이라는 나라를 가지고 3년간의 전쟁을 감당해 내야 했다.

박정희도 비슷했다. 그는 "국내의 어려움에 대해서는 조금도 고려하려 들지 않았고, 스위치만 돌리면 즉각적으로 자신들의 고상한 정치 목표가 실행되리라 기대"하는 자칭 '민주주의자'들과 싸워가면서 남들이 수백 년 걸려 이룩한 성취를 압축적으로 이루어냈다. "찬동과 부정, 칭찬이나 비난에 대해 말하자면, 나는 차라리 내 양심으로 하여금 나를 이끌도록 하겠다"는 장제스 일기의 한 구절은 "내 무덤에 침을 뱉어라"라던 박정희의 외침을 연상케 한다. 국가에 대한 무한책임 의식, 공산주의자들에 대한 분노, 자기의 충정을 몰라주는 세상에 대해 야속해 하는 모습, 수도사와 같은 금욕적 생활태도 등에서 장제스와 박정희는 많이 닮았다. 두 사람 모두 일본군대를 경험한 '군인정치인'이기 때문일까?

책을 덮으면서 이승만과 박정희, 두 분에게 새삼 감사했다. 그것은 그 분들이 중국보다 훨씬 적은 대가를 치르고 (물론 '나라의 크기'가 다른 덕분이기도 하지만) '나라 만들기'에 성공한 데 대한 고마움이었다.

《장제스 일기를 읽다》 | 레이 황 | 구범진 옮김 | 푸른역사 | 2009

《쇼와사1, 2》_한도 가즈토시

일본제국은 왜 패망했나?

–'근거 없는 자기 과신, 교만스러울 정도의 무지함, 끝을 알 수 없는 무책임'이 나라를 망쳤다

소화(昭和 · 일본어로는 쇼와라고 한다)는 일본 천황 히로히토(裕仁 · 1901~1989년)의 연호(年號)다. 1926년부터 1989년까지 무려 63년간 계속된 그의 치세(治世)는 20세기를 관통하고 있다. 그의 재위 기간 동안 일본은 만주사변, 중일전쟁, 태평양전쟁, 원폭투하와 패전, 미군의 점령, 전후 경제부흥, 세계 제2위의 경제대국으로의 도약 등 엄청난 격변을 겪었다.

언론인이자 작가인 한도 가즈토시(半藤一利)의 강연 내용을 엮은 《쇼와사1, 2》는 이 격변의 소화시대를 다룬 역사다. 저자는 강의 도중 한 젊은이로부터 "태평양전쟁에서 누가 이겼나요?"라는 질문을 받고 충격을 받은 것이 계기가 되어 이 책을 쓰게 됐다고 한다(젊은 세대가 현대사에 대해 무지한 것은 우리나라나 일본이나 매한

가지인가 보다).

저자는 이 책의 서문에서 40년 주기(週期)설을 주장한다. 미국 페리제독이 포함외교로 강제로 일본의 문을 연 지 12년 후인 1865년 일본은 개국(開國)을 국책으로 결정했다. 이후 40년 동안 일본은 근대화에 매진, 40년 후인 1905년 러일전쟁에서 승리하면서 명실상부한 열강의 하나가 됐다. 이후 오만방자해진 일본은 조선병탄, 만주사변, 중일전쟁 등을 벌였고, 그 연장선상에서 태평양전쟁을 일으켰다가 1945년 패망하고 말았다.

패망 후 7년간 미군의 점령 아래 있던 일본은 1952년 샌프란시스코 강화조약으로 독립을 회복한 뒤 '경무장-통상(輕武裝-通商)국가'로 나라의 나아갈 길을 정하고 경제부흥을 위해 노력한 결과 1980년대 중반에는 미국을 위협하는 세계 제2위의 경제대국으로 우뚝 섰다. 하지만 성공에 취해 자만하는 사이에 일본경제에 그늘이 드리워지기 시작했고 1991년 버블 붕괴 이후 일본경제는 추락에 추락을 거듭하고 있다.

이 책은 바로 메이지유신 이후 40년간의 노력 끝에 열강의 반열에 오르는데 성공한 일본이 왜 무모한 침략전쟁 끝에 패망했는지, 그리고 그 일본이 어떻게 다시 일어섰는지, 즉 일본 국가 흥망의 리더십을 다루고 있다.

엘리트의 자기 과신과 무책임이 나라를 망쳤다

그렇다면 일본을 패망으로 몰고 간 요인은 무엇이었나? 저자는 그 이유를 '정치 · 군사 지도자들의 근거 없는 자기 과신과 무책임성'에서 찾는다.

일례로 노몬한사건(1939년 5~9월 만주-몽골 국경에서 벌어진 소련 · 몽골 연합군과 일본군 간의 무력충돌)에서 태평양전쟁 개전에 이르는 과정을 보자.

당시 관동군(일본의 괴뢰국인 만주국에 주둔하고 있던 일본군)은 중일전쟁의 와중에서 소련과의 대규모 무력충돌을 저어(齟齬)한 본국 정부와 육군 중앙(육군성과 참모본부)의 뜻을 어기고 소규모 국경분쟁을 빌미로 소련과 대규모 전투를 벌였다.

관동군 참모들은 '일본군이 출동하면 적은 퇴각할 것이고 상황은 간단하게 종료될 것'이라고 기대하면서 일을 저질렀지만, 일은 그들의 뜻대로 돌아가지 않았다. 유럽에서의 전쟁을 앞두고 극동지역에서의 우환을 미리 제거하겠다는 생각을 갖고 있던 스탈린이 주코프 휘하의 최신예 전차부대 및 포병부대를 대거 투입한 것이다. 특유의 돌격정신으로 무장한 일선 장병들의 분전에도 불구하고 일본군은 참담한 패배를 맛본다.

노몬한사건 이후 일본군은 "노몬한사건의 최대 교훈은 군국 전통의 정신위력을 점점 확충하는 동시에 저수준인 화력전 능력을 빠르게 향상시켜야 한다는 것"이라는 결론을 내린다.

하지만 일본 군부는 이후 노몬한사건의 교훈을 실천에 옮기기 위한 구체적인 노력은 전혀 기울이지 않는다. 자동소총이 등장하는 시대에 메이지시대에 만들어진 38식 소총이 여전히 일본군의 제식 소총이었고, 일본군 전차는 소련군이나 미군전차와는 비교도 안 될 정도로 장갑이 약했다. 38식 소총이 계속 쓰인 이유는 일본군이 '아무리 사용해도 떨어지지 않을 정도로' 38식 소총 탄환을 비축해 놓고 있었기 때문이었고, 장갑이 두꺼운 중(重)전차를 개발하지 못한 것은 일본의 협궤철도와 항만시설로는 중전차를 운반할 수 없다는 이유 때문이었다고 한다.

그럼에도 일본은 2년 후 소련보다 훨씬 더 버거운 상대인 미국을 상대로 태평양전쟁을 일으킨다. 태평양전쟁 당시 참모본부 작전과장과 전력반장은 노몬한사건 당시 관동군 작전참모였다. 노몬한의 재앙에 대해 책임을 졌어야 할 자들이 아무런 책임을 지지 않은 것은 물론, 더 큰 자리에서 나라를 더 큰 재앙으로 몰고 간 것이다.

일본이 자신들의 한계를 전혀 몰랐던 것은 아니었다. 하지만 이들은 당시 유럽을 석권하고 있던 히틀러에게 기대를 걸었다. 1940년 일본이 나치 독일, 파시스트 이탈리아와 3국동맹을 맺은 것도 그 때문이었다. 히틀러가 조만간 영국을 굴복시키고, 3국동맹을 소련이 참가하는 4국동맹으로 발전시킨다면 미국은 여기에 맞서지 못할 것이라고 판단한 것이다. 일본은 소련과 독일이 1939년 불가침협정을 맺은 후 폴란드를 분할 점령한 것을 보고 이런 생각을 하고 있지만, 이때는 이미 히틀러가 소련침공을 준비하고 있을 때였다. 물론 역사는 일본의 기대와는 다른 방향으로 흘러갔고, 결국 일본은 패망하고 말았다.

저자는 "당시 일본 육군의 엘리트들은 곤란한 일은 일어나지 않을 것이라는 비상식적인 의식, 그와 동시에 실패를 솔직하게 인정하지 않고 그 실패로부터 아무런 교훈을 얻으려고 하지 않는 태도에 사로잡혀 있었다"면서 당시 엘리트들의 의식구조를 '근거 없는 자기 과신, 교만스러울 정도의 무지함, 끝을 알 수 없는 무책임'이라는 말로 표현한다.

역사의 교훈

《소화사》 1권을 마무리하면서 저자는 '역사의 교훈'을 이야기한다.

첫째, 국민적 열광을 만들어서는 안 된다. 저자는 만주사변 등을 거치면서 군부와 야합한 언론이 어떻게 여론을 호도했는지를 고발하면서 "매스컴에 선동당해 일단 불타오르면 열광 그 자체가 권위를 가지기 시작하여 굳건한 물건처럼 사람들을 이끌어가고 휩쓸어버린다"고 경고한다.

둘째, 현실을 무시한 추상적 관념론의 포로가 되어서는 안 된다. 저자는 "최대의 위기에 처한 일본인이 추상적인 관념론을 너무 좋아한 나머지 구체적이고 이성적인 방법론을 전혀 검토하지 않았다"고 지적한다. 히틀러의 유럽 석권이라는 가공의 사실을 전제로

3국동맹에 가담하고 무모하게 태평양전쟁을 일으킨 것이 그 예다. 이에 대한 저자의 비판은 신랄하기 짝이 없다. "먼저 자신에게 바람직한 목표를 설정하고 이어 매우 능숙한 작문으로 장대한 공중누각을 쌓는 것이 일본인의 특기인 것 같다. 모든 일들이 자신이 희망하는 대로 움직일 것이라고 생각한다."

셋째, 폐쇄적인 소집단주의는 안 된다. 각 군의 우수한 인재들이 모인 육군 참모본부와 해군 군령부는 절대적인 권력을 휘두르면서도 외부와의 소통을 게을리 했다는 것이다. 저자는 이들이 대국(大局)을 보지 못하고 육군이나 해군의 이해(利害)관계에만 집착하는 모습을 보여주었다는 점도 지적한다. 그는 버블경제의 붕괴를 가져온 오늘날 일본 엘리트 관료들의 의식구조도 이들과 다를 바 없다고 비판한다.

넷째, 국제사회 속에서 자신의 위치를 객관적으로 파악하지 못하고 주관적 사고(思考)에 의한 독선에 빠져서는 안 된다.

다섯째, 무슨 일이 일어났을 때 바로 결과를 얻으려고 하는 성급하고 대증(對症)요법적인 발상은 안 된다. 저자는 전전은 물론이고 전후에도 "일본의 엘리트들은 그때 그때 상황에 맞추어 그 자리만 모면하는 방책으로 처리한다. 넓은 의미에서 시간적 · 공간적인 대국관이 전혀 없다"고 비판한다.

저자는 "오늘날 일본인에게서도 이와 같은 면들이 많이 보인다"면서 "역사는 제대로 보려고 하지 않으면 보이지 않고, 역사를 배우려고 하지 않으면 역사는 가르쳐주지 않는다"고 말한다.

어떤 미래를 만들 것인가?

구한말 이래 계속해서 일본을 근대화의 모델로 삼아왔기 때문일까? 이 책의 저자인 한도 가즈토시가 지적하는 전전 및 전후 일본 엘리트들의 의식구조나, 그가 말하는 '역사의 교훈'은 왠지 낯설지 않다.

저자가 말하는 선동에 약한 국민성의 폐해를 우리는 광우병사태 등에서 질리도록 보았다. 객관적인 현실을 무시하고 '모든 일들이 자신이 희망하는 대로 움직일 것'이라고 착각하는 모습은 햇볕정책에 병적으로 매달렸던 자들이나 설익은 대미(對美)자주외교를 주장하던 자들에게서 쉽게 발견할 수 있다. 폐쇄적인 소집단주의는 새누리당이나 민주당·진보당의 내홍, 천안함사태 처리 과정에서 드러난 군의 자군(自軍)이기주의, 2010년 유명환 당시 외교부 장관 딸의 부정 특채 의혹 등에서 볼 수 있다. 국제사회 속에서 자신의 위치를 객관적으로 파악하지 못하고 주관적 사고에 의한 독선에 빠진 사례로는 천안함 외교의 실패를 들 수 있을 것이다. 대증요법적인 행정행태도 눈에 익은데, 미리 준비하고 예방하기보다는 매사 '소 잃고 외양간고치기' 식의 행정을 우리는 얼마나 많이 보아 왔던가? 저자가 '근거 없는 자기 과신, 교만스러울 정도의 무지함, 끝을 알 수 없는 무책임'이라고 표현했던 일본 엘리트의 행태도 우리나라 관료들의 모습과 크게 다르지 않아 보인다.

문득 우리나라 근현대사에도 '40년 주기설'을 적용할 수 있는 것은 아닌가 하는 생각이 든다. 1905년 을사늑약으로 사실상 국권을 빼앗긴 지 40년 만인 1945년 우리는 해방을 맞았다. 이후 3년간의 미 군정을 거쳐 1948년 대한민국을 건국했고, 이후 분단과 전쟁, 혁명 등을 겪으면서 국가건설을 위해 분투노력한 결과 1988년에 이르러 산업화와 민주화라는 과제를 일단락 지을 수 있었다. 서울올림픽은 그 상징이었다.

그 후 20여년, 대한민국은 경제적으로는 여러 어려움을 극복하면서 계속 성장해서 선진국 문턱에 도달했지만, 다른 한편으로는 미래에 대한 비전과 국가정체성을 상실하고 표류하고 있다.

한도 가즈토시는 1992년 이후 일본의 역사를 두고 다시 '멸망을 향해 가는 역사'가 아닌가 하고 우려하고 있다. 실제로 지금 일본은 42년 만에 세계 경제 2위의 자리를 중국에 내주는 등 쇠락하고 있는 것처럼 보인다.

하지만 우리는 그 전철을 밟아서는 안 된다. 어떻게 여기까지 왔는데 지금 와서 주저앉을 수는 없다. 선진국 진입의 꿈, 자유통일의 꿈을 여기서 멈출 수는 없다. 그리고 '1988년 이후 40년간의 역사'를 성공한 역사로 만드느냐, 아니면 실패한 역사로 만드느냐는 전적으로 오늘을 사는 우리들이 몫이다.

《쇼와사》(1, 2권) | 한도 가즈토시 | 박현미 옮김 | 루비박스 | 2010

2

자유를 위한 투쟁

《펠로폰네소스전쟁사》_투퀴디데스

그리스 세계의 패권전쟁을 통해 보는 오늘의 한국과 세계

–"행복은 자유에 있고, 자유는 용기에 있다"

펠로폰네소스전쟁은 기원전 431~404년 그리스 세계의 패권(霸權)을 놓고 아테나이(아테네)와 스파르테(스파르타)가 벌인 전쟁이다. 이 전쟁에서 스파르테가 승리함으로써 페르시아전쟁 이후 그리스 세계의 패자로 부상(浮上)했던 아테나이는 몰락의 길로 접어든다.

《펠로폰네소스전쟁사》를 지은 투퀴디데스(Thoukydides)는 펠로폰네소스전쟁 당시 적어도 1차례 이상 장군으로 선출되어 아테나이군을 지휘했던 아테나이의 지도층 가운데 한 사람이었다.

투퀴디데스가 이 책을 썼던 시대는 전쟁에 나서기 전에 델포이의 신전에 가서 신탁(神託)을 받던 때였다. 하지만 투퀴디데스는 전쟁의 경과를 서술하면서 신(神)의 의지 같은 것은 철저히 배제하면서, 모든 것을 인간관계의 상호관계에서 설명한다. 또 그는 "내가 직접 체험한 것이든 남에게 들은 것이든 최대한 엄밀히 검토한 다음 기술하는 것을 원칙으로 삼았다"고 선언함으로써 과학적 역사관의 비조(鼻祖)가 되었다.

제국의 딜레마 – 아테나이와 미국

이 책은 2500년 전의 옛 이야기다. 하지만 이 책을 읽는 내내 '마치 오늘의 세계와 한국을 보는 것 같다'는 생각이 뇌리를 떠나지 않았다. 제국의 흥망, 강대국 사이에서 좌고우면하는 약소국의 고달픔, 권력을 위해서라면 교언영색(巧言令色)으로 민중을 현혹하고 조국마저 팔아넘기는 포퓰리스트들….

펠로폰네소스전쟁이 일어나기 전, 라케다이몬(스파르테)인들의 민회에 참석한 아테나이인들은 자기들이 그리스 세계의 지도자가 된 것은 페르시아전쟁 당시 다른 그리스 국가들의 요청 때문이었다면서 "일단 그들의 지도자가 되고 보니 우리는 두려움, 체면, 우리 자신의 이익 때문에 제국을 현재 상태로 확장하지 않을 수 없었다"고 주장한다.

이건 미국이 세계제국으로 성장한 과정과 판박이다. 미국 역시 제1차 세계대전과 제2차 세계대전 당시 군국주의·전체주의세력에 맞서는 서구 민주국가들을 지원하는 과정에서 자유세계의 맹주(盟主)로 떠올랐다. 그리고 냉전(冷戰) 시기에는 공산전체주의의 팽창에 대한 두려움, 동맹국들에 대한 체면, 미국의 국익 때문에 자유세계의 지도자라는 자리에서 내려오지 못했다. 탈(脫)냉전시대에도 미국은 '세계의 경찰'이라는 짐을 내려놓지 못하고 있다.

아테나이의 지배에 염증을 느끼고 라케다이몬에게 붙으려는 아테네 종속국들의 심리에서는 유럽이나 한국에서의 반미(反美)정서와 흡사한 심리를 읽을 수 있다. 아테나이인들은 "우리는 공정하게 행동했건만 불공정하게도 칭찬보다 오히려 비난을 더 많이 들었다"고 푸념하는데, 아마 지금 미국인들의 마음이 꼭 그럴 것이다.

아테나이는 그리스 세계에서 라케다이몬을 중심으로 한 펠로폰네소스동맹과 전쟁을 벌이는 와중에 무리하게 시켈리아(시칠리아) 원정을 강행했다가 결정적 타격을 입는다. 이 또한 아프가니스탄과 이라크 두 개의 전선에서 전쟁을 벌이느라, 혹은 아프간-이라크 전쟁의 와중에 글로벌 금융위기라는 또 하나의 경제전쟁을 벌이느라 헉헉대는 지금의 미국과 흡사하다.

포퓰리스트와 반역자들

그리스 세계 전체를 휩쓴 대동란의 와중에 그리스 세계의 군소도시국가들은 아테나이와 라케다이몬 사이에서 눈치를 보느라 전전긍긍한다. 아테나이군이 쳐들어오면 아테나이와 동맹을 맺었다가, 라케다이몬군이 들이닥치면 아테나이와의 동맹을 파기하고 라케다이몬과 동맹을 맺는 일이 되풀이된다. 어느 나라는 정세의 추이에 너무 민감하게 움직이다가 망하고, 어느 나라는 너무 둔감하게 굴어서 망한다.

이런 모습을 보면서 현재의 패권국 미국과 굴기(崛起)하는 중국 사이에서 고민해야 하는 조국의 모습이 연상됐다.

이런 고달픈 상황에서 살아남으려면 지도층이건, 국민이건 깨어 있어야 한다. 국가에 가장 시급한 과제가 무엇인지를 슬기롭게 파악해야 하고, 그 과제를 달성하기 위해 국민이 하나로 뭉쳐야 한다. 그리고 나라의 힘을 쓸데없는 곳이 낭비하지 말아야 한다.

이게 쉬운 일은 아니다. 그리스 세계의 중심 국가인 아테나이에서조차 국운을 건 전쟁 도중에 포퓰리즘이 횡행한다. 권력을 잡기 위해 무책임하게 민중을 선동하는 클레온 같은 정치인들이 대표적이다.

이들의 행태를 읽으면서 오늘날 무상급식, 보편적 복지, 경제민주화를 외쳐대는 포퓰리스트들의 얼굴이 떠올랐다. 클레온은 결국 죽음으로 자신의 죗값을 치렀다. 하지만 포퓰리즘에 대한 대가를 치러야 하는 것은 바로 우리 국민 자신과 우리의 후손들이다.

아테나이의 지도자 페리클레스는 이렇게 말한다. "인기를 잃을 바에는 원대한 목표를 추구하다가 인기를 잃은 사람들이 올바른 선택을 한 것"이라고. 어딜 둘러보아도 이런 '진짜 정치가'의 모습은 보이지 않는다.

가장 섬뜩했던 것은 국내 정쟁(政爭) 때문에 외세를 끌어들여 조국의 민주주의체제를 전복한 사례들이었다. 아르고스의 경우

친(親)라케다이몬파(派)가 쿠데타를 일으켜 아테나이와의 동맹을 파기하고 라케다이몬과 평화조약-동맹조약을 맺은 후, 민주정체를 무너뜨리고 과두정체를 수립한다.

그 과정은 북한과 국내 종북(從北)세력이 추진하는 민중민주정부 수립-주한미군 철수 및 한미동맹 폐기-연방제통일의 순서와 놀랍도록 흡사하다.

전쟁 말기 아테나이에 수립됐던 과두체제의 지도자들도, 권력을 놓치고 민주주의를 지지하는 민중파가 집권할 경우 자신들의 생명조차 위태로워질 것을 우려해 라케다이몬에게 조국을 팔아먹을 궁리를 한다.

국내에도 그런 자들이 있다. '진보 · 민주세력 대통합'을 주장하면서 종북세력이나 그 배후에 있는 김정은집단과의 야합도 마다하지 않을 자들이 그들이다.

자유수호 의지, 노블리스 오블리지

그들에게 맞서 조국과 자유를 지키기 위해 우리에게 필요한 것은 무엇인가?

첫째, 자유를 위해 싸우겠다는 불퇴전(不退轉)의 의지가 필요하다. 멜로스인들은 아테나이인들의 침략 위협 앞에서 이렇게 말한다.

"여러분은 제국을 유지하기 위해, 여러분의 속국들은 거기에서 벗어나기 위해 그런 극단적인 모험을 하는데, 아직 자유를 누리는 우리가 노예가 되기 전에 온갖 수단과 방법을 강구해 보지 않는다면 그야말로 야비하고 비겁한 짓이겠지요."

거듭 항복을 권유하는 아테나이 사절단에게 멜로스인들은 "우리가 항복하면 우리의 희망은 모두 사라지지만, 우리가 행동하는 동안에는 우리가 바로 설 수 있다는 희망이 남아 있을 것"이라고 대답한다.

페리클레스는 전사자들을 위한 추도연설에서 이렇게 말한다.

"행복은 자유에 있고, 자유는 용기에 있음을 명심하시고, 전쟁의 위험 앞에 너무 망설이지 마십시오. 죽음조차 불사할 이유가 있는 사람이란 더 나아질 가망이 전혀 없는 불운한 사람이 아니라, 살아 있을 경우 운명이 역전될 수 있고 실패할 경우 가장 잃을 게 많은 사람입니다."

지금 대한민국이 바로 그렇다. 우리는 이 나라를 지키는 데 실패할 경우, 지금 우리가 누리고 있는 자유와 민주주의, 번영을 모두 잃게 된다. 잃을 게 많은 만큼 우리는 행동해야 한다. 싸워야 한다.

유감스럽게도 현실은 그렇지 못하다. 참여연대의 공갈에 박원순 변호사의 '아름다운 재단'이나 희망제작소에 수백억 원씩 갖다 바친 대기업들의 작태가 그 증거다. '가장 잃을 게 많은 사람들'이 '죽음을 불사'하고 싸우기는커녕, 먼저 백기를 들고 있다.

그들에게 페리클레스가 전쟁에 염증을 내기 시작한 아테나이 시민들에게 했던 말을 들려주고 싶다.

"시민 개개인은 번영하지만 국가 전체가 넘어질 때보다는, 국가 전체가 똑바로 서는 편이 개인에게도 더 도움이 됩니다. 한 개인이 아무리 잘 나간다 해도 국가가 망하면 그도 총체적인 파국에 휩쓸리고 말 것입니다. 그러나 국가가 안전하다면 개인은 불행을 당해도 회복할 기회가 얼마든지 있습니다. 그렇다면 우리 모두 당연히 국가를 옹호해야 하지 않을까요? 지금 여러분처럼 행동해서는 안 되는 것 아닌가요?"

둘째, 공동체의 운명에 대한 책임감이다. 페리클레스는 개전(開戰) 전 아테나이인들의 민회에서 펠로폰네소스인들에 대해 이렇게 평한다.

"그들 중 어느 누구도 자신의 무관심이 전체의 이익에 해를 끼친다고는 생각지 않으며, 전체의 미래를 보살피는 것은 누군가 다른 사람 몫이라고 생각합니다. 그리하여 저마다 같은 생각을 하게 되니 그들도 모르는 새 공동의 이익은 훼손되고 맙니다."

이 대목을 읽으면서 '지금 우리가 그렇게 살고 있지는 않은가?'하는 생각에 가슴이 서늘해졌다. 이런 식으로 생각하는 사람이 많을수록 대한민국이라는 공동체는 지탱하기 어렵게 된다. 페리클레스가 지적한 펠로폰네소스인들의 행태와 반대로 행동하는 것이 진정한 자유시민의 모습일 것이다.

셋째, 노블리스 오블리지 정신이다. 페리클레스는 전사자들을 위한 추도사에서 "남들처럼 자기 자식을 위험에 내맡기지 않는 사람들에게는 공평하고 공정한 정책을 기대할 수 없다"고 말한다.

탁견이다. 이명박 정부가 아무리 '공정사회'를 외쳐도 냉소만 돌아왔던 것도 바로 이 때문이다. 대통령을 포함해 국가 지도부 가운데 다수가 병역면제자들이고, 공직자 인사청문회 때마다 위장전입이 문제되는데, 아무리 '공정사회'를 외친들, 그게 먹혀들어가나?

페리클레스는 전사자들을 위한 추도연설에서 "명예욕만이 늙지 않으며, 몇몇 사람들이 말하듯, 나이 많아 쓸모없어진 시기에는 재산을 축적하는 것이 아니라 남들의 존경을 받는 것이 더 큰 즐거움을 안겨준다"고 말한다. 페리클레스가 여기서 말한 명예는 '조국을 위해 전사한 아들을 둔 명예'를 말하지만, 기부와 나눔에서 오는 기쁨을 이야기할 때에도 이 말은 유용할 것이다. 노블리스 오블리지 정신은 체제수호의 초석이다.

그밖에도 이 책에는 자유, 전쟁과 평화, 국가와 시민, 국가의 존재 이유, 공인의 자세, 인생사 등에 대한 주옥같은 명구(名句)들이 수없이 많이 나온다.

이 책을 번역한 천병희 단국대 명예교수는 그동안 호머의 《일리아스》《오뒷세이아》, 헤로도토스의 《역사》 등 그리스 · 라틴어 원전(原典)을 우리말로 번역하는 작업에 매진해 온 분이다. 그동안 우리나라에 소개됐던 서양고전들은 대부분 영어 · 일본어로 번역된 것을 다시 우리말로 옮긴 중역본(重譯本)이었다. 남이 알아주든 알아주지 않든 묵묵히 인문학의 토대를 다지는 노(老)학자에게 마음에서부터 우러나는 박수를 보낸다.

《펠로폰네소스 전쟁사》 | 투퀴디데스 | 천병희 옮김 | 숲 | 2011

《정치학》_아리스토텔레스

국가란 무엇이며 어떻게 지킬 것인가?

–"민중이 법 위에 군림하는 민주정체에서는 민중선동가들이 부자들과 전쟁을 함으로써 나라를 늘 둘로 나누고 있다"

아리스토텔레스(Aristoteles)의 《정치학》(천병희 번역)을 읽어야겠다는 생각이 든 것은 2011년 가을 내게 깊은 감동과 고전(古典) 읽기의 재미를 안겨 준 투퀴디데스의 《펠로폰네소스전쟁사》를 읽은 후부터였다. 오늘날의 세계를 연상케 하는 《펠로폰네소스전쟁사》 속에 나타난 수많은 인간군상(群像)과 정치적 격동, 국제관계 등을 보면서, "당대 그리스인들은 자신들의 정치 · 사회 시스템을 어떻게 이해했을까?" 하는 생각이 들었기 때문이다.

천병희 교수의 유려한 번역 덕분에 책 자체는 그다지 어렵지 않았다. 다만 아리스토텔레스가 이 책에서 전제하고 있는 '국가'라는 것이 오늘날의 국가와는 상당히 다른, 고대(古代) 그리스의 도시국가, 즉 폴리스(police)인 까닭에 일부 논의들은 선뜻 받아들이기 어려웠다. 예컨대 음악교육의 필요성에 대한 길고 지루한 설명, 남자는 37살 여자는 17살에 결혼하는 게 적당하는 주장(허걱! 남자는 그 나이까지 원초적 본능을 어떻게 해결하라고?), 왕정(王政) · 민주정 · 참주정(僭主政)에 관한 논의, 각 정체 하에서의 두어야 할 공직의 종류나 바람직한 공직인선 방식 등에 대한 설명 같은 것들이 그랬다.

그럼에도 불구하고 나는 이 책을 읽으면서 《펠로폰네소스전쟁사》를 읽을 때에 버금가는 '고전 읽기'의 즐거움을 만끽할 수 있었다. 현실과 연결 지어 많은 것을 생각하게 하는 금쪽같은 말들이 책 곳곳에 널려 있었기 때문이다. 이는 인간의 본성과 인간공동체의 본질에 대한, 아리스토텔레스의 시공(時空)을 초월하는 통찰력에서 비롯된 것이리라.

민중선동가들에 대한 경고

인간에 대한 아리스토텔레스의 논의 가운데 가장 가슴에 와 닿는 말은 "본성적으로 자신이 아닌 다른 사람에게 속하는 인간은 본성적으로 노예다"라는 말이다. 이 말이 가슴에 와 닿은 것은, 그렇게 말한 아리스토텔레스의 본의야 어디 있건 간에 나는 그 말을 이렇게 해석했기 때문이다. "주체적으로 사고(思考)하고, 주체적으로 행동하지 못하는 자는 노예"라고. 예컨대 사고하고 판단하는 능력을 수령(首領)에게 위양(委讓)하도록 강제당하고 있는 북한주민들,

이불 뒤집어쓰고 북한의 대남(對南)방송을 받아 적으며 혁명운동을 했고 지금도 하고 있는 주사파(主思派)들이 '자신이 아닌 다른 사람에게 속한' 노예들인 것이다.

아리스토텔레스가 "국가는 시민들로 구성된 복합체"라고 말한 것처럼, 고대 그리스 도시국가의 주역은 시민이었다. 때문에 아리스토텔레스는 '시민'의 개념과 범위에 대해, 특히 어떤 사람이 '시민'에 포함되고 어떤 사람이 제외되어야 하는 지에 대해 장황하게 논의하고 있다. 물론 '직공도 시민이 되어야 하는가' 같은 논의는 오늘날의 관점에서 뜬금없게 느껴지지만, "훌륭한 시민은 자유민답게 지배할 줄도 알고 자유민답게 복종할 줄도 알아야 하는데, 이런 것들이 바로 시민의 탁월함이다"라는 말은 가슴을 때린다. '떼법'으로 일관하는 '촛불좀비'들은 진정한 의미에서의 자유민 내지 시민이 아니라는 얘기로 들리기 때문이다.

"법이 최고권력을 갖지 못하는 국가에서는 민중선동가들이 나타난다. 이것은 민중이 다수로 구성된 독재자가 되기 때문이다"라는 말이 가슴에 와 닿는 것도 같은 이유에서다. 절차적 민주주의는 어느 정도 자리를 잡았지만 '법치주의(法治主義)'가 제대로 자리를 잡지 못한 상황에서 우리는 지난 10여년간 저질 '민중선동가'들을 신물 나게 보아왔다. 심지어 2004년 노무현 탄핵반대 촛불집회 당시에는 '거리의 민중이 헌법이다!'라며 민중들에게 아부했던 먹물도 있었다.

4 · 11총선을 앞두고 거리에는 "끝까지, 99% 국민의 편에 서겠습

니다"(민주통합당), "부자에게 세금을! 서민에게 복지를!"(통합진보당) 같은 현수막이 등장했었다. 이 현수막들을 보면서 나는 아리스토텔레스를 떠올렸다.

"민중이 법 위에 군림하는 민주정체에서는 민중선동가들이 부자들과 전쟁을 함으로써 나라를 늘 둘로 나누고 있다."

이 현명한 철학자는 복지포퓰리즘에 대한 경고도 잊지 않는다.

"민중선동가들은 잉여분을 민중에게 분배하는데, 민중은 받자마자 또 달라고 하므로, 그런 식으로 민중을 돕는 것은 그야말로 밑 빠진 독에 물 붓기인 것이다. 진정한 민주정체 옹호자라면 대중이 너무 가난해지지 않도록 보살펴야 한다. … 따라서 온갖 수단 방법을 동원하여 번영이 지속되게끔 해야 한다."

민주정체를 유지하기 위해 소외된 계층에 대한 복지는 필요하지만, 복지의 원천은 성장이라는 얘기겠다.

4 · 11총선을 앞두고 이 책을 읽어서인지 가슴에 더 깊게 와 닿은 말이 또 있었다. "대부분의 사람들은 주인처럼 지배하는 것을 정치로 혼동하고 있는 듯하며, 자신에게는 옳지도 유익하지도 않다고 여기는 것을 남들에게는 거리낌 없이 행한다. 그들은 자신을 위해서는 정의로운 통치를 추구하면서도, 남들을 대할 때에는 정의 같은 것에 아무 관심도 없다."

앞의 구절은 선거철에만 국민들에게 고개 숙이고 나머지 기간 중에는 국민 앞에 군림하려는 정치인들을, 뒤의 구절은 비례대표 국회의원 후보 선출을 위한 당내 경선 과정에서 조직적인 선거부정을 저지르고도 반성할 줄 모르던 통합진보당 무리들의 모습을 연상케 한다. "인간은 완성되었을 때는 가장 훌륭한 동물이지만, 법과 정의에서 이탈했을 때에는 가장 사악한 동물"이라는 말도 그래서 더 가슴에 와 닿았다.

공산주의 내지 사회주의에 대한 경고로 읽힐만한 얘기도 있다.

"많은 사람들에게 속하는 것일수록 보살핌을 덜 받게 된다. 사람들은 누구나 공유(公有)재산보다 사유(私有)재산에 더 관심이 많으며, 공유재산은 개인적으로 관련 있는 범위에서만 보살핀다. 다른 이유는 차치하고, 누군가 다른 사람이 보살필 것이라고 생각하면 누구나 다 소홀히 하게 마련이다."

맞는 얘기다. 소련도, 마오쩌둥(毛澤東) 시절의 중국도, 지금의 북한도 바로 '공유재산보다 사유재산에 더 관심이 많은' 인간의 속성을 외면했기 때문에 실패했다. 공산주의 하겠다고 용쓴 인간들이 아리스토텔레스의 《정치학》만 제대로 이해했어도 70여년간에 걸친 도로(徒勞)는 피할 수 있었을 텐데….

'가진 자'들의 책임

물론 국가공동체를 흔드는 것은 어리석은 민중이나, 민중선동가들만이 아니다. '가진 자'들, 위정자(爲政者)들이 자기의 소임을 다하지 않을 때, 그들 또한 체제의 적(敵)이 된다.

"체력, 부(富), 연줄 등 행운의 선물을 과도하게 받은 자들은 복종하려고도 않고, 복종할 줄도 모른다. 이런 결함은 가정에서부터 시작된다. 그들은 어렸을 때 너무 사치스럽게 자란 탓에 학교에서도 복종하는 습관을 들이지 않았기 때문이다. 반대로 이런 행운의 선물을 전혀 타고나지 못한 자들은 너무 비굴하다. … 그리하여 자유민들의 도시가 아니라 주인과 노예들의 도시가 생겨나, 한쪽은 시기하고 한쪽은 경멸한다. 그리고 우애와 국가공동체로부터 이보다 더 거리가 먼 것은 아무 것도 없다. 그리하여 우애 대신 적대감을 품게 되면 사람들은 적과는 같은 길을 가려고도 하지 않는다."

이 대목에서 나는 서양 속담대로 '입에 은스푼을 물고' 태어나서 '기업가 정신'을 발휘하는 대신 '돈 놓고 돈 먹기' 식의 저급한 돈벌이에만 급급한 재벌 3세 4세들, 그로 인해 발생하는 '못 가진 자'들의 소외감, 그 틈을 파고드는 좌파의 선전선동, '가진 자'와 '못 가진 자'로 양분되는 사회 등 오늘날 우리 현실을 떠올렸다.

"공직자들이 교만하고 탐욕스러우면, 시민들은 서로에 대해서뿐만 아니라 그런 자들에게 그런 권한을 준 정체에 대해서도 들고 일어난다"는 말도 의미심장하다. 전두환 · 노태우 정권의 천문학적 부정부패, '가진 자'만을 대변하는 듯한 MB정권의 모습이, 대한민국이라는 국가공동체에 대한 국민들의 애정과 신뢰를 허물어뜨리고 좌파세력이 성장하는 자양분이 되어 왔기 때문이다. "국가의 한 부분의 불균형한 성장도 정체 변혁의 원인이 될 수 있다"는 경고도 그런 의미에서 새겨들을 필요가 있다 (물론 이 말은 '동반성장'이나 '균형발전'을 주장하는 사람들에게도 반가운 얘기일 것이다).

그렇다면 체제를 지키기 위해서는 무엇을 해야 할까? 아리스토텔레스는 "가장 중요한 것은, 거듭 말했듯이, 정체의 존속을 원하는 자의 수가 원하지 않는 자의 수보다 더 많도록 유의하는 것"이라면서 "앞서 정체의 보존에 기여한다고 말한 모든 조치 중 가장 중요하면서도 오늘날 가장 등한시하는 것이 정체의 정신에 맞는 교육"이라고 말한다.

이 대목에서 나는 무릎을 쳤다. 지난날 좌파들이 《해방전후사의 인식》이나 친일파 논란 제기 등을 통해 대한민국의 정통성을 끈질기게 흔들어 온 것은 바로 대한민국이라는 체제의 존속을 원하는 자의 수를 줄이고, 이 체제의 가치에 대해 회의(懷疑)를 품은 자들을 늘리기 위한 장기적인 투쟁이었다. 여기에 더해 1980년대 후반 이후 전교조가 등장하면서 대한민국은 '정체의 정신에 맞는 교육'을 할 수 있는 진지를 빼앗기고 말았다. 대한민국을 지켜내기 위한 투쟁도 결국 '정체의 정신에 맞는 교육'에서부터 시작되어야 할 것이다.

"판결은 집행되지 않으면 무의미하다. 그리고 재판 없이 공동체가 존재할 수 없다면, 판결의 집행 없이도 공동체는 존재할 수 없다"는 말도 체제 수호와 관련해 많은 것을 생각하게 해 준다. 이는 사형선고를 해 놓고도 사형을 집행하지 않는 행태, 집행유예 판결이 남발되는 행태 등에 대한 의미 있는 지적이기도 하다.

"성벽이 없는 자들은 선택의 여지가 없다"

체제에 대한 위협은 나라 안에만 있는 게 아니다. 나라 밖에서도 올 수 있다. 나라 밖에서 오는 체제 위협에 대한 가장 기본적인 대비책은 국방이다. 아리스토텔레스는 도시국가를 보호하는 성벽의 필요성 여부에 대해 논하면서 이렇게 말한다.

"도시에 성벽을 두른 자들은 성벽을 이용할 수도 있고 이용하지 않을 수도 있지만, 성벽이 없는 자들은 선택의 여지가 없다."

제주 강정해군기지에 대해서도 같은 얘기를 할 수 있을 것이다.

하지만 아리스토텔레스는 국방은 수단이지 그 자체가 목적이 될 수는 없음도 분명히 한다.

"전쟁에 대비한 모든 준비가 비록 훌륭한 것으로 간주된다 해도, 그것은 분명 모든 다른 목적을 초월하는 최고목표이기 때문이 아니라 최고 목표를 위한 수단이기 때문이다."

꼭 국가의 모든 자원을 전쟁준비에만 투입하면서 군대를 모든 것에 우선시 하는 북한의 선군(先軍)정치의 문제점을 지적하는 것으로 들리지 않는가?

아리스토텔레스는 또 이렇게 말한다.

"모든 정체는 내부로부터 해체될 수도 있지만, 외부로부터도 해체될 수 있다. 정반대되는 정체가 가까이 있거나, 멀리 있어도 세력이 막강할 때 그렇다."

이 대목에서 나는 중국을 떠올렸다. '비록 과거보다는 전체주의적 색깔이 많이 탈색됐다고는 해도 중국 공산정권은 그 존재 자체만으로도 장기적으로 대한민국의 자유민주주의에 대한 위협이 될 수 있다'는 생각이 들었기 때문이다.

《정치학》|아리스토텔레스|천병희 옮김|숲|2009

《공화주의》_모리치오 비롤리

사회통합 등 다양한 현안을 푸는 이념적 바탕 제공

—"공화국은 시민들의 존엄성을 보장해 주려 노력하는, 함께 더불어 살아가는 생활방식"

"대한민국은 민주공화국이다."

대한민국헌법 제1조 1항의 규정이다. 1948년 제헌 이래 9차례나 개헌이 있었지만, 이 조항은 한 번도 바뀌지 않았다.

하지만 우리는 그동안 "대한민국은 민주공화국"이라는 사실에 대해 얼마나 진지하게 생각해 왔을까?

'민주'에 대해서는 많이들 생각해왔다. '민주화'가 거역할 수 없는 '시대정신'이었던 시절이 있었다. 지금도 말끝마다 '민주주의'를 외치는 인간들을 우리는 심심찮게 본다.

그러나 지난 60년 동안 '공화국'을 위해, 혹은 '공화주의'를 내걸고 투쟁한 정치인이나 정치집단은 없었다. 국민들도 '민주주의'를 외친 적은 많았지만, '공화주의'를 외친 적은 없었다. 우리에게 대한민국이 '공화국'이라는 사실은 새삼 주장하고 강조할 필요조차 없는 '공리(公理)'였는지도 모른다.

이렇게 오랫동안 잊혔던 공화주의가 근래 일부 식자들 사이에서 관심의 대상이 되고 있다. 일부에서는 공화주의를 신자유주의로 대변되는 자유만능주의의 폐해를 치유할 수 있는 대안으로 생각한다. 다른 한편에서는 민주화 이후 민주주의의 과잉을 비판하기 위해 공화주의에 관심을 보인다. 전자는 좌파적 관점, 후자는 우파적 관점이라고 할 수 있다.

도대체 공화주의가 무엇이기에 보수와 진보, 좌와 우가 모두 관심을 기울이는 것일까? 이탈리아의 정치학자 모리치오 비롤리(Mourizio Viroli)가 쓴 《공화주의》는 이러한 질문에 답을 주는 책이다.

비롤리는 공화국을 "법과 공공선(公共善)에 기반을 두고 주권자인 시민들이 만들어낸 정치공동체"라고 정의하면서 "공화주의의 근본 원칙은, 진정한 자유는 한 사람이나 여러 사람들의 자의(恣意)에 종속되지 않는 것에 있으며, 법치의 엄격한 준수 이외에 일상의 권리와 정치적 권리의 평등을 필요로 한다는 것"라고 말한다.

저자는 이 책에서 이러한 의미의 공화국의 원조(元祖)라고 할 수 있는 중세 이탈리아 공화국들에 대한 탐구에서부터 시작해 공화주의와 자유, 공화주의적 덕성, 공화주의적 애국 등에 대해 이야기 한다. 이 과정에서 저자는 키케로 · 마키아벨리 · 홉스 · 루소 · 몽테스키외 · 토크빌 · 밀 · 하버마스 등을 무시로 넘나든다.

하지만 거기에 주눅들 필요는 전혀 없다. '공화주의적 자유'와 '민주주의적 자유'의 개념이 어떻게 다른지에 대한 저자의 설명에 골치 아파할 필요도 없다. 그냥 고금의 사상가들이 '자유로운 시민들의 공동체'에 대해 뭐라고 말했는지를 음미하면서 읽어 내려가면 된다.

공화주의와 사회연대, 그리고 애국

이 책을 읽으면서 느낀 것은, 우리가 그동안 별로 의식하지 않았던 공화주의라는 것이 오늘날 우리 사회가 안고 있는 많은 문제들을 풀어나가는 데 이념적 바탕을 제공해 줄 수 있다는 사실이었다.

일례로 이명박 정부는 '중도실용'과 '국민통합'을 강조하면서 소외계층에 대한 배려를 강조했는데, 공화주의는 이에 대한 철학적 근거를 제공해 줄 수 있다. 공화주의는 '공공성'에 기초한 사회연대(連帶)의 원리이기 때문이다.

자유로운 시민들의 공동체인 공화국은 필연적으로 구성원 상호간의 평등을 요구한다. 이 평등은 단순히 시민적 · 정치적 권리의 평등이 아니라, 모든 시민들에게 존엄과 자존심을 가지고 살아갈 수 있을 정도의 사회적 · 경제적 · 문화적 조건들을 보장해 주는 것을 의미한다.

비롤리는 "공화국은 이익을 추구하는 기업이 아니라, 시민들의 존엄성을 보장해 주려 노력하는, 함께 더불어 살아가는 생활방식이다. 따라서 공화국은 동정행위로서가 아니라 시민이 가진 당연한 권리에 따라(노인이나 병자, 약자에 대한) 구호를 제공해야 할 의무가 있다"고 말한다.

저자가 이 책에서 인용하고 있는 15세기 이탈리아의 저술가 레온 바티스타 알베르티의 말도 특기할 만하다.

"시민들 중 부(富)나 지식을 가진 자, 또는 명문가 출신인 자들이 자신들과 마찬가지로 자유시민이기는 하나 그들처럼 운이 따르지 않은 다른 시민들보다 더 많은 권력을 가지려 하는 경우, 그러한 좋은 것들(화합 · 안녕 · 평화 · 평온)은 유지될 수가 없다."

여기서 보듯 공화주의는 공동체의 통합과 이를 위한 '가진 자'들의 사회적 책임을 강조하는 사상이기도 한 것이다.

그뿐만이 아니다. 공화주의는 밖으로는 조국의 자유와 독립을 위협하는 외적, 안으로는 자의적 권력의 독선과 부정부패와 맞서 싸우도록 격려하는 사상이기도 하다. 공화주의는 공화국과 자유의 이념일뿐 아니라, 그 양자가 존속하기 위해서는 시민윤리(또는 시민적 덕성, 비르투[Virtu])가 필요하다는 것을 강조해 온 이념이기 때문이다.

비롤리는 "자유라는 것이 우리가 아무런 노력은 하지 않아도 생래적으로 타고나는 것이거나 우리가 공공회의장에 자리를 잡고 앉아 있기만 하면 그대로 누릴 수 있게 되는 그런 것이 아니라, 우리 스스로가 노력을 해야만 가지게 되며, 또 그만큼 합당한 자격을 갖추기 위해서는 많은 노력이 필요한 것"이라고 강조한다. '자유는 공짜가 아니다(Freedom is not free)'라는 말은 공화주의의 이념이기도 한 셈이다.

공화주의는 애국심에 대한 보다 건강한 시각도 제시해 준다. 공화주의자들에 의하면, 애국심은 땅이나 피에 대한 맹목적 충성이 아니다. 19세기 이탈리아의 정치사상가 카를로 카타네오는 이렇게 말했다.

"조국은 땅이 아니다. 땅은 그 토대에 불과하다. 조국은 이 토대 위에 건립한 이념이다. 그것은 사랑에 대한 사상이며, 그 땅의 자식들을 하나로 엮어내는 공동체에 대한 의식이다."

비롤리도 "애국심의 대상인 진정한 조국은 오직 자유로운 공화국일 수밖에 없으며, 나라사랑이라는 것은 생래적으로 타고나는 감정이 아니라 법을 통해, 아니 좀 더 정확하게 좋은 정치와 공적인 삶에 대한 시민들의 참여를 통해서만 불붙게 되는 열정"이라고 강조한다.

이런 관점에 의할 때, '우리민족끼리'식의 낡은 종족적 민족주의나 맹목적 종북(從北)주의가 설 땅은 없어진다. '조선민주주의인민공화국'은 애국심의 대상이 될 만한 '자유로운 공화국'이 아니기 때문이다. 반면에 대한민국은 아직 부족함 점이 없지 않지만, 애국심의 대상이 될 자격이 충분히 있는, '우리의 자유와 행복을 지켜주는 자유공화국'이다.

한 걸음 더 나아가 공화주의는 '조선민주주의인민공화국'을 자처하는 북한 공산집단 및 그 추종자들과의 싸움에서 이념적 바탕을 제공해 줄 수도 있다.

저자는 "공화주의의 정수(精髓)는 타인들에게 가해지는 억압 · 폭력 · 불의, 그리고 차별을 마치 내가 당한 것처럼 느끼는 분노"라고 말한다. 이 말은 기본적으로 소외계층에 대한 연대의식으로 읽힌다. 하지만 북한 동포들에게 가해지는 억압 · 폭력 · 불의 · 차별을 마치 내가 당한 것처럼 느끼고 분노한다면, 이는 북한의 참상을 외면하는 친북(親北)분자들에 대한 정의로운 분노로, 더 나아가 북한 해방과 자유통일에 대한 열정으로 승화될 수 있을 것이다.

특권과 민주주의의 과잉을 배격

무엇보다도 공화주의는 탈선하기 쉬운 일체의 권력에 대한 견제 이념이 될 수 있다. 이는 공화주의가 공동체를 건강하게 유지하기 위한 제도적 장치의 마련과 시민들의 고결한 노력을 강조하는 사상이기 때문이다.

공화주의는 법의 지배에서 벗어나는 특권적 존재를 배격한다. 마키아벨리는 "어떤 나라에 법집행자들도 두려워하는 특정한 시민이 존재하는 경우, 따라서 이 시민이 제 마음대로 법의 제한을 무시해 버릴 수 있는 경우, 이 나라는 더 이상 자유로운 나라가 아니다"라면서 "어떤 나라가 자유로운 나라로 불릴 수 있는 것은 오직 그 헌법과 법률이 효과적으로 귀족과 민중의 나쁜 욕구를 제어할 수 있을 때 뿐"이라고 말했다. 알라마노 리누치니도 "'자유를 누리고자 하는 공화국'은 어떤 시민에게도 '법보다 강한 힘을 갖도록' 허용해서는 절대 안 된다"고 했다.

이들이 상정하고 있는 '특권적 존재'에는 정치권력이나 자본권력은 물론, 법과 질서를 무시하는 정치집단이나 시민사회세력도 포함될 수 있을 것이다.

본분을 망각하고 크고 작은 일탈행위를 저지르는 대통령의 일부 측근이나 청와대 근무자들, 부정부패를 일삼는 일부 공직자들, 대통령의 인척으로 불법적으로 재산을 해외로 빼돌린 기업인, '○○공화국'이라는 소리를 들을 정도로 무소불위(無所不爲)의 영향력을 행사하는 재벌 — 이들은 공화국을 내부에서 좀먹는 암적 존재들이다. 깽판과 떼법으로 만사를 해결하려 드는 전투적 노조나 시민사회단체들도 그에 못지않은 '공화국의 적'들이다.

공화주의는 민주화 이후의 민주주의의 과잉, 특히 소위 참여민주주의에 대한 비판에도 유용하다. 저자는 "공화주의는 참여민주주의를 강조하는 이론체계였다기보다는 헌법적 제약 속에서 운영되는 '대의제적(代議制的) 자기통치' 에 관한 이론체계였다고 생각한다"면서 "중요한 것은 시민들의 직접 참여 여부보다는 통치의 결정을 담당하는 사람들이 공공선에 진정으로 봉사하려 하느냐 여부"라고 말한다.

노무현 정권은 '참여정부'를 표방했었고, 이른바 친노(親盧)세력들은 참여민주주의를 전면에 내걸고 정치적 재기를 꾀하고 있다. 하지만 '공공선에 대한 진정한 봉사'는 아랑곳 않고, 헌법을 수시로 무시하고 대한민국이라는 공동체 내의 갈등을 조장했던 노무현 정권의 행태는 공화주의적 관점에서 비판받아 마땅할 것이다.

이렇듯 공화주의는 오늘날 우리 사회가 안고 있는 많은 문제들을 풀어나가는 이념적 기반을 제공해 줄 수 있다. 이 점에서 비롤리의 《공화주의》는 일독을 권할 만하다.

"폭군정은 착한 사람들을 불쾌하게 하고, 민중의 무제한적 권력은 지혜로운 자들을 불쾌하게 한다"(마키아벨리), "신은 사람이 나라의 일에 몰입해 있을 때에도 가까이에 있으며, 진리와 덕이 내비치는 곳이면 어디에라도 존재한다"(키케로), "자유로운 인민은 복종은 하지만 예종하지는 않으며, 지도자는 두지만 주인은 두지 않는다"(루소)와 같은 멋진 금언들을 만나는 재미도 쏠쏠하다.

《공화주의》 | 모리치오 비롤리 | 김경희 · 김동규 옮김 | 인간사랑 | 2006

《프랑스혁명에 관한 성찰》_에드먼드 버크

'보수의 아버지'의 눈을 통해 본 오늘의 한국사회

–"우리는 체제의 본질에 대항하는 적(敵)을 불러들이는 바보가 절대 되지 않을 것"

오늘날 한국에서 '보수주의자'를 자처하는 것은 그다지 환영받는 일이 못 된다. '보수(保守)'라는 말은 왠지 고리타분한 느낌을 준다. 반면에 '진보(進步)'라는 말은 '쿨(cool)'한 느낌을 준다. 비록 통합진보당에서 발생한 선거부정과 난동사태가 그런 '진보'의 이미지를 많이 까먹었지만 말이다.

내가 아는 어떤 선배는 "30~40대 자유주의 성향 지식인들과의 모임에서 '나는 보수주의자'라고 커밍아웃했더니, 모두 당황스러워하더라"고 말한 적이 있다. 그들은 같은 자리에서 한 참석자가 동성애자라고 커밍아웃했을 때에는 무척이나 쿨한 반응을 보였다고 한다. 이제 한국 사회에서 '보수주의자'는 동성애자보다도 못한(?) 존재가 되어 버렸다고 말하면 지나친 얘기일까?

특히 지식인이나 정치인들에게 '보수'라는 낙인이 찍히는 것은 무척이나 부담스러운 일이다. 2011년 4월 재 · 보궐선거 이후 좌(左)클릭을 거듭하던 한나라당은 새누리당으로 당명(黨名)을 바꾸면서 강령에서 '보수'라든가 '보수'로 간주될 수 있는 표현들을 없애버렸다. 정치인들도 '보수'라는 말을 회피하려 든다. '보수'라는 표현을 써야 하는 경우에도 '온정적 보수' '따뜻한 보수' '중도 보수' '개혁적 보수'처럼 '수식어 달린 보수'를 자처한다. 그런 모습이 꼴 보기 싫어서 '보수'를 자처하던 나도 '보수'라는 단어 앞에 수식어를 하나 붙이기 시작했다. '그냥 보수'라고….

보수주의란 무엇인가? 국립국어원의 〈표준국어대사전〉은 보수주의를 "급격한 변화를 반대하고 전통의 옹호와 현상 유지 또는 점진적 개혁을 주장하는 사고방식. 또는 그런 경향이나 태도"라고 정의하고 있다.

왜 보수주의자는 '보수'하려는 것일까? 이유는 간단하다. 일조일석(一朝一夕)에, 혹은 자기가 디자인한대로 세상을 멋있게 바꿀 수 있을 만큼 인간의 이성이 뛰어나지 않다고 믿기 때문이다. 보수주의자는 인위적으로 세상을 뜯어고치려는 노력은 자유의 후퇴와 압제를 불러온다고 확신한다.

이러한 생각을 가장 먼저 명쾌하게 정리한 사람은 18세기 영국의 정치가이자 문필가였던 에드먼드 버크(Edmund Burke)였다. 그는 1790년 11월 펴낸 《프랑스혁명에 관한 성찰》에서, 프랑스혁명을 열렬히 찬양하면서 이를 영국 내 변혁운동의 기폭제로 원용하려는 영국 내 급진주의자들을 비판하면서, “기존 제도의 과격한 파괴는 개선된 새로운 질서로 이어지기는커녕 무정부 상태를 초래할 뿐이며, 결국 군사적 독재자의 출현을 보게 될 것”이라고 예언했다. 프랑스혁명이 발생한 지 불과 1년여가 지난 시점에서 향후 프랑스혁명이 어떻게 전개될 지를 정확하게 예견한 것이다. 버크는 이 책에서 급진적인 변혁을 비판하면서 영국의 전통과 제도를 열렬히 옹호했는데, 이후 이 책은 ‘보수주의자들의 바이블’이 됐다.

그때도 정의구현사제단과 나꼼수가 있었다

이 책을 읽노라면 곳곳에서 무릎을 치게 된다. 오늘날 한국의 모습을 곳곳에서 발견할 수 있기 때문이다. 아마도 지금 ‘이념적 내전’을 치르고 있는 한국의 모습이 대혁명의 와중에 있던 프랑스나 이를 지켜보던 영국의 모습과 닮았기 때문일 것이다.

프라이스라는 목사가 1789년 11월 프랑스혁명을 지지하는 혁명협회에서 한 설교에 대해 버크는 이렇게 비판한다.

“나는 그 설교를, 문필가 파벌 및 음모꾼 철학자들과 깊이 연계되고, 또 국내외의 정치적 신학자들 및 신학적 정치가들과 폭넓게 연루된 한 인물의 공적 선언으로 본다. 그들이 그를 일종의 신탁소 예언자로 추켜세웠음을 나는 안다. 왜냐하면 그는 세상에서 가장 선한 의도를 갖고 자연스럽게 ‘세속 권력에 영합하며’, 그들의 계획과 정확하게 같은 음으로 그의 예언노래를 부르기 때문이다.”

정의구현사제단이나 기독교계의 좌파 '정치목사'들을 생각나게 하는 대목이다. 버크는 동 시대의 '정치목사'를 향해 "정치와 설교대는 서로 합의를 이룰 요소가 아니다"라면서 "각각의 의무를 이렇게 혼동하면, 정치적 자유와 통치라는 대의는 종교적 대의나 마찬가지로 얻을 것이 없다"고 지적한다.

'정치목사'들의 행태와 관련해 버크는 "그들이 하는 말의 명백한 의미와 그들 교리의 직접적 경향에 근거하여 검사받는 단계가 되면, 얼버무리기와 발뺌하는 설명방식이 등장한다"고 비판한다. "6 · 25가 남침이냐 북침이냐"는 질문에 대해 즉답을 회피한 이정희 전 통합진보당 공동대표, "북한 인권과 3대(代) 세습, 북핵 문제에 대한 입장을 밝혀 달라"는 질문을 색깔론으로 몰면서 말을 빙빙 돌린 이석규 진보당 비례대표 국회의원의 모습이 떠오르지 않는가? 진보당 사람들을 연상케 하는 대목은 또 있다.

"어떤 종류의 권력은 예절과 견해를 절멸시킬 정도의 충격에도 살아남을 것이다. 그리고 그 자체를 유지하기위해 더욱 나쁜 다른 수단을 발견할 것이다. 고래의 제도들을 타파하기 위해 고래의 원리를 파괴한 찬탈은, 권력을 획득할 때 사용했던 것과 유사한 기술을 사용하여 권력을 유지할 것이다."

진보당 사태가 진행되는 동안 내가 계속 우려했던 것도 이것이었다. 그들은 당권을 차지하기 위해, 야권단일후보가 되기 위해, 금배지를 달기 위해, 모바일여론조사 조작, 대리투표 · 동원투표 등 온갖 부정을 자행했다. 진상이 드러나 당권과 금배지를 내놓아야 할 상황이 되자 그들은 희한한 궤변들을 늘어놓으면서 폭력을 동원했다. 여론이 아무리 손가락질을 해도 그들은 귀를 틀어막고 버티기로 일관했다. 그리고 자칭 진보지식인들은 그동안 진보당 내에서 벌어지고 있는 일들을 빤히 알고 있으면서도 짐짓 모른 척 했다.

만일 이런 자들이 정권을 잡는다면? 아니 '공동정권'의 형태로 정권에 한 발이라도 담그게 된다면? 당권이나 야권단일후보 자리, 금배지를 위해 부정과 폭력을 일삼고 여론을 외면하면서 궤변으로 세상을 속이려 들었던 자들이다. 그런 그들이 정권을 유지하기 위해서 그런 짓을 되풀이하지 않으리라는 보장이 있는가? 아마 그보다 더한 짓들도 할 것이다. 그리고 그 결과는 우리가 이제껏 경험해보지 못했던 자유의 후퇴와 독재로 나타날 것이다.

프랑스혁명을 전후한 시기에 나타나 혁명의 분위기를 조장하는 데 앞장섰던 일군(一群)의 저술가들(주로 팸플릿 작가들)에 대한 버크의 기술(記述)도 눈길을 끈다.

"이들 저술가들은 새로운 것을 선전하는 자들이 그렇듯이, 가난한 자들과 하층 계급을 위한 큰 열정을 가장했다. 그리고 한편으로 풍자 글에서는, 궁정과 귀족과 성직자들의 오류들을 극도로 과장하여 가증스럽게 만들었다. 그들은 일종의 민중선동가가 된 것이다. 그들은 가증스러운 부(富)와 불안하고 절망적인 빈곤을 하나의 목적에 유리하도록 연합하는 고리 역할을 수행했다."

우리 시대에도 그런 자들은 많이 있다. 진보연(進步然)하면서, 트위터나 인터넷 상에서, 혹은 거리나 쟁의현장에서, 선동과 왜곡을 일삼는 폴리페서나 폴리테이너, 작가. 그리고 '나꼼수' 같은 무리들이 바로 그들이다.

어느 법조인 출신 정치인의 초상

버크는 기존의 질서를 전면적으로 부정하는 프랑스혁명세력을 향해 "당신네 지도자들에게 선조들과 모든 동시대인을 멸시하도록 가르치고, 자신들조차 멸시하도록 가르쳐서 정말로 멸시당할 상대로 만들어 버린 그 터무니없고 방자한 사변들로 무엇을 얻었는지 보라"고 묻는다. 대한민국 현대사가 이룩한 성취들을 부정하면서 대한민국을 태어나서는 안 되었던 역사의 사생아(私生兒)로 비방하는 자들에게 그대로 던져주고 싶은 질문이다.

버크는 프랑스혁명을 이끌고 있는 국민의회 의원들 대부분이 법조인, 그것도 법원의 일류 법조인이 아닌 지방 출신의 하급 법조인들로 구성되어 있다는 사실에 놀라움을 표시하면서 이렇게 말한다.

"그들은 위험에 처해질 평판은 애초부터 갖지 않았다. 자신들의 손에 권력이 쥐어진 것에 다른 누구보다도 스스로 더 놀랄 이들이, 절제하고 분별 있게 행동하리라고 기대할 수는 없다.

갑자기 마치 마술을 부린 것처럼, 예속된 미천한 지위에서 빠져나온 이들이 자신들의 준비되지 않은 위대함에 도취되지 않으리라고 주장할 수 있는 자 누구인가? 습관적으로 간섭하고, 무모하며, 교활하고, 잘 나서며, 분쟁하는 기질이고, 평온치 않은 정신의 소유자인 이들이, 하찮은 분쟁에 종사하고 힘들고 비루하게 이익 없는 술책을 자행하는 자신들의 옛 상황으로 쉽사리 돌아가리라고 생각할 자 누구인가? 그들이 전혀 이해하지 못하는 국가를 희생해가면서, 자신들이 너무도 잘 아는 사사로운 이익을 추구할 것이라는 점을 의심할 자 누구인가?

그러한 사태는 우연이나 부수적으로 발생할 일이 아니었다. 필연적이고 불가피한 일이었다. 사태의 본성에 심어져 있는 일이었다."

이 대목을 읽을 때마다 떠오르는 사람이 있다. 독학으로 사법고시에 합격하고 난 후에도 법조계 내에서 내내 소외당했던 사람, 우리 사회의 주류(主流)세력과 불화하는 과정에서 정치적으로 입신(立身)했던 사람, 미처 준비되지 않은 상태에서 대통령 당선이라는 인생의 절정을 맛보았던 사람, 대통령 재직 중 수시로 "그만 두고 싶다"고 했을 정도로 자신의 직무를 버거워했던 사람, 그리고 퇴임 후 가족과 친지들의 부패 때문에 검찰조사를 받게 되자 스스로 목숨을 끊어 버린 사람—버크가 말한 프랑스혁명기 '지방법조인' 출신 정치인들의 모습은 어쩌면 그렇게 노무현 전 대통령과 닮았는지 모르겠다.

그래도 강정해군기지나 한미FTA를 추진하던 노 전 대통령의 모습에서는 나라의 장래를 생각하는 지도자의 모습이 보이기도 했다. 그가 좀 더 성숙한 상태에서 그 자리로 나갈 수 있었다면, 그를 위해서나 이 나라를 위해서 얼마나 좋았을까?

“변화할 수단을 갖지 않은 국가는 보존할 수단도 없는 법”

버크가 한 말 중에는 이 나라 보수 세력에게 전해 주고 싶은 것들도 적지 않다. 특히 “변화할 수단을 갖지 않은 국가는 보존할 수단도 없는 법이다. 국가가 그러한 수단이 없다면, 독실한 마음으로 보존하기를 원했던 헌정(憲政)의 부분을 상실하는 위험에조차 빠질 수 있다”는 말은 보수주의자라면 응당 마음에 새겨야 할 것이다. 이 말은 ‘보수(保守)는 끊임없이 보수(補修)하는 것’이라는 말과도 통한다. ‘보수’가 결코 ‘수구꼴통’이어서는 안 된다는 경고이기도 하다. 실제로 버크는 의정(議政)생활을 하면서, 영국 정부에 인도식민지에서의 억압과 착취를 개선하도록 요구했고, 아메리카 독립의 대의를 지지하는 등 개혁정치가로서의 면모를 자주 보여주었다.

그러면서도 버크는 개혁세력을 빙자한 체제전복세력은 단호하게 배척한다. “우리는 어떤 체제이든 그 부패를 제거하고, 결점을 보완하고, 건설을 완성하기 위해, 체제의 본질에 대항하는 적(敵)을 불러들이는 그런 바보가 절대 되지 않을 것이다.”

물론 여기서 소개한 것은 《프랑스혁명에 관한 성찰》의 극히 일부분에 불과하다. 인간과 역사에 대한 버크의 통찰은 무궁무진하다. 보수의 나아갈 바를 고민하는 보수주의자, 그게 아니더라도 ‘보수주의’가 무엇인지 알고자 하는 사람이라면 반드시 읽어야 할 책이다.

《프랑스혁명에 관한 성찰》| 에드먼드 버크 | 이태숙 옮김 | 한길사 | 2008

Dauids worthies. II.Samuel. Israel numbre

CHAP. XXIIII.

《성경-사무엘 하》

다윗과 압살롬 그리고 이명박

-피아(彼我)를 분명히 하는 것이 정치의 시작이다

세상에는 많은 고전들이 있다. 그 중에서 가장 널리, 가장 많이 읽힌 고전을 꼽으라면 아마도 성경이 아닐까 싶다(물론 성경을 한낱 '고전'으로 간주하는 데 대해 거부감을 느끼는 사람도 있을 것이다).

성경을 보면 자신의 온 정성을 다해 하나님을 섬기고, 그로 인해 하나님으로부터 온갖 사랑을 받는 하나님의 총아들이 여럿 나온다. 그 중에서도 으뜸가는 이를 꼽으라면 단연 다윗을 들 수 있을 것이다.

다윗이 얼마나 신실하게 하나님을 섬겼는지, 하나님께서 그를 얼마나 어여삐 여겼는지를 여기서 길게 말할 필요는 없을 것이다.

그런 다윗도 때때로 인간적인 잘못을 저질렀다. 자신을 섬기는 군인 우리아의 아내 밧세바와 간통하고, 이 사실을 은폐하기 위해 전선에 나간 우리아를 사지로 몰아넣어 죽게 한 것이 그것이다.

하나님은 그에 대한 징벌로 다윗의 집안에 잇달아 재난을 내린다. 다윗의 아들 암논이 이복누이 다말을 강간하자, 다말의 친오빠 압살롬은 암논을 살해한 후 그술 땅으로 달아난다. 재난은 그것으로 그치지 않는다. 망명 생활에서 돌아온 압살롬이 아버지 다윗에게 반역한 것이다. 이로 인해 다윗은 도성인 예루살렘에서 도망쳐 나와 피난길에 오르는 수모를 겪는다.

이후 에브라임 숲에서 왕좌를 놓고 아비와 자식간에 혈전이 벌어진다. 자신에게 칼을 겨눈 자식이지만, 자식은 자식인지라, 다윗은 출정하는 장수들에게 당부한다.

〈왕이 요압과 아비새와 잇대에게 명하여 가로되, "나를 위하여 소년 압살롬을 너그러이 대접하라" 하니, 왕이 압살롬을 위하여 모든 군장에게 명령할 때에 백성들이 다 들으니라.〉(사무엘 하 18:5)

싸움은 아비인 다윗의 승리로 끝난다. 압살롬을 따르던 2만명의 이스라엘 사람들이 죽는다. 전투가 끝난 후 다윗의 부하 장수 요압은 다윗의 당부를 무시하고 압살롬을 죽인다. 압살롬이 죽었다는 소식을 전해들은 다윗은 오열한다.

〈왕의 마음이 심히 아파 문루로 올라가서 우니라. "압살롬아, 내 아들 내 아들 압살롬아, 내가 너를 대신하여 죽었다면, 압살롬 내 아들아 내 아들아" 하였더라.〉(사무엘 하 18:33)

요압의 직언

다윗의 부하 장병들은 목숨을 건 전투 끝에 승리를 거두고 돌아왔지만, 자신들의 왕 다윗이 반역의 수괴였던 압살롬을 위해 오열하는 것을 보고 맥이 풀린다.

〈왕이 그 아들을 위하여 슬퍼한다 함이 그날에 백성들에게 들리매, 그날의 이김이 모든 백성들에게 슬픔이 된지라. 그날에 백성들이 싸움에 쫓겨 부끄러워 도망함 같이 가만히 성안으로 들어가니라.〉(사무엘 하 19:1~3)

싸움에 이기고 돌아와서도 마치 패잔병처럼 기가 죽어 있는 부하들을 보다 못한 장군 요압은 다윗 앞에 나가 이렇게 말한다.

〈요압이 집에 들어가서 왕께 말씀하되, "왕께서 오늘 왕의 생명과 왕의 자녀의 생명과 처첩들의 생명을 구원한 모든 신복의 얼굴을 부끄럽게 하시니, 이는 왕께서 미워하는 자는 사랑하시며 사랑하는 자는 미워하시고 오늘 장관들과 신복들을 멸시하심을 나타내심이라. 오늘 내가 깨달으니 만일 압살롬이 살고 오늘 우리가 다 죽었다면 왕이 마땅히 여기실 뻔하였나이다.

이제 곧 일어나 나가서 왕의 신복들의 마음을 위로하여 말씀하옵소서. 내가 여호와를 가리켜 맹세하옵나니, 왕이 만일 나가지 아니하시면 오늘밤에 한 사람도 왕과 함께 머물지 아니할찌라. 그리하면 그 화가 왕이 젊었을 때부터 지금까지 당하신 모든 화보다 더욱 심하리이다."〉(사무엘 하 19:5~7)

요압의 말을 직설적으로 풀어쓰면 이런 얘기겠다.

"당신을 위해 박 터지게 싸우고 돌아왔더니, 당신은 자신을 향해 반란을 일으켰던 자식의 죽음을 애통해 하느라 우리는 본 체 만 체 하고 있다. 당신은 당신을 적대했던 사람을 귀하게 여기고, 당신을 위해 피 흘려 싸운 사람은 뭣 같이 여기는 거냐?

우리들의 왕이라는 사람이 정말 이러기냐? 그럼 당신을 위해 피 흘려 싸운 우리들은 뭐가 되는 거냐? 당신이 정 이런 식으로 놀면 우리는 당신 곁을 떠나겠다. 그 다음에 무슨 일이 생겨도 우린 모르겠다. 당신 혼자서 잘 해 봐라."

요압이 다윗에게 한 말은 한 마디로 "누가 당신의 적이고, 누가 당신의 편인지 똑바로 알라"는 얘기다. 이는 정치를 '적과 동지의 구별'이라는 말로 설명했던 칼 슈미트의 이론을 연상케 한다. 아득한 시공(時空)을 초월해 정치의 본질은 결국 하나라고 할까.

적과 동지

그런데 이 간단한 사실을 망각하는 사람들이 있다. 걸핏하면 '화합'과 '포용'을 외치는 '먹물'들이 바로 그들이다. 2008년 광우병사태와 2009년 노무현 전 대통령의 자살 등을 거치면서 그런 목소리는 더욱 높아졌다.

그들 가운데는 더 나아가 북한 김정은 집단도 통 크게 끌어안으라고 주문하는 자들도 있다. 금강산 관광객 살해사건, 미사일 발사,

핵실험, 천안함, 연평도도 불문에 붙이고, 과감하게 북한에 양보함으로써 남북관계를 획기적으로 개선(?)하라는 것이다.

화합과 포용은 물론 아름다운 말이다. 인간적인 친소관계나 방법론상의 차이에도 불구하고 크게 보아 대한민국을 지지하는 세력 내부에서 화합하고 포용하는 것은 진정으로 환영할 일이다.

하지만 화합과 포용의 대상 밖에 있는 자들도 있다. 대한민국의 정체성과 헌법정신을 부정하는 자들이 바로 그들이다.

그들은 이쪽에서 화합하고 포용하려 해도 거부할 자들이다. 설사 겉으로는 미소를 지으며 포용에 응한다 해도 그들은 가슴 속에 비수를 품고 있다가 내 등을 찌를 자들이다.

이명박 정부는 자살한 노무현 전 대통령을 국민장으로 모셨다. 친인척과 지인들이 죄다 연루된 비리 사건으로 감옥에 가기 일보 직전에 있던 그에게 국가가 할 수 있는 최고의 예우를 한 것이다. 물론 그에 대한 수사도 중단했다. 장례식이 있던 날에는 대통령이 직접 나가서 조의를 표했고, 국무총리가 조사를 읽었다. 이보다 더한 화해와 포용의 제스처가 어디 있는가? 이명박 대통령은 더 나아가 사회통합위원회를 만들고, 좌파성향의 인사를 사회통합수석비서관으로 기용하기까지 했다. 그래서 우리 사회의 이념갈등이 조금이라도 완화됐는가? 좌파세력의 이명박 정부를 향한 공격이 조금이라도 무뎌졌는가?

반(反)이명박 세력은 한 번도 그에 상응하는 화해와 포용의 제스처를 보인 적이 없다. 5년 내내 정부가 하는 일마다 발목을 잡았을 뿐이다. 그러면서도 좌파세력은 걸핏하면 이명박 정부를 향해 '편가르기를 한다'고 덮어씌우곤 했다. 앞에서 말한 것처럼 이명박 정부는 제대로 된 '자기 편 챙기기'도 못했고, 적대세력을 '적'이라고 규정하지도 못했다. 그런 이명박 정부를 향해 '편가르기' 운운하는 것은 솔직히 우스운 일이다.

이명박 대통령의 진정한 위기는 지지세력의 실망

이명박 대통령은 2008년 광우병사태 당시, 나이 어린 전경들이 폭력시위대에게 두들겨 맞고 있을 때 청와대 뒷산에 올라가 '아침이슬' 노래를 들었다. 용산사태가 나자, 법질서를 지키려던 김석기 경찰청장 내정자를 내쳤다. 외국 순방길에 좌파들에게 핍박받았던 문인 대신 좌파의 총아(寵兒) 황석영과 동행했다. 김대중-노무현 정권에 맞서다 옷을 벗었던 올곧은 관료나 군인들 대신 좌파 정권 아래서 출세가도를 달렸던 사람들을 중용하기도 했다. 그렇게 되자 이명박 대통령의 지지자가 될 수 있었던 많은 이들이 그에게 실망해서 등을 돌렸다. 임기 내내 이명박 정부가 불안정했던 진정한 이유는 바로 여기에 있다.

무조건 피아(彼我)를 구별하고, 적을 만들라는 얘기가 아니다. 정권적 이해관계에 따라 편가르기를 하라는 얘기도 아니다. 다만 누가 '대한민국의 편'인지, 누가 '대한민국의 적'인지를 분명히 하라는 것이다. 이는 이명박 대통령 뿐 아니라, 앞으로 대한민국 대통령이 될 모든 이에게 해당되는 말이다.

구약을 보면 다윗은 장군 요압의 직언을 받아들여 성문으로 나아갔다.

〈왕이 일어나 성문에 앉으매 혹이 모든 백성에게 고하되, "왕이 문에 앉아 계시다"하니 모든 백성이 왕의 앞으로 나아오니라.〉(사무엘 하19:8)

《이상한 패배》_마르크 블로크

군(軍)과 사회의 매너리즘, 지도부의 비겁이 패전(敗戰)을 불렀다

– "진정한 지도자는 무엇보다 먼저 이를 악물 줄 알아야 한다"

1940년 5월 10일, 급강하폭격기와 기갑부대를 앞세운 독일군은 프랑스-벨기에 국경의 아르덴느 숲을 돌파해 프랑스로 진격했다. 불의의 일격을 당한 영국-프랑스 연합군은 패퇴를 거듭했다. 5월 27일부터 1주일 동안 30만명의 영국군과 프랑스군이 덩케르트에서 영국으로 철수했다. 6월 22일 프랑스는 독일에 항복했다.

프랑스인들은 너무나도 어이없는 패배 앞에 넋을 잃었다. 이 가운데는 54살 된 소르본느대 역사학 교수 마르크 블로크(Marc Bloch)도 있었다. 아날학파를 창시한 프랑스 역사학계의 거두인 블로크는 제1차 세계대전에 참전했던 예비역 대위였다. 1939년 8월 나치 독일과의 긴장이 고조될 무렵, 그는 고령(高齡)을 이유로 소집 면제를 받을 수 있었지만 소집에 응했다.

이후 관구사령부 참모부, 1군 참모부 연락장교, 유류보급 담당 장교로 근무한 블로크는 덩케르트 철수 당시 영국으로 탈출했다가, 몰래 프랑스로 돌아왔다. 그는 독일군에 저항할 길을 찾았지만, 본토에 남은 프랑스군은 이미 항전의지를 상실한 뒤였다. 블로크는 독일군이 아직 점령하지 않은 지역으로 탈출했다.

블로크가 '1940년의 증언'이라는 부제(副題)가 붙은 《이상한 패배》를 저술한 것은 패전 직후인 1940년 7월~9월이었다. 당시로서는 언제 빛을 볼 수 있을 지조차 알 수 없었던 이 책에서 블로크는 자신이 소집된 후 10개월 남짓한 기간 동안 군에 복무하면서 보고 느낀 프랑스군의 무능과 비효율을 폭로하면서, 그러한 무능을 야기한 프랑스군의 체제, 더 나아가 프랑스의 정치 · 사회 체제를 신랄하게 비판했다.

매너리즘에 빠진 군(軍)

블로크가 보기에 프랑스군은 매너리즘에 빠져 있었다. 프랑스군이 제1차 세계대전 당시 참호전의 경험에 지나치게 매몰되어 있었던 것이 그 한 예다. 반면에 독일군은 상대방의 방어선을 공세적으로 돌파할 수 있는 전격전(電擊戰) 전술을 발전시켰다. 블로크는 "우리 지휘관들은 1940년에 1915~1918년의 전쟁을 다시 하려고 생각했다. 독일군은 1940년에 걸 맞는 전쟁을 하고 있었다"고 말한다.

북한은 제1 · 2차 연평해전과 대청해전 당시 수상함정 간의 대결에서 참담한 패배를 맛보았다. 그런 북한이 공공연히 '복수'를 다짐할 때는 종전과 다른 방법으로 도발해 올 가능성을 당연히 염두에 두었어야 했다. 참호전의 전훈(戰訓)과 승리에 매몰된 프랑스군이 전격전을 예상하지 못했던 것처럼, 우리 군은 수상전의 작은 승리에 취해 있다가 뼈아픈 일격을 당했다.

블로크는 군 상층부의 불협화음도 꼬집는다.

"우리를 희생시켜가면서, 아니 나라를 희생시켜가면서, 우리 머리 위에서 총사령부와 국방부의 극심한 싸움이 계속되었다. … 적은 문자 그대로 도시의 문 앞에 있거나, 이미 그 문을 넘어서 있었다. 그래도 당파들은 대립을 멈추지 않았다. 문제가 된 것은 정당들이 아니라, 군대의 파당이었고, 따라서 더욱 그 죄가 컸다."

오늘날 우리 군의 모습은 어떠한가? 육군과 해군, 공군이 서로 갈등하고 있다. 국방부와 합참은 육군 출신들이 다수를 점하고 있고, 해군과 공군은 군내에서 소외되어 있다며 불만이다. 천안함사태의 와중에도 그런 갈등이 수차 표출됐다.

오늘날 한국군이 모습은 1940년 패전 당시 프랑스군의 모습과 얼마나 다른가? 이 점에서 2010년 천안함 사태 후 "군이 매너리즘에 빠져 있다"고 한 이명박 대통령의 지적은 적절하다.

병든 사회, 말장난 하는 평화주의자들

하지만 그것이 군부만의 잘못일까? 블로크의 말을 들어보자.

"한 나라에서 어떤 직업집단의 행위는 전적으로 그들만의 책임은 아니다. 참모부는 나라가 제공하는 도구를 가지고 일한다. 그들이 경험한 심리적 분위기는 전적으로 그들이 조성한 것은 아니다. 그들 자신은 그들이 나온 인간환경의 산물이고, 프랑스 공동체 전체가 허용한 산물이다."

이러한 인식 아래 블로크는 패전을 부른 프랑스 체제의 모순을 통렬히 비판한다. 가진 자들의 노블리스 오블리지 정신의 결여와 병역기피 풍조, 일껏 정권을 잡고서도 '미친 짓'을 저질러 자살한 좌파 인민전선 정부와 그들로 인해 생긴 프랑스 사회의 '깊은 골', 노사 간의 불신과 갈등, 젊은이들의 창의성을 길러주지 못하는 낡고 수동적인 교육 시스템, 게으른 행정, 눈앞의 이익만 생각하는 저질의 정치적 책동, 활력 없는 경제….

블로크가 지적하는 패전 전 프랑스의 문제점들은 어쩌면 그렇게 오늘날 우리 사회가 안고 있는 문제점들과 흡사한가?

블로크는 전쟁이 났음에도 전쟁의 무익함을 강조하면서 국민들의 저항의지를 꺾은 자칭 평화주의자들(그들은 대개 좌파였다)에 대해서도 따끔한 일침을 가한다.

"그들은 전쟁이 쓸데없이 파괴만 한다고 가르쳤고, 그것이 틀린 말은 아니다. 그러나 그들은 사람들이 '자발적으로 결정해서 하는 전쟁'과 '할 수 없이 하는 전쟁'을 구별하지 않았고, 살인과 정당방위를 구별하지 않았다.

'살인자에게 목을 대어주라는 것이냐'고 사람들이 그들에게 물었다. 그들은 '아무도 당신들을 공격하지 않는다'고 대답했다. 왜냐하면 그들은 말장난하기를 좋아했고, 아마 자신들이 던져놓은 생각을 정면으로 바라보는 것을 잊어버려서 자신들이 던져놓은 모호함의 그물에 스스로 걸려버렸는지도 모른다."

우리 곁에도 그런 자들이 많다. 지난 정권 시절 햇볕정책을 비판하면 "그럼 전쟁하자는 것이냐?"며 발끈하던 자들, 천안함 침몰 이후 내부폭발설 · 좌초설 · 피로파괴설 등을 유포한 자들이 그들이다. 이명박 정부가 천안함사태를 북풍(北風)으로 활용할 것을 먼저 걱정하거나, 미군 오폭설이나 미 핵잠수함과의 충돌설 등을 유포한 일부 야당 정치인들도 마찬가지 무리다. 물론 천안함 전사자 영결식장에서 유가족으로부터 혼이 나고서도 "10 · 4선언을 이행만 했더라도 이런 사태가 안 왔을 것"이라고 강변한 강기갑 전 진보당의원도 빼놓을 수 없다.

이들은 대북응징을 주장하는 사람들을 향해 "망국적 냉전 이데올로기로 무장한 극우보수세력은 북한을 끌어들여 국토를 참화 속으로 몰아가는 '국민의 적'"(민주당 부대변인 성명)이라는 망발도 서슴지 않는다. 바로 이런 자들을 향해 블로크는 말한다.

"강도는 희생자에게 '네 목숨을 내놓아라!'고 외치지 않는다. 그는 '돈주머니 아니면 생명'이라는 선택의 여지를 준다. 마찬가지로 침략자들은 억압대상 국민들에게 '자유를 포기하거나 살육을 받아들이라'고 한다. '히틀러 추종자들이 사람들이 생각하는 만큼 그렇게 나쁘지는 않다'고 그들이 속삭이는 것을 나는 들었다. 힘으로 침략에 대항하지 않고 문을 크게 열어줌으로써 아마 고통은 줄었을 것이다. 오늘날 억압당하고 굶주리고 있는 점령지역에서 이 선량한 전도사들은 무슨 생각을 하고 있는가?"

'무의미한 파괴와 인명손실을 막기 위해서'라는 명분 아래 '무방비도시'를 선언하면서 독일군에 대한 저항을 포기한 관료와 군인들의 행태를 블로크는 "한 문명이나 경제가 포식자 국가에게 정복되는 것이 최악의 재앙이라는 것을 생각하지 않는 사람의 이상한 현명함"이라고 비판한다.

북한공산 집단이 마적단 수준의 마인드에서 벗어나지 못하고 있는 '포식자 집단'(이는 금강산 관광시설의 몰수와 동결, 개성공단 폐쇄 협박으로 이미 입증됐다)이며, 그들에게 대한민국이 굴종하고 정복되는 것보다 더 큰 재앙은 없다는 것을 망각한 자들도 바로 그런 '이상한 현명함'에 사로잡힌 자들이라고 밖에 할 수 없다.

"희생 없이 구원 없다"

하지만 아무리 열악한 상황 아래서도 국민들을 하나로 묶어 국가와 자유를 수호하기 위한 싸움에 나서야 하는 것이 바로 국가지도부이다. 하지만 1940년 당시 프랑스 국가지도부는 그렇지 못했다. 이미 충분히 예견됐던 전쟁임에도 우왕좌왕하다가 치명적 패배를 맛본 프랑스 지도부는 결국 독일에 항복하고 만다.

블로크는 그런 국가지도부를 향해 "우리 지도자와 지도계급에게는 조국의 위기 앞에서 가차 없는 영웅주의가 부족했다"면서 이렇게 말한다.

"진정한 지도자는 무엇보다 먼저 이를 악물 줄 알아야 한다. 그것은 자신이 가지고 있지 않으면 누구도 줄 수 없는 신념을 다른 사람에게 불어넣어주는 것이다. 끝까지 자신의 운명에 대해 절망하기를 거부하는 것이다. 자신뿐 아니라 자신이 지휘하고 있는 사람들을 위해서 아무 소용없는 치욕보다는 생산적인 희생을 받아들이는 것이다."

이명박 대통령은 천안함 침몰 직후, 누구의 속삭임 때문인지는 몰라도, 천안함 침몰을 '적에 의한 격침'이 아니라 일종의 '해난사고'로 인식하는 듯한 발언들을 쏟아냈었다. 국군의 최고통수권자인 대통령이 첫 단추를 잘못 뀐 것이다. 지구상에서 가장 호전적인 적과 대처하고 있는 국가의 군통수권자가 왜 그랬을까? 군의 매너리즘을 질타하는 대통령부터 또 다른 '매너리즘'에 빠져 있었던 것은 아니었을까?

블로크는 말한다.

"요컨대 어떤 위대한 지휘관이라도 처음에는 잘못을 범할 수 있다. 그러나 지휘관이 그 잘못을 고치지 못하면 비극이 시작된다."

이명박 대통령도, 군 수뇌부도, 생각지도 못했던 사태 앞에서 처음에는 잘못 생각했을 수 있다. 하지만 이제라도 그 잘못을 고쳐야 한다. 그러지 못하면 진짜 비극이 시작될 것이다.

블로크는 자신의 글의 뒷부분에서 이렇게 말한다.

"나는 솔직하게 고백한다. 여하튼 나는 우리가 아직도 흘릴 피가 있기를 바란다는 것을. 그것이 나에게 매우 귀중한 사람의 피일지라도 말이다. 왜냐하면 희생이 없이는 구원이 없기 때문이다. 그리고 만일 국민적 자유를 얻기 위하여 스스로 노력하지 않으면 충만한 자유를 얻지 못할 것이다."

블로크는 프랑스 국민에게 '자유를 위한 피'를 요구하는 데 그치지 않았다. 그는 레지스탕스에 가담해 지도자로 활동하다가 1944년 3월 게슈타포에 체포됐다. 블로크는 팔목과 갈비뼈가 부서지는 혹독한 고문을 당한 끝에 그해 6월 16일 총살됐다. 죽기 전 그는 "프랑스 만세"를 외쳤다. 그의 나이 58세 때였다.

《이상한 패배》| 마르크 블로크 | 김용자 옮김 | 까치 | 2002

《브레이크아웃 – 1950 겨울, 장진호전투》

_마틴 레스

"우리는 후방으로 공격한다!"

–절망적 상황 속에서 자기의 위치를 지킨 미(美)해병들이 한국의 운명을 바꾸다

2012년 5월 25일, 미군에 의해 북한지역에서 발굴된 국군전사자의 유해 12구가 조국 땅을 밟았다. 이들의 유해는 1950년 겨울 '장진호(長津湖)전투' 당시 전사한 미군장병들의 유해와 함께 발굴되었다.

1950년 10월 26일, 미(美)해병1사단과 미 육군7사단 병력 일부는 원산에 상륙했다. 당초 이들의 목적은 원산에 상륙한 후 개마고원을 넘어 서쪽으로 진격해 서부전선에서 북진해 오는 유엔군과 함께 북괴군을 포위, 섬멸하는 것이었다. 하지만 이들이 개마고원을 향해 진격하기 시작했을 무렵, 개마고원에서는 6개 사단 12만명의 중공군 9병단 병력이 이들을 기다리고 있었다.

함께 개마고원으로 진격했던 미 육군 7사단이 무너지고, 미국 본

토에서는 언론들이 "해병1사단이 중공군에게 포위되어 전멸됐다"는 절망적인 뉴스를 토해내고 있는 동안, 미 해병1사단은 그야말로 영웅적인 투혼을 발휘해 싸웠다. 이들은 낮에는 영하 20도, 밤에는 영하 32도까지 떨어지는 살인적인 추위 속에서 밤낮없이 중공군과 싸우면서 장비와 건제(建制)를 고스란히 유지한 채 중공군의 포위망을 뚫고 흥남으로 탈출하는데 성공했다. 이것이 그 유명한 '장진호전투'이다.

미국의 전사가(戰史家) 에드윈 P. 호이트는 해병대의 장진호전투를 두고 "군사상(軍史上) 가장 위대한 후퇴작전 가운데 하나"라고 말했다. 하지만 '후퇴작전'이라는 표현에 대해 장진호전투에 참가했던 미 해병대원들은 강하게 반발한다.

"그건 공격작전이었지, 후퇴작전이 아니었습니다. 장진호전투 전체가 공격작전이었다는 말입니다. 처음에 우리는 북쪽으로 유담리까지 쳐올라갔고, 다음으로는 유담리에서 서쪽으로 1500m 지점까지 공격해 갔으며, 그리고는 남쪽으로 유담리에서 황초령까지 공격했습니다. 내가 묻고 싶은 것은 우리가 그러는 중에 후퇴한 적이 있느냐는 것입니다." (우드로 윌슨 테일러)

"우리는 수동에서 중공군과 처음 조우했을 때부터 그들을 무찔렀고, 나중에 답교를 건너면서도 그들을 무찔렀습니다. 그들이 우리에게 항복했지, 그 반대가 아니었습니다. 후퇴라니 무슨 말을 하고 있는 겁니까?" (조셉 오웬)

당시 미 해병1사단장 올리버 스미스 소장도 상부로부터 철수명령을 받은 후 휘하 장병들에게 "우리는 후방으로 후퇴하는 것이 아니라, 후방으로 공격한다!"고 명령했었다.

한국을 구한 장진호전투

장진호전투에서 미 해병1사단은 700여명의 전사자와 200여명의 실종자, 3500여명의 부상자를 냈다. 그밖에 6200여명의 비전투 사상자가 발생했다. 이들은 대부분 동상(凍傷)환자였다.

이에 반해 중공군 9병단은 2만5000명의 전사자와 1만2000명의 부상자를 내고, 사실상 전투력을 상실했다. 미 해병1사단의 감투(敢鬪) 덕분에 동부전선으로 진격했던 다른 미군과 국군 부대, 그리고 10여 만 명의 피난민들이 철수(흥남철수)할 수 있었다.

그보다 더 중요한 것은 장진호전투의 결과 중공군 9병단의 전투력이 사실상 소진되는 바람에 중·동부 전선에서 중공군의 남하가 차단됐다는 점이다.

당시 서부전선에서는 중공군 13병단의 공격으로 유엔군이 일패도지(一敗塗地)하고 있었다. 서부전선의 유엔군은 이듬해 1월에는 다시 서울을 중공군에게 내 주고, 오산-제천-원주로 이어지는 북위37도선까지 후퇴해야 했다.

만일 미 해병1사단이 장진호에서 중공군 9병단에게 치명적인 타격을 안겨주지 못했다면, 9병단은 중·동부전선으로 남하해 서부전선의 13병단과 함께 유엔군을 강하게 압박했을 것이다.

중공군13병단의 공격만으로도 유엔군이 북위37도선까지 후퇴해야 했던 것을 상기하면, 9병단 12만명이 중 · 동부 전선에서 함께 남하했을 때, 그 결과가 어떠했을지는 충분히 상상이 된다. 아마도 유엔군은 전면적으로 패퇴해 한반도에서 철수했을 것이고, 오늘날 우리는 김씨왕조 치하에서 노예의 삶을 살고 있을 것이다. 미 해병 1사단의 감투가 한반도의 운명, 그리고 오늘을 사는 우리들의 운명을 바꾸어 놓은 것이다.

마틴 러스(Martin Russ)의 《브레이크아웃-1950 겨울, 장진호전투》는 바로 이 장진호전투를 다루고 있다. 저자는 이 책에서 말단 소총수에서 사단장에 이르기까지 전투에 참가했던 이들의 증언을 바탕으로 그 처절했던 전투를 생생하게 되살렸다.

장진호의 영웅들

장진호에서의 추위는 글자 그대로 '살인적'이었다. 5연대 의무대장이었던 체스터 레슨텐 해군소령의 증언에 의하면, 군의관들은 부상자들의 붕대를 갈지도 못했다. 붕대를 갈기 위해 장갑을 벗으면 손이 바로 동상에 걸리기 때문이었다.

추위는 전투력의 저하로 이어졌다. 모든 무기가 추위 때문에 성능을 제대로 발휘하지 못했기 때문이었다. 수류탄은 잘 터지지 않았고, 중기관총 총열의 냉각통에는 부동액을 채워야 했다. 또 경기관총은 얼어붙는 것을 막기 위해 목표물이 있건 없건 몇 분 간격으로 사격을 계속해야 했다.

침낭 속에 들어가 잠을 자다가 지퍼가 얼어붙어 나오지 못하는 사이에 중공군의 총검에 찔려 죽은 해병대원들이 있는가 하면, 추위를 피해 참호 속으로 들어갔다가 얼음덩이가 되어 미군에게 발견된 중공군들도 여럿 있었다. 얼어붙은 시신들을 실은 트럭에서는 피가 흐르다가 고드름이 되어 버렸다.

이런 혹독한 상황 아래서 해병대원들은 불굴의 투혼을 발휘했다. 수류탄 파편에 머리를 다치고도 후송을 거부한 채 적진으로 돌격하다가 다시 부상을 입은 윌리엄 G. 윈드리치 하사는 위생병이 다가오자 손을 저으며 "아직 아냐"라고 말했다. 몇 분 후 그는 숨을 거두었다. 구호소 텐트 안에 있던 부상병들은 "나가서 싸울 사람이 필요하다"는 말에 비틀거리면서도 총을 들고 나가 싸웠다. 그들 대부분이 다시 돌아오지 못했다. 군의관 헨리 리트빈 중위가 부상당한 한 해병대원의 철모를 벗겼을 때 그의 심장이 그때까지 뛰고 있었는데도 뇌수가 냄비의 스튜가 쏟아지듯이 골 밖으로 나왔다.

《브레이크아웃》은 이런 이야기들의 연속이다. 총탄이 쏟아지고 불길이 치솟는 가운데 부상병들이 탄 트럭 위에 뛰어올라 전우들을 구해내려다가 적탄에 목숨을 잃은 부사관, 전우의 시체라도 버리지 않고 오려는 미 해병대원들의 눈물겨운 노력, 병사들과 고락을 같이하는 사단장, 굽히지 않는 전투의지, 유머…. 이런 것들이 영화 〈밴드 오브 브라더스〉나 〈라이언일병 구하기〉에서처럼 생생하게 묘사된다.

이 혹독한 전장에서 꽃핀 해병들의 전우애에 대해 역사가 린 몬트로스는 이렇게 말했다.

"전투력이 기강이나 무기의 성능보다 다른 무엇에 의해 결정되는 때가 있는데, 그걸 설명하기는 어렵습니다. 그것은 전투원이 자기 옆의 동료를 끝까지 신뢰할 수 있다는 것을 확신하게 되고, 반대의 경우도 성립될 때 갖게 되는 감정입니다. 전쟁은 잔혹한 것이지만 사선에서 자주 목격할 수 있는 이타심만큼 멋진 것은 이 세상에 없지요. 사소한 것들이 그 순간에는 사라져 버립니다."

아마 2010년 연평도포격사태 당시 적의 포격으로 화염이 치솟는 상황 속에서도 K-9 자주포 속으로 뛰어들어 응전했던 연평도 해병부대원들의 심리도 그와 같았으리라.

물론 모든 병사들이 영웅적이었던 것은 아니다. 키가 180㎝나 되는 텍사스 출신의 한 병사는 이동명령이 떨어졌는데도 "난 할 수 있을 만큼 했어요. 더 이상 안 가요"라면서 누워버렸다. 동료들이 그를 끌다시피 하면서 2㎞를 이동했다. 구호텐트에 도착한 후 위생병이 그를 점검했지만, 그에게서 아무런 상처도 발견하지 못했다. 그는 단지 살고자 하는 의지를 잃어버린 것뿐이었다. 그 병사는 3시간 후에 죽었다.

이 책에는 중공군들이 피난민들을 방패막이로 삼는 바람에 미군들이 애를 먹는 얘기가 여러 군데 나온다. 피난민 대열에서 중국어 억양이 섞인 영어로 "중공군 병사들이 지금 항복합니다"라는 말이 나오는 것을 듣고 미군이 접근하자 갑자기 수류탄이 날아들면서 피난민들 사이에서 중공군들이 벌떼처럼 쏟아져 나왔다는 증언 등을 보면, 소위 노근리 사건을 비롯해 6 · 25 전쟁 중 미군이나 국군에 의한 양민학살사건(?)이라는 것이 어떤 상황 아래서 발생한 것이었나를 짐작할 수 있다.

불굴의 투쟁의지가 필요하다

1950년 12월 11일 고토리를 출발한 마지막 해병부대가 중공군의 포위망을 벗어났다. 제1해병사단의 생존자들은 12월 15일 10만 명의 피난민과 함께 흥남부두를 떠났다. 50여 일간의 사투가 끝난 것이다.

62년 전 겨울 벌어졌던 장진호전투는 오늘을 사는 우리에게 많은 교훈을 준다. 잘 훈련되고 감투정신에 불타는 불과 1만여명의 미 해병1사단 장병들은 한반도의 운명을 바꾸었다. 그것은 유엔군총사령관 맥아더 원수나 10군단장 아몬드 소장 등 지휘부의 거대전략의 소산이 아니었다. 말단 소총소대의 병사 한 사람 한 사람이 절망적인 상황 속에서도 결코 포기하지 않고 자신의 위치에서 최선을 다한 결과였다. 장진호전투에서 살아남은 군의관 리트빈 중위는 "우리가 얼어붙은 장진호에서 빠져 나올 수 있었던 것은 많은 젊은이들이 싸울 줄을 알았기 때문이었다"고 회고했다.

오늘날 우리에게 필요한 것은 바로 그런 '싸울 줄 아는 군인', '싸울 줄 아는 애국자'다. 지금 대한민국은 내우외환(內憂外患)의 위기에 처해 있다.

밖으로는 천안함 폭침, 연평도포격사태 등에서 보듯이 북한공산집단은 김대중-노무현 좌파정권 10년 동안 감추었던 발톱을 드러내면서 무력공격을 불사하고 있다.

이보다 더 화급한 것은 나라 안의 적(敵)들이다. 좌파세력은 운동권, 시민단체, 인터넷 매체는 물론 방송, 사법부, 교육계, 공직사회까지 침투해 국기(國基)를 흔들고 있다. 우리가 생각할 수 있는 모든 진지는 좌파에게 침투당했다.

그렇다고 여기서 싸움을 포기할 수는 없는 일이다. 장진호에서 한 젊은 미 해병대원은 아무런 부상도 입지 않았으면서도 단지 '살고자 하는 의지'를 잃었기 때문에 결국 목숨까지 잃었다.

개인이나 집단이나 마찬가지다. 여기서 우리가 포기하면, 대한민국은 죽고 만다. 대한민국이 죽으면, 우리도 죽는다. 장진호전투에서 대부분의 미 해병1사단 장병들은 혹독한 추위와 압도적으로 우세한 적의 공세 속에서 '죽기로 싸웠고', 그러는 가운데 살 길을 찾아냈다. 그리고 그들이 죽기로 싸운 덕분에 대한민국도 살았다. 지금 대한민국을 사랑하는 모든 이들에게 필요한 것이 바로 그런 불굴의 투쟁의지이다.

《브레이크 아웃:1950 겨울 장진호 전투》| 마틴 러스 | 임상균 옮김 | 나남 | 2004

《모사드》_데니스 아이젠버그 외

적국의 국방장관이 될 뻔했던 사나이 엘리 코엔

–조국을 위해 헌신한 영웅들을 기억하는 나라 이스라엘

이스라엘의 비밀정보기관인 모사드는 작지만 강한 정보기관이다. 냉전 시절, 모사드는 미국 CIA, 소련 KGB 등 양대 초강대국의 정보기관과 어깨를 나란히 했고, 지금도 쟁쟁한 명성을 떨치고 있다. 건국 이후 이스라엘이 이룩한 군사적 승리의 뒤에는 반드시 모사드가 있었다. 모사드는 "우리는 모략에 의해 전쟁을 수행한다"는 부훈(部訓)처럼 음지에서의 정보전을 통해 조국 이스라엘을 위해 봉사해 왔다.

《모사드》(데니스 아이젠버그, 엘리 랜더우, 유리 단 공저)는 모사드가 수행했던 주요 공작들을 소개하는 책이다. 이 책에는 세상을 놀라게 했던 유대인 학살자 아이히만 체포 작전을 비롯해 이라크 공군 조종사를 포섭해 소련제 미그21기를 몰고 귀순하게 한 사건, 드골 프랑스 대통령이 금수(禁輸) 조치한 미사일 고속정을 탈취한 사건, 스위스 기술자를 통해 프랑스제 미라주전투기의 설계도를 입수한 일 등 빛나는 성공 사례들과 함께 벤구리온 총리의 최측근에 소련 스파이의 침투를 허용했던 것과 같은 뼈아픈 실패담들도 실려 있다.

적국의 국방장관이 될 뻔했던 스파이

그 가운데 가장 감동적인 것은 단연 엘리 코엔의 이야기다. 아르헨티나에서 성공한 시리아계(系) 사업가로 위장해 시리아로 침투, 아민 알 하페즈 시리아 대통령의 최측근으로 활동하면서 각종 군사정보를 빼돌린 그의 사례는 제3국을 통한 우회침투의 모범으로 지금도 회자되고 있다.

엘리 코엔은 1924년 이집트에서 태어났다. 20대 초반부터 시오니즘의 세례를 받은 그는 모사드 요원으로 포섭되어 활동하다가 1956년 이스라엘로 이주했다. 이후 그는 한동안 국방부 정보분석요원, 식료품 회사의 회계담당자로 일하다가 모사드로부터 입부(入部) 제안을 받았다. 모사드에서 일하기를 소원했던 그는 "어떤 형태로든 조국을 위해 전심전력을 다하겠다"면서 기꺼이 이에 응했다.

엘리 코엔이 스파이 훈련을 받고 있는 동안 시리아의 도발이 거세졌다. 벤구리온 총리는 이서 하렐 모사드 부장에게 "무관심이야말로 나라의 안전에 있어서 최악의 적"이라면서 시리아에 대한 공작을 강화하도록 지시했다.

엘리 코엔은 1961년 3월 아르헨티나의 시리아인 이민 사회로 침투했다. 그는 카민 아민 터베스라는 이름의 시리아계 사업가로 행세하면서 아르헨티나 주재 시리아대사관 무관(武官) 아민 알 하페즈 소령에게 접근했다. 그는 열렬한 아랍민족주의자로 가장해 하페즈 소령의 신임을 얻었다. 그해 8월 시리아로 들어간 엘리 코엔은 군부, 정계, 관계의 실력자들과 사귀기 시작했다.

1963년 바트당이 쿠데타를 일으켰다. 엘리 코엔의 친구가 된 하페즈 장군이 대통령이 됐다. 하페즈는 조국에 봉사하기 위해 아르헨티나에서의 사업을 접고 시리아로 돌아온(?) 젊은 애국자 터베스를 총애했다.

그해 8월이 되자 다마스쿠스 정가에는 터베스(엘리 코엔)가 공보장관으로 입각할 것이라는 소문이 퍼졌다. 하페즈 대통령은 그를 국방차관으로 임명했다가, 후일 국방장관으로 임명하겠다는 뜻을 표하기도 했다. 이는 하페즈가 그를 후계자 물망에 올려놓았다는 의미이기도 했다.

시리아 정계의 숨은 실력자가 된 그에게 각종 정보가 몰리기 시작했다. 시리아군의 무기도입, 골란고원의 병력 배치, 이스라엘로 흘러들어가는 강물의 수로변경공사 계획, 시리아공군조종사들의 리스트 등이 코엔의 손을 거쳐 이스라엘로 흘러들어갔다. 이 정보들은 1967년 6일 전쟁 당시 이스라엘군이 시리아군을 격파하고 골란고원을 점령하는 밑거름이 됐다.

하지만 꼬리가 길면 밟히는 법, 1965년 코엔은 시리아군 방첩기관에 체포됐다. 500여명의 시리아인들이 그와 연루된 혐의로 체포됐다. 코엔은 체포된 후 한 레바논 언론인과의 인터뷰에서 이렇게 말했다.

"나는 조국에 진력하기 위해 시리아로 왔다. 나의 동포, 나의 아내, 그리고 세 아이들의 장래를 위해. 내가 단 한 번도 이스라엘을 배반하지 않았다는 것을 알아주기 바란다."

코엔이 체포되자 이스라엘 정부는 그를 구명하기 위해 갖은 노력을 다 기울였다. 프랑스 대통령과 총리, 동구권 국가지도자들, 로마 교황, 하페즈의 목숨을 구했던 프랑스인 의사 등 하페즈에게 영향력을 행사할 수 있는 인사들이 총동원됐다. 이스라엘 정부는 이스라엘에 수감되어 있는 시리아 간첩 전원과 코엔을 맞교환하자는 제안까지 했다. 하페즈와 친한 프랑스군 장교를 통해 시리아에 비밀리에 현금과 민수물자들을 지원하겠다는 제안도 들어갔다.

하지만 한때 그를 가까이 두었던 하페즈 대통령은 자신의 결백을 입증하기 위해서라도 코엔을 처형할 수밖에 없는 입장이었다. 결국 엘리 코엔은 1965년 5월 다마스쿠스의 순교자 광장에서 교수형에 처해졌다. 사형집행인이 얼굴을 가리는 마스크를 씌우려 했으나, 그는 이를 거부하고 당당하게 죽음을 맞았다.

영웅을 기억하는 나라, 이스라엘

코엔이 처형되자 이스라엘 전역에서는 그를 추모하는 시위와 행사가 열렸다. 텔아비브에서의 추도 시위는 코엔이 시리아로 파견될 당시 이스라엘 총리였던 벤구리온이 앞장서서 이끌었다. 여러 도시들이 거리나 공원, 광장에 엘리 코엔의 이름을 붙였다.

엘리 코엔의 아내 나디아에게 한 외국 기자가 "국가로부터 충분한 보상을 받았느냐"고 물었다. 나디아는 엄숙한 얼굴로 대답했다.

"우리나라 정부는 전 세계의 다른 어떤 정부가 해 주었다고 생각할 수 있는 이상의 일을 해 주었습니다."

모사드 부장 아미트는 이렇게 애도했다.

"엘리 코엔은 자신에게 어떤 한계가 있다는 것을 절대로 인정하지 않았습니다. 그는 순수한 이상주의자였습니다. 그는 항상 더 하려고 노력했습니다. 그는 다른 누구보다도 앞으로 나아갔습니다. 그야말로 가장 위대하며, 우리들 중에서 최고의 인간이었습니다."

이스라엘 소년들은 13살이 되면 성년식을 치른다. 1977년 합동성년식이 열렸다. 이 행사에는 국가를 위해 목숨을 바친 영웅들의 아들들이 초대됐다. 행사에는 베긴 수상을 비롯해 국방장관, 군(軍) 참모총장 등이 참석했다.

이 행사의 마지막을 장식한 것은 엘리 코엔의 아들이었다. 생일보다 몇 달 앞당겨 특별히 행사에 초대받은 그는 "주위의 친구들을 보며, 내게도 아버지가 있었으면 얼마나 좋을까 하는 생각을 하곤 했다"고 말했다. 주위가 숙연해졌다. 하지만 소년은 이렇게 말했다.

"아버지! 나는 내 일생을 통하여 결코 아버지의 기대에 어긋나지 않도록 노력할 것을 약속합니다. 나는 내 의무를 전력을 다해서, 또 이스라엘 국가를 위한 헌신에 의해서 완수하겠습니다. 나는 빛나는 영웅의 충실한 아들입니다. 아버지, 나의 맹세입니다."

엘리 코엔의 드라마 같은 첩보활동, 국가를 위한 헌신과 희생은 정말 감동적이다. 하지만 그에 못지않게 감동적인 것은 코엔에 대한 이스라엘 정부와 국민의 관심과 예우이다. 이스라엘 정부는 영웅을 구하기 위해 필사적으로 노력했고, 그가 죽은 후에는 유가족에게 최상의 예우를 했다.

엘리 코엔에 대한 이스라엘 정부의 관심은 그가 처형된 지 30여 년이 지난 후에도 변치 않았다.

1990년대 중반, 이스라엘과 시리아간에 평화회담이 진행된 적이 있었다. 이때 이스라엘이 회담의 전제조건으로 엘리 코엔의 유해 반환을 시리아측에 요구하고 있다는 얘기가 흘러나왔다. 한 기자가 이스라엘 정부 관계자에게 그것이 사실인지를 물었다. 정부 관계자는 이렇게 말했다.

"엘리 코엔의 유해 반환이 회담의 전제 조건은 아니다. 하지만 시리아가 엘리 코엔의 유해를 반환한다면, 이는 분명히 평화협정 타결에 큰 도움이 될 것이다."

이스라엘의 힘은 바로 여기서 나오는 것이다. 수천 년간의 디아

스포라 끝에 다시 세운 조국을 지키기 위한 유대인들의 헌신과 그 헌신을 기억하는 국가가 있기에 수억 아랍인들 사이에서 인구 700만명 남짓한 소국(小國) 이스라엘이 당당하게 살아남을 수 있었던 것이다. 이스라엘은 작지만, 큰 나라이다.

영웅들을 외면하는 나라 대한민국

반면에 우리나라는 어떠한가?

대한민국은 휴전 이후 북한에 억류된 국군포로에 대해 어떻게 했던가? 조창호 소위의 탈북 이전까지 우리는 그들의 존재조차 몰랐다.

6·25상이용사들을 대한민국은 어떻게 대우했던가? 나라가 가난했기 때문이기는 하지만, 팔다리를 잃어가며 나라를 지킨 그들에게 이 나라는 최소한의 생계대책조차 마련해 주지 않았다. 거리로 내몰린 그들은 갈고리 팔과 목발을 휘두르며 돈을 뜯어내는 양아치나 걸인으로 내몰렸다. 월남전 참전 상이용사, 고엽제 후유증 환자들도 거리로 내몰리지는 않았지만, 대부분 우리 사회에서 소외계층으로 어려운 노년을 보내고 있다.

김대중-노무현 정권 시절에는 또 어떠했던가? 제2차연평해전 당시 전사한 한상국 중사의 미망인 김종선 씨는 전사자들을 외면하는 정부의 처사에 항의해 한때 미국이민을 떠나기까지 했었다.

그들뿐이 아니다. 반탁건국운동의 유공자들은 대한민국 건국의 주역이었으면서도 건국훈장 하나 받지 못했다. 음지에서 목숨 걸고 '빨갱이'들과 싸웠던 서북청년단 등 반공청년단체 회원들은 오늘날 '극우테러리스트' 정도로 기억되고 있을 뿐이다. 김대중-노무현 정권 시절 거리에서 좌파정권 및 그 앞잡이들과 몸싸움을 벌였던 '아스팔트 우파'들을 대한민국은 얼마나 기억하고 있는가?

이는 북한이 항일빨치산, 6·25 전사상자 유가족, 대남공작원 가족 등에게 온갖 특혜를 베풀면서 친위세력으로 만든 것과는 대조적이다.

2012년 5월 25일, 미군에 의해 북한지역에서 발굴된 국군 전사자의 유해 12구(柩)가 62년 만에 고국 땅을 밟았다. 이명박 대통령은 국방부 장관과 육군참모총장, 주한유엔군사령관 등과 함께 서울공항까지 나가 그 분들을 맞이했다. 참 잘한 일이다. 오늘의 이 자랑스러운 조국 자유대한을 있게 한 분들을 제대로 기리고 기억해야 한다. 그 분들에게 대한민국이 해드릴 수 있는 최고의 예우를 해야 한다. 그래야 유사시 나라를 위해 자기를 희생하는 이들이 이어질 수 있을 것이다.

《모사드》| 데니스 아이젠버그 외 | 편집부 옮김 | 샘터사 | 1980

3

이념의 전선에서

《망치로 정치하기》_박성현

'가짜 진보'의 위선을 신랄하게 고발

–진실을 외면하고 떼의 힘을 섬기고, 북한의 참혹한 진실을 외면하는 이 땅의 '진보'는 '가짜'

얼마 전 한 정치평론가는 자신의 책을 통해 '보수시대의 종언'을 선언했다. 그가 그런 선언을 한 이유 가운데 하나는 지적(知的)헤게모니의 이동—보수세력으로부터 좌파세력(세칭 진보세력)으로의—도 포함되어 있다.

이러한 현상은 시내 대형서점에 나가봐도 금방 알 수 있다. 정치 · 경제 · 사회 관련 도서는 물론이고 역사, 심지어 고전해설서에 이르기까지 좌파코드를 내장하고 있는 책들이 넘쳐나고 있다. 이런 책들은 쉽고, 재미있고, 상큼하고, 신랄하다. 읽는 이로 하여금 저절로 빠져들게 만든다.

드물게 우파적 가치를 담은 책들이 없는 것은 아니다. 하지만 이런 책들은 대개 손이 가지 않는다. 제목이나 북디자인은 딱딱하고,

내용은 더 딱딱하다.

그런 점에서 박성현의 《망치로 정치하기》는 특별하다. '가짜 진보'의 허위의식을 고발하는 이 책은, 동서고금의 철학과 역사를 넘나드는 해박함을 자랑하지만, 결코 어렵지 않다. 398페이지라는, 요즘 나오는 책치고는 조금 두꺼운 책이지만, 한번 잡으면 손을 놓지 못하게 만든다. 저자는 '진실'이라는 '수퍼망치'를 휘둘러 유시민 · 조국 등 평소 남을 씹어대는 것을 업(業)으로 삼던 '진보지식인'들의 위선을 사정없이 박살낸다.

이방인이 던지는 세 가지 질문

그렇다고 박성현이 '보수주의자'인 것은 아니다. 그는 '이방인'을 자처한다. 그가 설명하는 '이방인'이란 '세상과 소통할 수 없기 때문에 이방인이 된' 카뮈의 '이방인'이 아니다. '세상의 편가르기를 거부하기 때문에 이방인이 된 존재'다.

여기서 편가르기란 '가짜 진보'와 '자칭 보수'의 편가르기다. 보수와 진보를 정치진영의 이름으로 사용하는 미신에서 벗어나, 변화와 지속, 진보와 보수를 함께 아우르는 '통합관점'을 추구하는 존재가 바로 저자가 말하는 이방인이다. 이 이방인은 우리에게 세 가지 질문을 던진다.

하나, 개인이 본 진실을 옹호하는가? 아니면 떼의 힘을 섬기는가?

둘, 북한의 참혹한 진실을 직시하는가? 아니면 그 진실을 외면하는가?

셋, 존엄한 자유인의 용기를 북돋우는가? 아니면 북한의 군사위협 앞에서 겁에 질린 인질심리를 퍼뜨리는가?

진실을 외면하고 떼의 힘을 섬기기 때문에, 북한의 참혹한 진실을 외면하기 때문에, 존엄한 자유인의 용기를 위축시키고 북한의 군사위협 앞에서 겁에 질린 인질심리를 퍼뜨리기 때문에 이 땅의 '진보'는 '가짜'인 것이다.

박성현이 보는 북한은 '지난 100년 동안 인류가 앓아왔던 거대한 질병인 극악한 전체주의의 모든 독기와 악기가 응어리져 있는 땅'이다. '가짜 진보'는 그 안에서 이루어지는 참혹한 인권유린도, 경제가 파탄 나고 일반 인민은 못 배우고 허약하며 왜소한 하위인종으로 퇴화되어 버렸다는 사실도, 이 모든 것이 개혁개방을 거부하는 북한 지배계급의 책임이라는 사실도 외면하고 있다.

주지하는 바와 같이 1990년대 후반 300만명의 북한주민들을 죽음으로 몰고 간 '고난의 행군' 후 북한에서는 배급체제가 무너지고 자생적 시장경제가 나타나기 시작했다. 이를 두고 저자는 '야생경제'라고 표현한다. 저자는 "지금 북한에서는 야생경제와 배급경제 사이에 무서운 경제내전이 진행되고 있다"면서 "이런 진실을 무시한 채 북한 지배계급에게 '퍼주기 원조'를 제공하는 것은 야생인민으로 살아가고 있는 동포를 죽음으로 내모는 학살행위에 지나지 않는다"고 비판한다.

박성현은 "북한 지배계층의 목표는 대한민국을 갈취해서 당·군 배급경제를 영원히 유지시키고 야생인민을 목 졸라 죽이는 것"이라면서 "이들은 적화통일이 아니라 영구 갈취를 원한다"고 말한다.

한홍구·리영희·조국 등 비판

안타깝게도 지금 우리 사회에서는 바로 그런 북한 지배계급을 위해 복무하기를 자처하는 '가짜 진보'들이 판을 치고 있다. '가짜 진보'의 세력이 이토록 커진 것은 앞서 말했듯이 우리 사회의 지적 헤게모니, 특히 '역사'에 대한 해석권이 저들에게 넘어간 것이 치명적이었다. 조지 오웰은 "과거를 지배하는 자가 미래를 지배하며, 현재를 지배하는 자가 과거를 지배한다"고 말했거니와, 이 말은 오늘의 한국에 꼭 들어맞는다. 박성현은 이런 상황을 만든 한홍구 성공회대 교수 등 '가짜 진보' 역사학자들을 이렇게 비판한다.

"항일투쟁을 했느냐 안 했느냐? 친일파 숙청이 이루어졌느냐 아니냐? 이것이 가짜진보 역사학자에게는 가장 중요한 기준이다. 그래서 6·25남침도 용서되고 동료 공산주의자들에 대한 무자비한 숙청도 용서된다. 수백만을 굶겨 죽인 것도 용서되고 지구 최악의 전체주의를 만든 것도 용서된다. 가짜진보 지식인에게 한국사는 피와 땀으로 새겨진 과거를 해석하는 엄숙한 작업이 아니다. 김일성 집안이 구축한 세습독재를 용인하는 면죄부를 만드는 작업일 뿐이다."

박성현은 '진보'지식인의 대부격인 리영희도 따끔하게 비판한다. 그는 리영희의 평생의 활동을 "북한 지배계급을 떠받드는 노예근성에 대해 '진보'라는 레이블, '왼쪽 날개'라는 딱지를 붙인 것"이라면서 "그는 이 가짜 이름표를 만드는 데에 일생을 바쳤다"고 꼬집는다.

요즘 SNS상에서 인기를 누리고 있는 조국 서울대 교수에 대한 비판은 더 신랄하다. 조국 교수가 '종북세력'을 '친북적 표현행위를 하는 사람'이라고 표현한 데 대해 저자는 이렇게 비꼰다.

"이건 마치 삽을 '수동식 토사운반기'라고 부르는 것과 비슷하다. 이런 식이라면 콘돔을 성적 재생산(sexual reproduction)을 방지할 목적으로 호모 사피엔스의 메일 섹슈얼 오건(male sexual organ)에 착용시키는 러버(rubber) 스킨이라고 불러야 한다. 가짜진보는 이제 종북을 종북이라 부를 배짱조차 없는가?"

'앙심의 편가르기'

'가짜 진보'의 편가르기를 저자는 '앙심의 편가르기'라고 규정한다. 저자는 "'앙심의 편가르기'에 함몰된 자는 '정당성 도취현상'에 빠지게 된다"고 말한다.

" '정당성 도취현상'에 빠지면 '우리가 사용하는 거짓과 속임수는 정의로운 것이다. 반면에 너희가 말하는 것은 설혹 진실이라 하더라도 구차한 변명에 지나지 않는다'라는 태도를 가지게 된다. '가짜 진보'가 말하면 진실이고 상대방이 말하면 거짓이 될 뿐 아니라, '가짜 진보'가 말하는 거짓과 속임수는 정당한 것이고 상대방의 원칙은 설사 진실이라 하더라도 불의가 된다. 이런 태도를 가진 사람은 진실에 대한 존중심을 알지 못한 채 사납고 시든 영혼을 가지게 된다."

근거 없는 도청도설(道聽途說)을 상소리를 섞어가면서 방송을 통해 마구 배설해 놓고서는 "우리 가카는 그러실 분이 아닙니다"라는 한 마디로 면피하는 '나꼼수', 2007년 대선 당시 허위사실을 유포했다가 뒤늦게 죗값을 치르게 됐으면서도 대단한 민주투사인 양 구는 정봉주 전 의원, 그런 그를 '양심수'로 추켜올리면서 선거판에서의 허위사실 유포를 제도적으로 보장해 주는 '정봉주법' 제정을 추진했던 일부 야당 인사들, 희대의 선거부정을 저질러 놓고도 전혀 뉘우치지 않는 진보당 경기동부연합 인사들의 왜곡된 의식의 원천을 엿볼 수 있게 해 주는 얘기다.

이렇게 '가짜 진보'를 향해 날선 비판을 하는 박성현은 이 땅의 보수에 대해서도 통렬한 비판을 잊지 않는다. 그에게 이 땅의 '보수'는 '자칭보수'에 불과하다. 저자가 보는 이 땅의 보수는 '비판할 가치조차 없는 어리석고 천박한 존재'이고 '배신자'들이다.

왜 배신자인가? '대중과의 소통'이라는 지식인의 사명을 배신했기 때문이다. 그는 "대중과의 소통에 아무 관심이 없으면서도 국가와 민족을 걱정하는 비분강개를 토하고 있는 자칭보수 지식인들이야말로 가장 경멸스러운 존재들"이라면서 "필력이 없으면 블로

그라도 열심히 하고 한글 인터넷백과사전(위키백과)에 한 사람당 10개씩의 표제어라도 입력해야 한다"고 몰아붙인다. 참으로 뼈아픈 지적이다.

진실에 대한 존중

하지만 박성현은 '가짜 진보'의 왜곡된 의식이나, '자칭 보수'의 나태함을 비판하는 데 그치지 않는다. 그는 '가짜 진보'와 '자칭 보수'를 뛰어넘는 새로운 존재를 우리 앞에 제시한다. 그게 바로 '이방인'이다.

여기서 '이방인'은 사회통념과 가치에 대해 의문을 던지는 개인, 세상과 분리되어 있을 뿐만 아니라 자기 자신에 대해서도 낯설어하는 자아(自我)를 의미한다. 저자는 이런 이방인들을 18세기 프랑스에서 살았던 라모(Rameau)라는 사람의 이름을 따서 '라모'라고 부른다. 산업화와 민주화 이후에 태어난 젊은이들 가운데는 바로 이런 '라모'들이 적지 않다.

지금 '가짜 진보'는 때로는 촛불로, 때로는 '우리민족끼리'라는 속삭임으로, 때로는 기성세대에 대한 젊은 세대의 반발을 부추겨서 이 '라모'들을 유혹해 왔다. 하지만 저자는 좌파 전체주의, 우파 전체주의, 웰빙 자유주의가 잡탕이 된 '가짜 진보'의 '가짜 유혹'으로는 이방인 라모를 사로잡을 수 없다고 단언한다. 이방인 라모가 갈망하는 것은 진실인데, '가짜 진보'에게는 진실에 대한 존중심이 없기 때문이다.

무너진 보수의 재건은 바로 이 지점, 진실에 대한 존중에서 시작되어야 한다. 행여라도 좌파와 싸우기 위해서라는 명목으로 거짓과 선동에 의존하려는 유혹은 떨쳐버려야 한다. 한나라당이 2011년 10 · 26 재보궐선거에서 자행한 선관위 디도스 공격이나, 한나라당 전당대회에서의 표 매수 같은 작태는 그런 점에서 아무리 비판해도 지나치지 않다.

이 책에서 저자는 보수주의를 외치지는 않는다. 아니 오히려 건국 이후 세계 그 어느 나라보다도 급격한 발전을 이룩해 온 이 나라에 과연 '보수'해야 할 전통과 가치가 있느냐고 묻는다. 그러면서 그는 사회생태주의와 공화주의를 대안으로 제시한다.

사회생태주의는 "사회를 하나의 거대하고 복합적인 생태계로 보면서 관념이나 법률, 정부개입에 의해 인간과 사회를 바꾸려는 사고를 비판하되, 사회생태계 내에서 끊임없이 일어나는 새로운 변화가 일어난다는 사실을 인정하면서 그 중에서 아직 널리 주목받지는 않았지만 강력한 잠재력을 가진 변화('이미 일어난 미래')를 인식하고 이를 가지고 사회를 개혁해 나가려는 사상"을 말한다.

또 하나는 공화주의다. 이는 "미덕을 갖춘 시민이 자신의 사적 이익을 '양보'하여 전체의 이익을 도모하는 것"을 의미한다. 저자는 특히 "사회에는 민주주의, 즉 다수결-다수의 횡포-로 뒤엎을 수 없는 기본 가치와 원칙이 존재한다"는 따뜻한 믿음과 "이 가치를 훼손하거나 흔들면 생사를 결정짓는 내전을 할 수밖에 없다"는 무시무시한 각오가 결합된 '링컨 공화주의'를 강조한다.

사회생태주의건 공화주의건, 그 내용은 알고 보면 에드먼드 버크 이래 '건강한 보수주의자'의 사상이다. 앞에서 언급한 이방인이 던지는 세 가지 질문에 자신 있게 대답할 수 있는 존재, 진실 앞에 당당할 수 있는 존재도 역시 '건강한 보수주의자'일 것이다. 김씨왕조의 전제정치와 인권유린이라는 진실을 직시하면서 '통영의 딸' 구출운동에 나서는 청년학생들은 바로 그런 '건강한 보수주의자'의 전범이다.

그런 의미에서 이 책은 저자 본인의 언명이야 어떻든 이 땅의 보수주의자들에게 보내는 희망의 메시지다. 《주역》에서부터 루소, 버크, 헤겔, 마르크스, 키르케고르, 니체, 키플링, 링컨, 드러커 등을 거쳐 리영희, 유시민, 한홍구, 조국 등을 넘나드는 현란한 지적 여행을 함께하는 재미도 쏠쏠하다.

《망치로 정치하기》 | 박성현 | 심볼리쿠스 | 2011

《나는 보수다》_조우석

진보에 홀린 나라
대한민국을 망치는 5가지 코드

–진보와 리버럴이라는 신기루, 현대사의 성취를 부정하는 역사허무주의, 반기업심리와 부에 대한 적대감, 내출혈을 반복하는 과도한 이념분쟁, 근본주의DNA

나라 전체가 가라앉아 있다. 도무지 신나는 일이 없다. 김연아나 박태환이 국제대회에 나가 금메달을 따오고, 동계올림픽을 유치하고, 런던올림픽에서 종합 5위에 올라도, 그 때만 즐거울 뿐이다.

소위 민주화운동을 했다는 사람들이 말끝마다 '그 암울했던 군사독재 시절'이라고 하던 시절에는 그렇지 않았다. 거리에 전경이 깔려 있고, 최루탄 냄새가 매캐했어도, 사회 전체는 활력이 있었다. 내일에 대한 낙관도 있었다.

지금은 그 활력이 없다. 내일에 대한 낙관도 많이 사라졌다. 왜일까?

사람의 경우 병에 걸리거나 나이가 들면 활력이 떨어진다. 나라의 경우도 별반 다르지 않다. 인간에게 생로병사(生老病死)가 있듯이 나라에도 영고성쇠(榮枯盛衰)가 있는 법이다. '영국병(病)'이니, '남미병'이니 하는 소리도 그래서 나오는 것이다.

다행히 병의 원인에 대한 제대로 된 처방을 받고 병을 고친 사람은 되살아날 수 있다. 하지만 그 기회를 놓친 사람은 죽을 수밖에 없다. 나라도 마찬가지다. 제때에 병의 원인을 파악하고 그 병을 고치면 중흥(中興)할 수 있지만, 그렇지 못하면 나라도 죽을 수밖에 없다. 그게 망국(亡國)이다.

지금 대한민국은 '한국병'을 앓고 있다. 사회의 활력이 떨어지기 시작한 1990년대 초반부터 '한국병'이라는 말이 나오기 시작했으니, 벌써 20년이다.

'한국병'이란 무엇인가? 혹자는 폭력시위, 노사분규, 노동자나 기업의 저생산성 같은 것들을 꼽기도 한다. 하지만 이런 것들은 겉으로 드러난 현상에 불과하다.

미국의 경제학자이자 《10년 후 미래》의 저자인 대니얼 앨트먼은 정치 · 경제 · 사회 · 문화에 내재해 있어 단기간에 변하기 힘든, 한 나라의 경제성장에 영향을 미치는 요인들을 통칭해 '딥 팩터(Deep factors)'라고 한 바 있다. 이 '딥 팩터'를 탐구하고, 고쳐야만 '한국병'을 극복할 수 있는 것이다.

《나는 보수다》라는 도발적 제목의 이 책은 바로 오늘날 대한민국을 병들게 하는 '딥 팩터'들을 분석한 책이다. '진보에 홀린 나라 대한민국을 망치는 5가지 코드'라는 부제(副題)에서 보듯, 이 책은 소위 우리 사회의 자칭 '진보'를 향한 비판서이기도 하다.

지식인의 '리버럴 강박증'과 역사허무주의

저자는 앨트먼이 말하는 '딥 팩터'와 유사한 개념으로 '슈퍼밈(Super-meme)'이라는 개념을 제시한다. 저자는 '슈퍼밈'을 '한국인의 집단심리 저변에서 거대한 힘을 행사하는 초월적 편집자'라고 설명한다. 저자가 제시하는 다섯 가지 '슈퍼밈'은 다음과 같다.

첫째, 지식인들의 '리버럴 강박증'과 이로 인한 지식인 사회의 붕괴위기이다.

'리버럴 강박증'이란, 지식인은 모름지기 현실비판적이어야 하고 '진보적'이어야 한다는 허위의식을 말한다.

입으로는 대의명분을 말하면서도 다른 한편으로는 출사(出仕)의 기회를 엿보던 조선조 지식인의 허위의식, '세상이 공인한 세상의 입법자이자 독립적 지식인'으로 정의되는 서구적 지식인상에 대한 막연한 동경, 실무적 능력의 결여로 인해 개발연대 테크노크라트에게 밀릴 수밖에 없었던 데서 오는 지식인의 삐뚤어진 소외의식의 결정체가 바로 '리버럴 강박증'에 사로잡힌 지식인 무리였다.

'리버럴 강박증'에 사로잡힌 지식인들은 1970년대 이후 서서히 지식인 사회에 뿌리를 내리기 시작하다가 1980년대 이후 급성장했고, 오늘날에 와서는 학문적 권력은 물론 정치 · 사회권력까지 장악한 리바이어던이 되어 버렸다.

여기에 더해 대중사회, 인터넷시대가 낳은 천박한 반(反)문화주의, 무교양주의, 문화포퓰리즘이 더해지면서, 우리 사회는 다양한 견해와 건강한 토론, 권위 있는 지성이 결여된 사회로 전락했다. '지식인 사회의 위기'가 도래한 것이다.

둘째, 이들 '리버럴 강박증'에 사로잡힌 지식인들이 전파(傳播)한 '역사허무주의'다.

'나만의 진리' '자폐적 진리'의 늪에 빠진 이들의 눈에 '저울의 거의 밑바닥에서 출발하여 거의 꼭대기에 도달한' 대한민국의 빛나는 성취는 보이지 않는다. 대신 이들은 '있었던 역사'가 아니라 자기들이 머릿속에서 그린 '있어야 했던 역사'를 바탕으로 현대사를 재단(裁斷)하고, 시도 때도 없이 '과거사 청산'을 외쳐댄다.

대한민국의 역사를 '정의가 패배하고 기회주의가 득세한' 역사로 보았던 노무현 전 대통령이나, 대한민국의 국회의원이면서도 '가장 존경하는 인물'로 대한민국의 건국을 반대했던 백범 김구를 꼽는 정치인들의 분열증은 다 이런 '역사허무주의'의 소산이다.

좌파정서는 한국병을 잉태하는 으뜸가는 자궁

셋째, 강한 평등주의 심리와 여기서 기형적으로 갈라져 나온 반(反)기업심리, 부(富)에 대한 적대감이다. 저자는 오늘날 우리 사회에 만연한 '기업 때리기' 풍조들을 언급하면서 "단순한 사회적 기부와 선행을 통해 '착한 기업 만들기'의 차원을 훌쩍 넘어서 어떻게 기업의 지적 · 도덕적 헤게모니를 구축할 것인가"를 고민해야 한다고 말한다.

넷째, 이념갈등의 내출혈이다. 현실사회주의가 역사의 뒤안길로 사라진 지 20년이 넘고 북한 땅에서 300만명이 굶어죽어도 여전히 옛 도그마에서 벗어나지 못하고 있는 사회주의자들과 종북좌파들, 각종 사회 · 문화운동의 형태로 사회 곳곳에 퍼져 있는 좌파세력들, 국민들의 의식을 은연 중 사로잡고 있는 '좌파정서' 등을 말한다.

저자는 특히 '좌파정서'에 주목한다. 그는 "'리버럴 지식인'의 허위의식이 파편화 · 주변부화 된 채 '묻지 마 분노', '방향 없는 항변' 형태로 자리 잡은 게 좌파정서"라고 말한다. '좌파정서'는 강남좌파, 딴따라 좌파의 형태로 나타나기도 하고, 천안함 격침 이후 난무했던 음모설의 모습으로 나타나기도 한다. 저자는 "결정적으로 좌파정서는 한국 사회의 몰락을 재촉하는 한국병 다섯 가지를 잉태하는 으뜸가는 자궁"이라고 지적한다.

다섯째, 우리 안의 '근본주의 DNA'다. 불교건, 유교건, 기독교건, 공산주의건, 한번 들어왔다 하면 원산지보다 더 오랫동안, 더 교조적인 형태로 끌어안고 사는 고질을 말한다.

저자는 "한국인의 정체성을 구현하는 슈퍼밈에는 앞서 언급한 네 지층 아래 근본주의DNA가 놓여 있다"면서 "한국 사회에서 가장 불변하는 정서를 조종하는 '배후의 에너지'"라고 말한다.

이러한 근본주의를 치유하기 위해 저자는 루터의 독단에 맞섰던 에라스무스, 칼뱅의 신정(神政)독재에 도전했던 카스텔리오가 설파했던 상대주의 · 회의주의 혹은 관용의 가치가 필요하다고 강조한다.

디스토피아: 한국의 몰락

저자는 "이런 부정적 소모적인 힘이 조금 더 강해진다면, 그것이 공동체를 이루려는 구심력을 상쇄하는 수준으로 커질 경우 실로 비극적인 한국 해체도 불가피하다"고 경고한다. 제레드 다이아먼드 등 문명사가(史家)들에 의하면, 문명이 붕괴하기 전에 두 가지 파멸의 징후가 나타난다고 말한다.

하나는 오랜 정체(停滯)상태다. 다른 하나는 정체상태가 오래될 경우 나타나는 '문화적 역류현상'이다. '문화적 역류현상'이란 사회의 내부 구성원들이 객관적이고 실용적인 지식과 정보를 받아들여 해결책을 모색하려는 노력 대신에 검증 안 된 소문, 믿음 따위를 맹신하는 '지식의 교착상태'를 말한다. 저자가 직접 언급하지는 않고 있지만, 우리는 광우병사태나 천안함 폭침 이후 난무한 각종 음모론에서 이런 '문화적 역류현상'을 목격한 바 있다.

저자는 "2010년대 초입의 대한민국은 붕괴된 문명들이 보여줬던 몰락의 두 징후인 정체상태와 역류현상에 갇혀 있다는 느낌을 피할 수 없다"면서 "이대로라면, 나는 이 나라의 앞날이 두렵다"고 말한다. 그래서 이 책의 가제(假題)는 《디스토피아: 한국의 몰락》이었다.

이 책을 읽는 내내 마음이 무거웠다. 저자의 진단이 적확했기 때문이기도 했지만, 더 큰 이유는 이 다섯 가지 오래된 고질병('슈퍼밈'이라고 표현하건, '딥 팩터'라고 표현하건 간에)을 고칠 방안이 좀처럼 보이지 않는다는 데 있다.

이러한 고질병을 고치기 위한 노력은 지식인 사회, 시민사회, 그리고 정치권에서 나와야 한다. 지식인 사회에서 긴 세월에 걸쳐 이런 상황을 분석하고 그 대안을 제시하며, 시민사회가 그 대안을 전파하면서 운동으로 발전시키고, 정치권에서 이를 정치적 의제로 채택해 정책화해야 하는 것이다.

유감스럽게도 지식인사회도, 시민사회도 진보를 자처하는 좌파세력이 주류를 이루고 있다. 그에 대한 지식인사회나 시민사회의 비판은 미미하다.

더 암담한 것은 대한민국의 해체를 막는 것을 존재목적으로 삼는 '보수정치세력'이 존재하지 않는다는 사실이다. 지금까지 '보수정치세력'으로 여겨져 왔던 집권여당마저 "좌클릭은 시대정신"이라고 외쳤다. 그 당의 대표였던 사람이 "대기업하면 생각나는 말이 무엇이냐"는 질문에 거침없이 "착취"라고 답하면서 반기업 심리와 부에 대한 적대감을 부추기는 형국이니 더 말해 무엇 하겠는가?

지금 대놓고 '포퓰리즘'을 표방하고 있는 집권여당은 이 점에서 지금 역사에 대죄(大罪)를 짓고 있다. 이는 단순히 눈앞의 표를 추구하는 포퓰리즘 정책 때문에 세금부담이 늘어나고 경제적 활력을 떨어뜨리며, 후대에 빚더미를 물려준다는 차원의 문제가 아니다.

도대체 '보수(保守)정당'이라는 것이 무엇인가? 한 마디로 한 나라의 체제와 가치를 지키는 것이 보수정당이다. 앞에서 언급된 다섯 가지 고질적인 한국병, 아니 망국병에 저항하고, 한국 사회의 해체와 몰락을 막기 위해 전력투구해야 하는 것이 보수정당의 책무다.

지금 새누리당은 그런 역사적 책무를 방기(放棄)하고 있다는 점에서 역사에 큰 죄를 짓고 있다.

이제 대한민국의 해체와 몰락을 막는 것은 자유애국세력의 몫이 됐다. 이건 한 두해에 끝나는 사업이 아니다. 적어도 한 세대 이상을 바라보면서 풀뿌리에서부터 다시 시작해야 하는 일이다. 《나는 보수다》는 그런 장기전을 수행할 전사(戰士)들을 부르는 나팔소리다.

저자는 1981년 이후 〈서울신문〉 〈문화일보〉 〈중앙일보〉 등에서 문화부 기자로 일하면서 문화의 눈으로 한국 사회의 구조를 해석하는 일을 해 왔다. 2009년에는 박정희 대통령의 삶과 '박정희 시대'에 대한민국이 이룩한 성취를 애정 어린 눈으로 바라보는 《박정희, 한국의 탄생》을 펴낸 바 있다.

《나는 보수다》 | 조우석 | 동아시아 | 2011

《사상과 언어》_양동안

"사상 용어 잘못 사용하면 국가적 재앙 초래"

-"사회주의에 반대하는 사람이 사회주의자들을 진보세력이라고 호칭하는 것은 정신분열적 행위"

2011년 8월 20일 서울시청광장에서는 7개 대학생 보수단체가 북한인권개선을 촉구하기 위해 마련한 '8월의 편지'행사가 열렸다. 이 행사를 위해 이들은 이미 두 달 전에 서울시청에 광장사용신청을 냈고, 소정의 사용료를 낸 후 사용허가를 받았다.

하지만 이날 오전부터 민주당 등 야5당, 민노총, 전교조 등 소위 '진보'단체들이 중심이 된 희망시국회의측이 광장에 불법무대를 설치하기 시작했다. 이들은 광장사용신청도, 집회신청도 내지 않은 채 불법행사를 강행했다. 이들은 밤 9시반 경 광장으로 무단난입했고, 고성능 스피커를 크게 틀면서 북한인권실태를 고발하는 다큐영화 〈김정일리아〉 상영을 방해했다. 급기야 밤 11시 15분 희망시국회의측은 '8월의 편지'측이 사용 중인 전력선을 끊어 〈김정일리아〉 상영을 막았다.

이 과정에서 희망시국회의측은 "니들 어용이지? 안전은 보장해 줄 테니 집으로 돌아가라"며 대학생들을 조롱하고 협박했다. 4000여명에 달하는 희망시국회의측 시위대에 포위당한 200여명의 행사참가자들은 결국 광장을 포기할 수밖에 없었다.

이렇게 광장을 힘으로 탈취한 후 단상에 오른 손학규 당시 민주당 대표는 "이 정부는 온갖 변칙과 탈법으로 서민경제를 파탄으로 내몰고 있다"면서 "민주주의의 승리를 위해 먼저 민주당이 희생과 헌신의 자세로 민주진보진영의 대통합에 이바지하겠다"고 주장했다.

이정희 당시 민주노동당 대표는 이명박 정부가 민노당에 불법정치자금을 헌금한 전공노 소속 공무원, 전교조 소속 교사들을 의법조치한 데 대해 "진보정당을 탄압해서 이후 진보개혁을 이루지 못하게 하려는 것"이라고 주장했다. 유시민 당시 국민참여당 대표는 "만인에게 자유와 인권을 보장하는 민주적이고 진보적인 정부를 수립하기 위한" 야당의 통합연대 형성을 강조했다.

합법적으로 광장을 이용할 권리가 있는 대학생단체 회원들을 폭력으로 내몬 자들이 민주주의를 외치고, 북한인권법 제정을 한사코 반대하고 북한인권문제를 널리 알리는 영화상영조차 폭력으로 방해한 자들이 자유와 인권, 진보와 개혁을 운운한 것이다.

여기서 우리는 의문을 던지지 않을 수 없다. 그들이 말하는 민주주의와 우리가 생각하는 민주주의는 같은 것인가? 북한인권문제만

나오면 알레르기 반응을 일으키고, 폭력과 불법을 무시로 자행하는 자들을 '진보'라고 불러주는 게 과연 타당한 일인가?

민주주의라고 다 같은 민주주의가 아니다

양동안(梁東安) 교수의 《사상과 언어》는 바로 이런 질문에 답을 주는 책이다. 이 책의 부제(副題)부터가 '한국에서 잘못 사용되고 있는 사상 관련 용어들의 정확한 의미를 찾아서'이다.

저자 양동안 교수는 '민주주의'라고 다 같은 민주주의가 아니라고 강조한다. 1950년대까지 주요 문헌상에 등장한 민주주의의 개념정의만 해도 311개에 달한다는 것이다. 저자는 민주주의는 통치의 주체 혹은 참정권을 보유한 사람들로서의 '인민'의 개념을 어떻게 정의하느냐에 따라, 통치의 방식이나 내용에 따라 천차만별이라고 설명한다.

이와 함께 양 교수는 공산주의자들이 말하는 민주주의의 분류와 개념(일반민주주의, 혁명민주주의, 인민민주주의), 1980년대 이후 우리나라 운동권의 흐름과 그 주류를 형성한 민족해방민중민주주의혁명(NLPDR)의 실체를 상술한다.

저자는 우리나라 운동권과 소위 진보세력이 주장하는 민중민주주의란 공산주의자들이 이야기하는 인민민주주의(혁명민주주의에서 통치권을 장악한 반제-반봉건지배연합에서 공산주의자들의 주도권이 확고해지고 마르크스-레닌주의 노선에 따라 사회변혁이 본격적으로 추진될 때의 정권형태)에 다름 아니며, 인민민주주의라는 것은 사실상의 공산주의임을 밝힌다.

2011년 국사편찬위원회 산하 역사교육과정개발정책연구위원회 오수창 위원장(서울대 국사학과 교수)과 위원들은 "초 · 중 · 고 역사교육과정안(한국사 부문)에서 정책위가 제시한 '민주주의' 개념이 교과부가 고시한 교육과정에서 모두 '자유민주주의'로 변경됐다"고 반발하고 나섰다. 그들은 "'민주주의'는 그 자체로서 충분한 개념이며 가능하면 그에 대한 제한이나 수식을 피하는 것이 좋다"고 주장했다.

하지만 양동안 교수의 책을 조금만 읽어도 "민주주의는 그 자체로서 충분한 개념이 아니며, 그에 대한 제한이나 수식을 명백히 하지 않으면 안 된다"는 것을 알 수 있을 것이다.

"'보수 대 진보' 분류는 부적절"

양 교수는 이 책에서 우리 사회의 사상대립을 '보수'와 '진보'로 표현하는 것이 왜 잘못인지도 명백히 밝힌다. '저급한 생산양식의 사회로부터 고급한 생산양식의 사회로 변해가는 것'을 '진보'라고 규정하는 마르크스주의자들이 '진보'라는 표현을 애용해 왔으며, 사회주의 · 공산주의에 대한 국민의 반감을 의식한 국내의 좌익세력들이 '진보'라는 표현으로 자신들의 실체를 위장해 왔다는 것이다.

저자는 "사회주의자들을 진보세력이라고 부른다면, 그것은 곧

사회주의화를 진보 즉 바람직한 상태로의 변화로 생각한다는 것을 의미한다"면서 "비사회주의자나 사회주의에 반대하는 사람이 사회주의자들을 진보세력이라고 호칭하는 것은 정신분열적 행위"라고 지적한다. 그는 구미(歐美)에서의 용례를 들어, 우리가 흔히 '진보'라고 부르는 세력은 '과격세력(Radicals)'라고 호칭하는 것이 타당하다고 말한다.

저자는 "보수주의는 결코 변화나 진보를 반대하는 사상이 아니며, 심지어는 혁명이라도 자유를 추구하는 혁명에 대해서는 지지하는 사상"이라면서 "따라서 사상진영이나 정치세력을 분류함에 있어서 '보수 대 진보'로 분류하는 것은 극히 부적절한 것"이라고 말한다. 저자는 또 근래 일부 지식인이나 정치인들이 곧잘 사용하는 '보수우익', '개혁적 보수', '중도보수'와 같은 용어들, 좌익세력이 우익세력을 폄하할 때 사용하는 '수구보수' '보수반동' 같은 용어들도 잘못된 용어임을 논리적으로 밝힌다.

물론 '보수 대 진보'라는 프레임은 바로 좌익세력이 만들어낸 것이다. 이 프레임만으로도 '진보'세력은 100점 만점에 50점은 먹고 들어간다. 뒤늦게 그런 문제점을 발견한 우익세력은 몇 년 전부터 '진보세력'을 '좌파'라고 호칭하기 시작했다. 이제는 김대중-노무현 정권을 일러 '좌파정권'이라고 하거나, 주사파(主思派)세력을 '종북(從北)좌파'라고 하는 것은 제법 익숙해졌다.

하지만 저자는 이 또한 잘못된 표현이라고 지적한다. 한자문화권에서는 사상적 경향이 동일한 세력을 지칭할 때에는 '익(翼: Wing

또는 Force)', 동일한 사상진영에 속하면서도 정책의 차이로 별도의 정치조직을 만든 경우에는 '당(黨: Party)', 그러한 당 내부에서 인간적 친분관계나 당면문제에 대한 정책적 입장의 동일성 등으로 뭉쳐진 집합을 지칭할 때는 '파(派: Faction)'이라는 단위를 사용했다는 것이다.

예컨대 우익정당으로 새누리당(구 한나라당)과 선진통일당(구 자유선진당), 좌익정당으로 통합진보당이 있다 (민주당은 그 뿌리인 한국민주당 이래 우익정당이었지만, 김대중 이후에는 좌익정당에 가까워졌다고 보아야 할 것이다). 새누리당 내에서도 복지확대, 대북 유화책 등을 주장하는 남경필 의원 같은 이는 좌파로, 그에 반대하는 전여옥 전 의원 같은 이는 우파로 분류할 수 있다 (물론 여기서 좌니 우니 하는 것은 절대적인 것은 아니고 시기나 당내 역학구도에 따라 유동적인 것이다).

양동안 교수는 "무게의 단위로 비유하면 익은 kg, 당은 g, 파는 mg에 해당한다"면서 "좌익을 좌파라고 호칭하는 것은 kg을 사용해야 할 단위에 mg을 사용하는 것이나 다름없다"고 말한다.

저자는 그밖에도 이데올로기-이념-사상, 자유주의(Liberalism)-New Liberalism-Neo Liberalism-리버럴(Liberal), 보수주의와 신보수주의, 참여민주주의, 반공과 매카시즘, 냉전과 냉전논리, 사회주의와 공산주의, 수정주의와 수정주의 역사기술, 포퓰리즘 등 우리가 많이 사용하는 용어에 대해 용어의 연원과 변천 추이, 오늘날 국제학계에서의 일반적인 용례와 한국에서의 오용 사례 등을 들어가면서 알기 쉽게 설명한다.

용어 사용 정확히 해야

양동안 교수는 "어떤 국가에서 사상 관련 용어들이 부정확하고 부적절하게 사용되면 그 나라 국민의 사회인식과 사유에 혼란이 초래된다"면서 "국민이 사회인식과 사유를 부적절하게 하게 되면 그들의 사회적 행동이 부적절해질 수밖에 없고, 국민이 사회적 행동을 지속적으로 부적절하게 하게 되면 국가는 재앙을 면할 수 없다"고 지적한다. 그는 "사상 관련 용어들이 부정확 · 부적절하게 사용되고 있는 바람에 우리 사회는 이미 상당한 피해를 입고 있다"면서 "인류역사의 진행방향에 반대되는 사상을 가진 사람들이 '진보세력'으로 호칭되고 있고, 자유민주주의에 반대되는 사상과 경력을 가진 사람들이 '민주인사'로 자처하며 중요한 공직을 차지하기도 하고, 대한민국을 파괴하려는 사람들을 대한민국을 위해서 일하는 사람들로 국민들이 착각하기도 한다"고 꼬집는다.

언론인 출신의 정치학자인 양동안 교수는 1988년 〈우익은 죽었는가?〉라는 글을 발표하면서 널리 알려지기 시작했다. 이 글로 인해 본래 '민주적 코포라티즘'에 관심을 갖고 있던 양 교수는 졸지에 '극우(極右)'로 낙인찍혔고, 이후 학자로서의 삶이 순탄치 못하게 됐다.

하지만 〈우익은 죽었는가?〉는 민주화 이후 표면에 드러나기 시작한 좌익세력에 적절히 대응하지 못하면 우리 사회의 정치 · 사회적 헤게모니가 점진적으로 좌익세력에게 넘어가다가 정치권력마저 그들에게 넘겨주게 될 것이라는 점을 이로정연(理路整然)하게 지적한 글이었다. 1988년 이후 오늘날에 이르는 역사는 양 교수의 예언대로 진행되어 왔다. 한편 양 교수가 2001년 펴낸 《대한민국건국사》는 《해방전후사의 인식》 등에 의해 왜곡된 역사인식을 교정하는 역저(力著)다.

전쟁터에 나가는 병사에게 기본적으로 소총이 있어야 한다. '사상전'에서도 기본적인 사상무장이 필요하다. '사상전의 소총'으로 《사상과 언어》를 강력히 추천한다.

《사상과 언어》 | 양동안 | 북앤피플 | 2011

《우리는 왜 극단에 끌리는가》_캐스 R. 선스타인

광우병사태, 천안함 괴담의 원인은 '집단극단화'

—홀로코스트, 르완다 학살, 이슬람 테러리즘, 글로벌 금융위기 등도 집단극단화로 설명 가능

2008년 '광우병(狂牛病)사태' 때, '뇌송송 구멍탁'이라는 괴담(怪談)에 수많은 사람이 거리로 쏟아져 나왔다. 석 달 동안 서울시내는 난장판이 됐고, 수백 명의 전경들이 부상을 당했다. 하지만 그로부터 3년여가 지난 지금까지도 광우병에 걸린 사람은 한 명도 나오지 않고 있다. 요즘 들어서는 한미 FTA를 '을사늑약'에 비유하는 또 다른 괴담이 횡행하고 있다.

천안함 폭침 때에도 온갖 음모설이 난무했다. 외국의 전문가들까지 포함된 민군(民軍)합동조사단이 조사결과를 발표했어도, 괴담은 수그러들지 않았다.

여기서 그치지 않는다. 연평도포격사태 때에는 북한의 포격으로 우리 해병대원과 민간인들이 죽어가고 있던 그 순간, 한 종북(從北)

인터넷 사이트 운영자는 "김정은 대장님이 하고 계시다"면서 환호했다. 그 사이트에 가입한 자는 6000여명에 달하는 것으로 알려졌다. 그는 법정에서도 "김정일 장군 만세"를 불렀다.

2011년 초에는 1억원이 훨씬 넘는 연봉을 받는 비행기 조종사가 종북사이트를 운영했다고 해서 논란이 됐다. 그밖에도 변호사, 교사, 장교 등 겉보기에는 '멀쩡한' 인간들이 종북행위를 저지르는 일은 비일비재(非一非再)하다. 북한체제의 총체적 파산도, 인권유린도, 3대 세습,'통영의 딸'의 눈물도 종북분자들의 생각을 바꾸어 놓지는 못한다.

집단극단화

도대체 왜 이런 일들이 벌어지는 것일까. 베스트셀러 《넛지》《루머》등의 저자인 캐스 선스타인(Cass R. Sunstein) 하버드대 교수는 《우리는 왜 극단에 끌리는가(Going to extremes)》에서 그 원인을 '집단극단화'라는 개념으로 설명한다. 한 마디로 '같은 생각을 가진 사람들이 한데 모여 의견을 나누다 보면 더 극단적인 입장으로 빠져든다'는 것이다. 파시즘, 이슬람 테러리즘, 유고내전이나 르완다에서의 인종청소 등은 바로 이런 '집단극단화'의 산물이다.

저자는 "다른 집단들로부터 격리된 집단은 더 극명하게 폭력적인 방향으로 나아간다. 정치적 극단주의는 집단극단화의 산물인 경우가 많고, 사회적 격리는 이러한 극단화를 유발하는 유용한 도구"라면서 "비슷한 생각을 가진 사람들끼리 모여서 생각하는 공간은 극단적인 운동을 키우는 토양이 되는 경우가 많다"고 말한다.

사람들이 '집단극단화'에 빠져드는 이유는 다양하다. 일례로 사람들은 집단 내에서 다른 사람들에게 밉보이지 않기 위해(혹은 더 잘 보이기 위해) 집단극단화에 이끌리기도 한다. 이를 '평판의 압력'이라고 한다. 국내외를 막론하고 연예인이나 지식인 집단이 '진보연(進步然)'하는 것도 이 때문이다. 저자는 "이러한 경우 자신이 속한 집단이 편파적이고 왜곡된 성향을 보이더라도 그것을 제대로 인식하지 못 한다"고 지적한다.

선스타인 교수는 러셀 하딘의 말을 빌어 '절름발이 인식'의 위험성에 대해 경고한다. '절름발이 인식'이란 아주 미미한 수준의 정보를 습득한 다음, 그것으로 자신의 극단주의를 뒷받침하려고 드는 것을 말한다. 우리는 광우병사태나 천안함사태에서 이러한 경우를 신물 나게 많이 보았다.

이러한 과정을 거치면서 극단주의가 득세할 경우, 그 집단 내에서 온건론은 차츰 밀려나게 된다. 구성원들 가운데 다른 생각을 가진 사람, 온건한 주장을 가진 사람들은 극단주의를 옹호하는 다수에 의해 두들겨 맞는다. 이러한 상황을 견디다 못해 스스로 그 집단을 떠나가기도 한다. "절이 싫으면 중이 떠나야지"라면서 말이다.

문제는 그렇게 해서 남게 되는 사람들이다. 그들은 자기들끼리 더 강한 애정과 연대감을 공유하면서 생각은 점점 더 비슷해지고, 그럴수록 더 극단적인 선택을 하게 될 가능성이 높아지게 된다.

선스타인 교수는 이슬람 테러리즘 등에서 이러한 예(例)를 찾지만, 우리는 인터넷 토론방이나 카페 등에서도 유사한 경우를 많이 본다.

유감스럽게도 한번 이렇게 엇나간 인간들을 이성과 논리로 설득하는 것은 어렵다. 선스타인 교수는 "사람들은 자신의 입장과 반대되는 의견은 그것을 뒷받침하는 강력한 증거들이 있어도 무시해 버린다. 그리고 자신의 입장과 어긋나는 정보들이 수두룩함에도 불구하고 극단적인 움직임을 보이는 것이다"라면서 "특히 극단주의자들은 확고한 신념을 갖고 있어서, 그 신념에 반대되는 증거나 정보를 접하더라도 기존 신념이 줄어들기는커녕 더 커지는 경우가 많다"고 말한다.

여기서도 우리는 광우병사태나 천안함사태 당시 온갖 말도 안 되는 괴담의 포로가 됐던 인간들, 아무리 증거를 들이대도 고개를 외로 꼬던 인간들, 그리고 소련-동구 사회주의권의 몰락, 북한체제의 총체적 파산과 인권유린 앞에서도 오히려 북한인권운동가나 탈북자들에게 '변절자'라고 욕설을 퍼붓는 인간들의 면면을 떠올리게 된다.

인터넷 시대의 극단주의

선스타인 교수는 특히 인터넷 시대의 극단주의에 대해 주목한다. 저자는 "인터넷은 사람들이 〈데일리 미(Daily Me)〉를 만드는 것을 가능케 해 준다"고 말한다. 저자의 설명에 의하면, 〈데일리 미〉란 '사람들이 자신이 좋아하는 주제와 주장만 선택하고, 싫어하는 주제나 주장은 배제시키는 커뮤니케이션 패키지'를 말한다.

저자는 "점점 더 전문화하는 세상에서 사람들은 종합적인 신문이나 잡지를 보는 대신 자신의 기호에 맞는 기사를 선택해 읽는다. 그래서 많은 이들이 자신의 생각과 비슷한 주장, 자기 입맛에 맞는 어조의 주장만 골라 듣게 된다"고 말한다.

이 또한 우리에게 낯선 풍경이 아니다. 이미 젊은 세대는 물론 40~50대 중에서도 신문 대신 인터넷 사이트나 인터넷 포털사이트(뉴스의 제목과 내용을 자기들 입맛대로 가공하는)에서 제공하는 뉴스를 보는 데 익숙해진 사람들이 많다. 솔직히 이 글을 쓰고 있는 나 자신도 나와 생각을 같이하는 인터넷 공간만을 열심히 찾아다니는 경우가 많다.

자기 방에서, 그리고 자기만의 세계에 틀어박혀서 자기 입맛에 맞는 뉴스만 찾아서 섭취하고, 자기와 비슷한 생각을 가진 사람들이 모이는 인터넷 토론장이나 블로그, 카페 등을 뒤지는 사람이 극단주의에 쉽게 빠지게 되리라는 것은 불문가지(不問可知)다. 테러리즘 전문가 마크 세이지먼의 말이다.

"사람들은 자신의 관점과 가장 잘 들어맞는 토론방을 검색하고 선택하며, 자신의 관점에 들어맞지 않는 방을 버리고 떠나면서 여러 가지 음모론이 빠르게 전파되고, 사람들의 분노를 부채질하게 되었다. 이들은 마우스 클릭으로 의사표시를 하고 마음에 드는 관점을 고른다."

선스타인 교수는 "온라인 극단화 과정에서 핵심적인 역할을 하는 주체는 사람들로 하여금 수동적으로 정보를 습득하도록 만드는 웹사이트가 아니라 리스트서브, 블로그, 토론방"이라면서 "이슬람 테러리즘은 상당 부분 이러한 집단극단화의 산물"이라고 말한다.

문명과 야만 사이의 거리

문제는 이런 식으로 극단주의에 흐르는 사람들이 '머리에 뿔 달린' 유별난 사람들이 아니라는 데 있다. 집단극단화와 그로 인한 폐해는 '정상적인 사회'에서도 얼마든지 일어난다.

'민주국가' 미국이 이라크전쟁이라는 늪으로 빠져 들어간 것도 마찬가지 이유라고 저자는 주장한다. 한 마디로 다른 생각을 가진 사람들은 의사결정 과정에서 밀려나고, 비슷한 생각을 가진 사람들끼리 국가수뇌부를 형성했기 때문이라는 것이다.

자산 버블에 대한 맹신에서 비롯된 2008년 글로벌 금융위기도 '집단극단화'라는 개념으로 설명할 수 있다. 사람들이 부동산이나 증권 투기에 쏠리는 현상도 마찬가지다.

심지어 '법과 양심에 따라 판결'해야 하는 판사들도 비슷한 성향의 판사들끼리 재판부를 구성했을 때 더 편향된 판결을 내린다. 이는 이용훈 대법원장 시절, '386세대'에 속하는 판사들이 국민들의 상식과 동떨어진 판결을 많이 내렸던 이유를 설명하는 단초가 될 수도 있다.

더욱 섬뜩한 것은 아주 평범한 사람들도 쉽게 극단주의 내지 극단적인 행동의 포로가 될 수 있다는 점이다.

저자는 이를 뒷받침하기 위해 심리학자 스탠리 밀그램의 전기충격 실험, 사회학자 필립 짐바르도의 스탠포드 교도소 실험 등을 소개한다. 이러한 실험들은 보통사람들이 주위 환경의 압력, 그럴듯한 권위를 가진 자의 속임수나 회유, 알량한 권력에의 유혹 때문에 얼마나 쉽게 도덕성을 버리고 잔인해 질 수 있는가를 보여준다. 저자는 "개인의 품성이 갖는 중요성이 우리가 생각하는 것보다 훨씬 미약하며, 상황의 압력이 멀쩡하던 사람들로 하여금 끔찍한 짓을 저지르도록 만들 수 있다는 것"이라고 말한다.

실제로 역사 속에서 이런 사례는 많이 찾아볼 수 있다. 유대인 학살에 참여했던 나치 독일의 군인이나 경찰부대원들은 나치 이념의 광신도들이 아니었다. 유대인들을 아우슈비츠의 가스실로 보냈던 아돌프 아이히만도 '말단 공무원' 타입의 실패한 세일즈맨이었다.

바로 우리 시대에 목격한 보스니아나 르완다의 인종청소, 이라크 아부그라이브 교도소의 수감자 학대사건은 어떠한가? 어제의 이웃을 잔인하게 학살했던 보스니아나 르완다의 학살자들, 아부그라이브의 미군병사들(여군까지 포함된)은 그야말로 '보통 사람들'이었다. 6 · 25 당시 인민군의 앞잡이가 되어 그들보다 더 못된 짓을 했다는 '지방 빨갱이들'도 인민군이 들어오기 전까지는 평범한 이웃이었던 경우가 많았다. 문명과 야만 사이의 거리는 우리가 생각하는 것처럼 그리 멀지 않은 것이다.

우리가 싸우는 이유

대한민국을 지키기 위한 싸움은 극단주의자들과의 싸움이다. 극단주의자들이 자기들만의 골방에서 뛰쳐나와 피를 뒤집어쓴 야차가 되어 날뛰는 상황을 막아내기 위한 싸움이다. 이 싸움은 또한 아주 쉽게 무너질 수 있는 문명과 야만 사이의 거리를 지켜내기 위한 싸움이기도 하다.

저자 선스타인 교수는 극단주의에 대한 해법으로 다양한 의견이 공존할 수 있게 하는 '표현의 자유'의 보장과, 각 부문에서의 '견제와 균형의 원리'의 확립을 제시한다. 특히 국가 정치지도부에 대해서는 부시 행정부처럼 '라이벌 아닌 사람들의 팀(Team of Unrivals)'이 아니라, 링컨처럼 건강한 '라이벌들의 팀(Team of Rivals)'을 구성하라고 권고한다.

유감스럽게도 그가 제시하는 해법은 정론(正論)이기는 하되, 오늘날 이념갈등으로 홍역을 치르고 있는 우리 사회의 기준에서 볼 때는 너무 한가롭다는 생각이 든다.

하지만 극단주의가 발생하고 확산되는 메커니즘을 쉽고 재미있게 설명한다는 점에서, 그리고 이를 통해 오늘날 우리 사회의 현실을 돌아보게 한다는 점에서 일독을 권한다.

《우리는 왜 극단에 끌리는가》 | 캐스 R. 선스타인 | 이정인 옮김 | 프리뷰 | 2011

《글렌 벡의 상식》_글렌 벡

포퓰리즘 세력에 맞서 독립자존의 자유정신 강조

–"지금 당장 선한 사람들이 앞으로 나선다면, 미국 공화국은 역사의 쓰레기통으로 버려지지 않을 것이다!"

1776년 1월, 미국 필라델피아에서 잡지사 기자로 일하던 토머스 페인은 식민지인들 사이에서 조세저항운동이 벌어지고, 이것이 식민당국과의 무력충돌로 비화하자 작은 책자를 냈다. 책의 제목은 《상식(Common Sense)》. 이 책에서 그는 자연법의 원리에 기초해 인간의 자유와 평등을 강조하고, 세습군주제를 비롯한 일체의 특권적 제도의 부당성을 날카롭게 지적하면서, 미국 독립의 당위성을 강조했다. 영국과의 긴장이 고조되는 상황에서 이 책은 50만부나 팔려나갔고, 독립혁명의 〈바이블〉이 됐다. 당시 아메리카 식민지의 인구가 노예까지 포함해 300만명 정도였던 것을 생각하면, 이 책이 얼마나 대단한 베스트셀러였는지 짐작할 수 있을 것이다.

그로부터 250여년이 지난 후, 미국에서는 《상식》이라는 이름의 책이 다시 나왔다. 이 책의 정확한 제목은《글렌 벡의 상식(Glenn Beck's Common Sense)》. 저자 글렌 벡은 보수성향의 방송국인 폭스 TV와 라디오의 진행자로 활약하고 있는 미국의 대표적인 보수논객이다. 올해 47살인 그는 학력은 고졸(高卒)에 불과하지만, 단순명쾌한 논리로 자신들의 기득권을 지키기에 급급해 하는 공화 · 민주 양당의 정치인들을 비판하면서 독립자존(獨立自尊)의 자유정신을 무엇보다도 우선시하던 미국 헌법의 정신으로 돌아가자고 호소해 명성을 얻었다. 이 책은 바로 그의 이런 신념을 정리한 책이다.

미국에서 150만부 이상이 팔렸다는 이 책은 기본적으로 미국적인 가치관을 바탕으로 하고 있는 책이다. 그럼에도 불구하고 이 책은 포퓰리즘 시대를 살고 있는 오늘날의 한국인들에게도 많은 시사점을 던져준다.

"정치인들은 기생충"

글렌 벡은 저명한 보수논객이지만, 결코 공화당에게 호의적이지 않다. 그의 눈에 '보수적'이라는 공화당은 리버럴한 민주당과 별 다를 바 없는, 자신들의 기득권을 지키기 위해 국민을 우롱하는 '큰 정부'의 신봉자일 뿐이다.

"몇 사람의 훌륭한 예외를 제외한다면, 우리 정치지도자들은 우리들의 땀과 피를 빨아먹는 기생충으로 전락하고 말았다. … 그들은 미국을 자신들의 이익을 위해 빨아먹어야 할 또 하나의 대상으로 볼 뿐이다. 숙주의 건강 따위에는 전혀 신경을 쓰지 않는다."

글렌 벡이 정치인들의 행태 가운데 가장 분노하는 것은 11조 달러에 달하는 국가부채를 만들어놓고도, 문제만 생기면 국민들의 돈으로 해결하려 드는 태도다. 그는 "정치인들은 연방 금고의 돈이 얼굴 없는 미국인들 수백만 명의 노동과 피와 노력으로 얻은 신성한 기금이라는 사실을 망각하고 있다"면서 "정치인들이 과일을 따고 시멘트를 붓고 식당의 테이블을 지키는 일을 6개월만 하도록 한다면, 그들은 우리가 낸 세금을 현명하게 사용해야 한다는 신성한 의무를 더욱 경건하게 수행하게 될 것"이라고 질타한다.

참 공감이 가는 말이다. 우리 주변에도 무상급식 · 무상보육 · 무상의료 · 반값등록금 · 무상주택 등 참 쉽게 '무상복지'를 외치는 포퓰리스트 정치인들, 그들에게 '보편적 복지'의 이념을 제공하는 좌파먹물들이 적지 않다. 그들 가운데 자기 손으로 땀 흘려 돈을 벌어본 사람이 과연 몇 명이나 될까? 직장에 나가 볼 꼴 못 볼 꼴 다 봐가면서 상사들이나 고객들 비위를 맞추고, 야근과 주말근무를 밥 먹듯 해 가면서, 그걸로도 모자라 이런 저런 부업까지 해가면서 가계(家計)를 꾸려나가는 수많은 보통사람들의 심정을 조금이라도 헤아린다면, 그렇게 쉽게 수천억, 수조원의 세금이 들어가야 하는 '무상'복지 타령을 할 수 있을까? 공무원이나 정치인들이 그렇게 쉽게 멀쩡한 보도블럭 들어내고, 하루 종일 몇 사람 이용할까 말까한 도로나 다리를 놓는 일에 수십, 수백억 원의 돈을 탕진할 수 있을까?

물론 정치인들은 바보가 아니다. 그들은 세금을 올려야 할 때에도 대다수 보통사람들에게는 "당신 주머니는 건드리지 않을 테니 안심하라"고 속삭인다. 글렌 벡은 그런 속삭임에 속지 말라고 경고한다.

"상식은 또한 '부자들'에게 세금을 물리는 정책은 언제나 그 대상을 확대하게 되어 있다고 말한다. 1913년 소득세가 처음 시작될 때에는 최상위 부자 1%에게만 세금을 물렸다는 사실을 기억하라."

글렌 벡은 그렇게 시작된 소득세 부과 대상이 1939년에는 상위 5%의 부자들에게로 확대된 데 이어, 제2차 세계대전 동안에 미국인의 75%로 크게 확대되었다는 사실을 상기시킨다.

지금 우리 사회 일각에서 부유세 도입을 주장하는 사람들도 '0.00 몇 %'의 최상위층 부자들에게만 부유세를 물리게 될 것이라고 주장한다. 그런 소리에 귀가 솔깃해 하는 사람들은 글렌 벡의 경고를 귀담아 들어 둘 필요가 있겠다.

아울러 글렌 벡이 인용하고 있는, 국가부채의 부도덕성을 경고한 토머스 제퍼슨의 말도 기억해 두면 좋을 것이다. "펀딩(funding)이라는 이름으로 후손들에게 상환의무를 떠넘기는 지출 원칙은 후손들의 미래를 대규모로 사취하는 것에 지나지 않는다."

"복지는 사기다"

복지제도에 대한 글렌 벡의 비판은 무척이나 신랄하다. 그는 미국의 사회보장시스템인 소셜 시큐리티(Social Security)를 '합법적

폰지 사기(詐欺)'에 비유한다. 폰지 사기는 일종의 다단계 금융피라미드 상품. 먼저 투자한 사람들의 투자금액에 대한 상환이나 이자 지급은 신규 투자자들의 돈으로 막으면서 유지되지만, 사기꾼들이 새로운 투자자들을 끌어들이지 못하게 되는 순간 폰지 사기극은 막을 내린다. 글렌 벡은 이렇게 비꼰다.

"버니 매도프(650억 달러 상당의 금융사기를 저질러 150년 징역형을 선고받은 유대인 금융가)나 정부나 똑같이 우리의 돈을 가져가서 안전하게 지키겠다고 약속해 놓고는 자신들을 위하여 사용하고 있다. 그러나 서로 비슷한 점은 거기까지다. 매도프가 교도소에 수감될 때, 우리 정치인들은 다음 칵테일파티 장소로 향했다."

참으로 절묘한 비유가 아닌가? 국가재정에 의한 무상복지제도도, 국민연금도, 건강보험도, 결국은 국민들의 부담으로 지탱되는 것이다. 하지만 경제난으로 국민들이 더 이상 그 부담을 짊어지지 못하거나, 저출산 고령화로 부담을 짊어질 세대의 수는 줄어들고 돈을 타가는 사람들은 늘어날 때, 그 시스템은 더 이상 유지될 수 없다. 그건 정말이지 '상식'이다. 국민연금과 건강보험이 걸핏하면 적자를 내서 국고(國庫)에 손을 벌리는 것도, 앞으로 한 세대 후면 고갈되고 말 것이라는 경고가 끊임없이 나오는 것도 바로 그 때문이다.

반면에 글렌 벡은 자본주의에 대해서는 적극적으로 옹호한다.

"그대는 지금 자본주의는 돈과 기업, 탐욕스런 기업인, 그리고 은밀한 협상을 즐기는 부패한 정치인들만 강조되는 시스템이라는 거짓말에 속고 있다. 자본주의는 돈을 강조하는 제도가 아니다. 자본주의는 자유를 강조하는 제도다. 미국을 세계에서 가장 부유한 산업국가로 만든, 시도하고 실패할 자유를, 그리고 그 이후로 우리나라가 줄곧 그 위치를 지키도록 만든 그 자유를 강조하는 것이 자본주의다."

"흔히들 동정심이 자본주의에 희생되었다고 말한다. 이제 우리는 그 말이 거짓말이라는 사실을 직시해야 한다. 동정심과 자본주의는 서로 동행한다. 그러나 동정심은 그 사람들이 진정으로 추구하는 그것, 즉 탐욕과는 동행하지 않는다."

그밖에도 이 책을 읽다 보면 자기도 모르게 무릎을 치게 되는 대목들을 많이 만나게 된다. '자기 자식들을 최고 사립학교나 특별학교에 보내면서도 다른 사람들도 그와 똑같이 하도록 허용하는 프로그램을 막는' 정치인들의 위선을 지적하는 대목에서는, 자립형 사립고 등을 '귀족학교'라고 비난하면서도 자기 자식은 외국 사립학교로 유학 보낸 몇몇 정치인의 모습을 떠올리게 된다. 자라나는 2세들을 부모로부터 멀어지게 하면서 '건국의 아버지들'로부터 비롯된 자유의 정신을 가르치기 보다는 '진보적 가치'들을 주입시키는 진보주의자들을 비판한 대목에서는 전교조의 그림자를 발견하게 된다.

"지금 당장 일어서라!"

오늘날 미국에서 리버럴과 싸우는 이들 가운데는 극단적 개인주의를 주장하면서 폭력으로 정부제도를 전복하려는 극우주의자들(무장민병대 등)이나, 신앙을 정치적 무기로 활용하려는 기독교근본주의자들이 있다.

하지만 글렌 벡은 이들과는 분명히 선을 긋는다. 그는 "종교적 상징과 정치적 관점을 연결시키는 행태를 그만두도록 하자"면서 "종교와 그 추종자들은 서로를 자극하는 행위를 그만두어야 한다"고 외친다. 신앙을 정치무기화하거나, 종교적 갈등을 조장해 사회를 혼란에 빠트리려는 위험스러운 책동이 감지되는 우리의 현실에서도 귀담아 들어야 할 얘기다.

그는 또 "폭력은 감정을 표출시키는 쉬운 방법이다. 그러나 그것은 또한 당신이 옹호하는 모든 것들의 평판을 망가뜨리는 가장 확실한 방법이기도 하다"면서 폭력에 호소하기를 거부한다.

대신 그는 미국을 사랑하는 많은 보통사람들의 정신적 각성을 촉구한다.

"중립적 입장을 취하지 마십시오. 멍하지 앉아 있지 마십시오. 다른 사람들이 당신을 대신하도록 내버려 두지 마십시오. 침묵으로는 아무 것도 이루지 못합니다."

"다른 사람들이 당신이 느끼고 있는 것을 말하거나 행동할 때까지 기다리지 마라. 지금 당장 선한 사람들이 앞으로 나선다면, 미국 공화국은 역사의 쓰레기통으로 버려지지 않을 것이다. 똑바로 일어서서 두려움을 떨치고 서로 어깨를 맞대고 손을 잡아라. 듣고, 배우고, 앞장서라."

그러면서 글렌 벡은 《상식》을 써서 미국인들을 분기(奮起)시켰던 토머스 페인을 상기시킨다.

"토머스 페인은 특별한 시대를 산 특별하지 않은 사람이었습니다. 그는 세상을 변화시키는 일에는 명성이나 지위, 부(富)가 필요하지 않다는 사실을 보여주었습니다. 그 변화에는 해야 할 말은 꼭 하고 말겠다는 의지만 필요할 뿐입니다."

글렌 벡의 외침은, 바로 지금, 우리에게 필요한 말들이 아닌가? 글렌 벡의 외침은, 우리들과 우리들의 자손들의 운명을 3류 포퓰리스트들에게 맡기기를 거부하는 사람, 내 아들딸과 손자 손녀들에게 천문학적인 빚더미를 물려주어서는 안 된다고 여기는 사람, 인간은 남에게 기대서 사는 존재가 아니라 제 발로 당당하게 서는 독립자존의 존재라고 확신하는 사람, 그리고 무엇보다도 지난 60여 년간 우리 조부모님과 부모님들이 이룩한 자랑스러운 성취들을 김정은 마적집단과 그 졸당들에게 넘겨주고 대한민국이라는 위대한 조국을 역사의 쓰레기통에 처박을 수는 없다고 생각하는 사람들에게 지금 당장 궐기하라는 나팔소리다!

《글렌 벡의 상식》 | 글렌 벡 | 정명진 옮김 | 부글북스 | 2010

《폭력에 대항한 양심 – 칼뱅에 맞선 카스텔리오》_슈테판 츠바이크

우리는 지금 불관용의 전체주의와 싸우고 있다

–"혁명을 통해서 통치권을 얻은 사람들은 훗날 새로운 사상을 가장 참지 못하는 사람들이 된다"

누가 내게 "그 동안 읽은 책 중에서 가장 감동적인 책이 무엇이냐?"고 묻는다면, 첫 손가락으로 꼽을 책이 있다. 오스트리아의 소설가이자 전기(傳記)작가인 슈테판 츠바이크(Stefan Zweig)가 지은 《폭력에 대항한 양심 – 칼뱅에 맞선 카스텔리오》(2009년 《다른 의견을 가질 권리》라는 제목으로 다시 출간됨)라는 책이다.

시내 대형서점에 나갔다가 우연히 이 책을 발견한 것이 아마 14년 쯤 전일 것이다. 칼뱅이야 세계사 시간에 들어본 적이 있는 이름이었지만, 카스텔리오는 생소한 이름이었다. 그럼에도 이 책에 손길이 간 것은 앤틱한 느낌을 주는 북디자인의 은은한 연두색 책표지 때문이었던 것 같다. 한번 책을 손에 쥐자 나는 순식간에 이 책의 매력에 빠져들었다. 여기에는 번역자 안인희 선생의 유려한 번역도 한몫했다.

독재자가 된 어제의 개혁가

이야기는 1536년 5월 21일 제네바시(市)가 개신교를 도시의 유일하게 참된 신앙으로 받아들이는 데서부터 시작된다.

제네바에서 가톨릭세력을 몰아내는 데 앞장섰던 파렐이라는 급진적 종교개혁가는 혁명 후의 공백을 메우기 위해 프랑스 태생의 개혁가 장 칼뱅을 초빙한다. 칼뱅은 26살 때 가톨릭의 정신적 독재체제에 도전하는 《기독교강요》를 저술해 유럽 지성인 사회를 진동케 했던 인물. 하지만 그는 일단 제네바시의 정신적 지배권을 쥐게 되자 자기와 다른 일체의 생각을 억압하면서 과격한 종교개혁을 강행한다.

칼뱅의 급진적인 종교개혁과 억압에 반발한 제네바 시민들은 그를 축출하지만, 이는 오래가지 못한다. 그 틈을 타서 가톨릭세력이 복귀하려 들고, 정정(政情)이 불안해지자 겁에 질린 시민들은 다시 칼뱅을 불러들인다. 에리히 프롬이 말한 '자유로부터의 도피'를 연상케 하는 대목이다. 권좌에 복귀한 칼뱅은 더욱 가혹한 독재체제를 구축하고, 이제 다른 대안(代案)을 갖지 못한 시민들은 점차 거기에 길들여진다.

이를 두고 츠바이크는 "혁명을 통해서 통치권을 얻은 사람들은 훗날 새로운 사상을 가장 참지 못하는 사람들이 된다"고 꼬집는다.

이는 역사에서 자주 보게 되는 풍경이다. 차르 전제정치를 무너뜨리고 등장한 볼셰비키, 국민당 정권을 몰아내고 대륙을 차지한 중국공산당 정권, 바티스타 정권을 타도하고 집권한 카스트로 정권은 그들이 무너뜨린 정권보다 훨씬 더 억압적인 정권이 됐다. 우리 역시 거기까지는 아니더라도 이른바 민주화운동을 했다는 인간들이 정권을 잡은 후 비판언론을 야비하게 탄압하는 모습을 목격한 바 있다.

칼뱅의 통치 아래서 제네바는 가장 하찮은 잘못이라도 상세하게 종교국(종교 담당 비밀경찰)의 문서에 기록되고 모든 개인의 사생활은 끊임없이 자료화되는 사회, 모든 시민들이 끊임없이 질문 받고 조사받고 선고받을 대기 상태에 놓여 있는 사회, 언제나 모든 행동과 말을 지켜보고 있는 보이지 않는 밀정의 눈길을 의식하고 있어야 하는 사회로 변모한다.

무엇보다도 '공공 사건에 대해 현재의 결정과 다르게 이야기하는 것'이 금지된다. 칼뱅에 맞선 카스텔리오의 성서번역을 칭찬한 시민은 추방되고, 칼뱅에게 '선생님'이라는 경칭을 붙이지 않고 '칼뱅 씨'라고 부른 시민은 투옥된다.

이런 숨 막힐 듯한 전체주의 사회 역시 우리에게는 그리 낯선 것이 아니다. '김일성유일사상체계'라는 교리를 핵심으로 하는 주체교(主體敎)를 신봉하는 소위 조선민주주의인민공화국이라는 사교(邪敎)집단이 지척에 있기 때문이다.

장 칼뱅이 구축한 전체주의 체제의 가장 비극적인 희생자는 에

스파냐 태생의 떠돌이 신학자 미겔 세르베토(Migel Serveto)였다.

세르베토는 삼위일체(三位一體)설을 부정하는 이단적인 주장을 가지고 칼뱅과 오랫동안 서신 교환을 통해 신학적 논쟁을 벌여왔다. 감히 자기와 다른 주장을 펼치는 세르베토을 증오하던 칼뱅은 세르베토가 제네바를 찾아오자 그를 불법 체포해 종교재판에 회부한다. 세르베토가 두 달여에 걸친 혹독한 고문과 수감생활, 그리고 심신을 무너뜨리는 재판에도 불구하고 자신의 신념을 꺾지 않자, 칼뱅은 그를 산 채로 불에 태워 죽이는 화형(火刑)에 처하기로 한다. 선고를 받는 순간, 세르베토는 이렇게 외친다.

"나를 판결하고 고문하고 불태워보아라. 내 몸을 갈가리 찢어보아라!"

결국 세르베토는 화형대의 불길 속에서 비참하게 죽어간다. 단지 칼뱅과 생각이 다르다는 이유만으로.

이는 가톨릭의 압제에 대한 저항에서 출발한 종교개혁 정신에 대한 배신이었다. 그것은 또 일찍이 "이단자를 죽이는 것은 범죄행위"라면서 "쇠와 불로 그들을 파멸시키는 것은 인문주의의 모든 원칙을 부인하는 행동"이라고 했던 칼뱅 자신의 언명에 대한 배신이기도 했다.

카스텔리오, '관용'을 주장하다

칼뱅의 이러한 만행에 감연히 맞선 사람이 바로 제바스티안 카스텔리오(Sebastian Castellio)였다.

카스텔리오는 젊은 시절 칼뱅의 종교개혁 이념에 공감해 칼뱅 치하의 제네바에서 신학교 교장을 지내기도 했다. 인간으로서의 독자성을 귀하게 여기면서도 온유하고 겸손한 성품의 소유자였던 그는 제네바에서 존경받은 신학자이자 교육자, 목회자였다. 무엇보다도 그는 '내가 틀릴 수도 있고, 다른 사람이 옳을 수도 있다'는 열린 마음을 갖고 있었다.

카스텔리오는 《성서(聖書)》 전체를 라틴어와 프랑스어로 번역하려 했지만, 칼뱅의 반대에 부딪혔다. 자기와 다른 생각을 용납하지 못했던 칼뱅은 카스텔리오가 자기와 다른 《성서》 번역판을 내는 것도 받아들일 수 없었던 것이다. 결국 카스텔리오는 제네바를 떠나 바젤로 옮겨갔다. 거기서 그는 출판교열과 번역 등으로 근근이 생계를 유지하다가 한참 후에야 바젤대학에 교수 자리를 얻을 수 있었다.

세르베토의 처형 소식을 접한 카스텔리오는 《이단자를 억압해도 되는가, 그들을 어떻게 처리해야 하는가—신구교 권위자들의 소견을 제시함》이라는 책자를 펴낸다. 이 책자는 '사상의 자유를 가장 신성한 기본법으로 요구한 유럽 최초의 문서'가 된다. 이 책자에서 카스텔리오는 "나는 우리 의견과 일치하지 않는 생각을 가진 모든 사람들을 우리가 이단자라고 부른다는 사실을 발견하게 된다"면서 이렇게 말한다.

"사람들은 자기 자신의 생각에 대해서, 혹은 자신의 생각이 옳다는 생각에 대해서 너무나도 뚜렷한 확신을 가진 나머지 오만하게 다른 사람을 멸시하기에 이르렀다. 이러한 오만에서 잔인함과 박해가 나온다. 오늘날에는 거의 사람 수 만큼이나 다양한 견해가 있건만, 다른 사람이 자기와 견해가 갖지 않다면 조금도 참으려 하지 않는다. … 오직 완고함 때문에 반항이 생겨나고 정신적으로 남을 인정하지 않기 때문에 잔인한 행동을 하려는 저 거칠고 야만적인 욕망이 생겨난다. 그리고 오늘날 이런 선동적인 비방에 수많은 사람들이 너무나 열을 올리고 있다."

카스텔리오가 지적하는 오만과 거기에서 비롯된 잔인함과 박해, 불관용, 완고함, 야만, 선동적 비방…. 이 또한 어디선가 많이 본 모습 아닌가. 아! 그렇다. '극단'과 '이기적 진실'이 판을 치는 우리 사회, 특히 사이버공간의 모습이 바로 이렇다. 불과 얼마 전에도 우리는 나꼼수를 지지하는 비키니 시위를 비판했다는 이유로 한 여성 작가가 동패들로부터 집단 이지메를 당하는 모습을 보지 않았던가?

카스텔리오가 호소한 것은 '관용'이었다. 하지만 칼뱅은 '관용'을 호소하는 카스텔리오에 대해 비열하고 혹독한 '불관용'으로 맞섰다. 칼뱅의 충복인 목사 드 베즈는 "양심의 자유는 악마의 학설"이라고 비난했다.

칼뱅 일당은 카스텔리오를 향해 온갖 비방과 위협, 그리고 그를 공동체에서 추방하기 위한 저열한 음해(陰害)를 일삼았다. 이에 대해 카스텔리오는 《칼뱅의 글에 반대함》이라는 공개고발장을 통해 다시 한번 사상의 자유를 강조한다.

"어느 누구도 강제로 유린해서는 안 된다! 강제는 인간을 더 낫게 만들지 못한다."

유감스럽게도 카스텔리오는 칼뱅과의 투쟁에서 승리하지 못한다. 오히려 칼뱅 일당의 집요한 음해로 인해 막다른 골목까지 몰린다. 파멸의 위기에서 그를 구해 준 것은 죽음이었다. 1563년 12월 29일 카스텔리오는 가난과 오랜 지적(知的) 투쟁으로 인한 피로를 이기지 못하고 세상을 떠났다.

전체주의와의 투쟁

카스텔리오의 호소는 당대에는 빛을 발하지 못했다. 그가 죽은 지 얼마 되지 않아 유럽은 한 세대에 걸친 종교전쟁의 피바다 속으로 빠져 들어갔기 때문이다.

츠바이크가 이 책을 쓴 것은 히틀러의 전체주의가 독일과 유럽을 짓밟아 나가던 1936년이었다. 이 책은 나오자마자 독일에서 금서(禁書)가 됐다. 2년 후에는 그의 조국 오스트리아가 나치 독일에 강제병합됐다. 영국 · 미국 · 브라질 등을 떠돌던 츠바이크는 1942년 전체주의가 기승을 부리는 세태를 견디지 못하고 아내와 함께 스스로 목숨을 끊었다.

안타깝게도 대한민국의 역사에서도 그다지 관용적이지 못했던 시대가 있었다. 카스텔리오 사후(死後) 벌어졌던 비극의 종교전쟁

시대를 방불케 하는 동족상잔(同族相殘)의 전쟁과 그 후유증 때문이었다. 대한민국이 극단적 전체주의 세력에 맞서 생존을 위해 투쟁하는 와중에 '관용'이 설 땅은 극히 좁았다.

하지만 자유민주주의와 시장경제, 해양세력과의 동맹이라는 토양 위에서 대한민국은 산업화와 민주화를 달성했다. 그리고 그 바탕 위에 드디어 '관용'에 대해 생각할 여유를 갖게 되었다.

그러나 지금 우리는 또 다른 도전에 직면해 있다. 입으로는 '똘레랑스'와 '사상의 자유'를 외치면서도 실제로는 지구상에서 가장 관용과 거리가 먼 전체주의체제를 위해 복무하는 자들이 바로 그들이다.

많은 애국자들이 소리 높여 그들의 위협을 경고하고 있지만, 아직은 '소리 없는 아우성'에 불과한 것이 현실이다. 하지만 여기서 싸움을 그만 둘 수는 없다. 우리가 싸움을 포기하는 순간, 우리가 지금 누리는 자유도, 번영도 끝장나기 때문이다. 카스텔리오도 이렇게 말했다.

"참되고 옳은 것이 마침내 정당성을 갖기까지 거듭 말하는 일은 절대로 필요하다"고.

'관용'과 '사상의 자유'의 소중함을 설파하는 책으로 뿐만 아니라, 혁명의 변질과 독재권력의 속성을 고발하는 책으로서도 아주 유용한 책이다. 초(超)강추!

《폭력에 대항한 양심》 | 슈테판 츠바이크 | 안인희 옮김 | 자작나무 | 1998

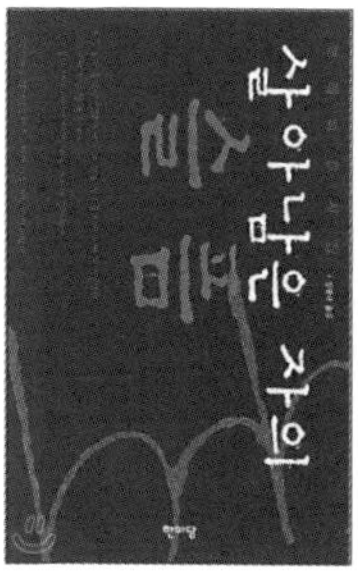

《살아남은 자의 슬픔》_베르톨트 브레히트

이상과 현실 사이에서 고뇌하다 좌절한 진보주의자의 초상

–'억지와 위선'의 포로가 된 한국의 '진보'는 얼마나 스스로를 성찰하고 있나?

대학시절 한 동안 베르톨트 브레히트(Bertolt Brecht)의 시(詩)를 즐겨 읽었다. 브레히트는 '서사극 이론' 등을 통해 현대 연극과 문학 분야에 커다란 족적을 남긴 독일의 시인이자 극작가.

문학에는 문외한인 내가 브레히트에게 관심을 가졌던 것은 그가 나름대로 한 시대를 치열하게 고민하면서 살았던 사람이기 때문이다. 아울러 그는 젊은 시절 비수처럼 날카로운 비판의식을 지녔던 한 예술가가 훗날 어떻게 현실에 순치되어 가는지를 보여주는 인물이기도 하다.

의학도였던 브레히트는 제1차 세계대전에 참전했다가 전쟁의 참상을 생생하게 목격했다. 수많은 병사들을 죽음으로 내몬 독일 군국주의의 무모함을 그는 〈죽은 병사의 전설〉이라는 시(詩)를 통해 신랄하게 야유했다(1918년).

전쟁은 결국 독일의 패전으로 끝났다. 독일제국의 잔해 위에 바이마르 공화국이 수립됐다. 이 시대는 브레히트가 〈후손들에게〉라는 시에서 적절히 표현한 것처럼 '굶주림이 휩쓸고 있던 혼돈의 시대'이자 '폭동의 시대'였다. 이 무렵 마르크스주의의 세례를 받은 브레히트는 이렇게 노래했다.

"내가 먹는 것이 굶주린 자에게서 빼앗은 것이고/ 내가 마시는 물이 목마른 자에게 없는 것이라면/ 어떻게 내가 먹고 마실 수 있겠느냐?"〈후손들에게〉

1933년 1월 30일 히틀러가 정권을 잡았다. 그해 2월 27일 국회방화사건이 일어나자 브레히트는 현명하게도(?) 그 다음날 바로 망명길에 올랐다. 덴마크에서 7년간 망명 생활을 하던 브레히트는 1941년 독일군이 덴마크를 침공하자, 소련을 거쳐 미국으로 망명했다.

1944년 브레히트는 나치에 의해 희생된 동료 문인들을 회상하면서 〈살아남은 자의 슬픔〉을 썼다. 이 시에서 그는 "오직 운이 좋았던 덕택에 나는 그 많은 친구들보다 오래 살아남았다"고 노래했다.

1948년 브레히트는 15년간의 망명 생활을 청산하고 귀국길에 올랐다. 이때 그의 조국 독일은 미국 · 영국 · 프랑스 · 소련의 분할통치 아래에 있었다.

훗날 자신의 운명을 예견했음일까? 명색이 마르크스주의자였으면서도 브레히트는 동독행(行)이 아니라 서독행을 희망했다. 하지만 냉전(冷戰)의 현실은 엄혹했다. 서방3개국 연합군 당국은 1947년 미(美)의회 반미(反美)행동조사위원회에 소환되어 조사를 받았던 '빨갱이'의 입국을 거부했다. 결국 브레히트는 동독으로 갔다.

스탈린주의자들이 통치하는 동독은 분명 브레히트가 〈후손들에게〉에서 꿈꾸었던 '친절한 우애를 위한 터전'과는 거리가 멀었다. 하지만 브레히트는 이미 젊은 날, 비수처럼 날카로운 비판의식을 뿜어내던 그 브레히트가 아니었다. 그는 동독당국의 지원을 받아 베를리너 앙상블이라는 극단을 만들어 자신의 서사극 이론을 실천에 옮겼다.

그에 대한 반대급부였을까? 그는 공산당을 찬양하고, 스탈린을 예찬하는 시를 썼다. 1956년에는 스탈린상(賞)을 수상했다. 비판의식이 가득했던 어제의 참여시인은 이제 공산정권의 계관(桂冠)시인으로 타락한 것이다.

'기분 나쁜 아침'

1953년 6월 동베를린 노동자들이 동독 정권의 억압에 항의해서 궐기했다. 동독 당국은 소련군의 힘을 빌려 노동자들의 봉기를 무력 진압했다.

망명시절 〈의심을 찬양함〉이라는 시에서 "모든 의심 가운데 가장 훌륭한 것은/ 겁 많고 허약한 사람들이 머리를 쳐들고 일어나/ 그들을 억압하는 자들의 강력한 힘을 이제는 더 믿으려 하지 않는 것이다"라고 노래했던 브레히트는 이때 젊은 시절의 의기가 되살아났던 모양이다.

그는 동독 수상 울브리히트에게 노동자들의 봉기를 무력 진압한 데 대한 항의 편지를 보냈다. 이 무렵 그는 〈해결방법〉이라는 시에서 "그렇다면 차라리 정부가 인민을 해산하여 버리고/ 다른 인민을 선출하는 것이 더욱 간단하지 않을까?"라며 동독공산정권의 압제를 야유했다.

거기까지였다. 브레히트가 동독공산정권에 항거한 것은….

그런 자신의 한계를 브레히트 자신도 절감하고, 괴로워했다. 〈기분 나쁜 아침〉이라는 시에서 그는 이렇게 노래했다.

"…어젯밤 꿈에는 마치 문둥이가 손가락질하듯/ 나를 가리키고 있는 손가락들을 보았다/ 그것들은 일을 너무 해서 닳아빠지고 잘려져 있었다/ 아무 것도 모르는 놈들 같으니라고! 죄의식 속에서 나는 이렇게 소리쳤다〉

독일제국의 군국주의나 히틀러를 신랄하게 야유했던 브레히트가 동독공산당과 스탈린을 찬양하는 시를 썼던 것은 '마르크스주의자'인 브레히트에게는 당연한 일이었을 것이다. 그것이 브레히트의 한계였다.

하지만 공산정권을 위해 복무하고, 그에 대한 보상으로 공산정권으로부터 지원과 포상을 받으면서도, 브레히트는 그런 자신의 모습에 대해 고뇌하고, 부끄러워했다.

한국 '진보'의 타락

지난 시기 우리나라에는 수많은 '비판적' 혹은 '진보적' 지식인, 언론인, 예술가들이 있었다. 그들은 멀리는 이승만 정권에서부터 박정희 · 전두환 정권을 거쳐 노태우 정권에 이르기까지 '독재'와 '인권유린'에 맞서 싸웠다고 자랑한다.

1980년대 후반 이후에는 각종 NGO가 나타났다. 이 NGO들은 민주화운동 시기의 명망가들과 소위 진보적 지식인과 활동가들을 한데 엮어 새로운 비판세력으로 등장했다.

그리고 김대중 정권과 노무현 정권을 거치면서 과거의 비판적 · 진보적 지식인들은 현실권력이 되었다. 그들은 청와대와 정부와 국회와 공공기관, 관변단체에 포진해서 한 시절을 풍미했다.

그러면서 그들은 점차 부패하고 타락하기 시작했다. 과거의 '민주투사' '진보적 지식인' 가운데는 부정한 돈을 만지다가 감옥에 다녀온 사람들도 있었다. 그들의 타락 가운데 가장 큰 타락은 바로 북한 김씨왕조의 세습독재와 인권유린에 대해 침묵하고 있다는 것이다.

과거 박정희와 전두환의 독재를 비난했던 그들은 북한의 3대 세습과 인권유린에 대해서는 철저하게 침묵한다. 윤이상 일가는 한 가족을 지옥으로 몰아넣고도 남과 북을 오가면서 호의호식하고 있다. '박정희 독재'에 항거했다는 이 '세계적 예술가'가 김일성 앞에서 아부 · 아첨한 발언들은 듣는 이의 귀를 의심케 할 정도다. 이명박 정권을 향해서는 걸핏하면 '민주주의의 후퇴' 운운하면서 비난을 일삼는 지식인들에게 북한의 3대세습과 인권유린에 대해 물으면 '내재적 접근법'이라는 사술(詐術)을 쓰면서 말을 흐린다.

2012년 4 · 11총선을 전후해 벌어진 '진보당 사태'는 한국 진보의 타락을 총체적으로 보여준다. 선거인 명부 조작, 위장전입, 뭉텅이표, 동원투표, 대리투표 등 상상 가능한 온갖 부정이 저질러졌다. IT시대에 걸 맞는 소스코드 열람만 제외하면, 4 · 19혁명을 야기한 3 · 15부정선거 당시 있었던 부정들이 그대로 재현됐다. 이러한 부정의 진상을 드러내고 시정하려는 시도는 폭력으로 무산됐다. 마치 4 · 19 하루 전 있었던 4 · 18 고대생 시위를 정치깡패들이 습격했던 것처럼 말이다. "국민보다 당원의 뜻이 우선" "당원 눈높이에 국민 눈높이를 맞춰야 한다" "마른 풀이 다시 살아나 뭉텅이표가 발생했다"는 발언에는 그저 아연실색할 뿐이다.

소위 경기동부연합이라고 하는 구(舊)당권파의 희생자인 척 하는, 그리고 지금 와서는 진보당 내 개혁세력인 양 구는 이들 또한 부정을 자행한 이들과 별반 다를 게 없다. "더욱이 통진당(진보당)의 비당권파는 당권파가 주사파(主思派)인 줄을 알면서도 선거를 의식해서 결합한 세력이니, 당권파든 비당권파든 진보정치세력이 될 수 없다는 점에서는 마찬가지"라는 재야(在野)원로 장기표 씨의 비판은 이 점을 잘 지적하고 있다.

뒤늦게 진보당 당권파의 부정과 몰상식을 비판하고 나서는 소위 진보적 지식인들 역시 고약하기는 마찬가지다. 4 · 11총선 전 관악을(乙) 모바일 경선 여론조작 사건을 비롯해 그동안 민노당–진보당의 각종 부정에 대해 알면서도 '진보'라는 명분을 내걸어 짐짓 모른 척 해 온 게 그들이기 때문이다.

소위 '진보'를 자처해 온, 그러나 북한의 세습독재와 인권유린, '진보당'을 자처하는 패당의 부정과 폭력에 침묵하고 있는 이 땅의 지식인 · 정치인 · 운동가들에게 묻고 싶다. "부끄럽지 않느냐"고….

3 · 15부정선거에 항의해 들고 일어났던 4 · 19세대 선배들에게 부끄럽지 않은가? 당신들을 '이념적 스승'으로 떠받들면서 당신이 제시한 길을 걷다가 청춘을 낭비한 젊은이들에게 부끄럽지 않은가? 지금도 당신들이 제시하는 길을 '진보의 길'이라고 믿고 있는 어린 학생들에게 부끄럽지 않은가? 당신들과 함께 하면 뭔가 좋은 세상, 정의로운 세상이 올 것이라고 기대해 온 서민들에게 부끄럽지 않은가? 지금 당신들의 모습이 당신의 부모나, 자식, 손자손녀들에게 부끄럽지 않은가?

브레히트는 공산정권에 복무하면서도 젊은 날처럼 비판의 목소리를 내지 못하는 자신의 모습 때문에 고민하고, 부끄러워했다. 공산정권의 베를린 봉기 진압 때에는 그에 항의하기도 했다. 비록 말년에 이르러 빛이 바래기는 했어도, 브레히트는 비판적이고, 양심적이고, 진보적인 지식인으로서의 면모를 완전히 잃지는 않았던 것이다.

오늘날 자칭 타칭 한국의 '진보적' 지식인들은 브레히트처럼 고민하고 부끄러워 할 줄 아는가? 그 고민과 부끄러움을 실천으로 극복해 보려 노력한 일이 있는가?

유감스럽게도 나는 한국의 '진보적' 지식인들 가운데 브레히트와 같은 고민을 하는 사람이 있다는 얘기를 듣지 못했다. '그것은 그들이 표방해 온 양심과 비판과 진보가 '사이비'임을 자백하는 것이나 마찬가지'라고 말한다면, 지나친 얘기일까?

《살아남은 자의 슬픔》| 베르톨트 브레히트 | 김광규 옮김 | 한마당 | 1990

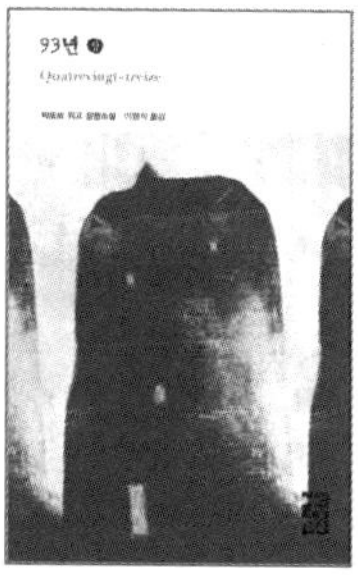

《93년》_빅토르 위고

인간에 대한 사랑을 결여한
이념과 사상은 헛된 것이다

–"선(善)을 행하기 위해서 악(惡)을 수단으로 삼아서는 안 된다"

얼마 전 시내 대형서점에 나갔다가 반가운 책을 발견했다.

빅토르 위고(Victor-Marie Hugo)의 소설 《93년》. 18년 전 읽었던 이 책이 이번에는 손에 쏙 들어오는 사이즈의 두 권짜리 책으로 다시 나왔다. 집으로 돌아와서 오래간만에 책장에서 이 책을 다시 꺼내 들었다(김영숙 옮김, 지성의 샘 펴냄, 1993).

'위고'하면 생각나는 소설 《레미제라블》이 나폴레옹이 몰락하고 왕정(王政)이 복고(復古)된 시기의 프랑스 역사를 배경으로 한다면, 이 《93년》은 대혁명의 동란기를 배경으로 한다. 여기서 말하는 93년은 1793년이다.

1793년은 방데의 반란이 일어나고 혁명이 좌초의 위기에 놓였던 해다. 방데는 영국과 마주보는 브르타뉴 지방의 일부로써 예로부터 파리를 중심으로 한 프랑스 중앙부와는 대립적이었다. 이 지역은 오랫동안 브르타뉴공국(公國)이라는 독립적인 존재였고, 영국과 가까웠다 (브르타뉴라는 말 자체가 영국을 뜻하는 브리튼과 통한다).

중앙으로부터 독립적이고 정치적 · 종교적으로 보수적이던 이 지역은 공화정부가 외부의 침략 위기에 맞서 전국적인 징병령을 내리자 이에 항거해서 일제히 봉기한다. 위고는 "방데의 반란은 비통한 오해였다"면서 "광명의 주위에 어둠의 난간을 둘러치고 정의 · 권리 · 이성 · 해방에 대해 도전한 무지(無知)의, 미련하지만 당당한 장기간의 저항이었다"고 말한다.

내전(內戰) 속의 인간들

자연발생적으로 출현한 방데의 반란세력들을 이끌기 위해 영국으로 망명했던 전 브레타뉴공 랑트나크 후작(侯爵)이 돌아온다. 옛 영주에 대한 지방민들의 열광적인 충성심에 힘입어 랑트나크 후작은 브르타뉴 지역을 차례로 장악해 들어간다.

이 왕당군을 토벌하기 위해 정부군이 파견된다. 지휘관은 고뱅이라는 이름의 청년장교. 랑트나크 후작이 친손자처럼 아꼈던 후작의 종손(宗孫)이었다.

할아버지와 손자 간에 동족상잔(同族相殘)이 벌어진 것이다. 이들은 경쟁적으로 포고령을 내서 상대방을 총살해버리겠다고 위협한다 (내전은 이래서 잔인하다. 우리도 6 · 25 당시 비슷한 일을 많이 겪었다. 그리고 지금도 부자간에, 형제간에 생각이 달라 갈등하는 것을 많이 본다). 아마 이러한 설정은 아버지는 나폴레옹 휘하의 장군이었고, 어머니는 왕당파 집안 출신이었던 위고의 가족사와도 무관하지 않을 것이다.

그리고 고뱅을 감시하기 위해 공안위원회로부터 전권(全權)파견위원으로 시무르댕이라는 인물이 파견된다. 공안위원회 파견위원은 후일 공산국가 군대의 정치위원(정치장교, 코미짜르)과 비슷한 존재다. 군 지휘관을 감시하고, 그를 승진 혹은 파면시킬 수 있는 막강한 권한을 가지고 있었다. 전직 신부인 시무르댕은 어린 시절 고뱅의 스승, 아니 글자 그대로 멘토였다. 자작(子爵) 신분의 귀족인 고뱅이 혁명군 지휘관으로 되게끔 '의식화'시킨 장본인이 시무르댕이었다.

이 세 사람은 혁명기 인간상의 전형이었다. 랑트나크 후작은 시대의 흐름을 이해하지 못하는 완고한 반동(反動), 고뱅은 이상주의적 열정을 간직한 인도주의자, 시무르댕은 소외계층에 대한 애정과 진보의 가치를 믿는 냉정한 합리주의자였다.

수차례의 전투를 거듭하면서 고뱅은 랑트나크 후작의 부대를 궤멸시킨다. 랑트나크 후작은 극소수의 생존자만을 데리고 자신의 거성(居城)이던 라 투르그성으로 피신한다. 고뱅의 부대에게 마지막 방어선이 무너지기 직전, 랑트나크 후작은 비밀통로를 통해 극적으로 탈출하는데 성공한다.

후작이 성과 이어진 숲속에서 유유히 도망치려 할 때, 어디선가

한 여인의 외마디가 들려온다. 여인의 이름은 미셸, 세 자녀의 어미였다.

앞서 고뱅 휘하 '붉은 모자 대대' 병사들은 전란을 피해 방황하던 미셸과 세 아이를 구했었다 (이 아이들은 6 · 25 당시 미군에게 구출되어 부대 마스코트 같은 역할을 했던 고아소년들을 생각하면 된다). 전쟁의 와중에 미셸은 랑트나크군에 의해 죽을 뻔하다가 살아났고, 아이들은 랑트나크군의 인질이 되어 라 투르그성에 갇혔다.

자식들을 찾아서 미친 듯이 전쟁터를 헤매다가 간신히 라 투르그성에 도달한 미셸은 불길 속의 성탑 창가에 어른거리는 아이들의 모습을 보고 절규한 것이다. 자식을 향한 어미의 원초적 본능에 마음이 흔들린 랑트나크는 다시 성으로 돌아간다. 그는 가지고 있던 열쇠로 철문을 열고 아이들을 구출한다. 혁명세력을 가차 없이 학살하던 냉혈한이던 그는 한 어미의 자식사랑 앞에서 인간성을 회복한 것이다. 아이들을 구한 후 혁명군의 포로가 된 그는 시무르댕이 주재하는 군법회의에 회부되어 사형을 선고받는다.

무엇을 위한 혁명인가?

수구반동세력의 괴수로만 여기던 종조부의 인간적인 자기희생을 본 고뱅은 번민한다. "봉건제도의 화신(化身)이었던 그가, 돌연히 변모하여 인간성을 찾았는데 자유와 해방을 표방하고 있는 우리가 유혈의 참사와 형제살해를 되풀이하는 것은 어찌 된 일인가?" "혁명이란 도대체 인간을 부자연스럽게 만드는 목적을 가지고 있는 것인가? 그것은 가족관계를 파괴하고 인간성을 억압하기 위한 것인가? 그렇지 않다. 혁명은 최상의 현실을 긍정하기 위한 것이다. 혁명의 의의는 가족이며, 인간성의 확보다. 혁명은 인민의 출현이며, 실로 인민은 인간의 공동체다."

번민하던 고뱅은 한 밤중에 감옥으로 랑트나크 후작을 찾아간다. 랑트나크 후작은 "대관절 너는 이 군주제의 어디가 마음에 들지 않는 거냐?"면서 "너희들은 마구 두들겨 부수고 허물어뜨리는 것밖에는 모르는 야수"라고 호통을 친다. 요즘 젊은이들을 향해 "우리가 자랄 때에 비하면 지금은 파라다이스야. 그런데 도대체 뭐가 불만인 거냐?"고 호통 치는 기성세대의 모습 그대로다.

고뱅은 후작에게 자신의 외투와 모자를 건네주고 감옥 밖으로 내보낸다. 공안위원회의 포고령에 의하면 적의 지휘관을 풀어준 지휘관은 사형에 처하도록 되어 있었다. 이번에는 고뱅이 군법회의에서 사형을 선고받는다. 감옥에 갇힌 고뱅을 시무르댕이 찾아온다. 여기서 두 사람은 혁명과 인류의 진보에 대해 치열한 논전(論戰)을 벌인다.

시무르댕은 "권리와 의무가 평형을 유지하고, 비례세와 누진세, 병역의무제, 계급의 철폐, 이런 모든 것 위에 절대로 흔들리지 않는 공화국이 건설되는 것"이라고 말한다. 고뱅은 "지금 말씀하신 것 어디에 헌신 · 희생 · 극기 · 관용 · 친절 · 사랑을 두시는 겁니까?" 라고 반문하면서 "선생님의 공화국은 인간을 계산하고 조정하고

통제하지만, 제 공화국은 인간을 자유로운 창공으로 데리고 간다"고 말한다.

"나는 유클리드 기하(幾何)로 된 사람을 원한다"는 스승에게 제자는 "저는 호머의 시로 교육된 사람을 원한다"고 말한다. "개인은 누구에게나 신세를 지고 살고, 모든 사람은 서로 양보하는 넓은 정신을 가져야 한다고 알고 있다"는 제자에게 스승은 "엄격한 법률 이외에는 아무 것도 없는 것"이라고 대꾸한다. "나는 정의(正義)밖에 인정하지 않네"라고 스승이 말하면 제자는 "정의 위에는 공정(公正)이 있다"고 말한다. 스승이 가난한 사람의 구제를 말하면 제자는 "나는 가난을 근절하고 싶다"고 말한다.

두 사람 모두 유토피아를 원하지만, 거기에는 차이가 있다. 고뱅은 그 차이를 이렇게 정리한다.

"선생님은 의무적인 병사(兵舍)를 희망하시고, 저는 학교를 원합니다. 선생님은 군인 같은 인간을 꿈꾸고 계시는데, 저는 시민적인 인간을 상상하고 있습니다. 선생님은 무서운 인간을 그리며, 저는 사색적인 인간을 그립니다. 당신은 칼의 공화국을 건설하려 하시고, 저는 정신적인 공화국을 세우기를 원합니다."

다음날 아침, 경애하는 사령관의 죽음을 앞두고 고뱅의 부대원들은 시무르댕에게 그의 구명을 탄원한다. 하지만 시무르댕은 냉정하게 "법대로 시행하라!"고 외친다. 단두대의 칼날이 고뱅의 목에 떨어지는 순간, 시무르댕은 권총으로 자기의 심장을 쏘아 자결한다.

"혁명은 화합일치이지 공포가 아니다"

위고는 《93년》에서 프랑스대혁명이라는 역사의 동란기의 한 순간을 생생하게 그려내고 있다. 로베스피에르 · 당통 · 마라 같은 혁명가들의 외모와 사상, 그리고 그들 간의 알력, 국민공회 의사당의 풍경, 정치 · 경제 · 사회 · 문화의 모든 영역에서 인류의 '진보'를 위해 온갖 아이디어를 짜내고 실천에 옮기려는 인간군상(群像)의 모습, '혁명의 수도' 파리의 터질 듯한 긴장과 부조리, 반(反)혁명의 소굴인 방데 농민들의 낙후되고 소박한 삶과 생각이 TV드라마나 영화를 보는 것처럼 다가온다. 이 점에서 이 책은 '소설로 읽는 프랑스혁명사'라고 할 만하다.

하지만 단순히 프랑스 역사의 한 단면을 그려내는 것이 위고의 뜻은 아니다. 그는 이 소설을 통해 혁명과 반혁명, 진보와 보수를 넘어서는, 인간에 대한 연민과 사랑, 관용에 기초한 세상을 꿈꾼다. 여기서 《93년》은 《레미제라블》과 통한다.

고뱅은 시무르댕에게 말한다.

"도대체 우리는 무엇을 바라는 겁니까? 보편적인 공화국만이 민중의 마음을 잡아끄는 것입니다. 그렇다면 민중을 위협하는 일은 그만둡시다. 위협한들 무슨 소용이 있겠습니까? 민심을 공포에 의해 끌어들일 수는 없습니다. 그들은 새들과 다를 바 없습니다.

선(善)을 행하기 위해서 악(惡)을 수단으로 삼아서는 안 됩니다. 단두대를 그대로 세워두기 위해서 왕위를 뒤집어엎는 것은 아닙니다. 왕에게는 죽음을, 국민에게는 삶을 줍시다. 왕관은 쓰러뜨립시다. 그러나 그 목은 용서합시다. 혁명은 화합일치이지 공포는 아닙니다. 사면이라는 말은 저에게는 인간의 언어 가운데 가장 아름다운 말로 여겨집니다.

저는 제 피를 흘릴 위험을 무릅쓰지 않고서는 전쟁의 유혈을 원하지 않습니다. 게다가 저는 싸우는 것밖에는 모릅니다. 저는 군인에 지나지 않습니다.

그러나 만약 용서할 수 없는 처지라면 애써 이길 필요조차 없는 것입니다. 싸우는 동안 우리는 적(敵)에 대해서 적으로서, 그렇게 행동합시다. 그러나 승리를 거둔 후에는 그들의 형제처럼 행동합시다."

인간에 대한 사랑이 먼저다

지금 우리는 '이념적 내전(內戰)'의 시대에 살고 있다. '진보'라는 미명 아래 거짓과 위선, 기만이 횡행하고 있다. 인간에 대한 예의와 염치는 사라지고, 야비한 폭언과 폭력이 난무하고 있다. 입으로는 '사람이 사람답게 사는 세상'이나 '인간해방'을 외치지만, 거기에 인간에 대한 사랑은 실종되어 있다. '이념적 내전'과 폭력을 수반하는 '진짜 내전' 사이의 거리는 그다지 멀지 않다.

혁명과 반혁명, 쿠데타와 민중봉기, 제정(帝政)과 왕정(王政)과 공화정(共和政)이 교차되는 시대를 살았던 위고의 고민 역시 마찬가지였으리라. 그리고 그는 말하고 싶었을 것이다. 어떠한 이념과 사상도 '인간'에 대한 사랑에 바탕을 두지 않는 한 헛된 것이라고.

《93년》| 빅토르 위고 | 이형식 옮김 | 열린책들 | 2011

4

시장과 경제

《포퓰리즘의 거짓약속》_세바스티안 에드워즈

'희망의 대륙' 라틴아메리카는 왜 '좌절의 대륙'으로 전락했나?

–'포퓰리즘의 거짓 약속'에 혹해 잘못된 선택을 하는 것은 후손들에게 죄를 짓는 것

헨리 키신저는 언젠가 칠레에 대해 언급하면서 "세계 정세에서 라틴아메리카는 고려할 가치가 없다"고 말했다고 한다.

키신저만 그런 것이 아니다. 우리도 은근히 라틴아메리카를 우습게 아는 것은 마찬가지다. 우리가 흔히 쓰는 '남미병(南美病)'이라는 말속에는 '라틴아메리카 국가들은 풍부한 자원과 천혜의 자연조건에도 불구하고 독재와 빈곤, 포퓰리즘에 허덕이는 별 볼 일 없는 나라들'이라는 경멸의 의미가 담겨 있다.

라틴아메리카가 처음부터 이렇게 '절망의 대륙'이었던 것은 아니다. 학자들에 의하면 1492년 유럽인들이 처음 아메리카대륙에 발을 디뎠을 때, 지금의 볼리비아와 페루에 사는 원주민들은 북아메리카 원주민보다 생활수준이 높았다고 한다. 1700년 경 북미와 라

틴아메리카의 1인당 평균소득은 거의 같았던 것으로 추정된다. 그러던 것이 1820년 라틴아메리카의 1인당 소득은 미국의 60%정도로, 1870년에는 31%로 떨어졌다. 2000년 라틴아메리카의 1인당 평균소득은 미국의 20%수준이다.

왜 이런 상황이 벌어졌을까? 세바스티안 에드워즈의 《포퓰리즘의 거짓약속》은 바로 그 이유를 찾는 책이다.

한국과 라틴아메리카

라틴아메리카의 낙후 원인에 대해 이 책은 여러 가지 학설을 소개한다. 그 중에서도 오늘날 미국과 라틴아메리카의 차이는 식민종주국이었던 영국과 스페인의 지배방식의 차이에서 비롯되었다는 주장이 눈길을 끈다. '상업의 제국'을 지향했던 영국은 식민지에 법치(法治)에 바탕을 둔 관대한 제도를 도입한 반면, '정복의 제국'을 지향했던 스페인은 중앙집권화, 보호무역주의, 관료주의적 요식체계를 식민지에 이식했다는 것이다. 그런가 하면 은광(銀鑛)과 플랜테이션농업에 치중했던 스페인의 식민지 경영방식은 중앙집권적 식민통치로, 소규모 자영농(自營農)에 기반을 둔 영국의 식민지 경영은 지방분권형 식민통치로 이어졌다는 주장도 흥미롭다. 어느 쪽이든 스페인 식민통치의 유산은 권위주의 독재, 소유권의 보장과 사법부 독립의 미비, 행정권의 자의적 행사, 교육시스템의 낙후 등으로 이어졌다고 보는 점에서 공통된다.

여기에 라틴아메리카 각국의 부적절한 통화정책과 외환(外換)정책이 경제적 혼란을 가중시켰다. 오늘날 라틴아메리카 여러 나라에서 흔히 볼 수 있는 외환 및 통화정책의 실패와 이로 인한 국가부도 사태라는 공식은 이른바 신(新)자유주의니 워싱턴 컨센서스니 하는 말들이 나오기 훨씬 전인 19세기 중반부터 나타난다.

물론 라틴아메리카국가들이라고 해서 자신들의 처지에서 벗어나기 위한 노력을 전혀 하지 않은 것은 아니다. 특히 1930년대부터 라틴아메리카 국가들은 본격적인 경제발전을 추진했다. 여기서 과거 우리나라에서도 있었던 고민(정확히 말하면 라틴아메리카 국가들이 했던 고민을 우리가 뒤늦게 수입했던 것이지만)이 제기됐다. 수입대체 산업화냐, 수출지향적 산업화냐 하는 것이 그것이다. 라틴아메리카 국가들은 보호무역주의, 정부규제, 경제활동 전반에 대한 국가의 개입을 내용으로 하는 수입대체 산업화 전략을 택했다.

이 전략이 성공하기 위해서는 보호무역주의는 제한적이고 잠정적으로 실시되어야 했지만, 국내 생산자들의 로비와 관료들의 타성 때문에 라틴아메리카 국가들은 대부분 '거의 모든 산업'에 대해 보호정책을 실시했다. 경쟁력이 없는 국내 산업을 보호하기 위해서는 점점 더 무역장벽을 높이 쌓아야 했고, 소비자들은 국제시세보다 비싼 가격으로 저질의 국산품을 사서 써야 했다. 그러는 사이에 관료와 국내 제조업자들은 기득권세력이 됐다.

이 대목을 읽으면서 가슴을 쓸어내렸다. 1960년대 이후 우리나라는 좌경한 지식인이나 정치인들의 반발에도 불구하고 수출지향형 산업화 정책을 채택했기 때문이다. 대부분의 세계인들이 '코리아'가 어느 구석에 박혀 있는지도 모르던 시절에 우리나라의 기업인들은 가발과 메리야스, 봉제완구를 싸들고 세계시장으로 나갔다. 그렇게 해서 입에 풀칠이나 할 수 있게 되자 남들이 '깡통'이라고 비웃는 자동차와 울산 바닷가 모래사장에서 지은 배를 내다팔기 시작했다. 개발연대에 일부 보호주의 정책을 실시하기는 했지만, 대개의 경우 유치산업을 보호하는 수준에서 그쳤고, 1980년대 이후에는 거기에서도 점진적으로 벗어났다.

서로 다른 길을 선택한 라틴아메리카 여러 나라와 대한민국의 운명은 그 후 확연하게 갈라졌다. 세계은행(IBRD) 통계에 의하면, 5·16이 일어나던 1961년 한국의 1인당 GDP는 92달러였다. 같은 해 브라질의 1인당 GDP는 203달러, 1962년 아르헨티나의 1인당 GDP는 무려 1145달러였다. 하지만 2011년 한국의 1인당 GDP는 2만3749달러였던 반면, 브라질은 1만2917달러, 아르헨티나는 1만640달러였다. 참고로 한국의 1인당 GDP가 브라질을 앞선 것은 1983년, 아르헨티나를 앞선 것은 1988년이었다.

파렴치한, 너무나도 파렴치한…

라틴아메리카의 상황을 더욱 나쁘게 한 것은 포퓰리스트 정치인들이었다. 라틴아메리카 포퓰리즘의 대명사인 후안 도밍고 페론이

1952년 칠레의 신임 대통령 카를로스 이바녜스 델 캄포에게 보낸 편지를 보자.

"친애하는 벗이여. 국민, 특히 근로자들에게 줄 수 있는 모든 걸 주십시오. 이미 너무 많은 것을 준 것 같아도 더 주십시오. 곧 그 결실을 보게 될 것입니다. 모든 이들이 경제 붕괴라는 망령으로 당신을 놀래려 할 것입니다. 그러나 그 모든 것은 거짓말입니다. 경제보다 신축성이 좋은 것도 없습니다. 이 점을 이해하는 사람이 아무도 없어서 모두들 그렇게 두려워하는 것입니다."

한 나라의 지도자가 이렇게 무지하고 무책임하고 파렴치해도 되는 것일까? 오늘날 우리는 곳곳에서 페론의 망령을 본다. 무상급식을 넘어 무상의료와 무상대학교육을 약속하고, '보편적 복지'를 주장하면서 거기에 '시대정신'이라는 아우라까지 더하는 정치꾼들이 바로 그들이다.

페론이 말했던 것처럼 라틴아메리카 국가들은 곧 그 결실을 보게 됐다. 그것은 끝없는 후퇴와 빈곤의 악순환이었다.

거기에서 벗어나려면 '개혁'을 해야 했다. '개혁'은 다른 것이 아니었다. 스페인 통치시대에서부터 비롯된 부정적 유산에서 탈피해 소유권을 보장하고, 불필요한 정부의 규제를 혁파하고, 사법부의 독립을 강화하고, 세계를 향해 시장을 여는 것이 바로 그것이다.

1970년대 칠레를 시작으로, 1980년대 이후 멕시코와 아르헨티나 등 라틴아메리카 국가들은 개혁을 시작했다. 개혁은 고통스러운 것이었다. 기득권세력의 저항은 완강했다.

저자는 "아르헨티나의 경우 이러한 특권층 중에서 가장 중요한 집단이 교원노조였다. 이들은 아르헨티나 교육제도의 질을 향상시키려는 모든 시도를 조직적으로 차단해 왔다"고 고발한다. 이는 아르헨티나만의 현상은 아니다. 저자는 국제학업성취도평가에서 하위권에 머무르고 있는 라틴아메리카 여러 나라의 사례를 들면서 "오늘날 세계화와 시장 중심 정책, 경제개혁에 반대하는 정치세력은 교육의 질을 높이는 주요 교육개혁에도 줄곧 반대해 왔다"고 말한다. 어째 남의 얘기 같지가 않다.

교원노조 같은 노조만 그런 것이 아니다. 기업가들도 개혁저항세력인 경우가 많았다. 저자는 피노체트 장군이 시장경제 원리에 충실한 개혁을 단행했던 1970년대 중반 칠레에 대해 이렇게 말한다.

"수십년에 걸친 보호무역으로 이득을 보았던 기업가들이 경제개방과 규제완화에 강하게 반대했다. 그들은 경쟁할 필요도 양질의 제품을 생산할 필요도 연구개발을 할 필요도 없던 시대로 돌아가길 원했다. 그들에게 제품을 구매하는 수밖에 다른 대안이 없는 소비자들이 일편단심 자기들만 바라보던 때로 돌아가고 싶어 했다."

주지하는 바와 같이 개혁의 고통을 이겨낸 칠레는 오늘날 경쟁력 있는 신흥경제강국으로 주목받고 있다. 1990년대부터 시장개혁을 추진해 온 브라질은 룰라 전 대통령의 실용주의적 정치 아래서 새로운 경제대국으로의 도약을 꿈꾸고 있다.

반면에 1990년대와 2000년대를 거치면서 외환 및 통화정책의 실패, 그리고 세계화가 주는 압박을 견디지 못한 아르헨티나와 같은 나라들은 다시 오래된 포퓰리즘의 유혹으로 빠져들었다. 실업률 증가, 임금 하락, 빈곤율 증가, 통화 폭락의 책임을 워싱턴 컨센서스와 국제기구, 특히 국제통화기금(IMF)에 돌리는 분위기는 포퓰리스트들이 생겨나는 좋은 토양이 됐다.

'백마 타고 오는 초인', 그러나…

그 중에서도 가장 대표적인 경우가 베네수엘라의 우고 차베스 대통령이다. 1992년 쿠데타를 시도했다가 실패했던 퇴역 육군중령 출신인 그는 1998년 집권 후 '볼리바르혁명'이라는 미명 아래 일련의 사회주의혁명을 진행하고 있다. 말이 좋아 '혁명'이지, 그것은 막대한 석유수입을 민중들에게 뿌리면서 반미(反美)선동이나 일삼는 철지난 사회주의혁명 놀음에 불과하다. 그럼에도 국내에는 '베네수엘라혁명연구회'라는 집단이 있다. 노무현 정권 시절 KBS는 사뭇 진지하게 차베스를 조명하는 프로그램을 내보내기도 했다. 석유도 안 나는 이 나라에서 무슨 돈으로 차베스 같은 혁명놀음을 하겠다는 것인지….

한 가지 섬뜩한 것은 차베스를 낳은 베네수엘라의 정치풍토다. 1950년대에 베네수엘라는 라틴아메리카에서 1인당 국민소득이 가장 높은 나라였다. 정치도 비교적 안정되어 1950년대 이후 군사쿠데타를 겪지 않았고, 의회민주주의가 정착되어 가는 듯싶었다. 1970년대 이후 유가 상승에 따라 국부(國富)가 늘어났고, 이 돈은 사회복지에 투입됐다. 모든 것이 잘 돌아가는 듯 싶었다.

하지만 저자는 기성 정치 엘리트들은 자족하고 있었지만, "국민은 환멸을 느끼고 있었다" 고 말한다. "정치과정에 참여하는 이는 소수였고, 대다수가 정치경쟁을 억누르는 노쇠한 양대 정당을 보고 분개했다."

정치제도에 대한 지배층의 안일한 태도에 더해 석유이권을 둘러싼 부정부패가 심화됐다. 불행하다고 느끼는 국민들, 정부의 부패에 대해 불만을 품은 국민들이 늘어났다. 1989년 이후 극심한 인플레이션, IMF구제금융, 폭동 등이 되풀이됐다.

이런 상황 속에서 국민들은 '메시아'를 대망(待望)하게 됐다. 그리고 1998년, 베네수엘라 국민들은 '기성 정치의 때가 묻지 않은 개혁가'라는 이미지만을 보고 6년 전 불발 쿠데타의 주모자에게 나라를 맡겼다. 혁명놀음에 날 새는 줄 모르는 차베스 치하에서 베네수엘라는 민주주의도, 경제도 후퇴를 거듭하고 있다.

지금 우리나라도 베네수엘라와 비슷한 것은 아닌가 하는 생각이 든다. 1987년 민주화 이후 25년, 절차적 민주주의는 어느 정도 완성되었지만 기성 정치권은 지역구도에 안주하면서 저질의 정치싸움과 부정부패로 국민들을 실망시켜 왔다. '정치경쟁을 억누르는 노쇠한 양대 정당' 은 국민들로 하여금 '백마 타고 오는 초인(超人)'을 갈구하게 만들고 있다. 하지만 그 '백마 타고 오는 초인'이 만드는 대한민국은 과연 지금의 자유와 번영을 계속 구가하는 나라가 될까, 아니면 사회주의적 포퓰리즘의 늪에 빠져 허우적거리는 나라가 될까?

저자가 소리 높여 얘기하지는 않지만, 이 책은 리더십의 중요성을 잘 보여준다. 오늘날 라틴아메리카가 포퓰리즘의 늪에서 빠져나오지 못하고 있는 것은 60년, 70년 전의 지도자들이 잘못된 씨앗을 뿌렸기 때문이다. 라틴아메리카 여러 나라들이 약간의 개혁을 시도하다가 고통스러우면 다시 포퓰리즘의 유혹으로 빠져드는 것도 과거의 달콤했던 기억 때문이다. 저자가 말하는 것처럼 포퓰리스트 정치인들은 "현대적인 것을 혐오하고 '좋았던 옛날'을 그리워한다. 물론 좋았던 시절이 언제였고 어떻게 좋았는지 어떤 집단이 그 시절을 향유했는지 정확히 밝히지는 않는다."

한 나라가 지도자를 잘못 선택하면, 그의 임기 동안에만 나라가 망가지는 것이 아니다. 한 세대, 아니 그 이상 자자손손 나라의 명운을 좌우하게 된다. '포퓰리즘의 거짓 약속'에 혹해 잘못된 선택을 하는 것은 후손들에게 죄를 짓는 것이다. 포퓰리즘은 반역이다!

《포퓰리즘의 거짓 약속》 | 세바스티안 에드워즈 | 이은진 옮김 | 살림 Biz | 2012년

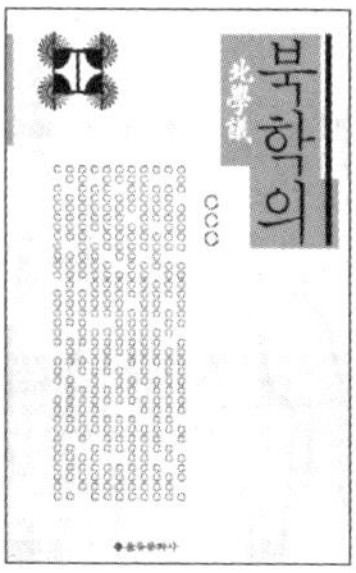

《북학의》_박제가

18세기말 조선 선비가 쓴 《국부론(國富論)》

–"나라의 큰 병폐는 가난, 가난을 구제하는 길은 통상뿐"

2012년 6월 초 '행복한 고전읽기'의 박경귀 이사장, 유봉재 이사와 서울국제도서전을 구경하러 갔다. '행복한 고전읽기'는 페이스북을 기반으로 만들어진 고전읽기 동호회다. 교수, 변호사, 기업인, 공무원, 군인, 학생 등 다양한 사람들이 참여하고 있다. '고전읽기를 통해 교양 있는 국민이 많아지면, 우리 사회가 경박하고 저열한 선전선동에 흔들리는 일이 적어질 것'이라는 소망을 품고 있다.

책을 좋아하는 사람들과 함께 도서전을 구경하다보니 시간이 훌쩍 갔다. 이날 초정 박제가(楚亭 朴齊家)의 《북학의(北學議)》를 샀다. 1만1000원짜리 책을 5000원에 판다는 말에 혹해서….

《북학의》는 주지하다시피 실학자 초정 박제가가 중국을 드나들면서 보고들은 견문을 바탕으로 통상의 진흥, 시장과 유통의 활성화, 수레 · 선박 · 벽돌 등의 이용, 농기구 개량, 과거제도의 개혁 등을 주장한 책이다. 책의 이름이나 그 개략적인 내용은 고교 시절 국사시간에 수없이 많이 들었지만, 직접 읽은 것은 이번이 처음이었다. 아니, 실학자의 책을 읽은 것 자체가 처음이었다.

책을 읽는 내내 "아, 이래서 '실학(實學)'이구나" 하는 생각을 했다. 초정은 《북학의》에서 수레의 종류와 모양과 규격, 북경의 수레 요금, 우리나라 수레나 선박이 중국의 것만 못한 이유, 벽돌을 만드는 방법, 거름을 이용한 농법, 중국 호미와 우리나라 호미의 다른 점, 종이 · 포목 등 각종 물산의 표준화 필요성 등 실생활과 관련되는 정보들을 세세하게 기술(記述)하고 있다. 일례로 창호(窓戶)에 관한 대목을 보자.

"창은 단청을 하지 않았으며 종이를 바깥쪽에 바른 것이 많다. 무릇 창은 안쪽에서 밀치는 것이 많은데, 바깥쪽을 발랐으므로 문을 여닫을 때에 손이 종이에 닿지 않고 밖에서 오는 비바람에 종이가 떨어지지 않는다. 햇볕이 바로 비쳐서 문살 그림자가 없으므로 갑절이나 밝으며, 또 문살 사이에 먼지가 쌓이지 않는다. 비록 작은 일이라도 눈여겨볼 만한 것이다."

"재물은 우물과 같다"

'비록 작은 일'이라도 놓치지 않는 그 관찰력이 참으로 놀랍다. 초정은 왜 이렇게 사소한 것들까지 면밀하게 관찰했을까? 중국을 배우기 위해서였다. 〈재부론(財富論)〉에서 초정은 이렇게 말한다.

"기구가 편리하지 못하여 남들이 하루에 하는 것을 나는 한 달이나 두 달 걸리게 된다면 이는 천시(天時)를 잃는 것이다. 또 밭 갈고 씨 뿌리는 것을 대중없이 하여 비용은 많이 들이고 수확은 적다면 이것은 지리(地理)를 잃는 것이다. 물자가 유통되지 못하고 놀고먹는 자가 나날이 많아지면 이것은 사람의 일을 잃는 것이다. 이 세 가지를 잃는 것은 중국을 배우지 않았기 때문이다."

《북학의》는 책의 처음부터 끝까지 "중국을 배우자"는 얘기로 일관한다. 그게 지나쳐서 초정은 심지어 우리의 언어와 습속까지도 중국 것으로 바꾸자고 주장한다.

초정은 왜 그렇게 열심히 중국을 배우자고 했을까? 중국의 번영과 중국인들이 누리는 편리가 부러웠기 때문이다. 왜 그렇게 중국이 부러웠을까? 조선이 지지리도 가난했기 때문이다.

초정은 이렇게 말한다.

"우리나라는 나라가 작고 백성은 가난하다. 이제 농민은 밭을 가는 작업에 게으르지 않고, 국가에서는 인재를 등용하며, 상업이 잘 유통되게 하고, 장인들에게는 혜택을 내려서 나라 안에서 얻을 수 있는 이익을 총동원해야 한다. 그렇다 하더라도 부족함이 있을까 걱정된다. 또 반드시 먼 지방의 물자를 통상시킨 다음이라야 재물을 늘리고 백 가지 기구를 생산할 수 있다.

대저 수레 백 채에 싣는 양이 배 한 척에 싣는 것에 미치지 못하고, 육로로 천 리를 가는 것이 뱃길로 만 리를 가는 것보다 편리하지 못하다. 그러므로 통상하는 자는 반드시 물길을 중시한다. (중략) 지금은 면포를 입고 백지에 글을 써도 물자가 부족하지만, 배로 무역을 하면 비단을 입고 죽지(竹紙; 중국에서 만든 얇은 종이. 죽엽지라고도 한다)에 글을 써도 물자가 남아돌 것이다." (〈강남, 절강 상선과 통상하는 문제에 관하여〉)

초정은 〈병오년에 올린 소회〉에서도 "지금 나라의 큰 병폐는 가난이라고 합니다"라면서 "가난은 무엇으로 구제할 것인가 하면 중국과 통상하는 길 뿐"이라고 역설한다. 시장과 유통의 중요성을 강조한 대목도 눈길을 끈다.

"이제 우리나라도 지방이 수천 리이고 백성이 적지 않으며 물자도 구비되어 있건만 산과 못에서 생산되는 물자도 다 이용하지 못하는 것은 경제의 이치를 모르기 때문이다. 날마다 쓰이는 것에 대한 일은 폐하고 연구하지 않으면서 중국의 가옥, 거마, 단청, 비단 등 훌륭한 것을 보고는 '아주 사치가 심하다'고 한다.

중국은 사실 사치하다가 망했다. 하지만 우리나라는 검소한 데도 쇠퇴해지는 것은 무슨 이유일까? 검소하다는 것은 물건이 있어도 남용하지 않는 것을 말하는 것이지, 자신에게 물건이 없다 하여 스스로 단념하는 것을 말하는 것은 아니다. 지금 나라 안에는 구슬을 캐는 집이 없고 저자에는 산호 따위의 보배가 없다. 또 금과 은을 가지고 가게에 들어가도 떡을 살 수 없는 형편이다. 이것이 참으로 검소한 풍속 때문일까? 아니다. 이것은 물건을 이용하는 방법을 모르기 때문이다. 이용할 줄 모르니, 생산할 줄 모르고, 생산할 줄 모르니 백성은 나날이 궁핍해지는 것이다.

대저 재물은 우물과 같다. 퍼 쓸수록 자꾸 가득차고 이용하지 않으면 말라버린다.(중략) 조금 생산되는 보배도 나라 안에서는 이용하지 않아서 외국으로 흘러들어가 버리고 마는 실정이며, 남들은 나날이 부강해지건만 우리는 점점 가난해지는데 이것은 자연적인 추세다." (〈시장〉)

시장과 유통에 대한 관심은 당연히 상인에 대한 관심으로 이어진다.

"중국 사람들은 가난하면 장사를 하는데 참으로 현명한 생각이다. 거기서는 장사꾼으로 나서도 그 사람의 풍류와 명예는 제대로 인정받는다."

애덤 스미스와 박제가

이렇듯 《북학의》는 일관되게 '조선은 왜 가난한가?' '어떻게 하면 우리도 잘 살 수 있을까?'를 고민하는 책이다. 그런 점에서 이 책은 18세기말 조선의 《국부론(國富論)》이라고 할 수 있다. 그래서일까? 《북학의》에는 애덤 스미스의 분업(分業)에 대한 설명을 연상케 하는 대목도 나온다.

"민생에 날마다 소용되는 물건은 반드시 서로 도와서 행해야 한다. 그런데 이제 나라 안에는 벽돌이 없는데 내가 혼자 만들려고 하면 굽는 가마도 내가 만들어야 하고, 때우는 회도 내가 마련해야 한다. 물건을 실어 나르는 수레도 내가 주선해야 되고 온갖 장인(匠人)의 일도 역시 내가 해야 할 것이다. 그러니 비록 벽돌을 만든다 해도 이익 되는 것이 얼마나 되겠는가?" (〈벽돌〉)

그러고 보니 애덤 스미스(1723~1790)와 초정(1750~1805)은 거의 동시대를 살았다. 하지만 이런 유사점에도 불구하고 《국부론》과 《북학의》는 많이 다르다. 아마도 가장 큰 차이점은 애덤 스미스가 《국부론》에서 주장한 내용들은 이미 당대에 활발하게 벌어지고 있던 경제 · 사회 현상들을 나중에 이론적으로 설명한 것인 반면, 《북학의》는 이 책이 주장하는 내용들에 대한 관심이 거의 없던 시절에 외로이 그러한 주장을 폈다는 데 있을 것이다. 이는 당시 영국과 조선의 차이이기도 했다.

초정의 주장이 받아들여지지 않았던 것은 당시 조선의 위정자와 지식인들이 허위의식에 사로잡혀 있었기 때문이다. 즉 만주족의 청(淸)이 명(明)을 무너뜨린 후 중국은 오랑캐 나라가 되어버렸고, 중화(中華)의 정통성은 조선이 잇게 되었다는 '소중화(小中華)'의식이 그것이다. 때문에 초정은 《북학의》 곳곳에서 이러한 허위의식을 깨려 몸부림친다.

"우리나라에서는 다만 중국을 빼앗은 호족만을 알 뿐 빼앗긴 것이 중국인 줄을 모른다. (중략) 백 배나 되는 이로움을 버리고 실행하지 않으니 중국의 오랑캐를 물리칠 겨를이 없이 동국의 오랑캐 같은 풍속도 다 변화시키지 못할까 나는 염려한다."

연암 박지원(燕巖 朴趾源)도 이 책의 서문에서 이렇게 말한다. "내

것을 가지고 그들과 비교한다면 진실로 한 치만큼도 나은 것이 없는데 홀로 한 웅큼 상투머리를 가지고 스스로 천하에서 제일인 체하며, '지금의 중국은 옛날의 중국이 아니다'하여 그 산천은 비리고 노린내가 난다고 탓하며, 그 인민들은 개나 양 같다고 욕하며, 그 언어는 오랑캐 말이라고 무함해서 중국 고유의 좋은 법과 아름다운 제도마저 아울러 배척하니, 그렇다면 장차 어느 나라를 본받아서 진보해 나갈 것인가?"

그러나 겉으로는 청에 사대(事大)하면서 뒤로는 명의 숭정(崇禎) 연호를 그대로 쓰는 상황, 초정의 탄식처럼 "학문이라고 하면 과거(科擧)를 목적으로 하는 데서 벗어나지 못하고, 보고 듣는 것은 국경을 넘지 못하는" 상황에서 초정의 주장이 받아들여질 여지는 없었다.

역사의 반동들

조선은 초정 이후에도 여전히 나라의 문을 닫아걸었고, 가난에서 벗어나지 못했다. 가난한 나라에서 위정자들은 없는 백성들을 더욱 수탈했다. 나라가 가난하니 무비(武備)도 갖출 수 없었다. 결국 안팎의 모순이 누적되면서 조선은 초정이 세상을 떠난 지 100여년 후에 아예 망해버리고 말았다.

박제가의 꿈은 그가 세상을 떠난 후 150여년 후에야 실현됐다. 1960년대 이후 대한민국을 나라의 문을 활짝 열었다. 그 시절 널리 불렀던 노래 〈잘 살아보세〉에는 이런 구절이 나온다. "굳게 닫혔던 나라의 창문 세계를 향해 활짝 열어/좋은 일일랑 모조리 배워/뒤질까보냐 뛰어가 보세." (3절)

나라의 문이 열리자 기업들은 세계로 나가 글로벌 스탠다드를 받아들였고, 선진국 기업들과 치열하게 경쟁하면서 세계 일류기업으로 거듭났다. 그렇게 50년을 몸부림친 결과 지금 대한민국은 세계 10위권의 경제대국, 무역대국으로 거듭났다. PPP 기준으로 1인당 국민소득은 일본을 거의 따라잡았다. 머지않아 1인당 소득이 일본이나 미국을 추월할 것이라는 낙관적인 전망도 나오고 있다. 초정은 《북학의》에서 말끝마다 중국의 문물에 찬탄하면서 "중국을 배우자"고 외쳤지만, 지금 우리는 'Made in China'라면 은근히 내려다보는 세상을 살고 있다.

그런데 지금 우리 주위에는 "나라의 문을 다시 닫아걸고 우리끼리 잘 살아보자"고 속삭이는 자들이 있다. 우리 동포의 절반이 그렇게 살다가 쪽박 차고 굶어죽는 것을 빤히 보면서도 그런 헛소리를 하는 무지와 무감각이 감탄스러울 뿐이다. 시장과 유통이 가져다주는 이익을 외면하고, 허랑한 밀로 '기진 자'에 대한 증오를 조장하면서 기업인들을 못살게 구는 것을 업(業)으로 삼는 자들도 있다. 이런 자들은 초정이 그토록 벗어나고 싶어 했던 지지리도 가난하고 못난 18세기 말 조선으로 돌아가자는 역사의 '반동(反動)'들이다. 초정이 지하에서 통곡할 일이다.

《북학의》 | 박제가 | 이익성 옮김 | 을유문화사 | 2011년

《소유와 자유》_리처드 파이프스

소유 없이 자유 없고, 자유 없이 소유 없다

–서구의 정치적 자유는 소유권 기반으로 발전, 오늘날에는 폭정보다 평등이 자유를 위협

월급이 나왔다. 꼬박꼬박 제때 월급을 주는 회사에 다닌다는 건 고마운 일이다. 그동안 속 쓰리고 아팠던 것들이 일시에 날아간다.

이메일로 날아온 봉급명세서를 열어본다. 항상 실수령액에만 신경을 쓰다가, 모처럼 각종 공제항목으로 눈이 간다. 국민연금, 건강보험, 고용보험, 소득세, 주민세…. 참 다양한 명목으로 많이도 뜯어간다. 건강보험이나 국민연금은 내 소득수준에 비추어볼 때 그냥 참고 내기에는 좀 많은 것 같다.

계산해보니 회사에서 내게 주었다는 돈의 20% 가까이가 내 주머니에 들어오기도 전에 사라졌다. 나는 박봉이라고 생각하지만 회사에서는 아마 나를 고(高)연봉자라고 생각할 거다. 그러한 인식의 차이가 나타나는 원인은 바로 회사와 나 사이에서 내가 번 돈을 내가 만져보기도 전에 가져가는 존재들이 있기 때문이다.

물론 국가의 기본적인 기능을 수행하고 소외계층을 구호하기 위해 어느 정도의 세금은 당연히 부담해야 한다. 하지만 그렇게 거두어간 세금으로 이 나라를 말아먹으려던 자들에게 수천 만 원~수억 원씩 보상금을 지급하거나, 부정과 폭력으로 얼룩진 통합진보당 정치인들을 먹여 살리거나, 이용자도 별로 없는 지방도로나 공항에 수천억 원씩 낭비하는 걸 보면 밥맛이 떨어진다.

그런데 지금 가져가는 걸로도 부족하니, 더 내놓으라는 자들이 있다. 그걸로 무상보육 · 무상급식 · 무상의료를 하고, 대학생 등록금을 반값으로 낮춰주겠단다. 그들은 이렇게 외친다. '요람에서 무덤까지!'

참 귀가 솔깃해지는 얘기다. 솔직히 앞으로 직장생활을 얼마나 더할지 자신하기 어려운 세상을 사는 이들에게 '보편적 복지'는 거부하기 어려운 유혹이다. 하지만 다른 한편으로는 그렇게 모든 것을 해결해주겠다는 '전능한 국가'에 대한 회의(懷疑)도 지울 수 없다. 그 국가를 운영하는 사람들은 얼마나 전능하고 양심적일까? 국가가 그렇게 '전능할' 경우 그 앞에서 내 자유는 온전하게 보존될 수 있을까? 극단적으로 말하면 국가가 일방적으로 그 비율을 정해 내 소득의 일부를 세금이나 각종 사회보험으로 가져가는 것부터가 내 재산에 대한 난폭한 침해가 아닐까? 국가나 사회는 개인의 재산권을 어디까지 제약할 수 있을까? 소유란 무엇인가? 그리고 소유와 국가권력, 소유와 자유는 어떤 관계가 있을까? 리처드 파이프스(Richard Pipes)의 《소유와 자유》는 바로 이런 문제들을 탐구하는 책이다.

소유와 자유의 탄생

'소유'에 대한 인간의 인식은 이중적이다. 한편에서는 소유를 인간의 자유와 번영의 원천이라고 찬양하지만, 다른 한편에서는 다툼과 불평등과 소외 등 만악(萬惡)의 근원이라고 비난한다. 루소가 그랬고, 마르크스가 그랬다. 때문에 인간은 오래 전부터 '소유가 없었던 시대'를 꿈꾸어 왔다. 고대(古代) 그리스의 헤시오도스는 '황금시대'를 꿈꾸었고, 토머스 모어는 '유토피아'를 그려냈다. 지리상의 대발견 시대 이래의 서구 탐험가들과 19세기와 20세기의 문화인류학자들은 소유도 정부도 없는 '원시공동체사회'를 찾아내려 무진 애를 썼다.

하지만 저자는 '소유 없는 사회'를 발견하려는 그러한 노력은 헛수고라고 비판한다. 소유에 대한 집착은 원시부족은 물론 어린아이, 심지어 동물들에게서도 발견되는 보편적 현상이라는 것이다. 저자는 이를 부인하는 주장들은 모두 과학적 근거가 없는 '미신'이라고 지적한다. '계몽주의 시대'의 총아인 루소나 '과학적 사회주의'를 표방하는 마르크스도 포함해서 말이다.

북미(北美) 최초의 영국인 정착지인 제임스타운처럼 '소유 없는 공동체'를 만들어보려는 시도는 기아(飢餓)만을 남기고 처참하게 실패했다. 훗날 소련의 집단농장, 중국의 인민공사, 북한의 협동농장에 그랬던 것처럼.

이미 원시(原始) 채집수렵사회에서 나타나는 소유권 개념은 농경시대를 거치면서 더욱 정교해진다. 그리고 국가가 등장한다. 법적 의미의 사적(私的) 소유가 등장하는 것도 국가, 즉 공적 권력이 등장하면서부터이다.

고대 그리스에서는 호머의 시대인 기원 전 7~8세기에 이미 토지에 대한 사적 소유권 개념이 나타났다. 그리고 이를 바탕으로 아테네 등에서는 '민주주의'가 출현했다. 로마인들은 소유권에 대한 법적 보호와 시민권이라는 개념을 더욱 정교하게 발전시켰다.

반면에 그리스-로마에 앞서 권력과 문명이 출현했던 고대 메소포타미아나 이집트에서는 군주가 토지와 주민을 통치했을 뿐 아니라, 소유하는 '가부장적(家父長的)' 정권이 등장했다. 저자는 "정치적 권리와 시민권의 부재, 그리고 토지에 대한 사적 소유의 제한적 존재는 동양전제정치의 뚜렷한 특징"이라고 지적한다.

저자는 "'자유'라는 뜻의 그리스어인 에리테리아(eleutheria), 라틴어인 리베르타스(libertas)는 히브리어를 포함해 고대 근동(近東)이나 극동(極東)지방 언어에서는 비슷한 단어를 찾을 수 없다"고 한 언어학자 모세스 핀리의 견해를 소개하고 있는데, 이는 참 의미심장하다. 저자는 "경제적 독립성과 그로 인해 발생한 개인의 가치에 대한 생각이 자유라는 사상을 탄생시켰다"고 단언한다.

영국과 러시아

이후 '소유와 자유'의 역사는 위의 두 가지 모델, 즉 '그리스–로마 모델'과 '동양적 전제정치 모델'의 연장선 위에서 전개되었다. 저자는 전자(前者)의 대표적인 사례로 영국을, 후자(後者)의 대표적인 사례로 제정(帝政)러시아를 든다.

영국에서는 튜더왕조 이래의 토지개혁의 결과 왕과 귀족보다 평민(향신과 소지주)계급이 훨씬 많은 토지를 소유하게 됐다. 17세기 중반 내전이나 이후의 정치과정에서 의회파가 왕당파를 압도할 수 있었던 것도 이 때문이었다. 이 시대를 살았던 영국의 헨리 네빌은 "1660년 스튜어트왕조가 부활한 이후 왕은 영토의 1/10만을 소유했을 뿐"이라며 "왕은 사람들의 지갑에서 나오는 불안정한 세금에 수입을 의존해야만 한다. 평화시에는 생계를 위해 의회에 신세를 지고 있다"고 주장했다.

의회와 백성들에게 살림을 의존하는 왕은 그에 대한 대가로 왕의 권한을 하나 둘 내주어야 했다. 저자는 "왕은 사람들에게 경화(硬貨)를 요구했고, 사람들은 그 대가로 자유와 개혁을 원했다"고 말한다. 이후 영국의 역사가 개인의 자유의 보장과 의회민주주의의 확산이라는 방향으로 흘러간 것은 우리가 익히 아는 바다. 미국의 민주주의 또한 영국식 정치 · 경제 · 사회 시스템이 아메리카대륙에 이식된 결과이다.

러시아는 영국과 정반대의 길을 걸었다. 저자는 그 시작을 15~16

세기 모스크바대공국이 사유 토지를 없앤 데서부터 찾는다. 저자는 "주권과 소유권이 혼합된 '세습'정부는 토지의 모든 소유권을 군주의 손에 맡기고 군주가 귀족과 평민에 상관없이 모든 백성으로부터 무제한적 서비스를 주장할 수 있는 권한을 허용했다"고 말한다. 러시아의 차르(황제)는 고대 오리엔트의 군주처럼, 군주이자 주인이었다.

"사유토지의 부재는 러시아인으로부터 영국이 왕의 권한을 제한하는 데 이용했던 모든 수단을 박탈했다. 모든 토지에서 지대(地代)와 노역을 요구할 수 있었기 때문에 세금이 필요하지 않았던 세습 군주는 의회를 소집할 필요가 없었다."

저자는 "러시아 역사가 다른 유럽국가와 근본적으로 다른 차이점 중 하나는 바로 소유권이 매우 취약했다는 사실"이라면서 이 제정 러시아의 '세습정부'에서 소련 전체주의의 기원을 찾는다.

저자가 지적하는 러시아적 전제정치 모델은 오늘날에도 그리 낯선 것이 아니다. 국가를 '가부장제적(가산제적)'으로 운영하는 중동 산유국(産油國)의 왕정들은 석유수입을 독점하면서 그 일부를 국민들에게 인심 쓰듯 나누어준다. 그러한 체제 아래서 국민들은 자기가 낸 세금이 어떻게 쓰여 지는지 눈을 부릅뜨고 감시하면서 정치적 권리를 요구하는 시민(市民)이 아니라 군주가 나누어주는 떡고물에 의존하는 신민(臣民) 단계에 머물 수밖에 없다. 베네수엘라의 차베스 정권이 석유수입에 의존해 포퓰리즘 정책을 펴면서 철지난 사회주의혁명 놀음에 도끼자루 썩는 줄 모르고 지낼 수 있는 것도 마찬가지 이유에서다.

또 다른 도전—복지국가

20세기 내내 계속되었던 자유민주주의와 전체주의의 투쟁, 그리고 냉전은 어떤 의미에서는 '영국모델'과 '러시아모델'의 싸움이었다. 그리고 그 싸움은 자유민주주의-시장경제체제의 승리로 막을 내렸다. 저자는 그러한 싸움이 승리를 거둔 전선(戰線) 가운데 하나로 한반도를 꼽는 것을 잊지 않는다.

하지만 '소유와 자유'를 둘러싼 오랜 논쟁과 싸움이 끝난 것은 아니다. 현대 민주주의 국가는 또 다른 도전에 직면해 있다. '복지국가'의 도전이 그것이다.

국가는 복지를 약속하면서 세금을 더 거두어가고, 정부 규모를 확대시키며, 사적 자치의 원칙을 침해하는 각종 규제정책과 차별해소정책(affirmative action)을 펼친다. 저자는 이러한 노력들을 '기본권에 대한 침해'로 간주하면서 날카롭게 비판한다.

"20세기 후반에 나타나기 시작한 복지국가란 개념은 그 자체가 개인의 자유와 양립할 수 없다. 왜냐하면 공동의 요구를 가진 다양한 집단들이 힘을 합쳐 사회 전체의 희생을 대가로 이를 만족시킬 권리를 주장할 수 있기 때문이다. 그 과정에서 국가의 권력은 점점 더 비대해지며 국가 역시 자신을 위해 행동한다."

저자는 "오늘날 자유를 위협하는 것은 폭정이 아니라 평등"이라면서도, "평등과 자유 사이의 경쟁에서 전자는 훨씬 우월한 위치에 있다"는 것을 인정한다. "왜냐하면 자유는 이를 상실할 때만 느낄 수 있기 때문이다. 하지만 불평등의 고통은 삶의 매 순간에 나타난다."

저자는 '평등의 실행'이 가져올 폐해에 대해 전력을 다해 경고한다.

"평등의 실행은 자유는 물론이고 평등 자체마저 파괴한다. 공산주의 경험에서 볼 수 있듯이 사회평등을 추구하는 임무를 맡은 사람들이 일반인보다 더 높이 올라설 수 있는 특권을 주장하기 때문이다. 또 부패가 확산된다. 재화와 서비스를 독점한 엘리트 계층은 이를 똑같이 배분하는 게 임무임에도 불구하고 그에 대해 보상을 기대하기 때문이다."

우리는 그러한 사례를 구소련이나 동구권, 북한의 노멘클라투라들에게서 볼 수 있다. 복지시스템을 운영하는 민주주의국가의 관료들이나 사회정의를 외치는 시민운동가들도 그런 혐의로부터 자유로울 수 없다.

저자는 맺음말의 서두에서 칼 포퍼의 말을 소개한다.

"모든 사람이 자유롭고 동등한 세계는 아마도 낙원일 것이다. 이 같은 세상은 실현하기 어렵다. 억지로 선택해야 한다면 아마도 평등보다 자유를 우선적으로 꼽을 것이다. 자유가 없으면 반드시 불평등과 부정의가 초래되며 결국 독재정치로 이어지기 때문이다. 그러나 불평등이 반드시 자유의 부재로 이어지는 것은 아니다."

자유의 소중함에 대한 감각이 점점 무뎌지고, 평등이나 복지를 위해서라면 자유도 희생할 수 있다는 생각이 점점 팽배해지는 오늘날, 꼭 읽어보아야 할 책이다.

《소유와 자유》 | 리처드 파이프스 | 서은경 옮김 | 나남 | 2008

《꿀벌의 우화-개인의 악덕, 사회의 이익》

_버나드 맨더빌

인간의 이기심이 세상을 움직인다

-애덤 스미스에 앞서 '보이지 않는 손' 주장, 통상과 사유재산권 보장의 중요성 역설

흔히 마키아벨리의 위대한 점은 정치와 도덕을 분리시킨 데 있다고 말한다. 도덕이라는 거품 내지 위선을 걷어내고 '권력'이라는 정치의 속성을 적나라하게 드러낸 사람이 마키아벨리였다. 군자연(君子然)하는 사람들에게는 그게 불편하게 느껴질 수도 있겠다. 하지만 그게 인간사의 진실이다. '불편한 진실'이라고 할까.

버나드 맨더빌(Bernard de Mandeville)은 경제 · 사회적인 측면에서 마키아벨리와 같은 역할을 한 사람이다. 이 책 《꿀벌의 우화》에서 맨더빌은 경제와 사회가 굴러가는 것은 인간의 도덕심이나 자비, 선의에 의해서가 아니라 인간의 이기심 때문이라고 주장한다. '개인의 악덕(惡德), 사회의 이익'이라는 이 책의 부제(副題)가 이런 그의 생각을 단적으로 보여준다.

세상을 움직이는 악덕(惡德)

《꿀벌의 우화》는 이러한 맨더빌의 사상을 잘 나타낸 풍자시(諷刺詩)이다. 그는 여기서 당시 영국을 모델로 한 꿀벌들의 왕국을 상정하고, 국왕의 측근, 재판관, 성직자, 법조인 등 지도층에서부터 밑바닥 인생들까지 모두가 적절히 썩어 있을 때에는 잘 돌아가던 나라가, 어느 날 모두가 도덕적이 되어 버리자 줄줄이 일자리를 잃고 사회전체가 마비되었다는 정말이지 말 같지 않은 '구라'를 푼다.

맨더빌이 말하는 '악덕'들을 보면, 꼭 오늘의 우리 사회를 보는 것 같다.

"임금을 섬기는 신하들이 있었건만 그 악당들은 임금을 속였다. … 제 권리를 남용할 때면 그 교활한 재주를 부수입이라 불렀는데 평범한 놈들이 그 암호를 알아차리면 정당한 보수라고 둘러댔다."

어느 정권에서건 거의 예외 없이 발생해 온 '권력형 비리'를 연상케 하는 대목이다.

"공정한 판결로 이름난 재판관은 … 저울을 잡고 있어야 할 왼손은 황금에 매수되어 종종 저울을 놓쳤다. 겉으로는 치우침이 없는 듯하지만 체형 선고가 마땅한 살인을 비롯한 모든 폭력범죄에 평범한 선고로 슬쩍 넘어갔다."

이 또한 전관예우(前官禮遇) 등 법조비리나, 균형을 잃은 양형(量刑)으로 국민의 신뢰를 잃어가고 있는 우리나라 사법부의 모습을 떠오르게 한다.

"주인과 임금과 가난뱅이를 속여 돈을 있는 대로 긁어모은 놈이 감히 목청 높여 외쳤다. 속임수로 가득한 이 땅은 가라앉아야 하리라. 그런데 설교하는 저 놈은 도대체 누구를 꾸짖는다는 것이냐. 양가죽을 염소가죽이라며 팔았던 장갑장수가 아니더냐."

여기서 나는 곽 아무개, 박 아무개 등 우리 사회의 정의와 도덕은 자기들만이 독점하는 것처럼 오만을 떨면서 뒤로는 자기들이 비난해 온 기득권세력과 별반 다를 바 없는 비리를 저질러 온 자칭 '진보'시민사회운동가들의 얼굴을 떠올렸다.

이런 식으로 온갖 악덕을 자행하는 인간, 아니 꿀벌 군상을 소개하면서 맨더빌은 '그게 세상'이라고 말한다. 맨더빌은 한 걸음 더 나아가 그걸 자연스럽게 놔두는 것이 번영의 원동력이라고 말한다.

"사치는 가난뱅이 백만에 일자리를 주었고 얄미운 오만은 또 다른 백만을 먹여 살렸다. 시샘과 헛바람은 산업의 역군이니 그들이 즐기는 멍청한 짓거리인 먹고 쓰고 입는 것에 부리는 변덕은 괴상하고 우스꽝스러운 악덕이지만 시장을 돌아가게 하는 것은 바로 그 바퀴였다."

맨더빌의 이런 생각은 이 책에 함께 실려 있는 〈사회의 본질을 찾아서〉라는 논문에서도 다시 한번 확인된다.

"사람에게 자연스럽게 있는 우호적인 성품과 따뜻한 사랑도, 이성과 금욕으로 얻을 수 있는 진정한 미덕도, 다 사회의 밑바탕이 될 수는 없다는 것이다.

오히려 우리가 자연적인, 그리고 도덕적인, 악덕이라고 부르는 것이야말로 우리를 사회적 동물로 만들어주는 대원칙이며, 든든한 바탕이고, 예외 없이 모든 산업과 일자리를 살리고 지탱하는 것이다. 그리하여 우리는 여기에서 모든 예술과 과학의 참된 기원을 찾아야 하는 것이며, 악덕이 사라지는 순간 사회는, 다 무너지지는 않더라도 망가질 수밖에 없다."

통상(通商)과 사유재산권 보장 강조

그러면서 맨더빌은 인간의 '욕망'을 계속해서 자극한다. 《꿀벌의 우화》에 대한 맨더빌 자신의 주석(註釋)을 보자.

"사람은 욕망에 사로잡히지 않고서는 힘을 다하지 않는다. 잠자는 욕망을 깨워주는 것이 없다면 사람이 지닌 탁월함과 능력은 언제까지나 드러나지 않을 것이고, 열정이 빠진 몸뚱이는 바람 한줄기 없는 가운데 육중하게 서 있는 풍차나 매한가지다. 사람 사는 사회를 굳세고 힘 있게 만들려면 열정을 건드려야 한다."

이러한 인간의 욕망을 국부(國富) 창출로 연결시키려면 어떻게 해야 할까? 두말할 것도 없이 통상(通商)과 산업을 장려하는 것이다. 맨더빌은 이렇게 말한다.

"사람들을 풍족하고 지식 있고 예의바르게 만들려면, 다른 나라와 장사하는 법을 가르쳐라. 그리고 되도록 바다로 나가야 하는데, 어떤 수고도 어떤 산업도 아껴서는 안 되며, 어떤 어려움이 있더라도 그만 두어서는 안 된다. 항해를 일으키고 상인을 소중히 여겨 모든 분야에서 장사를 장려하라. 이렇게 하면 부(富)가 굴러들어올 것이며, 그 뒤로 예술과 과학이 따라올 것이다."

지난 반세기 동안 대한민국의 경제발전사는 맨더빌의 이 말이 옳다는 것을 생생하게 증거한다. 오징어와 김, 가발과 합판에서부터 시작해서, 자동차와 선박, 철강, 반도체, 휴대폰을 수출하는 나라가 되기까지 우리는 가능한 모든 산업을 일으키고, 거기서 나오는 제품을 해외시장에 내다팔기 위해 수고를 아끼지 않았다. 수출 5000억 달러, 무역 1조 달러라는 금자탑은 하늘에게 떨어진 것이 아니었다. 오늘날 우리가 자랑하는 첨단과학기술이나 한류(韓流)도 그러한 경제적 성취의 바탕 위에서 이루어진 것이다.

이렇게 국부를 창출하는 주역은 누구인가? 기업가다. 기업가를 보는 맨더빌의 시선을 따뜻하다.

"몇 천의 이웃들에 적이 되더라도, 좋은 일자리를 만들어내는 사람은, 옳든 그르든, 사회의 가장 큰 친구다."

탁견이다. 반(反)기업정서의 포로가 된 자들에게 주고 싶은 말이 아닐 수 없다. 사람들에게 일자리를 만들어주고, 그 가족들을 먹여 살리고, 오늘날 대한민국이라는 나라가 이만큼이나마 세계 속에서 행세하면서 살 수 있게 만든 것은, 기업가들을 향해 삿대질을 해 대는 시민운동가나 먹물, 포퓰리스트 정치인들이 아니다. 이병철 · 정주영 · 김우중 · 박태준 · 이건희 같은 기업인들이다.

경제를 발전시키기 위해서는 인간의 욕망을 자극하고, 통상과 산업을 진흥하는 것 외에 필요한 것이 또 있다. 그렇게 일구어낸

부(富)에 대한 제도적 보장이다. 맨더빌은 이 점을 놓치지 않는다.

"한 나라의 힘을 키우는 데에 무역이 첫째이기는 하지만, 그것만으로는 안 된다. 그 밖에도 챙겨야 할 것들이 있다. 내 것과 네 것이 확실해야 하고, 범죄는 처벌되어야 하고, 사법과 관련하여 모든 법을 슬기롭게 만들어 엄격하게 집행해야 한다. … 대중이 경외심을 갖도록 하고, 양심을 강제해서는 안 되며, 성직자는 구세주가 허락한 것 이상으로 나랏일에 참견하지 말아야 한다. 이러한 것들이 세속적인 위대함을 얻는 기술이다."

"나라 전체로서는 정직함에 기댈 것이 아니라 필연성에 기대야 한다. 잘 살고 못하는 것을 공무원과 정치인의 미덕과 양심에 기댈 수밖에 없는 사람들은 불행하며, 그들의 법질서는 언제까지나 불행할 것이다."

맨더빌은 보면 볼수록 무릎을 치게 만든다. 맨더빌은 여기서 사유(私有)재산권의 보장, 법치주의, 양심의 자유, 정교(政教)분리 등을 이야기하고 있는 것이다. 이러한 조건들을 구비한 나라들만이 근대 이후 경제발전에 성공하고 선진국 대열에 들어설 수 있었다. 맨더빌의 사상은 후일 애덤 스미스나 프리드리히 하이에크 등에게 영감(靈感)을 주었다.

인간의 본성에 대한 이해

그럼에도 불구하고 인간의 이기심을 한껏 조장하는 것 같은 맨더빌의 주장은 읽는 이의 마음을 불편하게 할 수도 있다. 심지어 맨더빌은 가난한 집 자식들은 가르칠 필요가 없다고 하는가 하면, 자선의 해악을 소리 높여 외치기도 한다(이런 주장을 통해 맨더빌은 '자선'을 외치는 사람들의 마음속에 자리하고 있는 위선을 비꼰 것이지만, 그렇다고 불편함이 사라지지는 않는다). 그래서일까? 19세기 영국의 작가이자 언론인이었던 크랩 로빈슨은 이 책을 두고 "영어로 쓴 책 가운데 가장 사악하고 가장 재치 있는 책"이라고 평했다.

애덤 스미스는 바로 이 부분을 《도덕감정론》으로 보완하면서 《국부론》의 세계로 나아간다(역자인 최윤재 고려대 교수는 이 책 앞부분에 실린 '해제-맨더빌의 삶과 생각'을 통해 맨더빌과 스미스 사상의 이동(異同)을 친절하게 설명해 놓았다).

나 역시 인간에게 있어 이기심이 전부라고는 생각하지 않는다. 인간의 이기심은 공동체에 대한 사랑과 책임이 수반되는 '공화주의적 덕성(德性)'으로 보완되어야 건강한 공동체를 만들 수 있다고 생각한다.

그럼에도 불구하고 맨더빌의 주장은 경청할 만한 가치가 있다. 역설적으로 인간은 '덕성'만으로 살 수 없다는 것, 이 세상은 '덕성'만으로 돌아가는 것이 아니라는 것을 적나라하게 보여주기 때문이다.

인간과 사회를 알려면, 인간의 '이기심'을 먼저 이해해야 한다. 그 이기심을 무시하고서는 아무 것도 안 된다. 물론 인간을 '덕성'을 가진 존재로 교화(敎化)할 수도 있다. 하지만 이기적인 존재인 인간이 교화한다고 제대로 따라갈까?

'덕성'을 가진 인간들, 혹은 '인간은 모름지기 덕성을 갖추어야 한다'고 주장하는 사람들은, 제대로 따라오지 않는 인간을 교화한다고 폭력을 휘두른다. 로베스피에르가 그랬고, 레닌이 그랬고, 크메르 루즈가 그랬다. 하지만 그런 체제는 예외 없이 '피바다'를 연출했고, 결국은 처참하게 파산하고 말았다.

건강한 '공동체'를 만들기 위해 구성원들에게 '덕성'을 갖추게 하기 위해서라도 인간의 이기심에 대한 이해는 필수적이다. 맨더빌 자신도 이렇게 말한다.

"제 자신을 이해하는 사람이 적은 까닭은 글 쓰는 사람 대부분이 사람이 어떠해야 한다는 것만 가르칠 뿐, 사람이 참으로 어떤 것인지는 신경도 쓰지 않기 때문이다."

'사람이 참으로 어떤 것인지'에 대해 맨더빌은 지나칠 정도로 솔직하게 까발린다. 부정한 돈을 주고받고도 '선의' 운운하고, 진보와 정의를 내세워 가진 자들을 등치면서도 그걸 자랑하는 위선자들로 가득한 이 시대에, 맨더빌을 읽는 것은 그래서 유쾌, 상쾌, 통쾌하다.

《꿀벌의 우화》| 버나드 맨더빌 | 최윤재 옮김 | 문예출판사 | 2010

《하나님은 놀라운 일을 하셨도다》

_월터 러셀 미드

영미의 300년 패권의 토대는 기독교 신앙과 자본주의

–아브라함 신앙이 진취적 정신과 자본주의 발전의 원동력

오늘날 세계에서 미국은 증오와 경멸의 대상이다. 미국은 세계무대에서 난폭하게 폭력을 사용한다고 비난받는가 하면, 세계가 미국의 힘을 필요로 할 때 나서지 않는다고 비난받는다. 세계인들의 눈에 비친 미국인들은 나태하고 무능하며 낙천적인 심슨(TV 애니메이션의 주인공)이기도 하고, 무자비하게 적의 재산을 빼앗는 기민하고 냉혹한 기업가이기도 한다. 미국은 흑인들을 억압하고 탄압하는가 하면, 대중문화라는 미명으로 '아프리카의 오물'을 전 세계 젊은이들에게 쏟아내는 잡종 사회이기도 하다.

이렇게 상호 모순되는 비난은 미국에 대한 시기와 질투의 산물이기도 하다. 하지만 그런 시기와 질투에도 불구하고 미국은 여전히 세계제국으로 군림하고 있다. 일부에서는 미국의 쇠락을 점치기도 하지만, 전략적 · 지정학적 관점에서 세계질서를 보는 전문가들은 미국의 패권(覇權)은 앞으로도 상당 기간 동안 계속될 것이라고 말한다.

미국의 패권은 하루아침에 이루어진 것이 아니다. 소련제국의 붕괴, 혹은 제2차 세계대전 혹은 제1차 세계대전의 승리로 이루어진 것도 아니다. 미국의 패권은 17세기 후반까지 거슬러 올라가는 영어권 전통을 계승한 결과다. 1688년 명예혁명으로 영국에서 의회제도와 신교(新教) 지배가 정착된 이후 영미인(앵글로-아메리카인)들은 아우크스부르크 동맹전쟁, 스페인왕위계승전쟁에서부터 미소간 냉전에 이르기까지 세계의 명운을 건 전쟁에서 항상 승리했다.

그 결과 영미는 단순히 세계의 패권을 장악한 것이 아니라 지금도 세계를 움직이고 있는 질서를 창조했다. 그들은 자유민주주의와 자본주의, 더 나아가 인류 역사상 최초로 전 세계를 하나로 묶는 글로벌 사회의 창조자였다. 축구 · 야구 · 농구 · 골프 · 테니스 · 하키 · 권투 · 수영 · 육상 등 대부분의 스포츠를 만들어 내거나 그 규칙을 만들어 세계에 널리 퍼트린 것도 이들 영미인들이었다.

이 책은 바로 지난 300년간 계속되어 온 영미 패권의 뿌리를 탐색하는 책이다. 미국의 대외정책 전문가인 저자 월터 러셀 미드(Walter Russell Mead)는 이 책에서 역사학과 신학을 씨줄로 삼고, 경제학과 정치학을 날줄로 삼아 영미가 지난 300년간 세계의 패권을 차지할 수 있었던 이유를 탐구한다.

'보이지 않는 손'에 대한 신뢰

저자는 영국과 미국이 성공을 거둔 결정적 요인을 문화적 전통에서 찾는다. 영미인들은 이후 인류의 발전을 이끈 자본주의의 강력한 힘을 개발하고 활용하기에 매우 유리한 문화와 전통을 가지고 있었다는 것이다.

자본주의 발전에 유리한 문화와 전통은 어디서 비롯된 것일까? 저자는 그 뿌리를 영국의 종교개혁에서 찾는다. 주지하다시피 마누라 갈아치우기를 밥 먹듯 했던 한 국왕(헨리8세)이 조강지처와 이혼하기 위해 시작한 영국의 종교개혁은 이후 150여년 간 영국사회를 동란으로 몰아넣었다.

한 사람이 정치적 · 종교적 신념을 수없이 번복해야 했던 험한 시대를 거치면서 영국인들은 한편에 치우치지 않는 질서를 만들어내는 데 성공했다. 개신교와 가톨릭을 적당히 수렴한 성공회(영국 국교회), 군주제와 의회주의를 접목시킨 입헌군주제의 도입은 그 좋은 예다. 동란의 시기를 거치면서 등장한 대중이 이끄는 종교단체와 토론은 민주적 대화와 관습을 발전시켰고, 이는 시민사회의 발전을 촉진했다. 종교개혁 이후 영국은 관용적이고 새로운 사상에 개방적이면서도 신앙심이 깊은 다원적 사회를 형성했다.

이러한 전통은 자본주의의 발전과 정착에도 긍정적으로 작용했다. 영미인들은 새로운 기술의 개발과 수용에 적극적이었고, 이는 철도 · 우편 · 신문 · 통신의 발전과 맞물리면서 자본주의 사회의 발전을 촉진했다.

이렇게 형성된 국민들의 심정과 습관은 영미의 커다란 자산이 됐다. 저자는 이렇게 말한다.

"미국과 영국 같은 나라의 가장 큰 재산은 천연자원이나 농토가 아니다. 은행에 있는 돈도 아니다. 이 국민들은 자치에 익숙하며, 진취적 정신을 장려하고, 온갖 종류의 자발적인 사적 활동에 선뜻 참여한다. 그들은 수백 년 전통의 질서정연한 자유에도 익숙하다. 이러한 인적 · 사회적 자본은 무엇보다 귀중하고 가장 얻기 어렵다."

인간이 인위적으로 설계한 질서에 대한 불신과 전통에 대한 존중은 '보이지 않는 손'에 대한 신뢰와 연결된다. 저자는 영어권 세계의 문화와 감수성에 깊숙이 뿌리를 내린 이 관념이 앵글로색슨이 세계강국으로 성장한 주요 이유이며, "'보이지 않는 손'에 의존하는 경향은 무질서하고 혼란스러운 자본주의의 효과를 수용할 수 있는 문화적 배경을 조성했다"고 역설한다.

한편 대륙과는 격리된 영국과 미국의 지정학적 이점은 이들이 자기 특유의 제도와 질서를 보존, 발전시키는 데 큰 도움이 됐다.

현실적으로 영미를 번영으로 이끈 힘은 해양과 통상(通商)의 활용이었다. 저자는 17세기 이후 차례로 패권을 장악한 네덜란드, 영국, 미국의 예를 들어 '개방사회-통상-강대국'이라는 기본공식은 해양강국으로 가는 비결이었고 지난 400년간의 역사를 이끈 주요한 동력이었다고 강조한다.

자본주의와 도전정신의 뿌리가 된 아브라함 신앙

저자는 이러한 요인 외에 영미의 번영을 이끈 요인을 종교에서 찾는다. 저자는 "인간 본성 속에 변화와 발전의 충동이 보수주의에 못지않게 깊이 뿌리박고 있다"면서 동태적 종교관을 강조했던 베르그송의 말을 인용하면서, 영미의 팽창과 발전의 뒤에는 변화와 진보를 추동했던 동태적 종교관이 자리하고 있었다고 주장한다. 저자에 의하면 경제 · 기술적 진보에 바탕을 두고 모든 측면에서 철저한 현대화를 이룬 나라, 즉 19세기의 대영제국이나 지금의 미국은 동시대의 다른 나라들보다 오히려 더 종교적이었다고 한다.

사실 과거의 스페인이나 중남미 국가들, 그리고 오늘날 이슬람 국가들처럼 종교가 사회발전의 장애물이 되는 경우도 많다. 영미의 경우, 종교의 어떤 측면이 그들의 발전을 촉진시킨 것일까?

저자는 아브라함 신앙에서 영미의 발전 동력을 찾는다. 성서 속의 아브라함은 "너는 너의 고향과 친척과 아버지의 집을 떠나 내가 네게 보여줄 땅으로 가라. 내가 너로 큰 민족을 이루고 네게 복을 주어 네 이름을 창대하게 하리니"라고 했던 여호와의 약속을 믿고 미지의 땅으로 대장정을 떠난 인물.

저자는 이 아브라함 신앙이 변화를 적극적으로 수용하고 도전을 통해 삶의 의미를 찾는 진취적 사고방식을 형성했고, 그것이 다시 자본주의의 발전으로 이어졌다고 설명한다.

"아브라함의 자손인 우리는 초월과 접촉하려 한다. 그러기 위해서는 낯익은 것을 떠나 항상 발전하는 세계 속에서 새로운 삶에 과감히 도전해야 한다. 앵글로색슨의 관점에서 보면 이 모험에 참여하는 것은 설사 그 와중에 물질적 이득이 생긴다 하더라도 본질적으로 물질주의와 무관하다. 오히려 그 노력을 포기하는 것이 물질주의다. 그 도전을 회피하는 것은 단지 물질적 생존만을 수용하는 것이며, 인간의 삶을 참으로 인간답게 만드는 정신적 가치를 팽개치는 것이다. 카네기, 록펠러, 포드 같은 사람들이 평생의 에너지를 비즈니스에 쏟아 부은 것은 바로 그 미래의 부름에 대한 대응이었다."

저자는 "자본주의는 아브라함적 부름에 응답해 온갖 위험을 감수하면서 동태적 종교를 수용하려는 인간 본성의 측면을 훌륭하게 표현하는 제도"라면서 이렇게 말한다.

"그렇기 때문에 앵글로아메리카는 잉글랜드와 스코틀랜드 종교개혁의 여러 단계에서 발생한 동태적 종교운동에 의해 형성된 문화와 심리의 영향을 받아 강력하게 자본주의로 이끌린 것이며, 자본주의를 초지일관 밀고 나갈 수 있었던 것이다.

얻을 수 있는 모든 힘을 얻고, 인간에게 가능한 일이면 무엇이든 하고, 배울 수 있는 것은 무엇이든 배우고, 만들 수 있는 것은 무엇이든 만들고, 바꿀 수 있는 것은 무엇이든 바꾼다. 이런 독창적인 추진력에 힘입어 세 해양강국(네덜란드, 영국, 미국)은 글로벌 지위에 오를 수 있었다."

저자는 "이 역동성을 이해하고 수용하는 사회는 부유해지고 강해진다. 반면 그것을 거부하고 그 도전에 제대로 대응하지 못하는 사회는 약해진다. 한 사회 내에서도 비슷한 양상이 전개된다. 개인이든, 종교든, 제도든, 산업이든 역동적인 지향을 가지면 힘을 얻는 반면, 느리고 안전한 길을 선호하면 몰락한다"고 역설한다.

그러면서 저자는 '역사의 종언'을 선언했던 프랜시스 후쿠야마가 무색할 정도로 단호한 목소리로 "우리는 이미 인간 본성에 맞는 세계체제를 수립했다"고 선언한다.

"인간 본성은 평온과 나태가 아니라 갈등과 경쟁을 요구한다. 인간 본성에 맞는 사회는 차분한 곳이 아니라 항구적인 소용돌이가 몰아치는 곳이다. 한편으로 보면 자본주의 사회의 영구혁명은 발전과 성장의 본능적 욕구에 완전히 부합하는 인간 사회의 유일한 형태다."

이승만 등 '건국의 아버지들'에게 감사를

물론 저자는 이러한 선언을 거부하는 세력이 있음을 부인하지 않는다.

"자본주의 질서의 밝은 빛 때문에 문화 · 종교적 가치들을 위협받거나 위압당하는 사람들, 자본주의의 빛나는 번영으로부터 배제된 사람들, 미국의 힘을 두려워하거나 싫어하는 사람들에게 미국인이 언덕 위의 도시, 자유의 성이라고 숭상하는 미국이라는 나라는 무시무시한 '새로운 바빌론'이다."

영미를 '새로운 바빌론'으로 백안시하는 세력들로는 왕조시대의 프랑스, 오스트리아 합스부르크, 나폴레옹제국, 독일제국에서부터 20세기의 나치독일, 소비에트 러시아 등의 대륙세력, 그리고 오늘날 이슬람 근본주의 세력이나 각국의 좌파세력 등을 꼽을 수 있다.

그리고 과거 냉전 시대는 물론이고 현재까지도 한반도는 바로 영미의 자유자본주의적 가치와 그에 반대하는 이념의 최전선이다. 대한민국의 성공과 조선민주주의인민공화국의 실패는 "자유자본주의의 역동성을 이해하고 수용하는 사회는 부유해지고 강해진다. 반면 그것을 거부하고 그 도전에 제대로 대응하지 못하는 사회는 약해진다"는 저자의 말이 정확무비한 것임을 극적으로 보여준다.

물론 민주주의의 전통도, 자본주의의 전통도 없는 이 척박한 땅에 영미 사회가 오랜 세월동안 시행착오를 거치면서 '보이지 않는 손'의 도움을 받아 정착시킨 자유자본주의를 이식하는 일이 쉬운 일은 아니었다. 공산주의와 자본주의, 전체주의와 자유민주주의 가운데서 자본주의, 자유민주주의를 선택한 이승만 대통령 등 '건국의 아버지'들의 혜안이 아니었다면, 오늘의 대한민국을 없었을 것이다. 그 분들은 오늘날과 같이 번영하는 대한민국의 토대를 놓았다. '건국의 아버지'들에게 감사를!

[덧붙임] 이 책의 원제는 《God & Gold》다. 원제가 이 책의 내용을 설명하는 데 훨씬 적합하다는 생각이 든다.

《하나님은 놀라운 일을 하셨도다》 | 월터 러셀 미드 | 남경태 옮김 | 김영사 | 2009

《러쉬》_토드 부크홀츠

경쟁이 인간을 행복하게 만든다

–"경쟁은 우리 인류를 비참의 늪으로 끌어당기는 족쇄가 아니라 우리가 살아남을 수 있었던 토대다"

11년 전, 티베트를 여행한 적이 있었다. 티베트는 제임스 힐튼의 소설 《잃어버린 지평선》에 나오는 이상향(理想鄕) 샹그릴라라고 일컬어지는 곳. 하지만 그곳에서 내가 본 것은 식민의 질곡과 가난이었다. 관광객을 태운 버스가 멈춰서면 새카만 얼굴의 소년들이 달려와 "원 달러(One dollar)!"를 외쳐댔다. 그들을 보면서 나이 지긋한 일행 한 분이 젖은 목소리로 말했다. "6 · 25 직후에 우리나라가 딱 저랬어!"

그러나 여행사에서는 여전히 '티베트'를 샹그릴라라고 포장해서 팔아먹고 있다. 중국 윈난성(雲南省)의 한 마을은 '샹그릴라(香格裏拉)'라고 이름을 바꾼 뒤, 세계 각국에서 몰려오는 관광객들로 행복한 비명을 지르고 있다고 한다.

왜 그럴까? 현대사회의 경쟁에 지친 인간들이 쉬고, 위로받고, 치유 받고 싶어 하기 때문이다. 그래서 그들은 19세기 미국의 사상가 헨리 데이비드 소로의 《월든》을 다시 꺼내 읽고, 티베트의 산골마을 라다크를 '오래된 미래' 라며 동경한다. 히말라야 산자락의 빈국(貧國) 부탄이 행복지수가 가장 높다는 소리도 심심찮게 들린다. '열심히 일한 당신, 떠나라'라는 광고가 히트를 친 적도 있었다.

대형서점에 나가보면, '경쟁'의 해악을 고발하는 책들이 가득하다. 예전에는 종교나 명상, 수필 코너에나 그런 책들이 있었는데, 이제는 정치 · 경제 · 사회 · 문화 등 영역을 가리지 않는다. 세상이 이렇다보니 국내외 정치인들 가운데는 물질적 풍요를 측정하는 GDP 대신 국민총행복지수(GNH)를 만들자고 주장하는 이까지 나온다. 사방에서 이런 합창소리가 들여오는 듯 하다.

"개인이든, 사회든, 국가든, 한 템포 늦추고 살아라!"

"자원이 고갈되고 환경이 파괴되고 있다! 성장제일주의에서 벗어나라!"

"느리게 살아라! 느리게 먹고, 느리게 걸어라!"

"자연으로 돌아가라!"

"경쟁이 인간을 망치고 있다! 무한경쟁 강요하는 자본주의, 신자유주의를 타도하자!"

사실 이런 주장은 사실 새삼스러운 것은 아니다. 250여년 전 장자크 루소도 "자연으로 돌아가라!"고 외치지 않았던가?

경쟁은 인간의 본성이다

미국의 경제학자인 토드 부크홀츠(Todd G. Buchholz)의 《러쉬》는 그런 사람들을 향해, "헛소리 말아라!"라고 일갈하는 책이다.

저자는 뇌(腦)과학이나 행동경제학에 비추어 볼 때, 경쟁이야말로 인간의 본성이라고 주장한다. '전두엽'을 갖고 있는 인간은 원래부터 생존을 위해 미래를 상상하고, 준비하며, 서로 경쟁하게 되어 있는 존재라는 것이다.

그는 "경쟁이 없었던 옛날이 좋았다"고 외치는 자들을 '에덴주의자'라고 꼬집으면서, "동굴 속에 멍청한 미소를 띠고 앉아 있던 초기 호모 사피엔스들은 곰의 먹이가 됐거나, 아니면 종족의 먹이가 됐을 것"이라고 비꼰다. 오늘을 사는 인간들은 (경쟁의 해악을 소리 높여 외치는 자들을 포함해서) 결국 '경쟁'이라는 요구에 잘 부응해 온 자의 후손들이라는 것이다. 당연히 남보다 부자가 되거나 사회적으로 성공하는 것은 부끄러운 일이 아니다.

"우리가 일을 해서 벌어들이는 모든 재화는 우리에게 어떤 원초적 감정을 불러일으킨다. 그리고 그것은 우리의 심장을 뛰게 하고, 뇌로 산소를 공급하는 생명의 기운을 자극한다. 그것들은 우리가 진화의 주기에서 그저 한 줌의 먼지로 사라지지 않을 것임을 보여주는 징표와 같은 것이다."

물론 '전두엽'을 가지고 있다는 것만으로 생존과 번영이 담보되는 것은 아니다. 쿠바나 북한, 부탄 사람들도 '전두엽'을 가지고 있다.

여기서 '체제'의 문제가 나온다. 저자는 "미래를 상상하는 능력은 진화가 선물한 재능"이라면서 "하지만 이 재능엔 희망이 필요하고, 변화와 진보를 인정하는 경제 및 정치 체제가 필요하다"고 말한다. '변화와 진보를 인정하는 체제', 그것은 곧 자유체제다.

"경쟁이 협력을 낳았다"

'경쟁'을 비판하는 사람들은 경쟁이 세상을 더 팍팍하게 만든다고 주장한다. 그러나 저자는 오히려 경쟁이 인간을 서로 협력하게 만들었다고 주장한다.

"인정사정없는 이 지상의 삶과 포식자들로부터 살아남기 위한 경쟁을 하려면 다른 인간과 협력해야 했다. 결국 경쟁이 협력을 낳았다. 경쟁은 우리 인류를 비참의 늪으로 끌어당기는 족쇄가 아니라 우리가 살아남을 수 있었던 토대다."

저자는 "폐쇄적인 부족일수록 부족민들은 변덕스럽고 인색한 반면, 이방인과 많은 교역을 하는 문명일수록 더 공정하고, 정직하며, 관대하다"는 인류학적 · 사회학적 관찰 결과도 제시한다. 저자는 더 나아가 인간이 '행복이란 무엇인가'에 대해 성찰할 수 있는 것도, 남을 돕고 싶다는 마음의 여유가 생기는 것도 다분히 경쟁으로 인한 성공의 소산이라고 말한다.

"행복에 대한 그런 탐구 자체가 사회적으로 성공했고 여유 있다는 것을 반증한다. 풍족해졌을 때 사람들은 비로소 뒤를 돌아보고 부족한 것이 있다는 걸 알아차린다. 이와 마찬가지로 삶의 형편이 나아질수록 우리는 우리 자신이 행복한 지를 자문한다. 우리 조상들은 그런 질문을 할 겨를이 없었다."

이는 개인 뿐 아니라 사회와 국가도 마찬가지일 것이다. 우리가 '행복지수' 타령을 하기 시작한 것도, 급속한 근대화 과정에서 잃어버린 가치들을 되돌아보면서 과거사 청산에 대해 진지하게 생각하기 시작한 것도 대한민국이 경제적으로 성공하고 여유를 갖게 되면서부터 아니었던가?

뇌과학에 의하면, 경쟁은 '평균수명 100세'를 바라보는 초고령(超高齡)사회를 살아야 하는 인간의 정신건강을 위해서도 필요하다.

"명상과 내면 탐구의 삶은 권태와 정체라는 막다른 골목에 이를 수 있다. 반면 활동과 경쟁의 삶은 우리 뇌를 깨우고 정서적 힘의 새로운 원천을 일궈낼 수 있다. 세상에 능동적으로 참여하는 바쁜 삶을 통해 우리의 신체는 외부 자극을 받아들이고 그것을 내적 에너지로 바꾼다. 두 발 뻗고 쉴 때보다 바쁘게 돌아다닐 때, 우리는 세계와 더 큰 조화를 이룰 수 있다."

일찍 은퇴한 사람일수록 기억력이 빨리 감퇴하고 빨리 늙으며, 부자들일수록 그야말로 '늙어 죽을 때'까지 일하는 것도 바로 이 때문이다. 같은 이유에서 저자는 프랑스에서 2000년 제정한 주35시간근로법을 '어설프고 혹독하기 짝이 없는 잡탕법'이라고 혹독하게 비판한다. 당초 의도했던 것처럼 근로시간 단축을 통한 일자리 창출에도 실패했을 뿐 아니라, "사람들로 하여금 더 오래 일하지 못하게 하는 것은 사람과 경제를 피폐화하겠다는 것"이기 때문이다.

"경쟁으로 인해 불평등이 줄었다"

경쟁이라면 고개를 외로 꼬는 사람들은, 소로의 월든 호숫가나 라다크, 샹그릴라의 환상을 심어주는 데 그치지 않는다. 그들의 주장은 필연적으로 '인간에게 무한경쟁을 강요'하는 자본주의 내지 신(新)자유주의에 대한 공격으로, 사회주의에 대한 동경으로 이어진다.

많은 '에덴주의자'들은 빈부의 격차, 환경파괴, 공동체 붕괴 등 오늘날 인류가 안고 사는 모든 문제의 뿌리를 산업혁명에서 찾는다. 저자는 "에덴주의자들은 산업혁명을 인류가 저지른 큰 실수라고 보는 듯하다"면서 "에덴주의자들은 서로를 가르는 경쟁이 이런 끔찍한 불평등을 낳았다고 주장하지만, 그런 경쟁으로 인해 가장 심각한 경제적 불평등이 실제로는 줄었다"고 지적한다.

그럼에도 불구하고 어떤 일본인 생태주의자는 쿠바를 '몰락선진국'이라고 지칭하면서, 앞으로 인류가 지향해야 할 모델이라고 주장한다. 북한에 가서 털털거리며 가는 목탄차 한 번 타보고는 "더디 가도 사람 생각하지요"라는 운전수의 말에 감동해서 그 말을 책 제목으로 뽑은 인간도 있었다. 미국에도 그런 인간들은 적지 않은 모양인지, 저자는 이렇게 말한다.

"청산유수의 달변가인 행복전도사들은 개개인에게 할 조언을 사회 전체로 확대한다. 한 사람에게만 쉬어가라고 하는 것이 아니라 경제 전체를 쉬어가라고 한다. 경제에 일종의 수면제를 처방하는 것이다."

저자는 "정치적 올바름이라든가 평등주의/공동체주의/사회주의 경향의 목소리가 우리의 충동을 억제하고 도파민이 흐르도록 만들려고 한다"면서 "그들의 그런 시도가 인간의 타고난 신경학 구조에 역행하는 것"이라고 말한다. 도파민은 충동을 억제할 때 나오는 게 아니라, 새로운 모험에 도전하고 경쟁하면서 나오는 것이기 때문이다.

당연히 저자는 퍼주기식 복지에 대해서 비판적이다. 저자는 공업기반이 무너진 후 정부보조금에 의존해야 했던 1930년대 오스트리아의 소도시 마리엔탈의 예를 들면서 "정부 구호 정책에 의지한 삶은, 짧은 기간 동안에는 필요할지 모르지만 장기화되면 우울, 정신질환, 그리고 나치주의 같은 사회적 병리현상이 발생하기 좋은 토양을 만든다"고 지적한다.

마찬가지 논리로 저자는 "아이들의 자존감을 키워준다"는 명목 아래 경쟁이나 학력평가를 지양(止揚)하는 근래의 교육방식에 대해서도 쓴소리를 한다.

"부모(혹은 교사)는 아이들에게 먹여주고 재워주고 손잡아주는 것 이상의 것을 해야 한다. 어른은 아이에게 인내를 가르쳐야 한다. 이는 자존감을 높이는 세상의 추세와는 상반된 것이다. 인내는 달지 않다. 그러나 단 몇 분이라도 어떤 일에 몰입할 수 없는 아이는 제시간에 출근하지 못하는 성인으로 자라게 된다."

경쟁사회를 비판하는 인간들은 구성원 상호간의 선의(善意)와 연대(連帶)의식에 의존하는 사회주의적 공동체를 대안(代案)으로 제시하기도 한다. 저자는 그런 류의 공동체보다는 시장(市場)을 더 신뢰한다.

"각자 맡은 바에 따라 파이를 굽고 그릇을 만드는 건 작은 공동체에서는 바람직한 일이다. 그러나 그렇게 해서는 경제가 성장할 수 없다. 경제가 발달하기 위해서는 이웃이 아닌 낯선 이와 교역을 해야 한다. (중략) 이방인과의 교역에 기반을 둔 자유기업 체제는 더 역동적으로 돌아간다. 가격 체제 덕분에 사람들은 어떤 일이 할 만한 것인지 판단할 수 있다. 만약 가격이 아닌 선의에 바탕을 둔 체제라면, 우리는 아주 일찍 갈피를 잃고 말았을 것이다."

"우리에게 돌아갈 에덴동산은 없다"

이 책에는 대한민국에 대한 얘기도 나온다. 풍부한 자원이 오히려 국민들의 경쟁의지와 부(富)를 창출하려는 의욕을 꺾는 '자원의 저주'를 설명하는 대목에서다. 여기서 저자는 풍부한 석유 때문에 오히려 경제적 낙후와 독재정치에서 벗어나지 못하고 있는 베네수엘라와 교육에 대한 투자와 근면함으로 서유럽 수준으로 뛰어 오른 한국을 대비시킨다.

저자의 이야기를 한 마디로 정리하면 이렇다. "우리에게 돌아갈 에덴동산은 없다. 그러니 지금 네가 사는 이 세상을 치열하게 살아라. 그러면 행복해진다"고…. '위로'니 '치유'니 하는 말로 경쟁에 지친 인간들에게 아첨하는 소리만 들려오는 세상에, 등짝을 후려치는 죽비소리 같은 책이다.

《러쉬》| 토드 부크홀츠 | 장석훈 옮김 | 청림출판 | 2012

《언더도그마》_마이클 프렐

번영과 성공을 가로막는 걸림돌, '언더도그마'

–무조건 약자를 옹호하고 강자를 비난하는 '언더도그마'는
'성공을 처벌하고 실패는 보상하는 사회' 만들게 돼

정수장학회가 다시 논란이 되고 있다. 정수장학회는 부산의 기업인 고(故) 김지태 삼화그룹 회장이 설립한 부일장학회가 모태(母胎). 정수장학회에 대한 논란이 끊이지 않는 것은 5 · 16 이후 군사정부가 정치적 이유로 부일장학회를 빼앗았고, 여당 대통령 후보인 박근혜 새누리당 의원이 정수장학회 이사장을 오래 지냈으며 지금도 이 장학회에 영향력을 행사하고 있다는 이유 때문이다.

재미있는 것은 정수장학회 문제를 제기하는 사람들의 면면이다. 그들 대부분은 이른바 민주화운동과정에서 이름깨나 날렸다는 사람들이다. 이들이 정수장학회에 대한 문제를 제기하는 것을 넘어서, 1950~70년대 대표적인 재벌 가운데 한 명이었고, 자유당 국회의원을 지냈으며, 젊은 시절에는 친일(親日)의혹까지 있는 사람을 찬양하기까지 하는 모습은 아무래도 얄궂다.

이런 상황이 빚어진 가장 큰 이유는 정수장학회가 박정희–박근혜 부녀(父女)를 공격하는 유용한 정치적 무기라는 데서 찾을 수 있다. 하지만 여기에는 또 다른 측면이 있다. 바로 '언더도그마(underdogma)'의 문제이다.

《언더도그마》의 저자인 마이클 프렐(Michael Prell)은 언더 도그마를 "힘이 약한 사람이 힘이 약하다는 이유만으로 선하고 고결하며, 힘이 강한 사람은 힘이 강하다는 이유로 비난받아 마땅하다는 믿음"이라고 설명한다. 저자는 "질투와 시기, 언더도그마는 사람들이 평등해지려는 욕망에 뿌리를 두고 있다"고 진단한다.

언더도그마는 단순히 약자 편에 서는 것과는 다르다. 또 언더도그마는 강자나 약자가 어떤 행동을 하는지 와도 무관하다. 언더도그마는 힘의 정도에 따라 반사적으로 도덕적 우위에 두거나 비난하는 것이기 때문이다.

앞에서 언급한 김지태 회장의 경우도 마찬가지다. 다른 상황이었다면 그는 '오버도그(overdog · 강자)'로, 이른바 민주화운동가 내지 진보지식인들의 비난 대상이 되고도 남았을 사람이다. 하지만 그가 '박정희'라는 또 다른 '오버도그'와 대비되는 순간, 그는 '언더도그(underdog · 약자)'가 되고 그에게는 '양심적 기업인이자 선각자'라는 아우라까지 덧씌워진다.

우리 주변의 언더도그마

언더도그마는 다양한 수준에서 작용한다. 저자는 "힘이 센 뉴욕 양키스를 힘이 세다는 이유로 싫어하는" 미국인들의 심리를 꼬집지만, 우리 곁에도 '뉴욕양키스'는 많이 있다. 삼성, 조선일보, 새누리당, 이명박 대통령, 서울대, 강남, 외고(外高), 법조인, 의사….

그래서 언더도그마는 언론과 시민단체의 재벌 때리기로 나타나기도 하고, 안티조선과 같은 시민운동으로 표출되기도 하며, 동반성장이나 SSM규제 같은 정책으로 나타나기도 한다. 오바마 미국 대통령이 월스트리트의 탐욕을 비난할 때, 이명박 대통령은 '공정사회'를 강조한다.

이렇게 언더도그마가 힘이 세기 때문에, 사람들은 '오버도그'로 찍히는 일을 피하려 든다. 총선 때 선거홍보물을 펼쳐 보면, 후보 중 열에 아홉은 자신의 프로필을 '어려웠던 어린 시절' 얘기로 시작한다. 서울대를 나오고 하버드대에서 박사학위를 받아온 잘난 '먹물'도, 검찰이나 국정원·청와대 등 '힘 있는 기관'에 몸담았던 '실세'도, 이미 정계의 기득권자가 된 '중진'도, 다투어 '언더도그'를 자처한다.

이런 몸부림이 이해가 안 가는 것은 아니다. 많은 경우 유권자들은 '언더도그'의 손을 들어주기 때문이다. 2002년 대선 당시 이회창-노무현 대결에서 노무현 후보가 승리했던 것이 대표적인 사례이다. 이런 의미에서 박근혜 의원은 이제부터 조심해야 한다. 지금까지 그는 김대중-노무현-이명박에 맞서는 '언더도그'였지만,

이제는 새누리당을 손에 넣고 차기 대권에 가장 가깝게 다가간 '오버도그'이기 때문이다.

권력을 잡은 정치인들은 '가장 위험한 언더도그마주의자'들이기도 하다. 이들은 "한 차례 규제에 서명함으로써 인기영합적인 분노를 기업에 치명타를 줄 수 있는 법률적인 조치로 바꿀 수 있는" 사람들이기 때문이다.

정치판에서 뿐 아니라 시장(市場)에서도 언더도그마 전술이 곧잘 구사된다. 다음이나 네이버 같은 포털, 안철수연구소, 한글과 컴퓨터 등은, 초기에 외국의 거대 IT기업에 외로이 항거하는 토종기업이라는 '언더도그' 이미지로 재미를 보았다. 국내 IT생태계 속에서 그들은 이제 더 이상 '언더도그' 가 아니라 '오버도그 중의 오버도그'다. 하지만 그들은 그 사실을 교묘하게 감추면서 여전히 '언더도그' 행세를 하고 있다.

언더도그마는 대중문화 속에도 깊이 뿌리 내리고 있다. 저자의 말처럼 "오늘날의 문화에서 '악당'은 부자와 권력자다." 할리우드 영화만 그런 것이 아니다. 〈씨티헌터〉나 〈보스를 지켜라〉 같은 드라마, 〈공공의 적〉 같은 영화를 봐도 부(富)나 권력을 '가진 자'들은 추잡한 악당으로 그려지곤 한다.

국제질서에서도 언더도그마는 작용한다. 오늘날 국제사회에서 '가장 거대하고 사악한' '오버도그'는 당연히 미국이다.

20여년 전 어느 시골식당에서의 일이었다. TV에서 미군이 쿠웨이트를 침공한 이라크군을 파죽지세(破竹之勢)로 무찌르는 장면이

나오고 있었다. 그걸 보고 있던 식당주인은 뜬금없이 말했다.

"중국이 하루 빨리 성장해서 미국을 견제해야 해…"

도대체 시골식당 주인인 그에게 미국이나 중국이 무슨 의미가 있다고 그런 소릴 했을까? 그가 이념적으로 좌파이고 반미적(反美的)이어서 그랬을까? 그게 아니라면 여기서도 언더도그마가 작용한 것이다. 그의 눈에 쿠웨이트라는 소국을 침공한 사담 후세인이라는 사악한 '오버도그'는 보이지 않았다. 그의 눈에는 미국이라는 '오버도그'만이 보일 뿐이었다. 그리고 미국이라는 '오버도그'에 대한 반감은, '언더도그'인 중국에 대한 기대감으로 나타났다. 그 중국이 역사적으로 우리에게 얼마나 고약한 '오버도그'였는지, 중국이 미국을 견제할 만큼 성장했을 경우 우리에게 얼마나 피곤한 '오버도그'가 될 지에 대한 고려는 전혀 없이 말이다.

언더도그마는 단순히 미국에 맞선다는 이유만으로 북한에 대한 두둔으로 이어지기도 한다. "미국의 대북(對北)적대시정책이 북한의 고립을 불렀으며, 북한의 세습독재나 인권유린, 빈곤은 그러한 고립의 소산이므로 미국의 대북정책이 먼저 바뀌어야 한다"는 식의 논리가 그것이다.

법질서와 안보를 위협하는 언더도그마

언더도그마가 단순히 심리적 도착(倒錯)상태에 불과하다면 웃어넘길 수도 있다. 하지만 언더도그마가 사회와 국가에 실질적인 해악이 될 수 있다는 데 문제가 있다.

첫째, 언더도그마는 법과 질서, 도덕을 전복(顚覆)한다. "언더도그마주의자들은 힘이 약한 사람이 어떤 행동을 해도 무조건 정당하고, 힘이 센 사람은 힘이 세다는 이유로 조롱받아도 마땅하다고 생각"하며, "정의를 행위, 조치, 도덕, 인격, 심지어 법이나 사회규범과도 분리함으로써 '태초'부터 대립한 옳고 그름의 개념을 뒤집으려"하기 때문이다.

철거민들이 화염병을 던져 경찰을 살상한 행위가 '사람가치'를 지키기 위한 몸부림으로 평가되고, 민노총 조합원이 시청 현관 앞에서 대변을 보고 옷을 벗어던지면서도 자신을 정당화할 수 있는 것은 이 때문이다.

심지어 사람을 죽게 한 경우에도, 언더도그마의 관점에서는 가해자가 누구인가에 따라, 상대가 어떤 힘을 가졌는가에 따라 그에 대한 평가가 달라진다. 2002년 미군의 교통사고로 두 명의 여중생이 죽었을 때에는 6개월 내내 광화문 네거리를 메우며 촛불이 타올랐지만, 중국 어부들이 우리 해경을 살해했을 때에는 잠잠했던 것이 그 예이다. 정치인이 성추행, 불법 정치자금이나 뇌물 수수 등의 잘못을 저질렀을 때, 여당 정치인이 야당 정치인보다 훨씬 강하게 비난받는 것도 비슷한 경우다.

이렇게 언더도그마 아래서 법과 질서, 도덕을 파괴하는 행위가 정당화되고, 행위자가 누구인가에 따라 이중기준이 적용되는 사회에서는 법과 질서, 도덕이 유지될 수 없을 것이다.

둘째, 더 나아가 언더도그마는 우리의 자유와 안전을 해칠 수도 있다. 저자의 말처럼 "언더도그마주의자의 힘에 대한 무조건적인 반사 반응은 자기 보호본능마저 짓누르고, 언더도그마주의자들은 기회가 되면 자신을 해칠지도 모르는 약자를 반사적으로 옹호할 뿐 아니라, 자신들의 권리와 목숨을 구해주는 강자마저 경멸"하기 때문이다.

실제로 미국과 싸우는 이슬람 원리주의 테러리스트들에게 박수를 보내는 자들은, 그 이슬람원리주의자들이 전(全)지구적 차원에서 이슬람 신정(神政)독재국가를 세우는 것을 궁극적 목적으로 하고 있다는 사실은 쉽게 간과한다. '오버도그' 미국에 대한 반감 때문에 주한미군 철수와 한미동맹 해체를 주장하는 반미주의자들은 대한민국은 물론 자신의 자유와 안전까지도 위험에 빠뜨리는 자들이다.

셋째, 언더도그마는 합리적인 정치 · 경제 · 사회 등 여러 분야에서 합리적인 선택이나 의사결정을 가로막는다.

앞에서 말한 것처럼 '언더도그'를 자처하는 정치인이나 기업에 속을 경우, 유권자나 소비자는 더 나은 선택을 놓칠 수도 있다.

또 언더도그마의 대열에 서는 사람들은 자신이 강한 자에 맞서 무엇인가 정의롭고 숭고한 일에 동참하고 있다고 착각하기 쉽다. 이들은 쉽게 선전선동이나 음모론, 괴담(怪談)의 포로가 된다. 저자는 9 · 11음모론에 빠진 미국인들을 예로 들지만, 광우병파동이나 천안함사태를 둘러싼 괴담은 우리 기억에 생생하다. 그로 인해 우리 사회가 얼마나 많은 비용을 지불해야 했던가?

언더도그마는 번영과 성공의 걸림돌

넷째, 언더도그마는 번영의 걸림돌이 되고, 삶의 질을 저하시킬 수 있다. 요즘 흔히 볼 수 있는 기업 때리기, SSM규제, 동반성장에 대한 과도한 강조 등은 언더도그마의 생생한 사례들이다. 저자는 19세기~20세기 초 미국의 주간(州間)통상법과 셔먼독점금지법을 예로 들면서 이렇게 말한다.

"여기서 언더도그마는 이성과 사욕에서 크게 벗어나 힘이 세다는 이유만으로 힘 있는 사람을 비난하게 했다. 소위 악덕 자본가들은 자신들의 배를 크게 불리는 것과는 상관없이 결과적으로 운송, 석유, 철, 건축용 목재 가격을 떨어뜨리는 데 일조함으로써 소비자들의 삶을 풍성하게 했다. 존 록펠러는 1갤런에 58센트 하던 석유 가격을 8센트로 떨어뜨렸다."

저자는 "언더도그마는 평등주의나 힘의 불균형을 바로잡으려는 욕망과는 다르다"면서 "언더도그마는 많이 가진 자에 대한 경멸과 덜 가진 자에 대한 유치한 찬양"이라고 꼬집는다.

마지막으로 언더도그마는 성공하려는 인간의 욕구를 억눌러 사회를 정체(停滯)되게 할 수 있다.

저자는 "우리가 어떤 생각을 하거나 행동을 하든지 성공과 돈이 고통이라고 믿으면 성공을 회피하게 되고 이런 행동은 결국 아이러니하게도 고통으로 이어지게 된다"고 말한다.

언더도그마가 지배적인 논리가 되는 사회는 "성공을 처벌하고 실패는 보상하는 사회"가 될 것이다. 이런 세상에서 개인이나 집단은 모두 성공을 회피하고 남을 깎아내리면서 살아가려 할 것이다. 개인이든, 사회든, 나라든, 남의 탓만 하면서 사는 그런 세상이 과연 건강한 세상일까? 그런 개인, 사회, 나라에게 밝은 미래를 기대할 수 있을까? 우리가 언더도그마를 이해하고 그에 맞서 싸워야 하는 가장 큰 이유가 바로 여기에 있다.

《언더도그마》| 마이클 프렐 지음 | 박수민 옮김 | 지식갤러리 | 2012

《복지전쟁》_로저 로웬스타인

과도한 복지는 파멸을 부른다

–노조의 복지요구에 밀려 '미래를 저당 잡힌' 미국의 기업과 지자체들

무상복지 등 복지논쟁으로 뜨겁던 2011년 중반의 어느 날, 조간 신문을 보다가 깜짝 놀랐다. 황우여 당시 한나라당 원내대표의 말 때문이었다.

"국민이 요구하는 만큼 복지 확대를 위해 정부를 설득하겠다."

'국민이 요구하는 만큼'이라니? 단언컨대 국민은 '무한대의 복지'를 요구하기 마련이다. 거기에 들어가는 돈은 어디서 나오나? 그는 그 '무한대의 요구'를 감당할 수 있는 화수분이라도 갖고 있다는 것인가?

황 대표가 말하는 복지는 종래 야당이 주장해오던 '무상(無償)복지' '보편적 복지'를 훨씬 뛰어넘는 '무한(無限)복지'다. 이로써 황 원내대표는 요즘 유행하는 말로 '복지 종결자'요, '포퓰리즘 종결자'

로 등극했다.

미국의 경제 칼럼니스트인 로저 로웬스타인(Roger Lowenstein)의 《복지전쟁》(원제: While America Aged)은 '국민이 요구하는 만큼' 복지를 확대하다가는 무슨 일이 일어나는 지를 생생하게 보여주는 책이다.

이 책은 3개의 사례를 다룬다. 세계적인 자동차 메이커 GM, 뉴욕시, 그리고 캘리포니아의 샌디에이고시가 그것이다. 구체적인 내용은 다르지만, 이들은 모두 과도한 퇴직연금에 대한 부담 때문에 파산지경에 이르렀다는 공통점을 갖고 있다. 저자는 이렇게 말한다.

"현재의 연금시스템은 당장의 불편함을 뒤로 미루고자 하는 기본적인 인간본성의 희생양이 되었다. (중략) 연금의 지급은 먼 훗날의 일이라는 바로 그 이유 때문에 고용주들은 과도한 약속의 유혹에 넘어갔다. 마침내 연금을 지급해야 할 시기가 다가오면, 그것은 다른 사람이 떠안아야 하는 문제가 되었다. 이러한 경향은 특히 공공부문에서 두드러졌다."

여기서 '다른 사람'은 나 이외의 다른 납세자일 수도 있고, 우리의 후손들일 수도 있다. 물론 GM이나 뉴욕시, 샌디에이고시의 퇴직연금제도가 파탄 나게 된 책임이 '기여금 납입'을 게을리 한 '사용자'에게만 있는 것은 아니다. 거기에는 '사용자'의 상대자였던 전미자동차노동조합(UAW), 전미운수노동조합(TWU) 등 공공노조, 공무원노조의 책임도 컸다. 저자의 말처럼, 미국 퇴직연금의 역사는 서서히 힘을 키워온 노동조합의 이야기라고 해도 과언이 아니기 때문이다.

'바퀴 달린 연금회사' GM

1930년대 초까지만 해도 UAW는 기업이 동원한 폭력배(한국식으로 말하면 '구사대')에게 밀리는 신세였다. 하지만 소외계층에 대한 배려와 복지를 강조하는 뉴딜시대를 거치는 동안 UAW는 사회주의의 세례를 받은 월터 루서라는 걸출한 노동운동가의 노력에 힘입어서 점차 무소불위(無所不爲)의 힘을 가진 강대한 세력으로 발전해 나갔다.

1950년 UAW는 GM 경영진에게 "5년간 파업을 벌이지 않겠다"는 달콤한 제안을 했다. 거기에는 조건이 있었다. 회사가 퇴직연금을 통해 매달 125달러의 연금을 지급하고, 물가상승률만큼 임금을 인상하며, 병원비 및 건강보험 비용의 절반을 부담한다는 게 그것이었다.

GM 경영진은 이 미끼를 덥석 물었다. 그 전해인 1949년에 GM은 사상 최고의 이익을 거두었다. 노동자들은 젊었고, 그들이 퇴직연금을 타가는 것은 먼 훗날의 일이었다.

UAW로부터 같은 요구를 받은 포드자동차는 "포드의 종업원에게 진실로 가치 있는 유일한 보장은 높은 수준의 임금과 급여로 종업원을 고용할 수 있을 만큼 회사가 건전하고, 경쟁력이 있으며,

혁신적이어야 한다는 것이다. 제안된 어떤 보장 플랜이 회사의 건전성을 해친다면, 비록 그것이 아무리 매력적인 것이라 할지라도 그러한 플랜은 근로자의 진정한 보장을 해칠 것이다"라며 저항했다. 하지만 포드자동차도 UAW의 파업위협에 굴복하는 수밖에 없었다.

'디트로이트협약'은 시작에 불과했다. 이후 UAW는 퇴직연금 등 복지에 대한 자신들의 요구를 지속적으로 확대해 나갔다. 마치 우리나라 전래동화 〈햇님과 달님〉에 나오는 호랑이처럼 노조는 "떡 하나 주면 안 잡아먹지"라는 식으로 경영진을 위협하고 달래가면서 수십 년 동안 자신들의 요구사항을 충족시켜 나갔다.

GM이 미국 내 자동차 시장의 50%, 빅3(GM, 포드, 크라이슬러)가 시장의 90% 이상을 차지하고 있던 시절에는 노조의 무리한 요구를 수용해도 당장 큰 문제는 없었다. 시장을 과점(寡占)하고 있던 자동차회사들은 노조의 요구로 상승한 비용을 소비자들에게 전가할 수 있었다.

이런 풍경은 우리도 많이 보아왔다. 현대-기아차가 국내 자동차 시장의 80%를 점유하고 있는 상황 아래서 민노총의 전위대인 노조는 연례행사처럼 파업이나 파업위협을 하고, 회사는 울며 겨자 먹기로 노조의 요구를 수용하고, 그로 인한 비용부담은 소비자와 협력업체에게 전가하는 모습 말이다.

하지만 호시절은 영원히 가지 않았다. 글로벌 경쟁시대가 도래하면서 독일·일본·한국 자동차가 미국시장에 상륙한 것이다. 이

회사들은 미국의 빅3가 지고 있는 것과 같은 부담을 지지 않고 있었다. 미국산 자동차는 점차 이들과의 경쟁에서 밀리기 시작했다.

이런 상황에서도 미국의 자동차회사와 노조는 정신을 차리지 못했다. 노조의 요구는 계속됐고, 경영자 측에서는 당장 원가에 부담이 되는 임금 인상률은 최소화하는 대신에 퇴직연금은 풍족하게 올려주는 짓을 되풀이했다.

1992~2006년 GM이 퇴직연금에 쏟아 부은 돈은 550억 달러에 달했다. 반면에 같은 기간 동안 주주에게 배당한 돈은 130억 달러에 불과했다. 2000년대 초에 이르면, GM이 생산하는 자동차 한 대 당 들어가는 건강보험 비용은 1525달러에 이르렀다. 이는 도요타가 자동차 한 대에서 얻는 이윤에 맞먹는 액수였다. 월스트리트에서는 GM을 '바퀴 달린 연금회사'라고 조롱했다.

2000년대 중반 GM의 퇴직연금기금은 매년 70억 달러를 먹어치우는 괴물이 되어 있었다. 2005년 GM이 건강보험에 지출한 돈은 53억 달러에 달했다. GM은 110만 명에게 치료비를 제공하고 있었지만, 그중 현역 근로자는 14만명에 불과했다. 나머지는 모두 퇴직자와 그 가족이었다.

과도한 복지비용은 R&D 투자의 감소로, 다시 경쟁력의 약화로 이어졌다. 2000년대 중반 GM의 R&D비용은 도요타의 절반에 불과했다. GM은 자동차 할부대출 관련 자회사가 벌어들이는 수익으로 먹고사는 처지가 됐다. 그리고 이 책에서는 언급하지 않고 있지만, 2008년 글로벌 금융위기의 도래와 함께 그것마저도 끝장나고 말았다.

2009년 5월 GM은 정부에 파산신청을 했다. 오바마 정부는 500억 달러의 구제금융을 지원해 GM을 살려냈다. 하지만 희생은 컸다. 2만명이 넘는 직원이 GM을 떠났고, 자동차 역사를 장식해 왔던 유서 깊은 브랜드들이 사라지거나 매각됐다. 회사가 출연하는 건강보험기금도 절반으로 줄어들었다. 1950년 '디트로이트협약' 당시 포드의 경고가 현실화된 것이다.

공무원노조의 횡포

미국 최고의 기업이라는 GM이 이 정도였으니, 뉴욕시나 샌디에이고시의 경우는 더 말할 것도 없었다.

더욱이 뉴욕시나 샌디에이고시 당국이 상대해야 하는 TWU 등 공공노조나 공무원노조가 실권을 장악하고 있는 은퇴자위원회는 단순한 노조가 아니었다. 그들은 해당 지방자치단체장의 명운을 좌우하는 유권자집단이자, 거대한 압력단체이기도 했기 때문이다.

뉴욕시 공무원들은 이러한 위치를 이용해 의료비 전액을 보장하는 완전건강보험, 퇴직자 보험, 각종 질병휴가와 유급휴가, 파트타임 근무 금지 등 온갖 혜택을 차례로 얻어냈다. TWU뿐 아니라 경찰관노조, 소방관노조, 청소원노조 등이 경쟁적으로 과실을 따 갔다.

저자는 이런 현실을 두고 "뉴욕시 공무원들은 '공복(公僕)'이라는 의미를 바꾸어 나갔다. 그들은 이제 시민들로부터 두둑한 부조금을 받을 권리를 가진 집단, 즉 특권층이 된 것이다"라고 꼬집었다.

이게 어디 뉴욕시 공무원들에게만 해당되는 말일까? '철밥통'이니 '신(神)의 직장'이니 하는 소리를 듣는 것으로도 모자라 노조까지 결성해 더 많은 혜택과 신분보장을 요구하면서 그걸 '공공성'이라는 말로 포장하는 우리나라 공무원노조 · 공공노조의 모습 또한 거기서 크게 다르지 않다.

뉴욕시의 책임자들은 그래도 상황이 악화되자 개혁을 시도하는 모습을 보이기라도 했다. 그 과정에서 뉴욕시민들은 TWU의 파업으로 고통을 맛보기도 했다.

하지만 캘리포니아 샌디에이고시의 경우는 뉴욕시보다 더 나빴다. 역대 시장들은 자신의 공약사업을 위해 공무원 퇴직연금 불입을 게을리 했다. 이는 사실상 연 · 기금의 전용(轉用)이나 다름없었다.

시당국은 문제가 생길 때마다 문제 발생 시점을 뒤로 미루는 방향으로 회계 처리 기준을 변경했다. 이런 '분식(粉飾)회계'를 눈감아주는 대가로 공무원노조와 그 조종을 받는 은퇴자위원회는 더 많은 퇴직연금을 챙겼다. 어떤 노조 지도자는 자신이 시에서 받는 보수뿐 아니라 노조에서 받는 보수까지 합산해서 연금을 산정하도록 요구해 이를 관철시키기도 했다. 결국 시는 파산상태에 들어갔고, 분식회계에 간여했던 담당 공직자들은 쇠고랑을 찼다.

미래를 저당 잡힐 것인가?

이 책은 주로 퇴직연금과 관련된 문제를 다루고 있지만, 복지를 요구하는 자나 그 요구에 굴복하는 자의 심리는 언제 어디서나 흡사하다는 것을 잘 보여주고 있다.

이 책의 앞부분에서 프랜시스 타운젠트 박사라는 사람이 등장한다. 실직한 늙은 의사였던 그는 1930년대 초 65세 이상의 모든 미국인에게 매월 200달러를 지급하고 그 재원은 판매세를 통해 조달하는 환상적인 은퇴제도를 제안했다. 그의 주장은 현실적으로 실현 불가능한 것이었지만 수백만 명의 미국인이 '타운젠트 클럽'에 가입하고, 수십 명의 하원의원이 다투어 이에 대한 지지를 선언했다.

물론 이건 미국에서는 역사의 삽화에 불과한 얘기다. 하지만 오늘날 한국의 모습은 이 타운젠트 소동과 크게 달라 보이지 않는다. 타운젠트를 연상케 하는 한 무리의 좌파 지식인들이 '보편적 복지'를 들고 나오자 여기서 영감을 얻은 좌파 교육감 후보들이 2010년 6 · 2지방선거에서 '무상급식'을 공약으로 내걸었다. 그 정치적 효과에 자극받은 민주당은 '무상의료' '무상급식' '무상보육'에 '반값등록금'이라는 '3+1'을 들고 나왔다. 이어 야당의 전(前) 대통령 후보는 '전액 등록금' 을 주장했다. 그리고 여당 원내대표는 이에 질세라 "국민이 요구하는 것은 다 들어주겠다"는 식으로 나왔던 것이다.

저자는 이 책의 서문에서 "선거인단에게 잘 보이기 위해 부채(負債)를 미래로 미루는 악습은 어디에나 만연해 있었다"고 지적하면서, "'미래를 저당 잡힌 사람은 후회하기 마련'이라는 기본적인 교훈을 가슴에 새긴다면, 재앙을 피할 수 있을 것"이라고 말한다.

여야(與野)할 것 없이 유권자들에게 잘 보이기 위해 온갖 감언이설을 늘어놓는 정치인들이 득실거리는 세상이다. 그들의 유혹에 넘어가 우리의 미래를 저당 잡힐 것인가? 우리 자식들에게 그들이 감당할 수 없는 빚더미를 유산으로 물려줄 것인가? 선택은 바로 지금 우리의 몫이다.

《복지전쟁》| 로저 로웬스타인 | 손성동 옮김 | 한국경제신문사 | 2011

《무엇이 잘못 되었나》_버나드 루이스

이슬람 세계의 쇠퇴는 '남의 탓'과 '자유의 부재(不在)' 때문

—한국도 쇠락하지 않으려면 '자기책임' '자유'의 정신을 북돋아야

20년 전 동구—소련 공산주의가 잇달아 무너져 내렸을 때, 프란시스 후쿠야마는 '역사의 종언'을 선언했다. 그것은 자유민주주의와 전체주의 간의 오랜 투쟁이 자유민주주의의 승리로 끝났다는 '승전 선언'이었다.

하지만 후쿠야마는 샴페인을 너무 일찍 터뜨렸다. 냉전 체제의 종식 이후 '종언'을 고하는 듯했던 역사는 9 · 11 이후 다시 폭주하기 시작했다. 냉전의 승자였던 자유민주주의에 대한 새로운 도전이 시작된 것이다. 자유민주주의에 대한 도전자는 바로 이슬람근본주의에 바탕을 둔 국제테러리즘이었다.

20101년 9 · 11테러 직후 미국에서 한 권의 책이 출간됐다. '중동학(中東學)의 최고 권위자'로 꼽히는 미국 프린스턴대 석좌교수 버나드 루이스(Bernard Lewis)의 《무엇이 잘못되었나?》였다. 9 · 11사태 당시 이미 출판을 위한 준비가 다 끝난 상태였던 이 책은 9 · 11사태의 원인과 여파에 대해 직접적으로 다루지는 않고 있다. 그러나 이 책은 9 · 11사태를 야기한 보다 근본적인 역사적 배경, 즉 서구와 중동의 관계에 결정적인 영향을 미친 기존의 사건과 사상, 감정적 태도 등을 보다 큰 틀에서 분석하고 있다.

"'남에게 책임을 돌리는 자세'가 문제"

이 책에서 버나드 루이스는 지난 수 세기 동안 이슬람 세계, 특히 중동의 무슬림(이슬람교 신자)들이 던져왔던 한 가지 질문에 대해 진지하게 탐구하고 있다. 그것은 바로 "무엇이 잘못되었기에, 중세 1000년간 유럽 세계보다 앞서 있던 중동 이슬람 세계가 유럽에 뒤처지게 되었는가?"라는 질문이다.

저자가 서론에서 말하고 있듯이, 수 세기 동안 이슬람 세계는 인류 문명 발전의 선두주자였다. 이슬람 출현 이후 약 1000년 동안 무슬림들은 중동과 북아프리카를 석권하고 지중해를 건너 이베리아반도와 프랑스, 이탈리아반도까지 진출했다. 1453년에는 오스만 투르크의 군대가 천년제국 비잔틴제국의 수도 콘스탄티노플을 점령했다.

하지만 바로 그 무렵 기독교 세계의 반격이 시작됐다. 신흥 카스티야 및 아라곤 왕국은 이베리아반도에서 이슬람 세력을 몰아내고 에스파냐 왕국을 수립했다. 러시아는 카프카즈 및 흑해연안 일대를 잠식해 들어오기 시작했다. 레판토 해전에서의 패배, 1 · 2차 빈 공방전(Siege of Vienna)의 실패도 이슬람 세력의 퇴조를 알리는 신호였다.

이슬람 세계는 처음에는 이런 경고음들을 '변방에서의 사소한 정세변동' 정도로 치부했다. 유럽에 대해 갖고 있던 뿌리 깊은 우월의식 때문에 그들은 자신들의 퇴조를 인정하기 어려웠던 것이다.

17세기 후반에 접어들어서야 이슬람 세계에서는 역전된 현실을 인정하고, 서구(西歐)의 앞선 물질문명을 받아들이려는 노력들이 나타나기 시작했다. 군사 및 과학기술 분야에서부터 시작된 이러한 노력들은 나중에는 제한적이지만 제법 진지한 제도개혁 시도로 이어지기도 했다. 하지만 이러한 노력들은 뚜렷한 결실을 맺지 못했다. 18, 19세기를 거치는 동안 이슬람 세계는 점점 더 위축되다가, 결국 구미(歐美) 열강의 식민지로 떨어지고 말았다.

그 원인은 어디 있을까? 오랫동안 중동의 무슬림들은 자신들의 낙후 원인을 외부에서 찾았다.

아랍인들은 오스만 터키의 지배가 자신들의 발전을 가로막았다고 주장했다. 터키인들은 아랍인들의 후진성이 자신들의 발목을 잡았다고 주장했다. 혹자는 멀리 13세기 몽골의 지배까지 거슬러 올라가 이슬람 쇠퇴의 원인을 찾았다. 19세기 이래 중동으로 진출했던 영국과 프랑스, 20세기의 패자(霸者) 미국, 그리고 그들 구미(歐美) 제국주의자들의 첨병(尖兵)으로 간주된 유대인들도 당연히 이슬람 쇠퇴의 원인 가운데 하나로 지목됐다.

하지만 루이스는 "'남에게 책임을 돌리는 자세'가 현재 이슬람 세계의 가장 고질적인 문제"라고 지적한다. 영국과 프랑스의 통치, 그리고 미국의 영향력은 몽골의 침략에서 나타난 바와 같이, 중동 국가와 사회의 내부적인 질병의 '원인'이 아니라 '결과'였다"고 지적한다. 구미 열강의 식민지배로 인해 중동 이슬람 세계가 낙후된 것이 아니라, 내부 모순으로 중동 이슬람 세계가 약화된 틈을 타서 구미 열강의 식민지배가 가능했다는 것이다. 루이스는 "자신들의 문제가 아닌 주변적 상황들에 책임을 돌리고, 이를 정치적 · 사회적으로 이용하려는 자세는 이슬람 세계가 앞으로 긍정적인 발전을 이룩하는 데 전혀 도움이 되지 않을 것"이라고 지적한다.

'자유의 부재'가 이슬람 쇠퇴의 근본 원인

그렇다면 이슬람 세계의 몰락을 가져온 내부 모순으로는 어떤 것들이 있을까? 루이스는 이와 관련해 지방 관리 및 토호들의 착취, 과학기술에 대한 무관심, 유전적으로 열등한 자손들을 생산하게 만든 근친혼 제도, 여성인력의 활용을 가로막은 여성차별, 산림과 초지의 무분별한 훼손, 부정확한 시간 개념 등 다양한 견해들을 소개하고 있다.

하지만 이슬람 세계가 쇠퇴하게 된 가장 중요한 이유는 '자유의 부재(不在)'에서 찾아야 할 것이다. 이슬람교에서는 꾸란(코란)을

'일자일획(一字一劃)도 인간이 손대지 않은 신(神)의 말씀 그 자체'로 떠받든다. 강한 원리주의 · 근본주의적 속성이 이슬람교에 내재해 있는 것이다. 이슬람교의 이러한 속성은 정교(政敎)분리와 종교개혁을 가로막았다.

물론 이슬람교에서 '종교개혁' 시도가 없었던 것은 아니다. 하지만 이슬람 세계에서의 '종교개혁'은 대개 세속화(世俗化)에 대한 저항과 자정(自淨)노력의 성격이 강했다. 사우디아라비아의 이슬람 원리주의인 와하비즘에서 보듯 많은 경우 '이슬람 종교개혁'은 근본주의적 속성을 강화시키는 복고주의로 이어졌다.

이는 서구(西歐)에서의 자유의 발전과정과는 매우 대조적이다. 서구에서는 종교개혁으로 가톨릭 유일체제가 무너지면서 종교적 소수자들이 '종교적 자유의 공간'을 얻게 됐다. '종교의 자유'는 양심과 사상의 자유, 언론 · 출판의 자유, 정치적 자유로 이어졌다. 이러한 환경 속에서 기존의 지식체계에 대한 비판과 도전이 용납되는 분위기가 조성됐고, 이는 다시 근대사상과 과학기술의 발전 그리고 산업혁명과 경제발전으로 이어졌다.

수레의 사용을 중단하는 바람에 중동 이슬람 세계가 쇠퇴하게 되었다는 주장도 흥미롭다. 이 또한 '자유의 부재'와 관련이 있다.

'인류의 가장 위대한 발명' 가운데 하나로 꼽히는 바퀴는 기원전 3500년경 메소포타미아, 즉 지금의 이라크 지역에 살던 수메르인들이 발명했다.

그런데 중세에 중동지역을 여행한 유럽인들은 그곳에 수레가 없다고 술회한 반면, 유럽을 방문했던 중동 여행자들은 유럽에서 수레가 일반적으로 활용되고 있는데 대해 경탄했다고 한다.

인류 최초로 바퀴가 발명됐던 중동 지역에서 중세에 이르러 수레의 사용이 중단된 이유는 무엇일까? 당시 중동에서 수레를 가진 자들은 부자에 속했다. 그런데 수레 소유주들은 나라에 전쟁이나 공역(工役)이 있을 때면 수레들을 징발 당하곤 했다.

수레를 징발했다고 적절한 보상을 해 주는 것도 아니었다. 결국 수레를 가진 자들은 두 눈 뜨고 수레를 빼앗기는 수밖에 없었다. 수레라는 '큰 재산'을 가진 자들에 대한 이웃의 시선도 곱지 않았다. 결국 사람들은 점차 수레를 보유하기를 꺼리게 됐고, 이는 수레 사용의 쇠퇴로 이어졌다. 그리고 수레 사용의 쇠퇴는 인간과 물자교류의 쇠퇴로, 다시 경제력의 쇠퇴로 이어졌다.

그뿐만이 아니었다. 사람들은 사유(私有)재산을 함부로 강탈해 가는 권력을 두려워하게 됐다. 권력에 대한 두려움은 일종의 유전자처럼 이어져 2011년 재스민혁명 이전까지만 해도 이슬람 세계에서는 권력에 대한 비판과 도전을 찾아보기 어려웠다. '수레 사용의 중단'은 단순히 유용한 교통이나 물류의 문제가 아니라, '사적 소유권' 내지 '경제적 자유', 더 나아가 '정치적 자유'의 문제였던 것이다.

'자기책임' '자유'의 정신이 사라지고 있다

버나드 루이스는 이슬람 세계의 실패를 극명하게 보여주는 대조적인 사례로 한국을 꼽고 있다. 그는 "자랑스런 고대 문명의 후예들은 어느새 그들의 기업과 기술자들이 수행할 수 없는 사업들을 추진하기 위해 서구의 기업들에게 위임하는 것에 익숙해졌다. 근자에 와서는 불과 수십 년 전 일본의 식민통치에서 벗어난 한국의 기업과 기술자들에게 이러한 사업을 위탁하게 되었다"면서 "경제발전, 고용창출, 교육, 과학, 정치적 성숙도, 인권존중 등 거의 모든 근대화 기준에서 한때 최고의 문명이었지만, 이제 서구는 물론 신흥공업국들에게도 경쟁력을 상실하였다"고 말한다.

무엇이 오늘날 한국을 만들었나? 그것은 '자기책임'의 정신과 '자유'의 정신이었다.

우리도 한때 망국과 분단의 원인을 주변 열강 등 외부에서 찾았다. 하지만 대한민국을 일으켜 세운 것은 지나간 우리 역사를 처절하게 반성하면서 그 바탕 위에서 '다시는 못난 조상이 되지 말자'며 떨쳐 일어난 우리의 아버지, 할아버지들이었다.

자유민주주의와 시장경제에 바탕을 둔 대한민국의 체제는 개인이건, 기업이건 노력한 만큼의 대가를 보장해 주었다.

하지만 오늘날 우리 사회가 돌아가는 모습을 보면 걱정이 앞선다. '양극화'를 강조하면서 주저 없이 '세금폭탄'을 퍼붓던 좌파정권은 끝났지만, 우리 사회에는 여전히 '가진 자' '앞서가는 자'에 대한 시기와 질투가 만연해 있다. 잘못된 것은 죄다 '남의 탓'이다 (우리나라, 우리 겨레가 잘 안 되는 것은 당연히 '미국 놈들' 때문이다). 정부와 새누리당도 그런 풍조에 영합하는 포퓰리즘 정책을 남발하고 있다. 퍼주기식 복지정책의 남발, 관치금융의 부활, 기업에 대한 여전한 규제 등이 그 예이다. '자기책임'의 정신, '자유'의 정신이 쇠퇴하고 있는 것이다.

아직 아무도 의식하지 못하고 있지만, 그 길은 이슬람 세계가 지난 수 백 년 동안 밟았던 길, 바로 '쇠락으로 이르는 길'이다. 아직 늦지는 않았다. '자기책임'의 정신, '자유'의 정신을 되살리고 북돋워야 한다. 그것이 조국 대한민국을 '지속가능한 번영'으로 이끄는 유일한 길이다.

《무엇이 잘못되었나》 | 버나드 루이스 | 서정민 옮김 | 나무와숲 | 2002

《물의 미래》_에릭 오르세나

물전쟁의 시대가 다가온다!

–"물은 정치다"

이명박 정권은 5년 내내 '물' 때문에 시끄러웠다. 4대강 살리기 사업을 두고 하는 얘기다. 서울시장 재직 시절 '청계천 복원'이라는 '업적'을 남겼던 이명박 대통령은 2007년 대선을 앞두고 '한반도대운하' 건설을 공약으로 내세웠다. 야당과 좌파 시민사회단체의 반발에 '한반도대운하' 공약은 슬그머니 '4대강 살리기'사업으로 방향을 틀어야 했다.

정부가 아무리 '4대강 사업'은 대운하가 아니라고 강조해도, "4대강 사업=위장된 대운하"라는 의혹은 걷히지 않았다. '4대강 반대'는 이명박 정권 내내 야당과 좌파 시민사회단체의 가장 큰 정치이슈 중 하나였다.

2011년 여름 '4대강 사업'이 일단락됐다. '4대강 사업'이 홍수조절 등에 실제로 큰 도움이 됐다는 지역도 있었다. 정부는 '4대강 사업'의 다음 단계로 4대강 지천(支川)에 대한 정비작업을 계획하고 있지만, 이에 대해서도 야당과 좌파단체들은 의혹의 눈길을 보내고 있다.

언제 이 나라에서 물이 이렇게 첨예한 정치적 쟁점이 된 적이 있었던가? 가끔 한해(旱害)나 수해(水害)가 닥쳤을 때, 정부가 거기에 제대로 대처하지 못했다고 책임을 추궁당한 적은 있다. 하지만 대통령 취임 이래, 아니 취임식을 갖기도 전부터 '물'이 이토록 뜨거운 정치적 논란의 대상이 된 것은 정말이지 '전례가 없는 일'이 아닌가 싶다.

프랑스의 저술가 에릭 오르세나가 한국에서 물을 주고 벌어지고 있는 정치적 논란에 대해 듣는다면, 그는 그건 당연한 일이라는 듯 고개를 끄덕이면서 이렇게 말할 것이다.

"물은 원래 권력과 밀접한 관계가 있는 것이며, 정치적인 것"이라고.

물을 둘러싼 사투

《물의 미래》는 '물에 관한 모든 것'을 담은 책이다. 저자는 이 책을 쓰기 위해 2년여에 걸쳐 5대양 6대주를 누볐다.

저자를 따라서 가뭄으로 고통을 겪고 있는 오스트레일리아, 국가총력전의 기세로 물 관리에 나선 도시국가 싱가포르, 수인성(水

因性) 전염병인 콜레라가 창궐하는 인도의 캘커타, 끊임없는 홍수에 시달리는 방글라데시, '치수(治水)=치국(治國)'이라는 고래(古來)의 이념을 실천하고 있는 중국, 수자원을 둘러싸고 주변국들과 영토분쟁을 벌이는 한편으로 물과 관련된 각종 연구개발에 총력을 기울이고 있는 이스라엘, 무능한 정부와 가난 때문에 수자원 문제에 적절히 대처하지 못하고 있는 아프리카 국가들, 수자원의 민영화 문제를 놓고 갈등을 겪고 있는 라틴아메리카 국가들, 물 문제 해결을 위해 이해당사자들과 지방자치단체들이 머리를 싸매고 있는 프랑스 등을 여행하다 보면, 작은 위안을 하나 얻게 된다. 물 때문에 고민하고 있는 나라는 비단 대한민국뿐이 아니라는 것을 깨닫는 데서 오는 위안 말이다.

하지만 그런 느낌도 잠시 뿐, 이내 가슴을 짓누르는 답답함이 밀려온다. 어느 나라 할 것 없이 물 문제 때문에 고민을 하고 있다지만, 그 고민을 건설적인 방향으로 이끌지 못하고, 정쟁(政爭)의 소재로만 이용하는 나라는 우리나라뿐이라는 생각이 들기 때문이다.

양대 산업인 농업과 광업을 영위하기 위해서는 막대한 물을 필요로 하지만 근래 들어 미증유의 가뭄에 시달리고 있는 오스트레일리아에서는 종래 지방정부가 가지고 있던 치수 권한을 연방정부가 가져가는 '물에 관한 법(Water Act)'을 제정했다. 이 법에 따라 농부들은 시장가격에 따라 물 시장에서 물을 사야 한다.

싱가포르의 권부(權府)는 정보기관이나 군(軍)이 아니라 수자원 관리를 총괄하는 공공설비기획원(PUB)이다. 싱가포르는 해수 담수화(海水 淡水化), 하수 재처리, 댐 건설 등을 통해 한 방울의 물이라도 더 확보하기 위해 안간힘을 쓰고 있다. 저자가 말레이시아로부터 2061년까지 물을 공급받게 되어 있는 조약을 상기시키자 PUB의 책임자는 이렇게 말한다.

"신뢰란 사실 매우 위험한 것입니다. 특히 그 신뢰만 믿고 게을러진다면 더더욱 위험하죠."

싱가포르는 20억 달러를 투입해 마리나댐을 건설했다. 이 댐 건설로 조성된 호수에는 각종 수상스포츠 시설과 함께 세계 유수의 카지노도 들어섰다.

아득한 옛날 황하를 다스렸던 우(禹)임금의 전설을 간직하고 있는 중국은 양자강 상류에 삼협댐을 건설했다. 시장과 기술을 맞바꾸는 중국의 영악함은 여기서도 나타난다. 프랑스의 알스톰사는 삼협댐에 설치되는 14개의 터빈 제작을 수주했다. 그 대가로 알스톰사는 터빈의 설계도를 중국에 갖다 바쳐야 했고, 중국은 그 설계도로 나머지 18개의 터빈을 자체 제작했다. '대운하의 복권과 재개발'도 중국 수리(水利)당국자들의 관심사 가운데 하나다.

'젖과 꿀이 흐르는 땅'과는 기리가 먼 척박한 땅에 살고 있는 오늘날의 이스라엘인들은 물을 확보하고 그 물을 100% 활용하기 위해 그야말로 수단과 방법을 가리지 않고 있다. 이스라엘은 물을 확보하기 위해 완력의 사용도 마다하지 않는다. 그들은 1967년 6일 전쟁 당시 확보한 시리아 영토 골란고원을 아직까지 점령하고 있다. 골란고원이 갈릴리호와 요르단강의 수원(水源)이기 때문이다. 팔레스타인인들은 이스라엘이 요르단강 물의 85%를 차지하고 있다고 비명을 지른다. 물은 중동분쟁의 한 원인이기도 한 것이다.

하지만 이것이 다는 아니다. 이스라엘은 식물의 꼭 필요한 부분에만 물을 주는 점적관수(點滴灌水)재배법을 만들어냈다. 네게브사막 한 가운데 있는 네게브대학에서는 물고기와 해조류의 양식, 사막화 방지에 도움이 되거나 사막에서 잘 자라는 동·식물에 대한 연구, 미생물을 이용한 폐수처리 방안, 최첨단 토양오염 측정 시스템 등을 연구하고 있다.

유럽에서도 물을 확보하기 위한 처절한 노력이 진행되고 있다. 프랑스에서는 대기 중의 수분, 즉 이슬을 받아서 생활용수로 활용하는 연구가 진행되고 있다. 스페인 카탈루냐의 수도 바르셀로나시는 사막화로 인해(사막화는 아프리카만의 문제가 아니다!) 식수와 농업용수가 부족하게 되자 세그레강의 물길을 자기들 쪽으로 우회시키려 했다. 그것이 이웃 아라곤 지방의 반발로 난관에 부닥치자 바르셀로나시는 중앙정부에 "에스파냐의 이름으로 지역간 연대를 강요해 달라"고 간청했다. 마드리드 중앙정부로부터의 독립을 줄기차게 추구해왔던 카탈루냐인들의 뿌리 깊은 지역감정을 생각하면, 이는 일대 사건이었다.

그래도 돈이나 기술, 그게 아니면 완력으로라도 수자원을 확보할 수 있는 나라들은 행복한 편이다. 가난하고 힘없는 나라들은 수해나 수인성 전염병으로 자국민들이 죽어나가거나, 이웃의 강대국들이 수자원을 독점해도 어쩔 수 없다. 우기(雨期)에 브라마푸트라

강이 범람하면 집과 가축, 가족을 수마(水魔)에 잃어야 하는 하중도(河中島)와 강변에 사는 500만 명의 방글라데시 서민들의 이야기는 처절함 그 자체다.

멀리 떨어진 강이나 호수에 가서 물을 길어 와야 하는 아프리카 소녀들의 이야기도 가슴을 아프게 한다. 그들의 고된 노역도 안쓰럽지만, 그런 노역을 하는 소녀들은 십중팔구 초등교육조차 받지 못하고 있고, 이는 가난의 대물림으로 이어지기 때문이다.

대통령이 야심차게 'H24', 즉 하루 24시간 내내 수노꼭지를 틀 수 있고, 수도꼭지를 틀면 물이 나오도록 해 주겠다고 공약했지만, 그 실천은 더디기만 한 알제리의 경우는 우리의 지난날과 우리 사회의 그늘진 곳을 돌아보게 한다. 우리가 '24시간 내내 수도꼭지를 틀 수 있고, 수도꼭지를 틀면 물이 나오는' 세상에 살게 된 것이 그리 오래된 일은 아니기 때문이다. 아울러 그런 기본적인 복지를 향유하지 못하고 있는 이들이 아직도 우리 곁에 남아 있다는 사실을 잊어서는 안 된다는 생각도 들었다.

저자는 물 민영화에 대해서도 이야기한다. 저자는 민영화 이후 물값 폭등이 원인이 되어 민중봉기가 일어나 결국 정권이 무너진 볼리비아, 세계은행의 공기업민영화 강요에 못 이겨 상수도 사업을 프랑스 물 회사에 맡겼다가 14년 만에 다시 공기업 형태로 되돌린 아르헨티나의 사례를 소개하면서도, "물은 민주적이고 투명한 공공서비스에 의해서만 보장되어야 한다"는 좌파시민운동가들의 주장에 대해서는 이의를 제기한다.

"도저히 받아들일 수 없을 정도로 막대한 이익을 챙기는 악덕 민간 기업들이 얼마든지 있는 것과 마찬가지로, 비대한 조직만 거느린 채 아무런 문제의식 없이 현상 유지에 급급한 나머지 결국 비효율의 전형이 되어버리는 공기업도 적지 않다."

'물전쟁'의 시대에 '물정쟁'은 그만!

이 책의 제목은 《물의 미래》지만, 이 책은 '물에 얽힌 현실'과 물 없이는 살 수 없는 인간의 미래에 대해 얘기하고 있다.

저자가 특히 강조하는 것은 "물 문제는 세계적인 문제지만, 그 해결 방식은 철저히 지역적이어야 한다"는 것이다. 방글라데시에서 홍수가 나서 수백만 명의 이재민이 발생한다고 해서 프랑스 브레타뉴의 물 부족 문제가 해결되는 것은 아니다. 브레타뉴의 물 문제는 브레타뉴의 농민들과 지방자치단체, 이익단체 등이 해결해야 할 문제라는 것이다.

따라서 저자는 물 문제는 국제적 해결책 혹은 중앙집권적인 처방에 의해 해결하기보다는 해당 지방자치단체가 중심이 되어 현지 사정에 맞게 대처해야 한다고 강조한다.

이와 관련해 저자는 "물 문제를 다루는 대통령, 장관, 시장들이 눈에 보이는 해결책 (모든 언론을 모아놓은 자리에서 성대하게 거행하는 각종 설비의 준공식을 상상하면 된다)을 이보다 돈도 훨씬 덜 들면서 훨씬 더 효과적인 (하지만 사진도 찍을 수 없고, 따라서

TV화면에 소개될 수도 없는) 절약과 재활용 전략보다 선호한다"고 꼬집는다.

저자가 5대양 6대주를 누비고 화학 · 생물학 · 수리학 · 정치학 · 경제학 · 지리학 등을 넘나든 끝에 얻은 결론, 즉 저자가 이 책을 통해 전하고자 하는 메시지는 분명하다. 종교전쟁, 영토분쟁, 석유파동보다 더욱 파괴적인 물전쟁의 시대가 온다는 것, 그리고 치수는 권력과 정치의 핵심 쟁점이며, 물을 장악하는 자가 세계를 움직일 것이라는 것이다. "굶어 죽을 것인가? 목말라 죽을 것인가"라는 저자의 경고는 듣는 이의 모골을 송연하게 한다.

하지만 '물전쟁'이라는 아마겟돈을 앞에 두고 있는 우리의 현실은 어떠한가? 대운하와 4대강 살리기 사업을 놓고 5년 동안 나라가 시끄러웠지만, 언제 물 문제에 대한 진지한 고민이 있었는가? 언제 토론다운 토론이 있었는가? 솔직히 '이명박 정권'에 대한 호 · 불호(好 · 不好)가 자동적으로 대운하나 4대강 살리기 사업에 대한 찬반으로 이어지지는 않았는가?

남들이 '물전쟁'을 걱정하고 있을 때 '물정쟁(政爭)'으로 세월을 보내고 있는 동안에도 어디서는 물이 부족해서, 또 어디서는 물이 썩어가서 아우성이 그치지 않았다.

이제 '장밋빛 청사진'과 '반대를 위한 반대'를 넘어서 물 문제에 대해 우리 공동체의 구성원 모두가 진지하게 고민해야 할 때이다.

이 책은 그러한 고민을 하는 모든 이들에게 유용한 책이다. 한반도대운하나 4대강 살리기 식의 사업을 지지하는 사람들은 이 책에서 대규모 치수사업의 일환으로 대운하를 되살리려는 중국의 시도에 공감할 것이다. 반면 그에 반대하는 사람들은 물 관리에 있어서 지방의 역할을 강조하고, 전시적(展示的) 사업에 비판적인 저자의 주장을 반길 것이다. 물의 현재와 미래에 관심 있는 모든 이들에게 일독을 권한다.

《물의 미래》| 에릭 오르세나 | 양영란 옮김 | 김영사 | 2009

5

세계를 보는 눈

《감정의 지정학》_도미니크 모이시

희망, 굴욕, 두려움이라는 세 가지 감정으로 본 세계

–지금 대한민국을 지배하는 감정은 무엇인가?

2010년 천안함사태가 나자 중국은 일관되게 북한을 비호했다. 러시아도 천안함 침몰 원인에 대한 국제조사단의 조사결과를 받아들이지 않았다. 이 두 나라 때문에 유엔안전보장이사회에 회부된 천안함 문제는 결국 북한을 강력히 제재하는 안보리 결의 대신에 아무런 구속력이 없는 '의장성명'의 형태로 마무리되고 말았다.

아마 중국과 러시아는 천안함 침몰이 북한의 공격으로 인한 것이라는 사실을 모르지는 않았을 것이다. 그럼에도 불구하고 두 나라는 그 사실을 끝내 외면했다. 왜일까?

물론 가장 큰 이유는 두 나라, 특히 중국이 북한의 입장을 두둔하는 것이 자신의 지정학적 이익에 부합한다고 판단했기 때문일 것이다. 이러한 판단은 이성적 판단이라고 할 수 있다. 하지만 그게 다일까?

이러한 질문에 대해 프랑스의 국제문제 전문가인 도미니크 모이시(Dominique Moisi)는 색다른 대답을 내놓을 것이다. 거기에는 두 나라의 '감정'이 작용하고 있다고 말이다.

최근 들어 다소 주춤거리고 있다고는 하지만 지난 20년 간 욱일승천의 기세로 경제가 성장해 온 중국은 현재 세계 제1의 외환보유국이자, 미국 국채(國債)를 가장 많이 보유하고 있는 나라다. 국제에너지가격의 상승에 힘입어 소련 붕괴 이후의 침체에서 벗어난 러시아는 과거의 국제적 영향력을 회복하려 하고 있다.

자신감에 찬 두 나라는 천안함사태를 계기로 미국에게 이런 메시지를 주고 싶었을 지도 모른다.

"이제 미국 마음대로 국제질서를 끌고 나가는 시대는 지났다. 아무리 사소한 문제라도 우리의 동의와 협력 없이는 처리할 수 없을 것이다."

반면에 미국은 천안함사태에 대한 유엔 안보리 '의장성명'에 만족할 수밖에 없었을 것이다. 미국은 냉전 종식 이후의 유일 초강대국, 세계 각국을 규합해서 쿠웨이트를 침공한 사담 후세인을 사정없이 박살내던 시절의 미국이 아니라, 이라크-아프간 전쟁에 허덕이고, 글로벌 금융위기의 뒤처리에 여념이 없는 미국이기 때문이다. 미국은 이런 처지에 놓인 자신에 대해 내심 굴욕감을 느끼고 있을 지도 모른다.

물론 총체적인 국가역량이나 잠재력 면에서 미국은 중국과 러시아를 압도하고 있고, 앞으로도 그럴 것이다. 하지만 현재 미국이 고단한 처지에 놓인 반면, 중국과 러시아는 나름대로 자신감에 차 있는 것이 사실이다.

감정과 정체성

도미니크 모이시의 《감정의 지정학》은 바로 이런 '감정'이라는 관점에서 국제관계를 보는 책이다. 이 책의 부제(副題)는 '공포의 서양, 굴욕의 이슬람, 희망의 아시아'다.

인간이 느끼는 감정은 물론 공포, 굴욕, 희망 이외에도 다양하다. 저자는 이 세 가지 감정에 주목하는 이유에 대해 "이 세 감정이야말로 국가와 사람들이 직면한 도전 과제를 해결하고 서로 관계를 맺는 방식에서 결정적 요인이라 할 수 있는 '자신감'과 밀접한 관련이 있기 때문"이라고 말한다. 저자에 의하면, 두려움은 자신감의 부족을 나타내지만, 희망은 자신감의 표현이다. 굴욕은 '미래에 대한 희망을 잃어버린 사람들의 상처받은 자신감'을 뜻한다.

저자는 "세계화 시대가 되면서 감정은 우리가 살고 있는 복잡한 세상을 파악하는 데 반드시 필요한 요소가 됐다. 언론에 의해 확대된 감정은 세계화를 반영하고 이에 반응하며 지정학에 영향을 미친다"면서 "토머스 프리드먼의 유명한 문구처럼, 감정은 세계를 '평평'하게 만들기는 했으나, 그 어느 때보다 격정적으로 만들기도 했다"고 말한다.

왜 세계화된 시대는 감정에 의해 좌우되는 시대가 됐을까? 도미니크 모이시에 의하면, '세계화가 불안정성을 야기하고 정체성(正體性)에 대한 의문을 제기하기 때문'이다. '진영(陣營)논리'가 지배하던 냉전시대에는 정체성에 대해 고민할 필요가 없었다. 체제가 바로 그 나라, 혹은 개인의 정체성을 바로 규정했기 때문이다. 탈냉전시대는 그렇지 않다. 저자는 "정체성은 자신감과 큰 연관이 있으며, 반대로 자신감과 자신감의 부족은 감정으로 표출된다. 특히 두려움, 희망, 굴욕으로 나타난다"고 말한다.

오늘날 정체성의 문제로 가장 고민하는 지역은 이슬람권일 것이다. 중세 1000년간 세계를 주름잡았던 이슬람권은 지난 수백 년 동안 구미(歐美)열강의 식민지 내지 반(半)식민지로 전락했다. 중동 이슬람세계 한 가운데에는 그들의 눈에는 구미 열강의 '앞잡이'나 다름 없는 이스라엘이 눌러앉았다. 한 시절을 풍미했던 아랍민족주의나 사회주의는 독재와 낙후된 경제만을 남겨놓은 채 역사의 뒤안길로 사라져 버렸다. 이러한 현상은 좀처럼 타개될 것 같지 않다. 때문에 오늘날 그들을 지배하는 감정은 '굴욕'이다.

'굴욕'이라는 감정이 항상 부정적으로 작용하는 것은 아니다. 경우에 따라서 '굴욕'은 국민적 각성을 촉구하고, 더 나아가 발전의 원동력으로 작용하기도 한다. 저자는 그 대표적인 경우로 한국과 타이완, 그리고 근래의 중국을 들고 있다. 이들 나라는 과거 점령국이었던 일본에 자신들도 세계경제 무대에서 잘할 수 있음을 증명하고 싶어 했고, 따라서 아시아 지역에 일본이 가한 굴욕은 지역 전체에 활력을 주는 약이 되고 있다는 것이 저자의 주장이다.

도미니크 모이시는 굴욕이 '좋은 굴욕'이 되기 위한 조건으로 '낙담한 사람들을 모을 수 있는 상당 수준의 전도유망한 정치적 · 경제적 배경이나 국가적 리더십 등과 같은 최소 수준의 자신감과 우호적인 상황'을 든다.

문제는 '희망 없는 굴욕'이다. 저자는 "희망 없는 굴욕은 절망에 이르며, 쉽사리 파괴로 향하는 자극으로 변모해 복수의 욕구를 더할 수 있다. 자신에게 굴욕감을 느끼게 한 이들의 수준까지는 도달할 수 없더라도 적어도 그들을 자신의 수준으로 끌어내릴 수는 있다"고 말한다.

여기에 앞에서 말한 정체성의 문제가 겹쳐진다. 저자는 "특히 유럽의 무슬림 젊은이들의 경우 종교 · 성(性) · 가족과 관련해 고질적인 정체성 딜레마에 빠져 있다. 이들은 파괴와 자살 등의 죽음을 통해 소외되고 외로운 삶에 의미를 부여한 종교적 극단주의자들이 유혹에 손쉬운 먹잇감이 됐다"고 말한다.

이 대목에서 무엇이 떠오르는가? 여객기를 납치해 뉴욕의 쌍둥이빌딩으로 돌진하고, 런던과 마드리드 시내 한 복판에서 자살폭탄테러를 자행한 이슬람 테러리스트들의 모습이 떠오르지 않는가?

두려움에 사로잡힌 구미, 희망에 찬 아시아

이들의 1차적 공격대상이 된 구미 사회를 지배하는 감정은 '두려움'이다. 이 두려움은 단순히 이슬람 테러리스트들의 무차별 공격의 대상이 됐다는 데서 오는 게 아니다. 문제는 그보다 더 본질적인 곳, 즉 자신들이 더 이상 세계를 움직이는 주역이 아니라는 인식에서 온다.

유럽의 경우, 경제적으로는 새로이 대두하는 아시아의 도전을 받고 있고, 세계는 더 이상 그들의 뜻대로 좌지우지되지 않는다. 설상가상으로 그들이 자랑하던 민주주의마저 삐걱대고 있다. 냉전의 해체는 '유럽'이라는 집단의 정체성에 의문을 던지고 있다. 이슬람 테러는 유럽인들의 두려움에 불을 지르면서, 그들을 더욱 위축시키고 있다. 유럽 각국에서 번져가는 외국인혐오는 그 좋은 예이다.

미국의 경우는 어떤가? 이미 1980년대 후반부터 미국인들은 자신들이 도덕적 우월성, 미국 고유의 국가적 사명감, 국제사회에서의 미국의 위치—한 마디로 아메리칸 드림—를 상실한 것이 아닌가 하는 두려움 속에서 살아왔다. 유럽이 느끼는 두려움 가운데 상당 부분은 미국의 두려움이기도 하다. 9·11테러는 미국의 두려움의 문화를 창조하지는 않았지만, 두려움의 깊이를 더했다.

설상가상으로 냉전 종식 이후 표면화된 미국과 유럽 간의 불신과 갈등은 양쪽 모두의 두려움을 심화시켰다.

이슬람세계나 구미와는 달리, 아시아는 '희망의 문화'가 지배하고 있다. 두말 할 것도 없이 이러한 희망은 자신감에서 나온다. 그 자신감은 경제적 발전, 특히 중국과 인도의 폭발적 발전에서 비롯된 것이다. 다만 경제적으로 침체하고 사회적으로 늙어가는 일본은 이러한 희망에서 벗어나 있다.

저자는 위에서 본 문제들을 해결하기 위한 방안으로 '타인과 자신에 대한 이해'를 강조한다. 다른 세계에 대한 이해와 관용, 변화되어 가는 세계 속에서 자신의 위치를 수용하는 슬기 (예컨대 미국이나 유럽에게는 국제사회에서 축소된 자신의 위치를 인정하라는 얘기), 자기 고유의 가치를 재해석하고 이를 공유하려는 의지 등을 강조하면서, 특히 미국에서 국제사회에서 보다 겸손하고 이타적으로 행동하라는 것이 저자의 주문이다.

지금 대한민국을 지배하는 감정의 색깔은?

희망, 굴욕, 두려움이라는 세 가지 감정의 잣대를 가지고 세계를 분석하는 도미니크 모이시의 관점은 한반도 문제나 국내 정치를 이해하는 데도 유용하다. 중국과 러시아의 자신감이 한반도를 둘러싼 국제문제 해결에 어떻게 작용하는 지는 이미 앞에서 살펴봤다. 남북한 관계에 저자의 공식을 대입한다면, 저자도 말하듯이 대한민국은 '굴욕감'을 국가발전의 에너지로 승화시킨 대표적인 국가이다. 다행히 우리는 이승만–박정희 정권 시절에 모이시가 들었던 '좋은 굴욕'이 되기 위한 조건들을 갖추고 있었기 때문이다. 반면에 북한은 '나쁜 굴욕'과 '두려움'에 사로잡혀 총체적 '실패국가'로 전락하고 말았다.

두려움은 자신감의 부족을, 희망은 자신감을 나타내고, 굴욕은 '미래에 대한 희망을 잃어버린 사람들의 상처받은 자신감'을 뜻한다고 했던 도미니크 모이시의 관점을 국내 정치에 적용해 보자.

좌파정권 10년 동안 이 나라를 이끌었던 김대중-노무현이나 386(얼마 전부터 언론에 의해 486으로 뒤늦게 업그레이드 된)정치인들의 의식을 점령하고 있었던 감정은 희망이었을까, 굴욕이었을까, 두려움이었을까?

보수세력이나 지금 국정을 책임지고 있는 위정자들의 의식을 지배하고 있는 감정은 희망일까, 굴욕일까, 두려움일까?

무엇보다도 지금 대한민국을 표현한다면 어떻게 표현해야 할까? 희망의 대한민국인가, 굴욕의 대한민국인가, 아니면 두려움의 대한민국인가?

분명한 것은 대한민국이 굴욕이나 두려움에 사로잡힌 나라로 추락해서는 안 된다는 것이다. 대한민국은 '희망의 대한민국'이어야 한다. 그리고 '희망의 대한민국'을 만드는 것은 바로 우리 자신의 몫이다. 그러기 위해서는 무엇보다도 우리 마음속에 똬리를 틀고 있는 굴욕(상처받은 자신감)과 두려움(자신감의 부족)부터 몰아내야 할 것이다.

《감정의 지정학》| 도미니크 모이시 | 유경희 옮김 | 랜덤하우스 | 2010

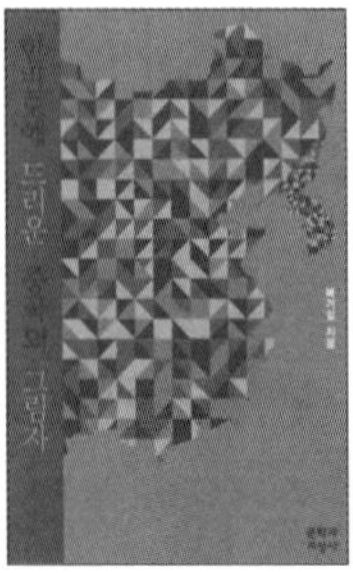

《한반도에 드리운 중국의 그림자》_복거일

한반도는 다시 중국에 예속될 것인가?

–친북좌파 척결과 한미동맹 강화로 한국의 핀란드화 막아야

오랫동안 러시아의 속령(屬領)이었던 핀란드는 러시아혁명의 와중이던 1917년 12월 독립을 선언했다. 독립 직후 핀란드는 치열한 좌우 내전을 치렀지만, 제정 러시아군 장성 출신인 만네르하임 원수가 공산분자들을 진압하는데 성공했다.

1939년 스탈린의 소련은 핀란드의 국경이 레닌그라드에서 불과 30㎞밖에 떨어져 있지 않아 자국의 안보가 위협받고 있다면서 핀란드에 영토할양을 요구했다. 핀란드가 이를 거부하자 소련은 그 해 11월 핀란드를 침공했다. 핀란드군은 영웅적으로 항전했지만 소련의 압도적인 군사력 앞에서는 역부족이었다. 핀란드는 결국 이듬해 3월 강화조약을 맺고 소련의 요구를 수용했다.

이후 절치부심하던 핀란드는 1941년 나치 독일이 소련을 침공하

자 히틀러의 편에 서서 잃어버린 영토의 수복을 꾀했다. 하지만 나치 독일의 패색이 점점 짙어지자 핀란드는 1944년 9월 단독으로 소련과 강화조약을 체결했다. 핀란드는 탈환했던 영토를 비롯해 전 국토의 12%를 소련에 할양해야 했고, 군비의 제한, 반소적 정치인의 숙청과 처벌 등도 받아들여야 했다.

그 뿐이 아니었다. 소련에 병합되는 것을 두려워 한 핀란드는 이후 독립을 유지하기 위해 소련에게 굴종하는 길을 택했다. 핀란드의 정치와 외교 · 국방 정책은 소련에 철저히 종속됐다. 소련의 승인을 받은 자만이 대통령이나 각료가 될 수 있었다. 사회 각 분야에서 입신출세를 꿈꾸는 자는 모스크바에서 든든한 줄을 찾아야 했다.

더 나아가 언론인 · 학자 · 문화예술인들도 소련의 비위를 거스르는 발언이나 보도, 창작활동을 스스로 삼가게 됐다. 반소 · 반러시아적 서적들은 도서관에서 사라졌다. 자기검열이 만연하게 된 것이다.

덕분에 핀란드는 패전 직후 걱정했던 것처럼 소련에게 합병되는 상황은 피할 수 있었다. 핀란드는 소비에트 러시아라는 거대한 전체주의 국가를 이웃에 두고도 의회민주주의와 시장경제에 바탕을 둔 복지국가를 건설하는 데 성공했다.

하지만 그 대가는 작지 않았다. 무엇보다도 끔찍한 것은 처음에는 독립을 보존하기 위한 '필요악'으로 시작됐던 소련에 대한 굴종이 핀란드인들의 체질이 되어버렸다는 사실이다. 정치인들은 소련에 대한 굴종을 '원숙하고 지혜로운 정책'이라고 선전했고, 핀란드인들은 이를 받아들였다. 그것은 스스로를 속이는 거대한 위선이었다.

이러한 일련의 과정을 정치학자들은 '핀란드화(Finlandization)'이라고 한다. '핀란드화'란 '자신과 체제정체성(正體性)이 다른 강대국과 이웃하고 있는 약소국이 독립을 보존하기 위해 일정 부분 주권의 침해를 감수해가면서 강대국에게 양보하고 굴종하는 현상'을 말한다.

한국은 핀란드화할 것인가?

소설가이자 시인이고, 경제 · 사회 평론가이기도 한 복거일(卜鉅一) 선생이 쓴 《한반도에 드리운 중국의 그림자》는 참고문헌 목록까지 합쳐서 150페이지 밖에 안 되는 작은 책이다.

하지만 이 책 속에 담긴 내용은 결코 간단치 않다. 아니 오히려 읽은 이의 등골을 오싹하게 만든다. 왜냐하면 이 책은 한국의 '핀란드화', 즉 중국에 대한 한국의 굴종 내지 예속 가능성을 경고하고 있기 때문이다.

그렇게 생각하는 근거로 저자는 중국의 경제성장에 따르는 중국 제국주의의 부활과 중국에 대한 한국경제의 의존도 심화를 든다.

저자는 중국은 스스로를 '세상의 중심(中國)'이라고 일컫는 데서도 알 수 있듯이 전통적으로 패권주의 · 제국주의를 추구해 온 나라였다고 지적한다. 저자는 아편전쟁 이후 100여년 간 서구와 일본의 침략에 시달리면서 눌렸던 그런 속성이 공산정권의 수립과 개혁개방 이후 폭발적인 경제성장에 힘입어 다시 분출되기 시작했다고 보면서, 중국의 제국주의적 전통은 공산정권의 압제적 속성과 민족주의를 통해 정권의 정통성을 확보하려는 중국공산당의 의도와 맞물리면서 더욱 공격적인 형태로 나타날 것이라고 경고한다.

물론 한반도도 여기서 예외일 수는 없다. 역대 왕조가 중국에 칭신(稱臣)하면서 조공(朝貢)을 바쳤던 역사적 경험과 한반도의 지정학적 중요성에 비추어 볼 때, 중국이 한반도에 대해 관심을 보이지 않는다면, 그것이 오히려 이상한 일일 것이다.

저자는 "이미 북한에 대한 중국의 영향력은 거의 절대적이어서 북한은 실질적으로 중국의 속국이 되었고, 한국도 중국의 자장(磁場) 안에 들었다"고 지적한다. 한국에게 있어서 중국이 수출과 수입, 대외직접투자에서 가장 큰 비중을 차지하는 나라가 됐다는 사실은 한국의 대중(對中) 의존도가 그만큼 심화됐다는 것을 의미하는 것이기도 하다.

과연 한국은 핀란드화할 것인가?

안타깝게도 저자는 한국의 중국에 대한 '적응적 묵종' 그 자체는 피할 수 없을 것으로 본다. ▲이념과 체제가 전혀 다른 전체주의적 강대국을 상대한다는 점 ▲그 강대국과 전쟁을 치른 적이 있다는 점 ▲강대국에 경제적으로 크게 의존한다는 점 ▲이념적 분열의 역사를 갖고 있고 사회적 응집력이 약하다는 점에서 한국과 핀란드는 유사하다는 것이다.

저자는 한국이 이미 '핀란드화'되어 가고 있는 사례로 2008년 베이징올림픽 성화 봉송 사건을 든다. 저자는 "그렇게 폭력을 휘두른 중국 젊은이들이 구속조차 되지 않았다. 그렇게 비정상적인 상황은 중국 정부의 영향력이 이미 우리 사법체제에 압력을 가할 만큼 크다는 것을 보여 준다"고 지적한다.

저자의 관심은 장차 우리가 중국에 대해 '적응적 묵종'을 하더라도 얼마나 양보를 최소화하면서 우리의 국익과 독립성을 지켜내느냐 하는 것이다. 여기서 관건이 되는 것은 강대국에 대한 양보를 최소화할 수 있는 '대항력'이다.

이 대항력을 구성하는 것은 외교적 대항력, 군사적 대항력, 시민적 대항력의 세 가지다. 외교적 대항력과 군사적 대항력의 핵심을 이루는 것은 우리와 가치를 같이하는 나라와의 동맹이다. 저자는 이 점에서 미국과 동맹을 맺고 있는 한국은 고립되어 있었던 핀란드에 비해 훨씬 유리한 입장에 있었지만, 김대중-노무현 정권이 드러내 놓고 미국에 대해 비우호적인 태도를 보이는 바람에 미국의 신뢰를 잃게 됐다고 안타까워한다. 저자는 "미국의 마음이 떠나면 우리는 갑자기 외로워지고 그만큼 북한의 위협과 중국의 경멸을 받을 것"이라면서 "이명박 대통령이 친북세력의 조직적 반미운동을 통제할 수 있다면, 한국에 대한 미국의 호감과 믿음은 많이 회복될 것"이라고 말한다.

저자는 "외교적 대항력이나 군사적 대항력은 사회가 응집력을 지니고 외국의 위협에 적극적으로 대응할 수 있을 때 뜻을 지닐 수 있다"면서 "대항력의 바탕은 시민적 대항력"이라고 역설한다. 여러 가치 측면, 특히 이념적으로 분열되어 있는 한국 사회는 '시민적 대항력'도 그만큼 약하다는 것이 문제다.

저자는 우리 사회가 이념적으로 분열되어 있는 근본적 원인을 '북한의 존재'에서 찾는다.

"능숙한 선전선동을 통해서, 북한은 한국의 사회적 혼란과 분열을 효과적으로 키운다. 아울러, 한국의 대항력을 줄이기 위해, 북한은 한국 안의 지지 세력을 통해서 미국과 일본에 대한 반감을 확산시킨다.

이처럼 북한이 존재하는 한, 한국의 응집력은 약할 수밖에 없고, 자연히, 중국에 대한 시민적 대항력도 작을 수밖에 없다. 북한은 실은 중국의 부상에 대한 우리의 대책의 핵심이다."

저자는 "북한이 한국에 흡수되어 한반도가 통일되면, 중국에 대한 우리의 대항력은 단숨에 몇 곱절 늘어날 것"이라면서 "중국은 이런 사정을 어떤 나라보다도 잘 안다. 그래서 중국은 큰 값을 치르면서도 한반도가 분열된 상태에 머물도록 노력했고 앞으로도 북한이 무너지지 않도록 도울 것"이라고 지적한다.

친북좌파 척결은 핀란드화를 막는 첫 걸음

수천 년 동안 계속되어 온 한중 관계 속에서 한반도가 그나마 중국의 영향으로부터 자유로웠던 기간은 40여년 간의 냉전 시대 동안이었다. 그리고 한국이 중국에 대해 머리를 쳐들 수 있었던 것은 1980년대 후반부터 10년 남짓한 짧은 기간뿐이었다. 그리고 경제발전에 힘입어 갈수록 오만해 지는 중화제국 앞에서 우리는 다시 위축되고 있다.

중국이 어떤 나라인가? 문화대혁명을 통해 수천만 명의 자국민을 학살한 나라다. 경제발전에도 불구하고 1당 독재 체제를 유지하면서, 자유 · 정의 · 인권에는 무지한 정치 · 사회 후진국이다. 동북공정을 통해 고구려와 발해는 물론 우리 역사의 뿌리인 고조선의 역사마저 도둑질해 간 나라다. 조선 영조 때 만든 해시계에 청나라 연호가 쓰여 있다는 이유로 중국에서 만든 것이라고 억지 주장하는 나라다. 6 · 25 당시 중공군을 투입해 우리의 통일을 가로막았고, 지금 이 순간에도 6자 회담 의장국이라는 위치를 이용해 북한의 핵무장을 은근히 두둔하고 김정은 정권을 원조하면서 자유통일을 방해하고 있는 나라다.

우리들과 우리들의 후손이 그런 중국에게 다시 머리를 조아리면서, 중국의 승인을 얻은 사람만이 대통령이 되고 총리나 장관이 될 수 있는 나라, 중국에 비판적인 정치가나 지식인은 거세되는 나라, 중국의 비위를 거스르는 글은 쓸 수 없는 나라, 중국의 눈치를 보느라 〈연개소문〉이나 〈대조영〉 같은 드라마는 만들 수 없는 나라, 중국이 우리의 역사를 훔쳐가도 숨죽이고 가만히 있어야 하는 나라에서 살아야 한다고 생각해 보라. 생각만 해도 끔찍하지 않은가? 우리 후손들에게 그런 못난 나라를 물려주어야겠는가?

이제라도 늦지 않았다. 지금부터라도 정신 바싹 차리고 중국에 대한 우리의 '대항력'을 길러나가기 위해 총력을 기울여야 한다. 밖으로는 미국 · 일본 등 해양세력과의 동맹을 재정비 강화해 외교적 · 군사적 대항력을 제고하고, 안으로는 좌파세력을 척결해 시민적 대항력을 강화해야 한다.

저자는 "미국과 일본에 대한 반감을 퍼뜨리고 북한 정권을 지지하는 일이 궁극적으로 한반도가 중국에 예속되도록 하리라는 사실을 널리 알리는 것은 중국의 부상에 대한 대책의 첫 걸음"이라고 역설한다.

그렇다. 친북좌파세력 척결은 단순히 남북대결에서 승리하기 위한 것이 아니다. 우리 후손들에게 독립된 자유국가를 물려주기 위한 첫 걸음인 것이다.

[덧붙임] 저자는 원래 이 책을 국내 유수의 재벌기업 산하 연구소에서 펴내려 했으나, 그 연구소에서 책의 내용을 보고 출간을 거절하는 바람에 2009년말 〈문학과 지성〉사에서 책을 내게 됐다고 한다. 한국의 핀란드화는 먼 미래의 일이 아니라 이미 현재진행형인 것이다.

《한반도에 드리운 중국의 그림자》| 복거일 | 문학과지성사 | 2009

《중국, 도대체 왜 이러나》_김기수

'중국의 시대'는 결코 오지 않는다

—'한국인'의 시각에서 중국의 한계를 지적

2010년 천안함 폭침 사건 후 중국은 민관 국제합동조사단의 조사결과를 받아들이기를 거부하면서 북한의 입장을 비호했다. 그리고 그해 11월, 민간인 사상자까지 낸 북한의 연평도포격사태 이후에도 중국은 일방적으로 북한 편을 들었다. 말로는 남북한 쌍방을 향해 자제를 촉구했지만, 실제로는 우리의 대북응징이나 군사훈련에 대한 자세를 촉구하는 것이었다. 너무나도 뻔뻔스러운 중국의 태도 앞에 한국인들은 말문을 잃었다. 그리고 물었다.

"중국이 도대체 왜 저러나?"

그런 질문을 던진 것은 한국인들뿐이 아니었을 것이다. 센가쿠열도 분쟁 후 중국의 노골적인 '완력외교'에 굴복한 일본인들, 위안화 절상을 요구하는 미국을 향해 "너나 잘 해"라는 식으로 쏘아붙이는 중국 고위당국자들을 접한 미국인들, 2010년 류샤오보의 노벨평화상 수상이 결정된 후 중국정부의 보복위협을 들은 노르웨이인들과 류샤오보의 노벨평화상 시상식을 훼방하기 위해 날뛰는 중국정부의 작태를 목격한 세계인들도 마찬가지 질문을 던졌을 것이다.

이 질문에 대해 답을 주는 책이 한 권 나왔다. 김기수 세종연구소 국제정치경제연구실장이 쓴 《중국, 도대체 왜 이러나》가 바로 그 책이다. 책 제목에서도 알 수 있듯이 저자는 이 책에서 중국이 종래의 도광양회(韜光養晦)의 태도를 버리고 유소작위(有所作爲), 더 나아가 돌돌핍인(咄咄逼人)의 행태를 감추지 않고 있는 이유를 철저히 분석하는 한편, 중국의 경제적·전략적 한계를 지적하면서 한국이 나아갈 바를 제시한다.

중국은 한반도의 통일을 원치 않는다

이 책 제1장의 제목은 '중국은 왜 북한을 비호하는가?'이다. 저자가 보는 외교주체로서의 중국은 과거 중화주의적 세계관과 아편전쟁 이후 열강의 반(半)식민지로 전락했던 치욕의 역사에서 비롯된 콤플렉스에서 벗어나지 못하고 있는 모순적 존재다. 이에 따라 중국은 자기보다 강한 나라에 대해서는 고개를 숙이고, 작지만 야무진 한국이나 베트남 같은 나라는 분할통치하며, 티베트와 같은 약소국은 가차 없이 집어삼킨다.

1992년 중국이 북한의 반발을 무시하고 한국과 수교(修交)를 강행한 것이나, 오늘날 국제적인 비판을 무릅쓰면서까지 북한을 한사코 비호하는 것은 방향은 다르지만 그 목적은 하나다. 바로 한반도의 분할지배다. 중국은 한국에 의한 자유통일은 물론, 북한에 의한 적화통일도 원치 않는다. 중국이 원하는 것은 한반도의 영구분단이다. 저자는 "중국의 전략은 한국으로부터는 경제적 실리를, 북한으로부터는 전략적 이득을 취하겠다는 것"이라면서 "뿌리가 다른 두 이득은 교환될 수 없음에도 한국민들은 그것이 가능하다고 믿는 것이 문제"라고 지적한다.

이런 중국의 작태가 아무리 괘씸하다 해도, 중국을 향해 우리도 할 말은 하기에는 뒷골이 땡긴다. 중국이 너무나도 무서운 속도로 성장하고 있기 때문이다. 중국은 2010년 일본마저 제치고 세계2위의 경제대국으로 올라섰다. 이제 세계인들의 관심은 중국이 '언제쯤' 미국을 제치고 세계1위의 경제대국으로 등극(登極)할 것이냐 하는 데 모아지고 있다. 중국이 미국을 제치는 날이 오리라는 것은 이미 당연한 것처럼 여겨지고 있다.

중국은 결코 미국을 앞지를 수 없다

하지만 저자는 이 책의 제2장 '중국경제, 영원한 성장은 없다'에서 중국이 미국을 제치는 날은 결코 오지 않으리라고 단언한다. 서구(西歐)의 경우 수백 년에 걸쳐 과학의 발전과 기술의 진보, 자본주의가 함께 균형적으로 발전해 온 데 비해, 중국은 화교자본 등 외자(外資)와 저임 노동력을 집중 투하하여 불균형성장을 해왔기 때문에 조만간 한계에 도달한다는 것이다. 저자는 여기서 과거 소련이나 일본도 투입 위주의 경제성장으로 세계를 놀라게 하면서 언젠가 미국을 제칠 것으로 여겨졌지만, 그 예언은 보기 좋게 빗나갔다는 사실을 상기시킨다.

여기에 더 이상 미래를 위해 현재를 희생하지 않으려는 신세대 노동자들의 등장, 2020년이면 은퇴자가 1억명에 달하게 될 정도로 급속하게 진행되는 노령화, 극심한 빈부격차, 지도층의 부정부패, 사회보장체제의 미비 등이 중국의 앞날을 더욱 어둡게 하고 있다.

저자가 중국의 한계로 가장 주목하고 있는 부분은 '경제는 자본주의가 상당히 가미된 반(半)서구식 제도, 정치는 약간 변형된 공산독재체제'가 병존하는 데서 오는 모순이다. 이러한 모순은 1989년 천안문사태로 이미 한 번 드러난 바 있다.

저자는 이러한 모순을 극복하기 위해 중국 공산정권이 쓸 수 있는 방안은 4가지라고 말한다. 정치적 반대세력에 대한 무자비한 탄압, 지속적인 경제발전을 통해 국민의 관심 돌리기, 고전적인 3S(스포츠, 섹스, 스크린)정책을 통한 민심호도, 그리고 대외적 힘의 과시를 통한 민족주의에의 호소다.

특히 마지막 항목은 동북공정(東北工程)이라는 '역사 도둑질'이나 천안함-연평도사태 이후 중국의 북한 감싸기와 고압적 외교를 경험했고, 센가쿠 분쟁 이후 막무가내로 일본을 윽박지르는 '완력외교'를 목도한 우리에게는 남의 일이 아니다.

이런 이웃을 둔 대한민국은 과연 어떤 길을 택해야 할까? 이 책의 제3장은 바로 그에 대한 해답을 제시한다. 제3장의 제목은 '중국은 절대 미국을 따라잡을 수 없다'이다. 우리가 요즘 익숙하게 접하고 있는, 길게 잡아서 금세기 말, 빠르면 10년 안팎이면 중국이 미국을 따라잡을 것이라는 주장과는 거리가 멀어도 한참 먼 주장이다.

저자는 그 이유를 군사적 · 경제적 측면에서 분석한다. 우선 국방비나 군사력의 질적 수준에서 중국은 미국에 한참 못 미친다. 2010년 연평도사태 후 자신의 내해(內海)로 간주해 온 서해에 미국의 핵항모전단이 진입해도 중국은 변변히 대응하지 못했다. 이는 중국의 군사적 한계를 단적으로 보여준 사건이었다.

미래전은 '인류 역사상 처음으로 서로 다른 수준의 군사장비를 사용하는 전쟁'이 될 것이라는 것이 군사전문가들의 견해다. 중국은 이 분야에서 결코 미국을 따라잡을 수 없다. 첨단 미래전의 바탕이 되는 것은 과학기술이고, 과학기술의 바탕이 되는 것은 자유로운 사회이기 때문이다.

경제적 패권(覇權) 역시 마찬가지다. 글로벌 금융위기로 기축(基軸)통화인 달러화의 위상이 흔들리고는 있지만, 현실적으로 이를 대신할 수 있는 방안은 없다. 중국이 내놓은 방코나 SDR로 달러화를 대신하는 방안은 현실성이 떨어진다. 중국의 낙후된 금융시스템 때문에 위안화가 달러화를 대체하는 것은 더더욱 요원한 일이다. 세계대전이 있은 후에야 기축통화가 바뀌었다는 역사의 경험은 기축통화의 변경이 얼마나 어려운 일인가를 웅변한다. 다시 말하면 달러화의 위상이나 이에 기반한 미국의 경제적 패권은 쉽게 바뀌지 않을 것이라는 얘기다.

이 책의 맨 마지막에 가서 저자는 중국계 미국 경제학자인 천즈우의 말을 빌어 단호하게 외친다. "중국식 발전모델? 지구상에 그런 건 없다!"고. 중국의 팽창에 가위 눌렸던 사람들에게는 십년 묵은 체증이 내려가는 것 같은 시원한 결론이 아닐 수 없다.

한국의 경쟁력은 자유다

사실 중국의 한계를 지적하는 책들은 중국의 장밋빛 미래를 점치는 책들만큼은 아니더라도 그동안 적지 않게 나왔었다. 하지만 그런 책들은 서구 내지 미국적 시각에서 중국을 보고 있다는 한계도 안고 있었다. 경우에 따라서는 19세기 말 서구제국주의 국가들에서 유행했던 '황화론(黃禍論)'이나 1980년대를 풍미했던 '일본 때리기'를 변주(變奏)한 것이라는 느낌을 주기도 했다.

이 책은 '한국인'의 시각에서 중국의 한계를 지적하고 있다는 점에서 의미가 크다. 특히 북한과 중국과의 관계를 적확하게 짚고 있는 것은 이 책의 큰 장점이다.

물론 아쉬움도 없지 않다. 저자가 중국의 경제적 한계를 분석한 틀은 다분히 '미국'의 것이다. 그런 시각에서 보면 한국경제도 중국에 못지않은 숙제를 안고 있다는 생각에 마음이 무거워진다.

하지만 우리에게는 중국이 갖고 있지 않은 커다란 강점이 하나 있다. 그것은 바로 '자유'이다. 자유는 저자가 끊임없이 강조하고 있듯이 지속가능한 경제발전을 위한 가장 큰 자산이다.

우리 대한민국은 지난 60여년 동안 피와 땀과 눈물로 그 자유를 키워왔다. 우리가 가진 자유는 지난 60여년 간 자유를 억압하고 말살하려 해 왔던, 그리고 지금 이 순간에도 자유를 질식시키기 위해 체제가 가진 모든 수단을 동원하고 있는 공산중국으로서는 결코 가질 수 없는 소중한 자산이다. 저자는 "한국은 민주주의와 자본주의에 기초하고 있으므로, 시민의 자유, 시장의 원칙, 그리고 그것의 결과인 소유권의 보장 등과 같은 현대사회의 기본적 틀은 애초부터 타고난 셈이지만, 공산주의 국가로 출발한 중국은 한국이 처음부터 지녔던 현대화의 요소를 지금도 결여하고 있다"고 말한다.

그러나 오늘날 우리 사회에는 '자유'의 소중함을 모르는 자들이 너무나 많다. 김씨 세습왕조에 충성을 맹세한 종북(從北)세력들, 김정은 집단과의 야합을 통해서만 정치적 잔명(殘命)을 이어갈 수 있는 정상배들, 그리고 독립불기(獨立不羈)의 자유정신을 좀먹는 포퓰리스트들이 바로 그들이다. 그들에 맞서 싸우는 것, 그것이 바로 오늘을 사는 우리가 해야 할 일이다.

마지막으로 이 책은 우리에게 '한미동맹'의 소중함을 다시 한 번 일깨워준다. 한미동맹은 이제 단순히 북한의 도발을 억제하는 장치가 아니다. 뻔뻔하고 저열하고 무자비한 중화제국주의자들 옆에서 살아가야할 대한민국, 아니 전체 한민족(韓民族)의 생존을 담보하는 필수적인 장치이다. 저자는 "영토적 욕심이 없는 국가의 힘을 빌려 영토적 야심이 있는 국가를 견제할 수 있다면, 그보다 탁월한 선택은 없다"고 역설한다.

중국이 "한미동맹은 시대착오적인 냉전시대의 유물이므로 폐기되어야 한다"고 목소리를 높이거나, "너희는 왜 미국하고만 친하게 지내느냐?"고 속삭이는 이유도 여기에 있다.

하지만 중국이 목소리를 윽박지른다고, 혹은 달콤하게 꼬드긴다고 해서 한미동맹이라는 안전장치를 풀어버리는 순간 중국은 그 마각을 여지없이 드러낼 것이다. 그때 한국은 티베트의 전철(前轍)을 밟아 '동북(東北) 4성(省)'의 하나로 전락하지 말라는 법이 없다. 한미동맹을 깨려 획책하는 자들은 우리들과 우리들의 후손을 중국의 노예로 만들려는 자들이라고 해도 과언이 아니다. 그들에게 단호하게 맞서 싸우는 것이야말로 민족의 자주와 조국의 독립을 지켜내는 지름길이 될 것이다.

《중국 도대체 왜 이러나》| 김기수 | 살림 | 2010

《중국은 무엇을 생각하는가》_마크 레너드

중국식 '벽으로 나뉘는 세계'와 한국의 선택

–황하자본주의, 협의형 독재, 종합국력의 추구 등 굴기(崛起)하는 중국을 이끄는 지식인들의 담론 소개

시내 대형서점에 나가보면 중국에 대한 책들이 산처럼 쌓여 있다. 그야말로 중국의 '굴기(崛起)'를 실감케 된다.

중국 관련 책들 가운데 요즘 눈길을 끄는 것은 굴기하는 자신(自身)의 힘에 대한 자신감(自信感)을 바탕으로 일종의 '중국 모델'을 체계적으로 정립하고자 하는 중국인들의 책이다. 관중(管仲; 중국 춘추시대 제(齊)나라의 명재상)의 사상을 정리했다는 고전(古典) 《관자(管子)》를 빌려 '중국 특유의 사회주의 시상경제'를 합리화하는 자이위중(翟玉忠)의 《국부책(國富策)》, 서구(西歐)의 민주주의를 본래의 민주주의에서 일탈된 것이라고 폄하하는 왕샤오강(王紹光)의 《민주사강(民主四講)》 등이 그것이다.

이런 책들을 보면 '중국이 이제 단순히 고도성장을 구가(謳歌)하던 단계를 넘어서 그것을 가능하게 만든 자신들의 정치 · 경제 시스템을 이론화(理論化)하고, 더 나아가 이를 세계에 수출하려 드는 단계에 접어들었다'는 생각이 든다.

영국의 국제문제전문가인 마크 레너드(Mark Leonard)가 쓴 《중국은 무엇을 생각하는가》는 바로 굴기하는 중국 지식엘리트들의 지적(知的) 동향을 경제 · 정치 · 국제문제로 나누어 일목요연하게 정리한 책이다.

신좌파(新左派)의 대두

중국 지식인들의 논의를 살펴보아야 하는 이유는 "역설적이게도 중국 지식인의 영향력은 그 나라의 억압적인 정치체제로 인해 더욱 증폭되었다"는 저자의 말에서 찾을 수 있다. "야당도, 독립적인 노조도, 정치인들 사이의 공식적인 이견도, 언론의 비판도 존재하지 않는 상황에서 결국 지식인의 논쟁이 정치의 대용물이 된다"는 것이다.

경제분야와 관련해 먼저 눈에 띄는 것은 중국이 개혁개방을 선언한 이래 지난 30년간 담론을 지배해 왔던 자유주의 성향의 신우파(新右派)의 퇴조와 신좌파(新左派)의 대두다.

신좌파의 리더 격인 경제학자 왕후이(王暉)는 1989년 천안문시위에 참여했다가 이후 도피생활을 하면서 지방 노동자 · 농민들의 빈궁한 삶에 눈을 뜨게 된 인물. 그는 "중국은 '오도된 사회주의와 패거리 자본주의(정실자본주의)'라는 양극단에 빠져 있으며, 두 시스템의 가장 나쁜 면에 고통을 당하고 있다"고 말한다.

신좌파가 생각하는 대안(代案)은 인민의 복지를 담보해 주는 '강한 정부'이다. 이들은 과도하게 수출에 의존하면서 내수(內需)는 취약한 중국경제의 치명적인 문제를 해결하기 위해서라도 '강한 정부'와 '복지국가'가 필요하다고 주장한다. "질병, 실업, 노년의 위기로부터 보호해 줄 복지정부가 없다면 국민은 버는 만큼 소비하기보다 미래를 위해 돈을 저축하는 데 더 전념하게 될 것"이라면서 "국민에게 사회안전망을 제공할 중앙정부가 있을 때 국민이 비로소 마음 놓고 소비할 수 있다"는 것이 이들의 주장이다.

신좌파의 요구는 이미 부분적으로 국정에 반영되고 있다. 후진타오(胡錦濤) 주석이 내세우는 화해(和諧)사회, 녹색성장에 대한 중국정부의 관심과 투자가 그 예(例)이다.

저자는 '성장의 결과물을 잘 분배하고 사회 서비스를 제공하는 국가의 책임을 강조하는' 중국식 경제모델을 '황하(黃河)자본주의'라고 명명(命名)하면서, "'황하자본주의'는 자유방임적 자유주의의 발전을 지지하는 '평평한 세계'의 철학에 도전장을 내밀었다"고 말한다.

중동발(中東發) 민주화혁명 이후 중국의 정치개혁이나 민주화는 세계적 관심사가 되고 있다. 이 책에서 저자는 쓰촨성(四川省) 핑창현에서 시행되고 있는 상향식 공직선거, 쓰촨성 부원향의 향장(鄕長)직선제 등의 '점진적 민주주의' 실험을 애정 어린 눈으로 소개한다.

하지만 오늘날 중국 지식인 사회에는 "민주주의는 좋은 것"이라고 외치면서 이러한 실험을 이끌고 있는 위커핑(兪可平) 등 일단의 정치개혁가들이 있는가 하면, "당신들은 민주주의가 마치 전 세계로 전파돼야 할 종교라도 되는 양 떠들어대지만, 선거제도는 지금 중국이 직면한 어떠한 문제도 해결해 줄 수 없다"고 주장하는 판웨이(潘維) 베이징대 교수 같은 이들도 있다.

'정부를 누가 이끌어야 하는가'보다는 '어떻게 정부가 운영되어야 하는가'에 관심을 갖는 이들은 소수(少數)의 공산당 엘리트에 대한 통치를 받아들이면서, 대신 정책결정과정에서 대중과의 협의나 전문가 참여를 확대해 나가는 '협의(協議)민주주의'(혹은 '협의형 독재정치')를 제안한다. 이들은 "협의민주주의 모델은 정당을 중심으로 한 정치경쟁이나 서구에서 행해지는 대의(代議)민주주의의 전통적 대의기구가 없어도 어떻게 정부가 민주적 가치를 실현할 수 있는지 보여준다"고 주장한다.

흥미로운 것은 사안에 따라 신우파와 신좌파의 입장이 도치(倒置)되는 경우가 있다는 점이다. 경제면에서의 자유 확대를 주장하는 신우파는 국가 역할의 축소를 주장하면서도 현실적으로 공산당의 권위주의 통치를 인정하는 '협의민주주의'에 기우는 반면, 신좌파는 정부가 기득권과 부(富)의 재분배에서 충분한 정당성을 확보하기 위한 방법으로 선거제도를 더 지지하는 것이 그 예이다.

'화평굴기' vs. 네오콤

지난 30년간 중국의 대외정책 기조는 덩샤오핑(鄧少平)의 유훈(遺訓)인 도광양회(韜光養晦)였다. 원래 '빛을 감추고 어둠 속에서 힘을 기른다'는 뜻을 가진 이 말은 중국의 대외정책과 관련해서는 '중국은 가난하고 약한 나라이기 때문에 갈등과 충돌을 피하고 경제발전에 집중해야 한다'는 의미로 해석된다.

때문에 중국은 고도성장을 구가하면서도 '굴기'라는 말조차 금기시해 왔다. 하지만 중국은 더 이상 '빛을 감출 수 없게' 되자 묘한 말을 만들어냈다. '화평굴기(和平崛起)'가 바로 그것이다. 이 말을 만들어낸 정비젠(鄭必堅) 전 중국공산당 중앙당교 부교장을 비롯해 친야칭(秦亞靑), 스인훙(時殷弘) 등 일단의 학자들은 '자유주의적 국제주의자'라고 불린다. 이들은 중국이 피해의식을 버리고 국제문제에 보다 적극적인 역할을 수행하고 자신의 국익을 방어하는 데 좀 더 과단성 있는 태도를 보여야 하지만, 이 모든 것은 기존의 국제체제 속에서 이루어져야 한다고 주장한다. 그래서 '화평굴기'인 것이다.

하지만 옌쉐퉁(閻學通) 칭화대 국제관계연구소장 등은 이러한 주장에 대해 "역사상 어떤 강대국도 평화적으로 부상하지 않았다"고 반박한다. 미국의 네오콘(Neocon)과 비견해 '신공산주의자(네오콤; Neocom)'라고 불리는 이들은 미국 · 일본 · 타이완 등에 대한 적극적 억제전략을 요구한다.

2010년 중국이 일본과 센카쿠 열도 분쟁이 터지자 무지막지하게 완력(腕力)을 과시해 일본을 굴복시킨 것이나, 천안함 폭침, 연평도 포격 이후 북한을 일방적으로 두둔하면서 한미연합해군훈련에 대해서는 원색적인 비난과 공갈협박을 서슴지 않은 것은 '네오콤'의 목소리가 정책으로 반영된 것으로 보아야 할 것이다.

'자유주의적 국제주의자'건 '네오콤' 이건, 하드파워와 소프트파워를 교묘하게 배합하면서 국제사회에서 중국의 위상을 강화하는 '종합국력'을 추구한다는 점에서는 크게 다르지 않다.

한국의 선택은?

저자는 "황하자본주의, 협의형 독재정치, 종합국력이란 개념은 세계화에 대해 중국이 특유의 철학을 형성하는 근본토대"라면서 "이 새로운 철학은 민족국가가 주체적으로 경제를 통제하고, 정치를 관리하며, 대외정책의제를 설정하는 독자적 공간의 재건을 목표로 한다"고 말한다. 그는 이 중국식 모델을 미국의 세계화론자인 토머스 프리드먼이 말한 '평평한 세계'와 대비해 '성벽으로 나뉘는 세계(Walled World)'라고 표현한다.

냉전(冷戰) 체제 붕괴 이후 세계질서를 규정해 온 세계화, 신자유주의, 워싱턴 컨센서스, 그리고 수퍼 파워 미국 주도의 일극(一極) 주도체제에 진저리를 내던 이들에게는 정치 · 경제 · 국제문제에서 중국이 제안하는 새로운 모델, 이른바 '베이징 컨센서스'가 매력적인 대안으로 여겨질 것이다.

문제는 이것이 누구를 위한 대안이냐 하는 것이다. 단언컨대 '베이징 컨센서스'의 가장 큰 소비자는 제3세계의 권위주의 독재정부가 될 것이다. 특히 2011년 나토 국가들이 '국민보호'를 내걸고 리비아 카다피 정권을 공격하는 것을 목도한 제3세계 독재정권들은 중국이 금과옥조(金科玉條)처럼 내거는 '주권존중-내정(內政) 불간섭'이라는 구호를 자신을 위한 구명대로 생각할 것이다.

저자 역시 "중국의 부상이 가져온 가장 즉각적인 결과는 확실하다던 '서구 자유민주주의의 보편화'가 중단되었다는 사실"이라고 말한다. '성벽으로 나뉘는 세계'가 됐건 '베이징 컨센서스'가 됐건, '중국 모델'을 우리가 환영할 수 없는 이유도 바로 여기 있다. '중국 모델' 은 한반도 차원에서도 자유의 확산에 장애가 될 수 있기 때문이다.

그럼에도 불구하고 국내 일각에서는 "미국패권시대가 저물고 중국패권시대가 오고 있다"고 소리 높여 외치면서 '중국 모델'에 관심을 보이는 이들이 있다. 그런 주장을 하는 이들을 가만히 보면 평소 대외정책이나 남북관계에서 반미친북적(反美親北的) 행태를 보였던 자들인 경우가 적지 않다.

그들에게는 '민족국가가 주체적으로 경제를 통제하고, 정치를 관리하며, 대외정책 의제를 설정하는 독자적 공간의 재건'을 지향한다는 중국식 '성벽으로 나뉘는 세계'가 매력적으로 보일 수도 있다.

하지만 역사를 보면, 굴기하던 시기의 중국이 주변 국가들에게 그렇게 관대했던 적은 한 번도 없었다는 것을 알 수 있다. 중국의 패권, 중국적 세계관의 수용을 거부하는 나라에 대해 중국은 거침없이 완력을 휘둘렀다. 고조선과 고구려가 패망한 것도 바로 그 때문이었다. 불과 30여년 전에도 중국은 자신에게 고분고분하지 않는 베트남에게 '교훈을 주겠다'면서 무력을 행사했었다. 베트남이 같은 공산주의 국가였는데도 말이다.

《중국은 무엇을 생각하는가》는 중국이 단시일 내에 급격한 성장을 이룬 졸부(猝富)나 '경제동물(Economic Animal)'을 훨씬 넘어서는 존재임을 느끼게 해 준다. 역시 반만년 역사의 중화제국(中華帝國)의 저력은 만만치 않다.

그럴수록 중국의 굴기에 대응하는 대한민국의 생존전략도 정교해져야 한다. 또 중국을 등에 업고 대한민국을 해양동맹에서 탈퇴하게 만들려는 친중(親中)·친북세력의 망동도 엄중 경계해야 한다. 그러기 위해서는 중국이, 그리고 중국을 이끄는 지식인들이 무엇을 생각하는지 알아야 한다. 그것이 이 책을 추천하는 이유다.

《중국은 무엇을 생각하는가》 | 마크 레너드 | 장영희 옮김 | 돌베개 | 2011

《위대하거나 사기꾼이거나》_폴 존슨

솔직 발랄한 102명의 인물평전

–"지도자의 자질은 단순성 · 의지 · 끈기 · 소통능력"

이 책은 영국의 언론인이자 역사학자인 폴 존슨(Paul Johnson)이 자기가 평생 동안 만났던 102명에 대한 이야기를 엮은 것이다. 저자가 만났던 '만남'의 깊이는 다르다. 쿠바 아바나공항에서 헤밍웨이와의 조우 같은 짧은 만남이 있는가 하면, 가까운 조언자이자 연설문 작성자로 오랜 시간 봉사했던 마거릿 대처 전 영국총리와의 만남도 있다.

때문에 그 만남에 대해 기술(記述)한 양도 다양하다. 호주의 화가 시드니 놀런 경처럼 채 한 페이지가 안 되는 경우가 있는가 하면, 처칠 전 영국 총리처럼 16페이지에 달하는 경우도 있다.

등장인물도 각양각색이다. 로이드 조지, 처칠, 드골, 아데나워 등 60~90년 전에 활동했던 역사 속의 인물들이 있고, 다이애너

빈, 대처, 토니 블레어 등 비교적 최근의 인물들도 있다. 조지 오웰, E. H. 카, 헤밍웨이, 비틀즈, 피카소, 숀 코널리 같은 문화예술인들, 그리고 우리에게는 생소한 영국의 방송인이나 코미디언 등도 다수 등장한다.

이 책의 가장 큰 재미는 고정관념을 깨는, 저자 특유의 솔직하면서도 재치 있는 인물평이다.

"피카소는 내가 만났던 사람 중 가장 사악한 사람"

폴 존슨은 파블로 피카소에 대해 "내가 실제로 만났던 사람 중에 가장 사악한 사람이었을 것"이라면서 "고트족, 반달족, 청교도 혁명가들과 전체주의 악당들의 해악을 모두 합해도 그가 예술이 끼친 해악을 따라올 수 없다"고 비판한다. 프랑스공산당원으로, 공산당의 요구에 따라 실제 존재하지도 않았던 미군의 신천학살을 소재로 〈한국에서의 학살〉 같은 그림을 그렸던 피카소에게 걸맞는 비판이다.

《역사란 무엇인가》로 1980년대 한국 대학생들에게 큰 영향을 주었던 좌파 역사학자 E. H. 카에 대한 비판도 신랄하다. 저자는 "카는 거의 반세기에 걸쳐 간교하고도 은밀하게 스탈린주의 러시아를 지지한 사람"이라면서 "그가 레닌을 좋아하고, 스탈린을 더더욱 좋아했던 이유는 그들의 전체주의, 무자비함 때문이었다"고 고발한다. 카의 대표작인 《역사란 무엇인가》에 대해 폴 존슨은 '역사기록의 문제를 다룬 형편없고 위험한 책'이라고 사정없이 깎아내리면서 "사실 그는 역사가가 아니라 정치적 선전물 쪽에 타고난 소질을 지닌 기록인"이라고 꼬집는다.

수학자이자 철학자, 반전(反戰)평화운동가였던 버트런드 러셀을 '지혜가 없고 판단력이 형편없는 영리한 사람'이라고 평가한 것도 재미있다.

마오쩌둥(毛澤東) 밑에서 파국을 막기 위해 노력했던 현명한 재상(宰相)으로 기억되는 저우언라이(周恩來) 전 중국 총리에 대해서는 "진통제 같은 지루한 얘기를 능수능란하게 늘어놓으며 많은 이들을 현혹시켰다. 어쩐지 협잡꾼 냄새가 났다"고 평한다.

민족주의와 사회주의를 내걸고 일세를 풍미했던 제3세계 지도자들에 대한 평가도 냉랭하다.

아랍민족주의의 기수였던 가말 압델 나세르 대통령에 대해서는 "아랍민족주의의 무익함과 어리석음을 잘 보여준 이집트의 독재자"라고 평가한다.

비동맹운동의 맹주 가운데 하나였던 자와할랄 네루 전 인도 총리에 대해서도 "그는 자신은 온 인생을 걸고 제국주의에 대항하였노라고 했다. 하지만 그 자신이 제국주의자였다"고 비판한다. 인도에 통합되기를 거부했던 카슈미르와 고아를 점령하고 주민들의 저항을 짓밟았다는 이유에서다. 저자는 네루를 "정직하지 못하며 일관성 없고 비열하고 허위적이고 위선적이었다"고 평한다.

네루와 함께 비동맹운동을 이끌었던 수카르노 전 인도네시아 대통령에 대해서는 "신조어 만들어 내는 재주가 좋았지만, 그 외에는 잘하는 게 아무 것도 없었다"고 꼬집는다.

대처와의 대화

반면에 폴 존슨은 좌파의 허구성과 맞서 싸운 지도자나 지식인들에 대해서는 상찬(賞讚)을 아끼지 않는다.

냉전을 무너뜨린 로널드 레이건과 마거릿 대처에 대한 폴 존슨의 평가를 보자.

"그들의 공통점은 첫째, 두세 가지의 핵심 정책에서 매우 명확한 견해를 견지했으며, 그 합당한 견해들을 전력을 다해 불굴의 고집으로 밀어붙였다는 것이다. 둘째, 자신들이 중요하다고 생각하는 것들에 대해 보이는 무서운 의지력이었다. 정치에서 의지만큼 중요한 요소는 없다. 셋째, 사회 각계각층의 일반인들 상당수와 공감대를 형성하는 특정 주요 현안들에 대해서는 강한 열의를 보였다는 것이다. 그런 사안들은 분열을 초래하기 쉬웠지만, 두 사람은 많은 이들이 자신과 함께함을 알았다."

폴 존슨은 대처에게 지도자의 자질에 대해 이런 말도 했다고 한다.

"훌륭한 지도자를 가름하는 네 가지 특징이 있습니다. 첫째는 단순성. 더도 말고 딱 두세 가지의 크고 단순한 계획을 혼신을 다해 믿고 가져가야 합니다. 둘째는 의지. 네 가지 중 가장 중요한 특징이죠. 강철 같은 의지를 가지고 앞서 말한 계획들을 밀어붙여야 합니다. 셋째는 끈기. 용기의 다른 이름이죠. 총리의 큰 계획들을 지속적으로 밀고 나갈 용기, 특히 그 계획들을 가로막는 저항이 물밀듯 밀려올지라도 꺾이지 않는 용기입니다. 넷째는 대중에게 총리의 계획들을 이해시킬 수 있는 능력입니다."

모름지기 지도자란 이래야 하는 것이다. 우리도 그런 지도자를 가졌던 적이 있다. 그런 지도자를 갖지 못하고 있다는 것, 그것이 오늘날 대한민국이 표류하고 있는 이유다.

저자가 정부의 역할과 관련해 마거릿 대처에게 해 주었다는 충고도 귀담아 들을 만한 얘기다.

"정부는 수많은 일을 할 수 있고 또 합니다. 하지만 세 가지 일은 반드시 정부가 해야 합니다. 다른 누구도 할 수 없는 일이니까요. 세 가지란 대외방어, 내부 질서, 정직한 통화 운용입니다. 정부는 바로 이 세 가지에 관심과 에너지와 자원의 대부분을 써야 합니다. 물론 현실에서 정부는 많은 일을 합니다만, 그 세 가지 필수 과제는 그만큼 더 소홀해 질 겁니다. 세 가지가 전부 타격을 받겠지만, 더 큰 타격을 받는 것은 통화, 다시 말해 인플레이션입니다."

폴 존슨에 따르면 대처는 그의 얘기를 열심히 메모했고, 몇 년 후 저자에게 이 얘기를 열심히 해 주었다고 한다. 저자가 웃으면서 "제가 해 드린 얘기 같은데요"라고 하자, 대처는 "그럴 리가!"라면서 펄쩍 뛰었다고 한다. 폴 존슨의 얘기가 대처의 평소 철학과 맞아 떨어졌기 때문이기도 하지만, 대처가 올바른 얘기라면 그

만큼 열린 자세로 받아들여 자신의 것으로 체화(體化)했다는 얘기이기도 하다.

스페인내전을 승리로 이끌고 난 후 40년 가까이 스페인을 철권 통치했던 프란시스코 프랑코 장군은 저자에게 이런 말을 한 적이 있다고 한다.

"스페인의 문제는 지주들과 농부들, 혹은 자본가들과 노동자들 사이에 아무 것도 없다는 것이오. 나는 당신들 영국에 있는 그런 큰 중산층을 만들고 싶소. 그러면 우리는 민주주의가 제대로 작동할 수 있는 평화로운 시대를 맞이하게 될 것이오. 하지만 그렇게 되려면 시간이 걸릴 것이오."

프랑코는 단순한 군부독재자가 아니라 제대로 된 민주주의를 하기 위해서는 먼저 안정적인 중산층을 건설해야 한다는 것을 알았던 깨어 있는 지도자였던 것이다. 저자도 언급하고 있지만, 프랑코는 자신이 말한 중산층을 건설하는데 성공했고, 스페인은 그의 사후(死後) 입헌민주정으로 순조롭게 이행했다. 그리고 오늘날 스페인은 세계 12위의 경제대국으로 우뚝 섰다. 저자는 "프랑코의 공산당 파괴가 있었기에 스페인의 통일과 새로운 번영이 가능해진 것도 사실"이라며, 프랑코를 높이 평가한다.

비슷한 이유에서 폴 존슨은 칠레의 군부독재자 아우구스토 피노체트 장군도 높이 평가한다. 그는 피노체트에 대해 "20세기의 인물들 가운데 평가가 가장 잘못된 사람일 것"이라면서 "그의 악마화는 소련 붕괴 전 소비에트 선전기구의 마지막 대승리였다"고 말한다. 그는 피노체트의 철권통치에 대해 "그는 닥치는 대로 무장 강도들을 잡아 총으로 쏴 죽였으며 다시 나라를 회복시켰다. 그 결과 칠레는 제2의 쿠바가 되지 않을 수 있었으며, 19년이라는 비교적 짧은 기간에 라틴아메리카의 최부국으로 부상할 수 있었다"고 평가한다.

좌파이면서도 스페인내전에 참전했던 경험을 바탕으로 스탈린주의의 만행을 고발했던 조지 오웰에게 폴 존슨은 최상의 찬사를 바친다.

"오웰이 이룬 진정한 업적을 말하자면, 얄팍하고 거짓되고 혹은 필시 악에 물들었을 도덕이 판치는 시대에 그 자신 스스로가 믿을 만한 도덕주의자가 된 것이었다. 다시 말해 그는 자신의 글들이 내포한 의미들을 신(神)의 정의의 저울로 잰 사람이었다. 그 모든 의미들을 신의 눈인 '영원의 관점'에서 보았던 그는 당대의 그 누구도 되고자 노력하지 않은 진지한 작가였다. 이런 점에서 오늘의 젊은 작가들은 그를 통해 배워야 한다. 문학의 측면에서뿐만 아니라 도덕의 측면에서, 무엇을 위해 분투해야 하며 무엇을 피해야 하는지를 배워야 한다."

미국 네오콘의 대표적 지식인인 윌리엄 버클리에 대해서는 '미국에서 지적 보수주의의 부활을 이끈 인물'로 평가하면서, "이 같은 일들을 하면서 그는 단 한 번도 자신이 정한 높은 도덕적 기준과 최상의 예의범절을 벗어나지 않았다"고 칭찬한다.

오늘날 우리 사회를 바로잡기 위해서는 레이건이나 대처 같은 용기 있는 정치가가 꼭 필요하다. 하지만 그에 못지않게 오웰이나 버클리 같은 용기와 도덕성을 갖춘 지식인도 반드시 필요하다는 생각이 든다.

《모던 타임스》 등 50여 편 저술

저자는 앞에서 말한 세계사의 거인들 말고도 이런 저런 유명인들과 관련된 일화와 함께 그들에 대한 인상적인 평가를 남기고 있다.

저자는 2011년 '세기의 결혼식'을 올린 영국 윌리엄 왕자의 어머니인 다이애너빈(嬪)의 역사 과외교사였다. 다이애너빈에 대해 그는 "그녀는 모든 부류의 사람들을 진정으로 사랑했으며, 그녀한테서는 우정과 행복이 뿜어져 나왔다"고 하면서도, "언론과의 관계, 섹스를 포기하지 못했으며, 무엇보다 남자를 보는 눈이 없었다"고 아쉬워한다.

물론 이러한 폴 존슨의 인물평은 다분히 주관적인 것일 수도 있고, 그에 대해 공감하지 않는 사람들도 있을 것이다. 하지만 나는 시사주간지 〈뉴스테이츠먼〉의 편집장을 역임한 언론인이자, 《모던 타임스》《기독교의 역사》《지식인의 두 얼굴》 등 50여 편의 저서를 집필한 역사서술가로서의 저자의 안목을 믿는다.

어린 시절 윈스턴 처칠 영국 총리와 만났을 때 큰 성냥을 하나 선물 받았다든지, 극작가 브렌던 비언이 술집에서 귀에 위스키를 들이부으려 하는 장면을 목격했다든지 하는 저자만이 알 수 있는 사소하지만 재미있는 에피소드들을 읽는 재미도 쏠쏠하다.

위인이나 유명인들의 뒷면을 들여다보는 재미와 함께, 역사에 크고 작은 발자국을 남긴 지도자들의 정치와 인생에 대한 통찰을 엿볼 수 있는 책이다. 강추!

《위대하거나 사기꾼이거나》| 폴 존슨 | 이문희 옮김 | 이마고 | 2010

6

자유통일을 위하여

《냉전의 역사》_존 루이스 개디스

데탕트의 소멸과 함께 냉전 종식

–좌파 정부 대북정책은 데탕트의 재판(再版) … 햇볕정책 폐기처분 당연

이 책은 1946년 에릭 블레어라는 53세의 한 영국인이 스코틀랜드 북단(北端)의 외딴 섬에서 소설을 쓰는 것으로 시작된다. 2년 후 그는 조지 오웰이라는 필명으로 한 권의 소설책을 낸다. 책의 제목은《1984》. 전 세계를 전체주의 체제가 지배하는 미래를 그린 이 책은 전체주의와 핵(核)전쟁의 공포가 지배하던 냉전(冷戰) 초기의 우울한 현실인식을 그대로 보여준나.

《1984》가 나온 지 36년 후인 1984년, 전 세계는《1984》의 현재적 의미를 요란하게 되새겨보았다. 한국이 낳은 세계적인 비디오 아티스트 백남준이 '굿모닝 오웰'이라는 작품을 선보인 것도 이때였다. 마침 세계는 소련의 아프가니스탄 침공, 레이건 정권의 등장으로 긴장이 고조되고 있었다. 오웰의 암울한 예언은 여전히 현재

진행형인 것처럼 보였다.

하지만 그로부터 불과 5년 후, 베를린장벽이 무너졌다. 그로부터 2년 뒤에는 소련제국이 해체됐다. 세계는 핵전쟁과 전체주의의 공포로부터 해방됐고, 성급한 식자 가운데는 '역사의 종언'을 소리 높여 외치는 이도 있었다.

냉전사(冷戰史)의 대가인 존 루이스 개디스(John Lewis Gaddis) 예일대 교수는 바로 소련제국이 해체될 무렵 이 세상에 태어난 오늘날의 대학생들을 위해 이 책 《냉전의 역사》(원제; The Cold War)를 썼다. 평생 '냉전'이라는 화두를 연구했던 대가의 작품답게 이 책은 독자를 압도하지만, 다른 한편으로는 한 편의 소설처럼 쉽고 재미있다. 실제로 필자는 이 책을 소설을 읽는 속도로 독파했다.

윌슨적 세계관과 레닌적 세계관의 대립

개디스에 의하면, 제2차 세계대전이 끝난 후 트루먼, 처칠, 스탈린 가운데 그 누구도 냉전을 원치 않았다. 전후(戰後) 복구와 새로운 세계질서를 구축하기 위해서는 모두 상대의 협력을 필요로 했다.

하지만 전쟁 이전부터 형성되고 전쟁을 수행하는 과정에서 축적된 상호불신과, 추축국(樞軸國)의 패망으로도 자국의 안보가 확보되지 않았다는 불안감, 그리고 무엇보다도 '새로운 세계질서'에 대한 인식의 차이가 그들을 대결로 몰고 갔다. 그 바탕에는 폭력혁명과 프롤레타리아독재를 통해 '역사의 발전'을 앞당기려 했던 레닌적 세계관과, '민주주의를 위해 안전한 세계'를 구축하려 했던 윌슨적 세계관의 대립이 깔려 있었다. 주소미국대사관에 근무하던 조지 케넌은 소련 지도층의 억압적이고 비타협적인 본질을 지적하면서 "장기적으로, 인내심을 갖고, 그러나 확고하고 빈틈없이 소련의 팽창욕을 억제봉쇄할 것"을 주창했다.

냉전은 한국전이나 베트남전 같은 열전(熱戰)의 형태로 전개되기도 했지만, 미·소간의 핵무기 개발경쟁과, 핵문제를 둘러싼 지루한 정치논쟁의 형태로도 이루어졌다. '개발된 무기는 언젠가는 사용되기 마련'이라는 전쟁사의 오랜 명제는 냉전 초기 정치인과 과학자·군인·지식인들의 어깨를 짓눌렀다.

하지만 냉전 기간 동안 인류는 핵전쟁의 위기를 용케 피할 수 있었다. 역설적으로 이는 처칠이 핵전쟁 위협에 대해 경고하면서 말했던 '인류절멸(絕滅)의 평등원칙' 덕분이었다. 상호확실파괴(MAD)라는 미치광이 같은 핵전략은 바로 '인류절멸의 평등원칙'의 구체적 표현이었지만, 핵전쟁에서 아무도 살아남을 수 없다는 인식이 핵무기의 사용을 막았다. 미국과 소련이 핵전쟁 일보직전까지 갔던 쿠바미사일 위기도 양국의 다협으로 용케 넘어갈 수 있었다.

그러면서 미국과 소련은 그럭저럭 공존하는 법을 익히기 시작했다. 1961년 8월 동베를린을 거대한 감옥으로 만든 베를린장벽이 구축된 후 안도하게 된 것은 울브리히트 등 동독 지도부만이 아니었다. 서방지도자들도 속으로는 안도의 한숨을 내쉬기는 마찬가지였다. 장벽 구축은 1940년대 후반에서 1950년대 후반 사이에 그랬던 것처럼 베를린을 둘러싸고 미 · 소가 마찰을 빚는 일은 더 이상 없을 것이라는 증표이기도 했기 때문이다. "그 장벽은 대단히 훌륭한 해결책은 아니지만, 전쟁보다는 훨씬 나았다"고 말한 사람은 후일 베를린장벽 앞에 서서 "나는 베를린 시민입니다(Ich bin ein Berliner)"라고 외치면서 장벽을 비난했던 존 F. 케네디 바로 그 사람이었다.

냉전의 희생자는 동서로 갈라진 독일인이나 남북으로 갈라진 한국인, 베트남인뿐이 아니었다. 미국인들 역시 냉전의 뜻하지 않은 희생자가 됐다. 닉슨이 미국의 법치주의와 민주주의를 능욕한 워터게이트 사건을 저지르고도 스스럼없이 '대통령 특권'을 주장할 수 있었던 뻔뻔함은, 아이젠하워 이래 역대 미국 대통령들이 냉전 시대에 이란이나 과테말라, 칠레 등에서 CIA 등을 동원해 '국익'을 빙자한 비합법 비밀공작을 자행해 왔던 타성의 소산이었다.

다른 한편으로는 약소국이라고 해서 순순히 '냉전의 희생물' 역할에만 머무르지도 않았다. 반공포로 석방 등을 통해 끈질기게 휴전협정 체결에 저항하면서 한미상호방위조약을 따낸 이승만은 그 대표적인 예다. 개디스 교수는 이렇게 말한다.

"이승만은 휴전을 파기하는 데는 성공하지 못했으나, 아이젠하워 행정부에게 '종속된 동맹국'이라고 해서 반드시 '맹종하는 동맹국'은 아니라는 신호를 보낸 것이다."

1970년대에 들어서면서 데탕트 시대가 열렸다. 1975년에는 헬싱키조약이 체결됐다. 이를 통해 소련은 제2차 세계대전 이후 형성된 국제질서, 좀 더 정확히 말하면 소련의 동구 지배가 공인되기를 희망했다.

하지만 헬싱키조약은 '양날의 칼'이었다. 헬싱키조약 안에 담긴 인권 관련 규정들은 소련과 동구 여러 나라의 인권운동을 격려했다. 도브리닌 전 주미소련대사의 회고처럼 헬싱키조약은 점차 '반체제와 자유주의운동의 선언문'이 되어갔다.

자유와 경쟁이 부재한 속에서 공산주의 경제는 활력을 잃어갔다. 기본적 생활조건조차 충족이 되지 않는 상태 속에서 공산주의 체제는 안으로 곪아 들어가고 있었다.

데탕트의 소멸과 냉전의 종식

그 상태가 계속됐다면, 인류는 자유민주주의와 공산전체주의라는 상반되는 체제 안에서 만족스럽지는 못한 대로 공존하면서 살아갔을 지도 모른다. 하지만 냉전의 마지막 10년 동안, "우리는 계속 이렇게 살 수는 없다"고 생각하는 사람들이 나타났다. 이 말은 고르바초프 소련공산당 서기장이 부인 라이사 여사에게 한 말로 알려져 있지만, 그렇게 생각한 것은 고르바초프뿐이 아니었다.

레이건, 대처, 요한 바오로 2세, 덩샤오핑 등도 그렇게 생각했다. 레이건은 공개적으로 데탕트를 거부했다. 그는 '데탕트는 냉전을 영속시켰고, 또 영속하게끔 되어 있기 때문에, 오로지 데탕트를 소멸시켜야만 냉전이 냉전을 종식시킬 수 있다'고 믿었다. 일찍이

"공산주의는 일시적 파행현상이며 인간본성에 반하기 때문에 언젠가 지구에서 사라질 것"이라고 말했던 그는 대통령이 된 후 소련을 '악의 제국'이라고 지칭하면서 소련을 압박했다.

레이건은 데탕트만 부인한 것이 아니다. 그가 야심차게 추진했던 SDI(전략방위구상)는 '상호확실파괴'라는 냉전시대의 핵전략을 근본부터 부정하는 것이었다. SDI는 '핵전쟁이 일어날 경우 소련은 망해도 미국은 살아남을 것'이라는 메시지를 크레믈린에 던졌고, 크레믈린은 그 가공할 협박에 무릎을 꿇었다.

대처와 요한 바오로 2세는 그런 레이건의 충실한 동맹자였다. 덩샤오핑은 개혁개방을 통해 중국의 공산체제를 소리 없이 허물어 나갔다.

그리고 마지막 순간, 냉전에 종지부를 찍은 사람들은 따로 있었다. 바로 그단스크, 프라하, 라이프치히, 부다페스트, 부카레스트의 '보통 사람들'이었다. 그들 가운데 대표적인 인물이 그단스크 조선소의 노동자 바웬사였다. 공산체제를 개혁하기를 꿈꾸었던 고르바초프는 소련과 동구의 인민들이 공산체제의 '개혁'이 아니라 '붕괴'를 원한다는 것을 알았을 때, 역사의 수레바퀴가 그대로 굴러가도록 내버려두었다. 냉전은 그렇게 종식됐다. 개디스의 말처럼, 냉전은 공포가 되살아나면서 시작됐고 희망이 승리하면서 끝이 났다.

햇볕정책 폐기처분이 분단의 종식이다

하지만 한반도에서 냉전은 아직 끝나지 않았다. 지구상 마지막 남은 냉전을 끝장내기 위해 지금 우리가 해야 할 일은 무엇인가?

돌이켜 보면 김대중 정권의 햇볕정책이나 그 변종인 노무현 정권의 평화번영정책은 1970년대 데탕트의 재판(再版)에 다름 아니다. 거기에는 냉전 체제를 평화롭게 관리하려는 의도는 있을지 몰라도, 냉전 체제를 근본적으로 타파하려는 의지는 없다. 이명박 정권 역시 마찬가지다.

지난 2010년 3월 4일 김성환 당시 청와대 외교안보수석비서관이 동북아미래포럼 강연에서 북한정세와 남북관계 전망에 대해 이야기하면서 김정일과 그의 후계자로 알려진 3남 김정은에 대해 극존칭을 사용한 것은 그 좋은 예다.

그는 발언 내내 김정일에 대해 '김정일 위원장께서'라고 호칭했고, 김정은에 대해서도 '후계자로 내정되신 분'이라는 존칭을 사용했다. 그는 "그분(김 위원장)이 한 국가를 다스리는 분이라 공개석상에서 예의를 지키는 게 맞다고 생각했다"고 말했다.

그의 발언 속에서 지구상 마지막 냉전지대로 남은 한반도의 현상을 타개하려는 적극적인 의지는 전혀 읽혀지지 않는다. 어떻게든 제3차 남북정상회담이라는 이벤트를 만들어보려는 안간힘만이 느껴질 뿐이다. 아마 김성환 수석의 생각과 발언은 그를 그 자리에 기용한 이명박 대통령의 뜻과 그다지 다르지 않을 것이다.

하지만 지금 우리에게 필요한 것은 그런 뜨뜻미지근한 지도자가 아니다. 우리가 필요로 하는 것은 "총검으로 심은 정권은 뿌리를 내리지 못한다"면서 "자유와 민주주의의 행진은 마르크스-레닌주의를 역사의 잿더미로 남겨놓을 것"이라고 외쳤던 레이건과 같은 지도자다. 레이건이 데탕트를 폐기처분했듯이 감연히 햇볕정책을 폐기처분할 바로 그런 지도자다.

데탕트가 냉전을 영속시키는 것이었다면, 햇볕정책은 한반도의 분단을 영속시키는 것이다. 분단이 영속되면 김정일 독재정권도, 북한 주민들의 고통도 영속된다. 이제 그 악순환의 고리를 끊을 때가 왔다. 햇볕정책을 폐기처분하라! 북한해방의 깃발을 올려라! 그래야 한반도에서 진정 냉전이 종식될 것이다!

《냉전의 역사》 | 존 루이스 개디스 | 정철 · 강규형 옮김 | 에코리브르 | 2010

《공산주의자는 어떻게 협상하는가?》

_C. 터너 조이

"공산주의자들이 진실로 알아듣는 논리는 오직 힘뿐이다"

-남북대화에 나서는 사람들의 필독서

1951년 7월 10일, 개성 봉래장에서 정전(停戰)회담 첫 회담이 열렸다. 양측이 테이블을 사이에 두고 첫 대면을 했을 때, 유엔군측 수석대표 C. 터너 조이(C. Turner Joy) 제독은 폭삭 주저앉은 듯한 모습이었다. 후일 그는 이때 자신의 모습을 '어뢰를 맞고 침몰하고 있는 모습의 해군제독'이라고 표현했다. 반면에 공산측 대표단장인 남일(당시 북한군 총참모장, 후일 외무상 역임)은 조이 제독보다 1피트는 솟아있었다. 공산측이 조이 제독에게는 보통 의자보다 낮은 의자를, 남일에게는 보통 의자보다 4인치 정도 높은 의자를 내주었기 때문이다. 조이 제독은 재빨리 옆의 의자로 바꾸어 앉았지만, 공산측 사진사들의 사진촬영은 이미 끝난 다음이었다.

이것은 시작에 불과했다. 조이 제독은 이후 10개월 12일 동안 공산주의자들의 억지와 장광설과 씨름해야 했다. 그것은 '총성 없는 전쟁'이었다. 조이 제독은 자신이 치른 이 전쟁을 기록으로 남겼는데, 그것이 바로《공산주의자는 어떻게 협상하는가?》이다.

이 책은 단순히 58년 전 미국의 한 해군제독이 한반도의 운명을 놓고 개성과 판문점에서 벌였던 협상의 기록이 아니다. 이 책은 오늘날에도 공산주의자들과의 협상에 유용한 귀중한 교훈들로 가득하기 때문이다.

공산주의자들의 협상 행태

이 책의 첫 장은 이렇게 시작된다.

"공산주의자들은 엉겁결에 회의에 참여하거나 황급하게 협상에 들어가는 일이 없다. 먼저, 그들은 주의 깊게 무대를 설정한다. 체면을 유지하기 위하여, 그리고 유리한 협상 환경을 만들어서 실리를 챙기기 위하여, 교섭이 진행될 장소의 환경을 세심하게 고려한다."

정전협상이 공산측 점령 아래 있는 개성과 판문점에서 열리게 된 것도, 조이 제독이 앞에서 말한 것과 같은 봉변을 당한 것도 공산주의자들의 이와 같은 전술 때문이었다. 북한이 2000년과 2007년 두 차례 남북정상회담을 평양에서 열 것을 고집한 것도 마찬가지 이유에서다. 평양에서라면 자기들 뜻대로 무대 설정이 가능하지만, 서울에서는 그게 불가능하기 때문이다.

이렇게 설정된 무대로 공산측은 어떤 사람들을 협상자로 내보낼까? 조이 제독의 말을 들어보자.

"공산주의자들은 협상팀을 대단히 주의 깊게 선발한다. 대표단 요원 선정시 지적 능력이 첫 번째 고려 요소이며, 평판 · 계급 및 직책은 두 번째 고려 요소이다. 지구력 그리고 논리성에 대항하는 냉철한 처신이 정전회담 대표단의 가장 중요한 특성처럼 보였다."

오늘날에도 대남 · 대미협상에 나서는 북한측 대표단은 북한 최고의 엘리트들이다. 대남협상에 나서는 북한측 인사들은 김일성대를 졸업한 후 지난 수십 년간 대남사업을 담당해온 베테랑들이다. 북핵협상에 나섰던 미국 외교관들이 북한 외교관들의 협상능력에 혀를 내둘렀다는 것은 널리 알려진 일이다.

조이 제독은 "자기들 좋을 대로 무대설정을 하고나면 공산주의자들은 자신들의 기본 목적에 유리한 결론들로 구성된 의제를 찾는다"고 지적한다.

예컨대 정전협상 당시 유엔군측은 의제로 '한국을 횡단하는 비무장지대 설정'을 내걸었다. 쌍방이 협상을 할 때에는 이처럼 먼저 개괄적으로 자신의 주장을 개진하고, 협상을 통해 양측이 수상의 차이를 좁혀가면서 궁극적으로 구체적 내용에 합의하는 것이 상식이다. 하지만 북한측은 먼저 38선을 양쪽 사이의 군사분계선으로 설정하는데 합의하자고 주장하고 나섰다. 당시 전선의 상황을 보면 유엔군측이 점령한 38선 이북 지역이 공산군측이 점령한 38선 이남 지역보다 훨씬 넓었다. 공산측은 자신들에게 일방적으로 유리한 내용을 협상의제로 제시해 놓고, 그 전제 위에서 모든 논의를 시작하자고 주장한 것이다. 조이 제독은 이를 두고 '속임수가 숨어 있는 의제'라고 말했다.

공산주의자들의 이러한 행태는 오늘날에도 계속되고 있다. 이명박 정권 출범 이후 북한측이 6·15공동선언이나 10·4공동선언의 이행을 남북간 대화재개의 전제조건으로 내세워온 것이 그 예이다. 우리가 지난 10년간의 대북정책을 반성하고 새로운 대안을 모색하는 것을 원천봉쇄하면서 '대북 퍼주기'를 담보하는 위의 두 공동선언부터 수용하라고 요구한 것이다.

조이 제독은 "일단 협상이 시작되었다 하면 공산주의자들은 협상을 유리하게 이끌어가기 위해, 혹은 기본적인 선전목적을 위해 '사건들'을 만들어낸다"고 지적한다.

예컨대 정전협상 당시 공산측은 유엔군이 중립지대인 개성지역에서 중공군 순찰대를 공격했다거나, 유엔군 공군이 개성을 폭격했다고 주장하면서 유엔군측의 사과를 요구했다. 물론 이는 사실이 아니었다.

이명박 정부가 대북정책에서 원칙을 고수하자 북한이 금강산 관광객 박왕자 씨 사살, 개성공단 출입제한, 제2차 핵실험, 미사일 발사, 개성공단 근로자 유성진 씨 억류 등 남북관계를 긴장시키는 일련의 '사건들'을 양산한 것도 조이 제독이 말한 '사건 만들기'라고 할 수 있다. 2009년 GPS고장으로 북한해역으로 들어갔다가 나포된 어선 연안호 선원들에게 북한측이 "정찰활동을 시인하라"고 강요했던 것도 북한의 '사건 만들기' 술책으로 볼 수 있다. 2009년 북한이 얼결에 중·북 국경을 넘었다가 체포된 미국 여기자 두 명에게 '조선민족적대죄'라는 어마어마한 죄명을 씌워 12년형을 선고했던 것도 이를 대미협상에 이용하기 위한 '사건 만들기'였다.

조이 제독은 공산주의자들의 협상전술로 '지연전술'을 지적한다. "공산주의자들은 협상이 일단 시작되면 합의를 향한 진행을 지연시키는 것이 상대방의 입장을 약화시키는 경향이 있다고 믿는다"면서 "그들은 서구 사람들의 일을 시작하면 그 일을 완성하려는 조급성을 이용하여 이득을 보려 한다"는 것이다. 조이 제독은 "공산측은 2+2=6이라고 제안하고는 합의를 끝없이 지연시킴으로써 우리들이 2+2=5라고 동의하도록 만들려고 한다"고 말한다.

그의 지적은 오늘날에도 유효하다. 북한은 남북대화나 북핵협상, 6자 회담에서 의제를 잘게 잘라 장애물을 조성하고 그 장애물을 하나 치울 때마다 대가를 얻어내는 '살라미전술'로 많은 재미를 보았다. 그들은 남북관계의 진전을 국내 정치에 이용하려 한 역대 정권의 조급증을 이용해서 쌀과 비료를, 노벨평화상에 목말라하는 김대중 전 대통령의 조급증을 이용해서 달러와 6·15선언을 받아냈다. 이라크와 아프가니스탄에서 죽을 쑨 뒤 임기 만료 전에 북핵문제만이라도 해결하는 모양새를 만들어보려 한 미국의 부시 행정부의 조급증은 9·19합의라는 미봉책을 만들어냈다. 하지만 그 결과는 북한의 핵실험과 장거리탄도미사일능력 증대로 나타났다.

아무리 그래도 협상을 하다보면 본의와는 달리 불만족스러운 협상결과가 나오기 마련이다. "때문에 공산주의자들은 지금은 할 수 없이 합의를 하되, 나중에 지키지 않으려고 생각하는 약속은 가급적 적게 할 수 있는 방법을 찾는다. 그들은 자기들의 합의사항을 계획적으로 위반할 경우 수반될 수 있는 조사범위를 축소시키려고 광분한다"고 조이 제독은 말한다.

정전협상 당시 공산측은 공중감시 등 정전협정의 이행 여부를 철저하게 감시할 수 있는 장치들을 무력화시키기 위해 노력했다. 1990년대 중반 북핵위기가 발생한 이후 북한이 국제원자력기구 등의 핵사찰을 한사코 거부해온 것도 마찬가지 맥락에서다.

그밖에도 조이 제독의 지적 가운데는 경청할 만한 얘기가 적지 않다. 예컨대 "공산주의자들은 진실을 기술적으로 왜곡한다. 기본적인 왜곡절차를 보면, 전체의 진실 가운데서 일정한 부분만을 선택하는데, 이 부분들은 특정한 방법으로 짜 맞추면 전체의 진실과는 정반대되는 결론을 만들어내는 것을 선택한다"고 한 것은 북한 공산주의자들 뿐 아니라, 국내 좌파세력들에게도 유효한 얘기다.

"공산주의자들은 상대편이 양보하면 이를 상대편이 약하다는 신호로 본다", "공산주의자에게 1인치를 주면 그들은 1마일을 가지려고 한다", "공산주의자들의 협정 신뢰성을 믿는 사람들은 낡은 동아줄에 위험천만하게 매달려 있는 것과 같다", "어떤 식으로 되어 있든 간에 공산주의자와의 약속은 믿지 마라. 공산주의자의 행동만 믿어라"라는 조이 제독의 말은 밖으로는 북한공산집단, 안으로는 종북좌파들과 투쟁해야 하는 우리들이 가슴에 새겨야 할 경구다.

정전협상의 교훈

조이 제독은 정전협상에서 얻은 교훈을 이렇게 정리한다.

① 적이 정전을 청할 때 압력을 낮추지 마라. 압력을 증가시켜라. 공산측이 진실로 알아듣는 논리는 오직 힘뿐이다.

② 회담을 열자는 공산측 제의에 서둘러 반응하지 마라.

③ 공산측이 일방적으로 회담장소를 선정하도록 허용해서는 안 된다.

④ 공산측과 협상할 팀은 최고의 자질을 갖춘 사람들이어야 한다. 계급 · 명성 · 직위는 두 번째 고려 사항이다. 차선의 팀으로는 절대 안 된다.

⑤ 단순히 회담을 진척시키기 위하여 공산측으로부터 아무 것도 받지 않고 양보만 해서는 결코 안 된다. 크고 작건 간에 모든 문제에서 공산측에게 똑같은 양보를 요구하라.

⑥ 서두르는 태도를 피하라. 언제든지 협상을 종결하거나 연기할 의사가 있음을 분명하게 보여주어라. 합리적인 기간이 지나도 진전된 것이 없다고 생각되면 협상을 종결시켜라.

⑦ 공산측과의 회담의제는 주의 깊게 검토해야 한다.

⑧ 당신의 입장을 뒷받침하기 위하여 장광설식으로 반복적인 발언을 하지 마라. 당신이 말을 많이 할수록 더 많은 표적들을 교활한 공산주의 선전용으로 제공하게 된다. 공산측 협상자들은 반응이 별로 없는 상대를 당혹해하고 두려워한다.

⑨ 회담에 들어가기 전에 정치적 목적을 구체적으로 설정하고, 그 목적을 달성하는 일을 추진할 사람들에게 이를 알려주어야 한다. 국가이익에 치명적인 경우에만 그것을 변경시켜야 한다.

⑩ 오직 협상이 자유를 위해 공헌할 수 있을 때에만 공산주의와 협상에 들어가야 한다. 적이 원한다는 이유만으로 협상해서는 안 된다.

마지막으로 조이 제독은 이렇게 역설한다.

"우리가 협상할 때에는 단지 힘을 배경으로 해서는 안 된다. 힘을 사용해야 한다."

어느 정부가 됐건 간에 외교안보통일팀이나 남북대화에 나서는 실무자들이 한 번만이라도 조이 제독의 《공산주의자는 어떻게 협상하는가?》를 정독하기를 바라는 마음 간절하다.

《공산주의자는 어떻게 협상하는가?》| C. 터너 조이 | 김홍열 옮김 | 한국해양전략연구소 | 2003

《민족주의는 반역이다》_임지현

무엇이 민족을 만드는가?

혈연 · 역사 · 언어 등 원초적 요소보다는 '하나의 공동체에서 함께 살려는 의지'가 중요

"이자스민은 아들을 한국인으로 키우고, 박영선은 아들을 미국인으로 키운다."

2012년 4 · 11 총선 얼마 후 트위터에 올라온 글이다. 이 글은 새누리당 비례대표 국회의원이 된 필리핀 출신 이주여성 이자스민씨와 자식들이 미국 국적자인 민주통합당 국회의원 박영선 씨를 대비(對比)하고 있다. 이 글은 두 사람에 대한 정치적 평가를 넘어 '민족(nation)'이란 무엇인가에 대해 생각하게 해 준다.

아무리 '단군의 핏줄'을 이었다고 해도 더 이상 한국인으로 살기 싫다고 미국시민권자가 된 사람을 우리는 '한민족(韓民族)'이라고 부를 수 있을까? 이자스민이 아무리 "나는 대한민국의 며느리고, 내 아이들은 한국인"이라고 말하고 행동해도, 필리핀 태생인 그녀와 그녀의 자식들은 한민족이 될 수 없는 것일까?

여기서 판단의 기준이 되는 것은 1차적으로 '핏줄'이다. 하지만 '핏줄'을 기준으로 해도 문제는 남는다. 우리는 흔히 '단군의 자손'이라며 '단일민족'임을 강조하지만 실상은 그렇지 않다. 화산 이씨(花山 李氏)는 13세기에 고려로 망명 온 베트남 왕족 이용상의 후예고, 우록 김씨(友鹿 金氏)는 임진왜란 때 항복한 왜장(倭將) 김충선의 후예다. 덕수 장씨(德水 張氏)는 고려 충렬왕 때 고려왕실로 시집온 제국대장공주를 따라온 위구르인 장순룡의 후손이다. 심지어 우리나라를 대표하는 대성(大姓) 가운데 하나인 경주 김씨가 흉노의 후예라는 주장도 있다.

그렇다면 이들과 이자스민, 이참(이한우), 로버트 할리, 이다 도시 및 그들의 자녀와의 차이점은 무엇인가? 한쪽은 이 땅에 뿌리를 내린 지 수백 년~2000년이고, 다른 한쪽은 이제 고작 10년 안팎이라는 차이밖에 없는 것인가?

또 하나, 소위 조선민주주의인민공화국이라는 대한민국과 별개의 정치공동체를 형성해 살고 있고, 이제는 공공연히 '김일성민족'임을 자처하는 북녘 땅 2300만 명의 주민들은 어떻게 보아야 하나?

오래간만에 임지현 교수(한양대)의 《민족주의는 반역이다》를 다시 꺼내 읽은 것은 바로 이런 물음들에 대한 생각을 다시 한번 정리해 보고 싶어서였다. 이 책을 처음 읽었던 것은 벌써 13년 전. 그 이전까지만 해도 나는 '국수주의자(國粹主義者)'를 자처할 정도로 투철한 민족주의자였다. 여기에는 중학교 졸업 무렵 읽었던 단재 신채호(丹齋 申采浩)의 《조선상고사》의 영향이 컸다. 어린 마음에 강대국 사이에서 이 작은 나라가 살아남고, 거기서 한 걸음 더 나아가 강대국으로 우뚝 선 후, 통일을 이루기 위해서는 민족주의라는 '불의 세례'를 받아야 한다고 생각했던 것이다. 이 책의 저자인 임지현 교수는 이 책에서 "이 땅에서 태어나 근현대사의 한 세월을 살아온 이들에게 민족주의는 한국인이 되기 위해 거쳐야만 했던 통과의례"라고 말하고 있는데, 나 역시 거기서 예외는 아니었던 셈이다.

《민족주의는 반역이다》이라는 다분히 도발적인 제목의 책은 내게 '한국인이 되기 위한 통과의례'의 터널을 빠져나오게 한 책이었다.

원초론 vs. 도구론

앞에서도 말한 것처럼 우리는 흔히 '민족'이라고 할 때 '혈연공동체' 내지 '역사공동체'로서의 '민족'을 먼저 떠올린다. 어려서부터 민족이란 그런 것이라고 배워왔기 때문이다. 국립국어원의 〈표준국어대사전〉에서도 '민족'을 '일정한 지역에서 오랜 세월 동안 공동생활을 하면서 언어와 문화상의 공통성에 기초하여 역사적으로 형성된 사회 집단'이라고 풀이하고 있다.

이 책은 우리에게 익숙한 이러한 민족개념은 사실 절반만 옳은 것이라는 점을 지적하는 데서부터 시작한다. '민족'에 대해 연구하는 학자들은 '인종적 공동체의 영속성에 주목하면서 민족주의가 종족 · 조상 · 종교 · 언어 · 영토라는 원초적 유대에 기초해 있다'고 보는 이러한 견해를 '원초론(Primordialism)'이라고 부른다. '원초론'은 언어, 공통의 문화유산, 종교, 관습 등과 같은 객관적 기준을 민족의 기초로서 강조하는 '문화민족(Kulturnation)' 개념 내지 '객관주의 민족이론'과 닿아 있다.

이에 대비되는 것이 '민족주의란 결코 영원한 실체가 아니며, 근대화와 도시화라는 특정한 역사적 조건 속에서 발현한 이데올로기'라고 보는 '도구론(Instrumentalism)'이다. 도구론은 '국가민족(Staatsnation)'이라는 민족개념과 연결된다. 이는 '민족공동체에 기꺼이 자신을 귀속시키고자 하는 민족 성원의 주관적 의지가 민족을 만든다'는 주장이다. 그래서 이를 '주관주의 민족이론'이라고 한다.

도구론-국가민족-주관주의적 민족개념을 주장하는 것은 주로 영미(英美)나 프랑스의 학자들이다. 이는 시민혁명을 경험한 이들 나라의 역사적 경험과 관련이 있다. 프랑스가 대혁명의 용광로 속에서 중세 이래 대립 갈등했던 여러 지방과 종족들이 '자유 · 평등 · 박애'라는 대의 아래 '프랑스공화국' '프랑스민족'으로 거듭나는 경험을 했던 것이 그 예이다.

반면에 원초론-문화민족-객관주의적 민족개념은 그러한 경험을 하지 못했던 독일이나 러시아 등 중 · 동부유럽국가들에서 환영받았다. 이러한 개념은 시민혁명을 경험하지 않고 국가주도의 근대화의 길을 걸었던 일본으로 전해졌다. 일제의 식민지배 하에서

'정치공동체'로서의 '국민국가'를 상실하고 문화공동체 · 혈연공동체로서의 '민족'에 의지해야 했던 한국 역시 이러한 민족개념에 익숙해질 수밖에 없었다.

두 개의 민족개념 가운데 어느 쪽이 더 옳은 것일까? 이에 대해 답하는 것은 쉽지 않다. 앞에서도 말한 것처럼 두 가지 모두 각국의 역사적 경험에 바탕을 두고 있기에, 나름의 타당성을 갖고 있기 때문이다.

저자는 "역사적 현실로서의 민족주의에는 주관적 요소와 객관적 요소가 모두 내포되어 있으며, 단지 그 구성비가 역사 조건의 변화에 따라 달라지고 또 다양한 사회 이데올로기들과 결합되면서 민족주의는 천(千)의 얼굴을 갖게 되었다"고 말한다. 그러면서 저자는 민족주의가 '역사적 변화에 열려 있는 이데올로기'임을 강조하면서 "민족주의는 이데올로기인 동시에 사회변동을 주도하는 정치운동이며 사회운동"이라고 주장한다.

'김일성민족'과의 통일은 가능한가

민족을 어떻게 이해할 것인가 하는 문제는 오늘을 사는 우리에게 사변적(思辨的) 차원을 넘어 여러 가지로 현실적 의미를 갖는다.

예컨대 원초론–문화민족–객관주의적 민족개념보다 도구론–국가민족–주관주의적 민족개념에 의할 때, 우리는 이자스민, 이참(이한우), 로버트 할리, 이다 도시 등을 더 쉽게 받아들일 수 있게 된다. 중요한 것은 '대한민국이라는 정치공동체의 일원으로 함께 살겠다'는 그들의 의지이지, 그들의 출생지나 피부색이 아니기 때문이다.

민족개념은 남북한의 통일을 어떻게 보아야 하는가하는 준거(準據)가 되기도 한다. 혈연, 언어, 공통의 문화유산을 중시하는 원초론-문화민족-객관주의적 민족개념에 의할 때, '통일'은 군가 〈너와 나〉에 나오는 것처럼 '남북으로 끊어진 겨레의 핏줄'을 다시 잇는 것이 된다. '겨레의 핏줄'을 다시 잇는 것이기만 하다면, 이념과 사상, 체제는 그리 중요치 않다. '우리민족끼리'가 곧 통일이기 때문이다.

'정치공동체로서의 민족공동체로의 귀속 의지'에 중점을 두는 도구론-국가민족-주관주의적 민족개념을 취할 경우 얘기는 달라진다. 여기서는 이념과 사상, 체제가 핵심적인 문제가 된다. 오늘날 대한민국과 '조선민주주의인민공화국'은 너무나 다른 정치공동체이기 때문이다. 현직 대통령을 향해 '놈현'이니 '쥐명박'이니 하고 자유롭게 욕을 할 수 있는 체제에서 살아온 사람들이, '위대한 수령'이니 '친애하는 지도자'니 하는 극존칭 없이는 자기들의 지도자 이름도 함부로 부르지 못하는 체제에서 살 수 있을까? 이미 스스로를 김일성을 시조로 하는 '김일성조선'에 살고 있는 '김일성민족'이라고 공언하고 있는 저들이 과연 우리와 같은 민족이라고 말할 수 있을까?

도구론-국가민족-주관주의적 민족개념에 의할 경우, '이념과 사상을 초월한' 통일은 환상이라는 얘기가 된다. 통일은 결국 이념과 사상에 기속(羈束)되는 통일, 한쪽이 다른 한쪽을 흡수하는 통일이 될 수밖에 없다. 그리고 우리들과 우리들의 후손이 '김일성조선'의 '김일성민족'에서 살고 싶지 않다면, 우리의 통일은 대한민국헌법이 명시하고 있는 것처럼 '자유민주적 기본질서에 입각한 통일'이 될 수밖에 없다.

민족을 어떻게 보느냐 하는 것은 현실정치에서도 중요한 의미를 갖는다. 원초론–문화민족–객관주의적 민족개념에서 말하는 것처럼 혈연, 공통의 문화유산, 언어와 같은 요소들이 민족공동체를 구성하는 핵심요소라면, (통일이 되지 않은 것만 빼면) 민족공동체의 내용물은 이미 완비되었다. 여기에 우리가 더 추가할 것은 없게 된다.

도구론–국가민족–주관주의적 민족개념에 의할 경우, 우리는 대한민국이라는 공동체를 구성하는 내용물에 끊임없이 관심을 갖게 된다. '민족'은 공동체에 대한 귀속의식, '우리'라는 의식 없이는 존속할 수 없기 때문이다. 그러기 위해서는 '국가'라는 공동체를 차별 없고 자유롭고 정의로운 나라, 공동체 구성원들이 살고 싶다는 생각이 드는 나라, 살 만한 가치가 있는 나라로 만들어야 한다.

이 대목에서 민족주의는 공화주의와 만나게 된다. 이는 당연한 귀결이다. 주관주의적 민족개념의 철학적 기반인 18세기 중반의 신(新)고전주의가 이상적 공동체로서 스파르타와 로마의 '공민적 공화정(Civic Republic)'을 상정하고 있었기 때문이다. 건강한 민족주의와 공화주의가 제대로 다져질 경우, "이석기 당선자는 자주적 · 민주적 통일국가를 건설하려는 동지"라는 이유로 부정과 비리, 폭력을 감싸고도는 진보당의 맹동(盲動)분자들은 발붙이기 어렵게 될 것이다.

또 도구론—국가민족—주관주의적 민족개념에 의할 경우, 당(唐)나라와 연합해 백제와 고구려를 멸망시킨 신라의 행위를 '반(反)민족적' 행위로 간주하면서, 여기에 주한미군을 끌어들인 대한민국을 빗대는 북한식 · 좌파적 역사관은 '역사의 원근법(遠近法)'을 무시한 코미디가 된다. 조선 후기까지도 제대로 된 민족관념 자체가 성립하지 못했기 때문이다.

"민족주의는 공산주의의 마지막 단어"

오늘날 북한은 '김일성민족'을 자처하면서, '조선민족제일주의'와 '우리민족끼리'를 외치는 희한한 사회주의 국가가 되어버렸다. 현실사회주의는 20여년 전에, 김일성주체사상은 18년 전에 파산해버린 후 사실상 송장이 되어버린 그 체제를 지탱해 온 것은 군대의 힘(선군정치)과 강제수용소, 그리고 폐쇄적 민족주의였다. 폴란드 등 동구공산주의 국가들이 한계에 도달했을 때 반유대주의나 민족주의에 의존하면서 나왔던 "민족주의가 공산주의의 마지막 단어였다"는 말은 북한의 경우에도 유효하다.

따지고 보면 남북한의 정치적 모순의 뿌리는 원초적 민족 개념에 바탕을 둔 폐쇄적 민족주의를 고집하고 있는 김씨왕조에 있다. 미국산 쇠고기 수입 및 한미FTA반대, 제주 강정기지 반대, 북한의 핵무장이나 미사일 발사와 3대 세습 독재를 옹호하는 논리 그리고 탈북자나 북한인권운동가들을 '변절자'로 매도하는 망언도 모두 거기서 나온다. '민족'의 내용물을 건강하게 채워나가는 데 관심을 두게 되는 도구론-국가민족-주관주의적 민족개념, 변혁의 에너지로서의 측면을 강조하는 '운동으로서의 민족주의'는 그래서 의미가 있다.

《민족주의는 반역이다》 | 임지현 | 소나무 | 1999

《상식》_토머스 페인

"세습은 전제정치의 악(惡)의 하나"

–미국독립의 기폭제가 된 책, 북한 3대 세습 등에 대한 통렬한 비판 논리 제공

미국독립혁명의 기폭제가 된 토머스 페인(Thomas Paine)의 《상식》을 처음 읽었던 것은 10여년 전의 일이었다. 그때 《상식》으로부터 특별한 느낌을 받았던 것 같지는 않다. 계몽의 시대를 풍미했던 '사회계약설'을 참 쉽게 정리했다는 느낌 정도랄까. 그리고 책 뒤에 수록된 토머스 페인의 약전(略傳)을 읽으면서 '참 고달픈 인생을 산 사람' '모든 체제에 대한 반항아' '영원한 혁명가'라는 생각이 얼핏 들었다. 미국독립혁명 후에는 대혁명이 일어난 프랑스로 건너갔다가 로베스피에르의 공포정치시기에 투옥되기도 했고, 미국으로 돌아온 후에도 정계에서 잘 나가던 건국의 원훈(元勳)들과는 달리 의심의 눈초리를 받으며 가난 속에서 쓸쓸히 죽어갔으니까 말이다.

토머스 페인의 정신을 오늘에 이어받아 《글렌 벡의 상식》을 쓴 미

국의 보수논객 글렌 벡은 이렇게 말한다.

"토머스 페인은 특별한 시대를 산 특별하지 않은 사람이었습니다. 그는 세상을 변화시키는 일에는 명성이나 지위, 부(富)가 필요하지 않다는 사실을 보여주었습니다. 그 변화에는 해야 할 말은 꼭 하고 말겠다는 의지만 필요할 뿐입니다."

《글렌 벡의 상식》 뒤에는 토머스 페인의 《상식》이 함께 수록돼 있었다. 덕분에 필자는 10여년 만에 다시 한 번 《상식》을 읽어볼 수 있었다. 그리고 깜짝 놀랐다. 오늘날 우리의 현실에 원용(援用)할 수 있는 금쪽같은 얘기들이 여기저기 널려 있었기 때문이다.

토머스 페인의 《상식》은 ▲제1장 '정부의 기원과 목표, 그리고 영국 헌법에 대하여', ▲제2장 '군주정치와 세습승계에 대하여', ▲제3장 '미국의 현재 사정에 대하여', ▲제4장 '미국의 현재 능력에 대하여'로 구성되어 있다.

"세습은 그 자체가 압제"

토머스 페인은 제1장에서 국왕과 귀족, 평민(의회)이 상호 견제하고 협력하는 것을 특장(特長)으로 한다는 영국의 헌정(憲政)체제가 갖는 한계를 비판한 후, 제2장에서는 군주정치와 세습승계가 왜 상식에 반하는 부당한 체제인가를 설파한다. 그는 말한다.

"모든 사람은 원래 평등한 존재이다. 그렇기 때문에 누구도 태어나면서부터 자기 가족을 다른 가족들보다 영원히 우위에 놓을 권리를 갖지 못한다."

명색이 사회주의 국가라면서 3대 세습을 자행한 북한공산집단에게 주고 싶은 말이 아닐 수 없다. 물론 북한공산집단은, 그리고 김정은의 고름이라도 빨아먹을 종북(從北)좌파세력들은 이렇게 말한다. 김일성에게서 김정일로, 그리고 다시 김정은으로 권력이 세습된 것은 '북한인민들의 선택'이라고 말이다. 하지만 토머스 페인은 바로 그 '선택'이 부당하다고 지적한다.

"사람들이 설령 '우리는 당신을 우리의 우두머리로 선택했소'라고 말할 수 있다 할지라도, '당신의 자식과 손자들까지 영원히 우리의 자식과 손자들을 통치해도 좋소'라고 말할 수는 없다. 그것은 후손들에게 불공정한 처사이다. 그 이유는 그처럼 현명하지 못하고 불공정하고 부자연스런 계약 탓에 다음 승계에서 건달 또는 바보의 정부가 들어서더라도 그 후손들이 아무런 조치를 취하지 못하게 되기 때문이다. 현명한 사람이라면 누구나 속으로 세습을 경멸하게 마련이다. 세습은 전제정치의 악(惡)의 하나이다. 한번 확립되기만 하면 쉽게 제거하지 못하는 것이 바로 그 악이다."

그 잘난 세습권력의 뿌리에 대한 페인의 평가는 신랄하다. "고사(故事)들의 시커먼 장막을 걷어내고 왕들의 기원을 밟아 올라가면, 우리는 최초의 왕도 불안에 떨던 악한들의 우두머리에 지나지 않는다는 사실을 발견할 수 있다."

이 말은 김씨 왕조의 첫 번째 왕인 김일성에게 그대로 적용된다. 화려하게 포장된 '혁명역사'라는 시커먼 장막을 걷어내고 그 실체를 들여다보면, 김일성은 중국공산당 산하 동북항일연군의 한 지대장으로서 토벌대를 피해 다니다가 연해주로 달아났던 패거리의 우두머리에 지나지 않으니까 말이다.

북한이 3대 세습에 들어가자 할 말이 궁해진 일부 좌파세력들은 타이완이나 싱가포르 등의 예를 들어가면서 "권력세습이 그렇게 나쁜 것만은 아니다"라고 강변했다. 하지만 페인은 그에 대한 반박도 준비해 놓고 있다.

"만약 세습승계가 선하고 현명한 사람들만을 보장한다면, 그 승계도 신성한 권위를 얻을 수 있을 것이다. 그러나 그 승계가 바보스럽고 사악하고 부적절한 사람들에게도 길을 열어주기 때문에 그 제도 자체에 압제의 성격이 들어 있다.

어떤 사람이 자신은 통치할 운명으로 태어났고 다른 사람들은 복종할 운명을 타고 났다고 생각할 경우 그 사람은 금방 거만해지기 마련이다. 자신은 인류의 나머지들과 다르게 태어났다고 생각하는 사람들은 스스로 중요한 존재라고 인식하기 때문에 쉽게 타락하게 되어 있다. 그들이 활동하는 세상은 나머지 세상과 물질적으로 너무 다르다. 또 그들은 세상 사람들의 진짜 관심사를 알 기회를 거의 갖지 못한다. 그러다 보니 그 사람들이 정부를 물려받을 때, 그들은 정작 영토 안의 사람들 중에서 가장 무식하고 부적절한 존재가 되어 있을 수도 있다."

김정일의 요리사였던 후지모토 겐지나 김정일의 처조카 이한영 등의 증언에 의하면, 김정일의 세 아들은 어려서부터 온갖 특권을 만끽하면서 자라났다고 한다. 마카오와 일본을 드나들면서 호의호식하는 김정남, 독일과 싱가포르까지 가서 에릭 크랩튼의 공연을 즐기는 김정철만 봐도 김정일의 아들들이 굶어죽고 얼어 죽는 북한 인민들과는 얼마나 다른 세상에서 살고 있는지 알 수 있다. 그렇게 자라난 자들이 -그게 김정남이든, 김정철이든, 김정은이든 간에- 북한 인민들의 처참한 삶을 이해하고, 그 삶을 개선하기 위해 진지한 노력을 기울일 것이라고 기대할 수 있을까? 페인의 지적처럼 김일성으로부터 권력을 물려받은 김정일도 그렇고, 김정일의 자식들도 그렇고, 그들은 북한에서 가장 타락하고 무식하고 부적절한 존재 아니던가?

햇볕론자들에 대한 통렬한 비판

페인은 군주의 어린 자식이 권력을 승계했을 경우의 폐해에 대해서도 경고한다.

"세습승계의 또 다른 악은 왕관이 미성년자에게 넘어가는 상황도 벌어진다는 사실이다. 그럴 경우 왕을 전면에 내세우고 뒤에서 섭정이 이뤄질 것이다. 당연히 백성의 신뢰를 저버릴 온갖 유혹과 기회가 난무하게 된다. 왕이 고령이나 허약한 체력으로 인해 생의 마지막을 앞두고 있을 때도 그와 똑같은 국가적 불운이 일어난다."

물론 생물학적으로 미성년은 아니지만 세상 경험이 거의 없는 20대 후반의 김정은이 권력을 승계한 후 장성택 · 김경희 등에 의

한 후견설(說)이 끊임없이 거론되고 있다. 김정일의 건강이 악화된 2007년 이후에는 장성택 등 김정일의 측근, 친족들이 북한을 움직여왔다는 얘기도 있다. 그러는 동안에 북한인민들의 삶은 점점 더 고단해졌고, 한반도의 긴장은 높아져갔다. 페인이 지적한 상황이 바로 지금 김씨조선에서도 벌어지고 있는 것이다.

페인은 더 나아가 세습권력의 폐해는 나라 안에 그치지 않고 국제평화에 대한 교란요인이 될 수도 있다고 지적한다.

"군주국가들은 오랫동안 평화를 누리지는 못한다. 왕관 자체가 국내의 악한들을 부추기는 유혹이다. 왕의 권력에 따르기 마련인 자만과 건방진 태도가 갈수록 커지면서 외국과도 충돌을 빚게 된다. 공화국 정부라면 자연의 원칙을 바탕으로 구성되었기 때문에 그런 실수가 있더라도 협상을 통해 해결할 것이다."

페인의 이러한 지적은 R. J. 럼멜을 비롯해 많은 국제정치학자들이 "민주주의 국가들 간에는 전쟁이 일어나지 않는다"고 주장했던 것과 일맥상통한다. 또 북핵(北核)문제와 천안함 폭침, 연평도 포격 등이 북한의 3대 세습과 밀접한 관련이 있다는 분석과도 맥을 같이한다.

페인이 이 책을 쓸 때에는 이미 아메리카 식민지에 대한 영국이 유혈탄압이 시작된 후였다. 그럼에도 불구하고 영국과의 혈연적 유대를 강조하면서 독립에 반대하는 친영(親英)세력을 겨냥해 페인은 이렇게 말한다.

"일부 사람들은 영국이 모국이라고 말한다. 그렇다면 영국의 행동이 더욱 부끄러워진다. 짐승도 자기 새끼는 삼키지 않고, 미개인도 자기 가족을 상대로 전쟁을 일으키지는 않는다. 그런 까닭에 그 주장이 사실이라면 누워서 침을 뱉는 꼴이나 마찬가지일 것이다."

6·25 남침, 무장공비 남파, 육영수 여사 저격과 아웅산 폭파, KAL858기 폭파, 두 차례의 연평해전, 천안함 폭침, 연평도 포격 등 북한의 숱한 도발에도 불구하고, 한사코 김정일 집단을 싸고돌면서 '우리 민족끼리'를 외치는 자들에게 해 줄만한 얘기가 아닌가?

페인은 아메리카 식민지가 영국과 타협해 독립을 포기하는 것을 다음 세대에 빚을 물려주는 것에 비유하면서, "다음 세대에게 빚을 안겨줄 상황이라면, 어떠하든 우리가 그것을 해결하려고 노력해야 한다. 그렇게 하지 않으면 우리는 후손들을 야비하고 비열하게 이용하는 꼴이 되고 만다"고 지적한다. 경우는 다르지만 복지 포퓰리즘으로 후세에 빚더미를 물려주려는 자들에게 해 줄만한 얘기다.

"전제군주에 반대하는 이들이여, 일어나라"

토머스 페인의 마지막 외침이 귓가에 쟁쟁하다.

"전능하신 신(神)은 선하고 훌륭한 목표에 쓰라는 뜻으로 우리들에게 누를 수 없는 감정들을 내리셨다. 그 감정들은 우리의 가슴에서 신의 이미지를 지키는 수호자들이다. 바로 그 감정들이 우리를 평범한 동물들과 다른 존재로 만든다. 우리가 그 애정의 감정에 둔감해 지면, 사회계약은 해체되고, 정의는 이 지구상에서 절멸되고,

오직 변덕스러운 존재들만 남게 될 것이다. 우리가 상처를 인내하기만 하고 정의를 추구하지 않으면, 우리에게 상처를 안긴 강도와 살인자들은 처벌을 받지 않게 된다.

인류를 사랑하는 이들이여! 전제정치뿐만 아니라 전제군주까지 반대하는 이들이여, 과감하게 일어나라!"

《글렌 벡의 상식》(부록) | 토머스 페인 | 정명진 옮김 | 부글북스 | 2010

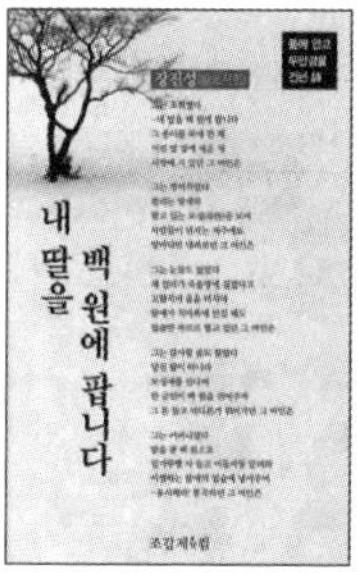

《내 딸을 백 원에 팝니다》_장진성

'우리는 왜 통일을 해야 하나?'를 생각하게 하는 시(詩)

–굶어죽은 북한 동포들을 위한 만가(輓歌)

대학 시절 독일의 시인 브레히트의 시(詩)를 즐겨 읽은 적이 있었다. 그때나 지금이나 '수구꼴통'임을 자처하는 내가 왜 평생 공산주의를 추종했고 결국 동독에서 생을 마감한 '빨갱이'의 시를 즐겨 읽었을까? 젊은 날 브레히트가 보여주었던 현실에 대한 날선 비판의식 때문이었을 것이다.

브레히트의 시 가운데 〈살아남은 자의 슬픔〉 〈밥에 대하여〉라는 것이 있었다. 이제 와서 20여년 전에 읽었던, 지금은 기억조차 가물가물한 브레히트의 시를 떠올리는 이유는 탈북(脫北)시인 장진성의 시집 《내 딸을 백 원에 팝니다》 때문이다. 장진성의 시들이야말로 1990년대 후반 북한을 휩쓴 대기근 속에서 살아남은 시인이 '밥에 대하여', 그리고 '살아남은 자의 슬픔'을 노래한 것들이기 때문이다.

장진성의 시를 읽어나가는 것은 쉬운 일이 아니다. 요즘 시인들처럼 아무리 읽어도 뭔 소린지 알 수 없는 난해한 시를 쓰기 때문이 아니다. 그가 노래하는 북녘의 현실이 너무 기가 막히고 아프기 때문이다.

죽어간 이웃들을 위한 만가(輓歌)

〈숟가락〉이라는 시를 보자.

쌀이 없는 집이여어선지
그 집엔 숟가락이 없다
숟가락마저 팔아서
언젠가 아버지 제사상 차렸다
누가 행복을 원치 않으랴
죽물을 마시며 살아가는
그 집 다섯 식구
소원은 하나같았으니
앞으로 살림이 조금 펴지면
집안에 두고 싶은 첫 재산은
숟가락
다

섯
개

지난 5000년 동안 밥을 먹어 온 민족에게 숟가락이 필요 없다니, 살림이 피면 가지고 싶은 첫 재산이 숟가락이라니…. 우리 역사상 가장 먹고 살기 힘들었다는 조선 말기에도 그 지경은 아니었으리라.

다 아는 사실이지만 북한의 참상은 배고픈 것으로, 밥을 굶는 것으로 끝나지 않았다. 북한에서는 '고난의 행군'이라고 부르는 이 기근으로 300만 명이 굶어죽은 것이다. 북한 스스로도 "한 나라, 한 민족의 역사에서나 인류사에 있어서 그 유례를 찾아볼 수 없는 최악의 시련이었다"(2000년 10월 10일 노동신문 사설)고 할 정도로 끔찍한 사태였다. 〈나의 옆 집〉은 그때 굶어 죽어간 이웃들을 위한 만가(輓歌)다.

나의 옆집은
다섯 식구
늙은 부모
갓난 애기
젊은 부부

부모가 귀해

아이가 불쌍해
그래서 더 못 먹고
그래서 더 못 자던
그 젊은 두 사람
젊은 탓에 먼저 죽었다

가정에
　마을에
　　도시에
　　　나라에
굶어 죽은 사람들
나는 그 숫자를
옆집에서 세었다
그 두 명에서 세었다

하지만 머지않아 이제 굶주림은 자신과 가족의 일로 닥쳐온다. 시인은 자신의 가족들을 저 세상으로 보내는 것이 아닌가 싶어 노심초사한다.

아침에
잠에서 깨어나면
먼저 흔들어본다

숨소리 가냘픈 동생을

옆 집 철이처럼
영원히 잠든 것만 같아서

어머니가 늦어지면
바람 소리에도
귀 기울이며 가슴 조이며
온 밤 뜬 눈으로 날을 샌다

우물 집 아줌마처럼
스스로 목숨을 끊으신 것만 같아서

우리의 삶은
사는 것이 아니라 살아남는 것이어서

—우리의 삶은

인간답게 사는 것, '삶의 질'을 생각하면서 사는 게 관심사가 아니라 '살아남는 것'이 급선무인 삶, 가족이 언제 숨을 놓을지 몰라서 밤잠 못 이루는 삶이, 그게 인간의 삶일까?

그 고난 속에서도 사랑은 꽃핀다. 그 땅에서도 자식에 대한 어머니의 사랑, 아내에 대한 남편의 사랑, 시부모에 대한 며느리의 사랑, 며느리에 대한 시부모의 사랑, 그리고 이웃집 처자에 대한 총각의 사랑이….

어디서 얻었는지
찬 밥 한 덩이
아내 앞에 내밀며
남편은 즐겁게 말 했네
-나는 먹고 왔소.

온종일 뙈기밭 일구고
뒤 산에서 돌아오신 시부모께
며느리는 그 밥덩이
배부른 듯 내밀었네
-이것밖에 안 남았네요.

임신한 새 아기
굶기는 게 평생의 죄 같아서
속이 더 주름지던 노인 내외
보물처럼 감추며 말했네
-이 밥이면 아침은 되겠수

그날 끝내

밥이 없는 집에

밥이 남았네

– 밥이 남았네

기아는 북한의 모든 것을 파괴하고 말았다. 배급이 끊기고, 공장이 문을 닫았다. 주민들이 식량을 찾아 유리걸식을 하게 되면서 가족이 무너지고, 공산당의 주민통제체제도 무너졌다. 그리고 교육도 무너졌다. 학생들이 굶어 죽고 스승마저 굶어 죽었기 때문이다.

달리던 열차가 멎고

공장의 굴뚝들이 숨죽고

학교들과 병원마저

하나 둘 문 닫아도

백발의 교수는

하루같이 교단에서

출석부를 펼쳤다

부르튼 입술로 학생들을 호명했다

대답이 없을 때마다

자신의 가슴에 구멍이 뚫린 듯

굶어도 배워야 한다고

애타게 호소하던 백발교수

그러던 교수가
오늘은 제 자리를 비웠다
인격의 높이
지성의 높이
스승의 높이로
학생들이 쳐다보던 교탁 위엔
고인의 초상화만 있었다

출석부는 펼쳐져 있는데
이름들은 기다리는데
부르는 목소리가 들리지 않아
여기저기 터지는
격정의 흐느낌
애타는 그리움이여

한 생(生)을 순직으로 이으시며
조국의 미래를 부르시던
스승의 그 출석부 앞에선
누구도 지각할 양심
결석할 권리가 없어

학생들은 저마다 일어섰다
울면서 손들고 외쳤다
-선생님 제가 왔습니다
-선생님 저도 왔습니다

—출석부

이 시를 읽다가 나는 결국 눈물을 쏟고 말았다.

탈북자, 통일을 노래하다

결국 시인의 분노는 김일성-김정일 부자(父子)에게 향한다. 그는 〈궁전〉, 〈사적비〉 등의 시에서 굶어 죽어가는 인민들은 아랑곳없이 김일성 우상화에 돈을 쏟아 붓는 김정일을 정면으로 규탄하고, 〈강철〉에서는 김정일 정권에 맞서다 탱크에 깔려 죽어간 황해제철소 노동자들을 기리며 "독재 앞에선/인간이 되지 말라!/인간이 되기 위해서라도/강철이 되라!"고 절규한다. 그리고 결국, 시인은 두만강을 건너 북을 등진다. "우리는/이 조국을 버린 것이 아니다. (중략) 이 조국이/우리를 버린 것이다" (〈우리는 조국을 버리지 않았다〉) 라고 노래하면서.

그렇게 조국을 버리고 강을 건넌 시인은 강을 건넌 후에는 오히려 허탈해 한다.

돌처럼 얼어붙은
국경 두만강
뛰어가면 몇 발자국
넘으면 단 몇 초

고작
이것이었던가
우리에게 한생 없어보이던
자유의 거리가
해방의 시간이

—두만강

그렇게 자유를 얻은 시인에게 대한민국의 모든 것은 감격의 대상이다. 그는 이국땅에 있는 대한민국 공관에 펄럭이는 태극기를 처음 접했을 때의 감격을 노래하고, 이 땅에 들어와 주민등록증을 처음 받았을 때의 희열을 시로 읊는다. 이 땅에서 태어나고 자란 우리에게 너무나 당연하게 여겨지는 것들이, 대수롭지 않게 여겨지는 것들이, 그에게는 너무나 고맙고 의미 있는 것들이었다. 그러면서도 그는 커피 한 잔 값으로 북한 동포 몇 사람을 살릴 수 있나를 생각하며 커피 한 잔 먹지 못하고, 밤마다 두고 온 북녘 땅의 기억 때문에 잠 못 이룬다. 하지만 그는 거기에서 그치질 않는다. 그는 분연히 통일을 노래하면서, 통일의 선봉이 될 것을 다짐한다.

탈북자
우리는 먼저 온 미래
오고야 말 통일을
미리 가져온 현재

北은 과거
南은 내일
그 경계선을 지으며
분연히 일어선 인간 38선

—탈북자

대한민국에 대한 고마움을 느끼게 해 주는 책

국토가 분단된 지도 벌써 67년. 분단의 고통과 아픔은 어느덧 아득한 '전설'이 되어 버리고 말았다. 때때로 남북이산가족 상봉 행사가 있을 때 TV를 통해 얼굴에 주름 가득한 늙은이들이 서로 붙들고 몸부림치는 모습을 보면서 눈물짓기도 하지만, 그것도 그때뿐이다.

대신 언제부터인가 등장한 것이 '타산적(打算的)적'인 통일논의다. 대한민국이 외풍(外風)에 흔들리지 않는 경제를 구축하기 위해, 혹은 중국이나 일본 등 열강의 틈바구니 속에서 살아남기 위해 내수(內需)시장 내지 나라의 사이즈가 어느 정도는 되어야 하기 때문에 통일은 필요하다는 얘기가 그것이다. 이를 두고 좌파 일각에서는 "북한을 내부 식민지로 만들자는 발상"이라고 비아냥거린다.

이런 타산적 통일론을 따라가다 보면 의도하건 하지 않았건 간에 결국 '통일비용'을 따지게 된다. 그렇게 주판알을 튕기면서 주춤거리는 사람들에게 악마가 속삭인다. "그러니까 통일을 서두르지 말고 북한을 적당히 달래면서 남은 남대로, 북은 북대로 이대로 살아가자"고 말이다. 그게 바로 '햇볕정책'의 본질이다. 거기에 굶어죽고, 맞아죽고, 얼어 죽는 북한 동포들에 대한 연민은 없다. 인민들은 굶어죽는데 자기들만 호의호식하는 김씨 일족에 대한 분노도 없다.

굶어죽은 이웃의 시신을 보면서 출근하고 밤새 가족이 굶어죽지 않았을까 노심초사하는 아비, 딸을 백 원에 파는 어미, 풀죽을 밥이라고 알고 자란 아이, 돼지 한 마리 값에 중국오지의 농촌총각들에게 팔려가는 처녀들 -이들은 남이 아니다. 바로 우리의 혈육이다.

그들을 굶주림과 죽음과 김씨왕조의 전제정치로부터 해방시키는 것—그게 바로 통일이다. 지금 우리가 누리고 있는 자유와 번영을 북녘 땅 동포들도 함께 누리며 사는 세상을 만드는 것, 그게 바로 통일이다.

장진성의 시들은 차가운 가슴으로 한반도의 현실을 보고 주판알 튕기면서 통일의 손익계산서를 쓰는 자들, 그 꼴난 '내재적 접근법'을 내세워 김씨왕조에 대한 비판을 가로막으면서 김씨왕조를 위해 복무하는 위선적 지식인들, 탈북자와 북한인권운동가들을

'변절자'라고 매도하는 철부지 486 종북정치꾼들에게 휘두르는 불방망이다.

간혹 "박정희가 가난을 몰아낸 것이 뭐 그리 대수냐"고 말하는 인간들을 본다. "외세에 의존하면서 사는 것보다 조금 못 살더라도 주체성을 지키며 사는 것이 중요하다"는 자들도 있다. 장진성의 시들은 그런 소리들이 죄다 헛소리라는 것을 잘 보여준다. 친구가, 이웃이, 부모자식이 굶어 죽어가는 것을 보지 못한 자들이 그런 헛소리를 해대는 것이다.

사는 것이 팍팍할 때, 장진성의 시를 읽어볼 것을 권한다. 지금 내가 살아가고 있는 삶이 얼마나 고마운지, 이 나라 대한민국이 얼마나 고마운지를 깨달을 수 있을 것이다.

《내 딸을 백원에 팝니다》| 장진성 | 조갑제닷컴 | 2008

| 함께 읽은 책

1. 아! 대한민국

송복의 《서애 류성룡 위대한 만남》

《징비록》 류성룡, 서해문집, 2003

《난중일기》 이순신, 서해문집, 2004

황현의 《매천야록》(상,하)

김일영의 《건국과 부국》

《한국현대정치사론》 김일영, 김도종(엮음), 2011

《대한민국이야기:'해방전후사의 재인식' 강의》 이영훈, 기파랑, 2007

《대한민국 역사의 기로에 서다》 안병직 · 이영훈, 기파랑, 2007

《해방전후사의 재인식》(1, 2) 박지향 외, 기파랑, 2006

《대한민국 건국의 재인식》 이인호 외, 기파랑, 2009

《한국현대사 이해》 이주영 외, 경덕출판사, 2007

《대한민국건국사》 양동안, 현음사, 2001

《대한민국을 만들다》 한국현대사학회 현대사교양서팀, 기파랑, 2012

《대안교과서 한국근현대사》 교과서포럼, 기파랑, 2008

《한국현대사》 교과서포럼, 기파랑, 2004

《우리 헌법의 탄생》 이영록, 서해문집, 2006

《대군의 척후》 주익종, 푸른역사, 2008

《21세기에 다시 보는 해방후사》 이정식·허동현 엮음, 경희대학교 출판문화원, 2012년

《리얼 아틀라스 리얼 월드》 다니엘 돌링, 마크 뉴만, 안나 바포드, 디자인하우스, 2009

이승만의 《풀어 쓴 독립정신》

《이승만과 김구》(1~3권), 손세일, 나남, 2008

《한국교회핍박》 이승만, 청미디어, 2008

《일본 그 가면의 실체(Japan Inside Out)》 이승만, 청미디어, 2007

《이승만의 구한말 개혁운동》 이정식, 배재대 출판부, 2005

《우남 이승만 대한민국을 세우다》 이한우, 해냄출판사, 2008

박실의 《벼랑 끝 외교의 승리》

《이승만 없었다면 대한민국 없다-나라세우기 X파일》 로버트 올리버, 동서문화사, 2008

《다뉴브강에서 압록강까지》 마크 클라크, 국제문화출판공사, 1981

《사진과 함께 읽는 대통령 이승만》 안병훈, 기파랑, 2011

박정희의 《국가와 혁명과 나》

《박정희 한국의 탄생》 조우석, 살림, 2009

《아프리카 무지개와 뱀파이어의 땅》 로버트 게스트, 지식의 날개, 2009

조갑제의 《박정희》(1~13)

《박정희의 결정적 순간들》 조갑제, 기파랑, 2009

《김정렴 회고록 – 최빈국에서 선진국 문턱까지》 김정렴, 랜덤하우스코리아, 2006

《아! 박정희》 김정렴, 중앙M&B, 1997

《박정희는 어떻게 경제강국 만들었나》 오원철, 동서문화, 2006

《박정희 양날의 선택》 김형아, 일조각, 2005

레이 황의 《장제스 일기를 읽다》

《허드슨강변에서 중국사를 이야기하다》 레이 황, 푸른역사, 2001

한도 가즈토시의 《쇼와사》(1, 2)

《쇼와 16년 여름의 패전》 이노세 나오키, 추수밭, 2011

《도조 히데키와 천황의 시대》호사카 미사야스, 페이퍼로드, 2012년

《일본의 국가주의》 한상일, 까치, 1988

2부 자유를 위한 투쟁

아리스토텔레스의 《정치학》

《논어로 논어를 풀다》 이한우, 해냄, 2012

《군주론》 니콜로 마키아벨리, 까치, 2012

모리치오 비롤리의 《공화주의》

《로마사논고》 니콜로 마키아벨리, 한길사, 2003

《피렌체 찬가》 레오나르도 브루니, 책세상, 2002

《나의 친구 마키아벨리》 시오노 나나미, 한길사, 2002

에드먼드 버크의 《프랑스혁명에 관한 성찰》

《보수정치는 어떻게 살아남았나 – 영국보수당의 역사》 강원택, 동아시아연구원, 2008

마르크 블로크의 《이상한 패배》

《히틀러의 30일》 헨리 애슈비 터너2세, 수린재, 2005

《히틀러 최후의 14일》 요하힘 페스트, 지성인, 2005

《스탈린과 히틀러의 전쟁》 리처드 오버리, 지식의 풍경, 2003

《여기 들어오는 자 모든 희망을 버려라》 안토니 비버, 서해문집, 2004

《송의 눈물》 정순태, 조갑제닷컴, 2012

마틴 러스의 《브레이크 아웃 – 1950 겨울, 장진호전투》

《마지막 한발》 앤드류 새먼, 시대정신, 2009

《존 톨랜드의 6 · 25전쟁》(1,2) 존 톨랜드, 바움, 2010

《중국의 6 · 25전쟁 참전》 데이빗 쑤이, 한국전략문제연구소, 2011

3부 이념의 전선에서

박성현의 《망치로 정치하기》

《쓸모 있는 바보들》 모나 채런, 조선일보사, 2004

《중상모략》 앤 코울터, 브레인북스, 2007

《반역》 앤 코울터, 경덕출판사, 2008

조우석의 《나는 보수다》

《한국보수세력연구》 남시욱, 청미디어, 2011

《한국진보세력연구》 남시욱, 청미디어, 2009

《새로 쓴 우리들의 대한민국》 이상우, 기파랑, 2012

《대처 스타일》 박지향, 김영사, 2012

양동안의 《사상과 언어》

《코끼리는 생각하지 마》 조지 레이코프, 삼인, 2006

《프레임전쟁》 죠지 레이코프, 창비, 2007

캐스 R. 선스타인의 《우리는 왜 극단에 끌리는가》

《이기적 진실》 파하드 만주, 비즈앤비즈, 2011

《맹신자들》 에릭 호퍼, 궁리,2011년

슈테판 츠바이크의 《폭력에 대항한 양심 – 칼뱅에 맞선 카스텔리오》

《슈테판 츠바이크의 에라스무스 평전》 슈테판 츠바이크, 아롬미디어, 2006

《백장미의 수기》 인게 숄, 범우사, 2002

《이탁오평전》 옌리에산 · 주지엔구오, 돌베개, 2005

베르톨트 브레히트 《살아남은 자의 슬픔》

《억지와 위선》 김광동 외, 북마크, 2009

《카탈로니아찬가》 조지 오웰, 민음사, 2001

4부 시장과 경제

리처드 파이프스의 《소유와 자유》

《자유의 미래》 파리드 자카리아, 2004

《자유란 무엇인가》 모리스 크랜스턴, 1990

《시장의 탄생》 존 맥밀런, 민음사, 2007

《블라디보스토크의 해운대행 버스》 김정호, 교보문고, 2007

버나드 맨더빌의 《꿀벌의 우화–개인의 악덕, 사회의 이익》

《지금 애덤 스미스를 다시 읽는다》 도메 다쿠오 지음, 동아시아, 2010

《목성잠언집》 복거일, 중앙M&B, 2002

《자유주의 사상가 12인의 위대한 생각》 권혁철 외, 월간조선사, 2004

월터 러셀 미드의 《하나님은 놀라운 일을 하셨도다》

《가차 없는 자본주의–파괴와 혁신의 역사》 조이스 애플비, 까치, 2012년

토드 부크홀츠의 《러쉬》

마이클 프렐의 《언더 도그마》

로저 로웬스타인의 《복지전쟁》

세바스티안 에드워즈의 《포퓰리즘의 거짓 약속》

박제가의 《북학의》

버나드 루이스의 《무엇이 잘못 되었나》

에릭 오르세나의 《물의 미래》

《코드그린》 토마스 프리드먼, 21세기북스, 2008

5부 세계를 보는 눈

도미니크 모이시의 《감정의 지성학》

《넥스트 디케이드》 조지 프리드먼, 쌤앤파커스, 2011

《제국의 최전선》 로버트 카플란, 갈라파고스, 2007

《타타르로 가는 길》 로버트 카플란, 르네상스, 2003

《현실주의국제정치학》 이춘근, 나남, 2007

《강대국 국제정치의 비극》 존 J. 미어세이머, 나남, 2004

복거일의 《한반도에 드리운 중국의 그림자》

《티베트와 중국》 김한규, 소나무, 2002

《한국을 보는 중국의 본심》 정덕구, 중앙북스, 2011

《용과 춤을 추자》 조영남, 민음사, 2012년

김기수의 《중국, 도대체 왜 이러나》

《중국을 고민하다》 징재호 외, 삼성경제연구소, 2011

《중국이 세상을 지배하는 그날》 피터 나바로, 지식갤러리, 2012

《수퍼 차이나의 미래》 윤재웅, 청림출판, 2012

《마오의 제국》 필립 판, 말글빛냄, 2010

《부자중국 가난한 중국인》 란셴핑, 미래의 창, 2011

《중국 없는 세계》 조나단 와츠, 랜덤하우스, 2011

마크 레너드의 《중국은 무엇을 생각하는가》

《생중계, 중국을 논하다》 존 나이스비트 외, 자음과 모음, 2011

《중국의 내일을 묻다》 문정인, 삼성경제연구소, 200

《화폐전쟁 진실과 미래》 CCTV 경제30분팀, 랜덤하우스코리아, 2011

《민주사강》 왕샤오강, 에버리치홀딩스, 2010

《중국을 읽다 1980~2010》 카롤린 퓌엘, 푸른숲, 2012년

《중국인이야기1》 김명호, 한길사, 2012년

폴 존슨의 《위대하거나 사기꾼이거나》

《모던 타임스》(1,2), 폴 존슨, 살림, 2008

6부 자유통일을 위하여

존 루이스 개디스의 《냉전의 역사》

《새로 쓰는 냉전의 역사》 존 루이스 개디스, 사회평론, 2003

《레이건의 십자군》 폴 켄고르, 조갑제닷컴, 2008

임지현의 《민족주의는 반역이다》

《민족이란 무엇인가》 에르네스트 르낭, 책세상,2002

《그대들의 자유 우리들의 자유》 임지현, 아케넷, 2000

《삼국통일의 정치학》 구대열, 까치, 2010

《민족인가 국가인가》 이종욱, 소나무, 2006

장진성의 《내 딸을 백 원에 팝니다》

《수용소의 노래》 강철환, 시대정신, 2005

책으로 세상읽기

1판 1쇄 인쇄 2012년 8월 25일
1판 1쇄 발행 2012년 8월 30일

지은이_ 배진영

펴낸곳_ 북앤피플
대 표_ 김진술
펴낸이_ 맹한승
디자인_ 김왕기
인 쇄_ ㈜조광프린팅

등록_ 313-2012-117호
주소_ 서울시 마포구 신촌로 196-1 이화빌딩 502호
전화_ 02-2277-0220 팩스_ 02-2277-0280
이메일_ jujucc@naver.com

ISBN 978-89-97871-03-2 03810